일상의 인문학

"이 책은 교육부 및 한구연구재단 CORE 사업의 지원을 받아 출판되었음"

일상의 인문학

- 문학 편 -

전북대학교 인문학연구소 편

역락

왜 21세기에 인문학인가? 오늘날 급변하는 문화 환경에서 인간이 인간답게 산다는 것은 그 무엇보다 중요한 관심사가 되었다. 인문학은 인간답게 사는 일, 즉 인간의 가치와 사유, 언어와 표현 등을 다루기 때문에, 21세기 인간 중심 사회의 새로운 패러다임을 형성하는 중요한 구심점 역할을 하게 될 것이다.

급변하는 세계에서 인문학의 위기가 논의되기도 한다. 하지만 인문학의 위기는 새로운 인문학의 시작이기도 하다. 인문학 연구소에서는 인문학의 중요성이 대두되는 만큼 그것에 대한 반성적 검토와 새로운 방향의 모색이 필요하다는 인식에서 『일상의 인문학』 시리즈를 기획했다. 인문학의 심화와 확대, 변화와 융합의 기로에서, 『일상의 인문학』을 통해 인문학의 열매를 보다 많은 사람들이 보다 쉽게 향유할 수 있는 자리를 마련하고자 함이다. 일상처럼 편하고 친숙하게 인문학을 가까이하고 소통하자는 의미에서 '일상의 인문학'이라고 이름을 붙였다.

인문학연구소는 스무 해가 넘도록 호남 지역 인문학의 거점 연구소로서 활동해왔다. 본 연구소의 학술지인 『건지인문학』을 통해 학계에 기여한 소중한 연구들이 헤아릴 수 없게 많다. 근래에는 특강이나 학술대회 등을 통하여 소중한 연구들을 서로 교류하고 논의하는 자리를 마련하고자 노력해 왔다. 더 많은 대중이 인간의 가치에 대해 감각하고 사유하는 자리를 제공하고자 『일상의 인문학』 시리즈를 출간하고자 한다.

『일상의 인문학』 시리즈의 둘째 편으로 '한국문학 편'을 엮는다. 한국

문학은 무엇보다 일상적인 삶 속에서 이루어진 인문학이기에 '언어 편'에 이어 다루었다. 한국문학은 언어와 마찬가지로 기초 인문학의 심화와 확대, 나아가 학제 간 융합에서 중요한 위치를 차지하고 있다. 이번 『일상의 인문학2: 한국문학 편』 출판을 계기로 21세기 한국문학의 현주소와 미래에 대한 전망을 가늠할 수 있기를 조심스럽게 기대해본다.

　이 책을 엮는 데는 우선 귀중한 글을 선뜻 게재하도록 허락해 주신 저자들의 공이 크다. 다시 한 번 감사드린다. 『일상의 인문학: 한국문학 편』 간행 작업에 애써주신 윤영옥, 고은미, 한아름 연구원의 노고에도 감사드리며, 편집과 교정에 많은 도움을 주신 연구소의 김율, 채규현, 박지수 조교에게도 감사드린다. 마지막으로 책을 멋지게 만들어주신 역락출판사에도 깊은 감사를 드린다.

2016년 12월
인문학연구소 소장 윤석민

차례

한국 현대소설의 생태론적 '환경' 고찰

임명진

[해 설]

◎ 목적 및 특성

세상의 인간과 자연은 소설이라는 문학 양식에서는 인물과 환경이라는 주요 요소로 변전되어 나타난다. 소설은 이 양자의 관계에 따라 그 성격이 크게 달라진다. 사람이 처한 가장 근원적인 공간이 자연이기 때문에 인간은 자연과 친화하고자 하므로 사람이 장소애(topophilia)를 갖는 것은 매우 자연스럽다. 생태론은 이런 근원적인 지향성을 논리적인 준거로 해명해내고 있다. 하지만 인간과 자연과의 관계는 일률적이지도 않고 그 양태와 작용도 다양하며, '참여적 진화'를 해나가는 자연과 소설 작품 속의 환경 속에서 인간의 위치와 역할도 다양해진다.

이 논문은 생태론의 '자연'·'환경'·'생태'의 개념을 소설론의 '배경'·'환경'의 개념과 결부시켜 그 관련양상을 검토하고자 한다. 이 목적을 달성하기 위한 기초단계로 생태론적 환경과 리얼리즘론·장소이론 등의 상관성을 소략하여 점검하고, 이를 바탕으로 한국 현대소설 중 주요 작품에 나타난 '환경'을 사회 생태론적 관점에서 재해석하고자 한다.

◎ 연구 대상 및 방법

이 연구는 소설의 배경을 생태론적 환경으로 재해석하려는 시도이다. 이를 위해 루카치 소설론과 이푸 투안(Yi-Fu Tuan)과 렐프(Relph, Edward)의 장소이론, 아르네 네스(Arne Naess), 빌 드볼(Bill Deball), 조지 세션(George Session), 캐롤린 머챤트(Carolyn Merchant) 등의 근본생태론, 1980년대 들어 머레이 북친(Murray Bookchin)을 필두로 데이비드 왓슨(David Watson), 한스 요나스(Hans Jonas) 리처드 레빈(Richard Levin), 제임스 오코너(James Ocorner) 등의 사회생태론을 수용하였다.

연구대상으로는 자연친화적 정서를 드러내는 이효석·정비석·오영수의 '서정적 소설'들을 사회생태론의 토대 역할을 하는 근본 생태론에 입각해 있는 소설로, 인물과 환경(장소)과의 관계를 진정성 있는 관계로 복원하려 한 김유정, 오영수, 한승원의 소설들을 사회 생태론을 지향하는 소설로, 장소감 상실의 구조적 원인을 천착하면서도 여전히 장소에 대한 애착을 버리지 않거나 그런 문제에 정면으로 대응하여 해결책을 탐색하기도 하는 조세희, 이문구, 황석영 등의 소설을 사회생태론에 입각해 있는 소설들로 재해석하고자 하였다.

이를 위해 구체적으로 김유정의 <산골 나그네>와 <동백꽃>, 오영수의 <갯마을>과 <메아리>, <은냇골 이야기>, 한승원의 <木船>과, <아리랑 別曲>, 조세희의 <난장이가 쏘아올린 작은 공>, 이문구의 <우리 동네 황씨>, 황석영의 <客地>를 분석하였다.

◎ 핵심 내용

인간과 자연은 소설 양식에서 인물과 환경이라는 주요 요소로 변전되어 나타난다. 소설은 이 양자의 관계에 따라 그 성격이 크게 달라진다. 근대 이후 소설이 상실된 총체성의 회복을 열망하면서 환경은 더욱 중요해졌다. 현대소설이 리얼리즘적 속성을 강화해온 것도 이와 무관하지 않을 것이다. 한국 현대소설 중 주요작품을 통해 이런 속성들을 간추려보면 다음과 같다.

첫째, 이효석·정비석·오영수의 이른바 '서정적 소설'의 경우, 근본생태론이 추구하는 '생명중심적 평등', 인간과 자연의 합일을 구현하고자 하였다. 이 작품들에서 자연은 유기적 전체로 그려져 있고 인물들은 그 안에서 하나의 부분으로 등장한다. 그래서 인물들은 자연물들과의 공생의 원칙에 충실하다. 그러나 그 인물들의 자연친화적 정서는 단순한 '장소애'를 넘어서지 못한다. 이들 작품은 피상적으로는 생태론적 토대를 지니고 있지만, 그런 토대를 넘어 더욱 확산된 목표로 나아가는 전망은 제시하지 못하였다고 할 수 있다.

둘째, 김유정·오영수·한승원 소설에서 인물들은 더 이상 자연과 화해하지 않는다. 그들의 소설에서 인물들은 1930년대에 식민지 모순이 극도에 이른 사회 현실에서 환경과 갈등하며, 자신과 환경(장소)과의 관계를 진정성 있는 관계로 복원하려고 노력한다.

셋째, 1970년대 리얼리즘 계열 소설들은 환경으로 부터 소외된 인물들을 집중적으로 부각하여, 당시 급진적인 도시화와 산업화로 한국사회가 갑작스럽게 장소감을 상실해가는 현상을 비판하고 있다. 장소감을 상실하는 인물을 전경화시키기도 하고(조세희·윤흥길), 장소감 상실의 구조적 원인을 천착하면서도 여전히 장소에 대한 애착을 버리지 않기도 하며(이문구), 그런 문제에 정면으로 대응하여 해결책을 탐색하기도 한다(황석영).

위 작가들은 인물이 처한 환경의 문제점과 모순을 지적하여 그것을 개선하려는 강한 의지를 표명한 점에서는 공통적이다. 이 작품들은 사회생태론자들이 목적한 '반(反)계급', '도덕경제 실천', '대안공동체 실현'의 전제조건으로서 환경에 대한 정확한 인식, 그 환경(장소)과의 진정성 회복 등을 강하게 표상한 점에서 사회생태론의 전망을 함축하고 있다고 하겠다.

◎ 연구 효과

이 논문은 다양한 현대소설이론과 작가론, 작품론의 저장고와도 같다. 리얼리즘 이론과 장소 이론, 그리고 생태 이론이 집약되어 있으며, 현대 소설을 이해하기 위한 이론들이 간략하면서도 알기 쉽게 정리되어 있어서 최근 사회의 주요 쟁점으로 논의되는 환경과 생태 관련 이론들을 사회생태론을 중심으로 포괄적으로 살펴보는 데 도움이 될 수 있다.

뿐만 아니라 한국 주요 작가들의 소설의 배경과 사회적 태도 등을 장소성과 관련하여 사회 생태론의 입장에서 재해석할 수 있도록 해준다. 김유정, 오영수, 한승원, 조세희, 이문구, 황석영 등 한국의 현대 주요 작가들의 텍스트에서 시공간적 배경과 사회적 태도 등을 재해석하고 비교함으로써 작가별, 혹은 시대별, 텍스트별 유사성과 차이, 그리고 변천의 과정을 구체적으로 고찰할 수 있다.

1. 머리말

이 논문은 생태론(ecology)의 '자연'·'환경'·'생태'의 개념을 소설론의 '배경'·'환경'의 개념과 결부시켜 그 관련양상을 검토하고, 이를 토대로 한국 현대소설 중 주요 작품에 나타난 '환경'을 생태론적 관점에서 해석하는 것을 목적으로 한다.

이 목적을 달성하기 위한 기초단계로 생태론적 환경과 리얼리즘론·장소이론 등과의 상관성을 소략하나마 점검할 것이고, 이어서 한국 현대소설 중 주요 작품에 나타난 '환경'을 생태론적 환경에 입각하여 재해석을 시도하고자 한다.

이 글에서 논의되는 한국 현대소설들은 논자가 임의로 선택한 것이기는 하지만, 그 선택의 기준은 소설사적으로 그 가치를 인정받은 소설 중 그 '배경'·'환경'의 비중이 크다고 판단된 작품들이다.

2. 소설론과 생태론의 교직(交織)

2.1. 소설에서의 '환경'의 중요성

2.1.1. '배경'에서 '환경'으로

소설의 인물이 '배경'을 벗어나 존재하는 경우는 매우 드물다. 소설의 인물과 배경과의 관계는 밀접하다는 말로는 적합하게 설명되지 않는다. 인물은 어떤 식으로든지 '배경' 안에서 존재하고 활동하기 때문이다. 그간 소설론에서 '배경'은 '인물'·'사건'과 더불어 구성의 한 요소로 다루어져 왔다. 그러나 근대소설 이후 '배경'의 비중이 갈수록 커졌고, 그에 따라 '배경'과 관련된 문학 이론도 발전적으로 진전되어 왔다. 특히 리얼리즘 문학론에서는 '배경' 대신 '환경'이란 용어를 사용하여 그 중요성을 부각하였다.

인물과 그 '환경'과의 관계가 어떻게 형성되는가에 따라 소설의 성격이 달라질 수 있다. 신화·전설·고대소설과 같은 근대 이전의 서사물에서는 인물과 환경과의 관계가 밀접하지 않다. 즉 인물이 환경에 영향 받거나 또 영향을 주는 정도가 미약하거나 없기도 하다. 그런 매우 미약한 상호관련성 안에서 굳이 그 차이를 밝힌다면 신화나 영웅소설에 등장하는 초월적 인물은 자신의 환경을 압도적으로 지배하지만, 보편적 인물이 등장하는 서사에서는 환경에 인물이 지배당하는 경우가 많다고 할 수 있다.(조정래, 1991 : 41~47)

근대소설에 이르러 인물과 환경의 관계가 소설의 플롯 형성에 작용하는 비중은 압도적으로 커진다. 서정적 소설에서처럼 인물과 환경이 서로 대립하지 않고 서로 융화되는 경우도 있고, 인물이 환경으로부터 소외거나 굴복당하는 자연주의적 리얼리즘 소설도 있으며, 인물과 환경이 서로 대응하지 않고 의식적으로 겉도는 모더니즘 소설도 있고, 또한 인물과 환경이 서로 길항하거나 대립하는 비판적 리얼리즘 소설도 있다. (조정래, 1991 : 48~61) 근대소설에서는 인물과 환경의 상호관련성이 소설의 플롯을 결정한다고 해도 과언이 아니다.

2.1.2. 루카치의 소설론과 '환경'

루카치(G. Lukács)의 소설론은 이제 이미 고전 이론이 되었지만, 아직도 근·현대소설을 이해하는 데에는 여전히 유효한 전망을 제공하고 있다. 그의 총체성(totality) 개념은 다소 추상적이기는 해도 소설의 존재를 합목적적으로 선명하게 해준다. "별이 빛나는 창공을 보고 갈 수가 있고, 또 가야만 하는 길의 지도를 읽을 수 있던 시대", 그리고 그 "별빛이 그 길을 훤히 밝혀 주던 시대"(Lukács, G., 1989 : 29)였던 고대 그리스 시대에는 "세계와 자아, 천공(天空)의 불빛과 내면의 불빛은 (중략) 서로에 대해 결코 낯설어지는 법이 없"(같은 책, 29)으며, 그래서 "존재와 운

명, 모험과 완성, 삶과 본질은 동일한 개념이 된다."(같은 책, 30) 루카치
는 《일리아드》나 《오딧세이》같은 서사시가 생겨날 당시에는 이런
총체성이 충만했던 것인데, 그 뒤에 그런 총체성이 파괴되거나 상실되
어 오늘에 이르렀고, 그래서 근대 이후 소설은 이런 잃어버린 총체성을
다시금 회복하고자 시도된 장르라고 강조한다. 서사시가 그 자체로 완
결된 삶의 총체성을 형상화한다면, 소설은 형상화하면서 숨겨진 삶의
총체성을 찾아내어 이를 재구성하고자 한다.(같은 책, 76)

그래서 소설 내 인물은 총체성이 상실된 현실 속에 존재하지만 근원적
으로 총체성이 충만한 세계를 동경한다. 그가 자신의 환경과 불화의 상태
에 처해 있는 것은 곧 그 환경에 총체성이 결여되어 있기 때문이다. 그는
그 환경을 총체성이 충만한 곳으로 만들기 위하여 부단히 노력하지 않을
수 없다. 그는 자신의 환경에 내재된 구조적 문제를 인식하고 그것을 개
선해나가기 위하여 이른바 '문제적 인물'이 된다. 그래서 "소설의 주인공
은 언제나 찾는 자이다."(같은 책, 77) 즉 그는 "자신의 형이상학적 고향을
향한 충동"(같은 책, 78)에 의해 부단히 탐색하는 여정을 겪어나간다.

2.1.3. 장소이론과 '환경'

모든 사람은 공간과 장소를 벗어나서는 존재할 수 없다. 사람은 태어
나서 자라고, 지금도 살고 있는 또는 특히 감동적인 경험을 가졌던 장소
와 깊은 관계를 맺기 마련이다.

이푸 투안(Yi-Fu Tuan)은 '장소'를 인문학적 관점에서 고찰하였다. 그
는 '공간'과 '장소'를 구별하여, 전자가 움직임이 일어나는 곳이라면, 후
자는 정지된 안정된 곳으로 규정한다. 또한 그는 공간은 추상적·관념
적 개념이라면, 장소는 경험적·실재적 개념임을 분명히 한다.(Tuan,

Yi-Fu, 1995 : 15~22) 또한 그는 인간이 실재하는 장소에서 비로소 장소
감(sense of place)을 느낄 수 있고, 이것이 더욱 친밀한 장소 경험을 거쳐
서 이른바 '장소애(topophilia)'가 형성된다고 주장하면서, 고향에 대한 애
착은 이런 장소애에 기반함을 역설한다.(같은 책, 239~260)

렐프(Relph, Edward)도 같은 맥락에서 장소의 중요성을 강조한다. 그
러나 그는 그 장소 안에서 일어나는 사건과 행위에 견주어 장소를 파악
하고자 한 점에서 더욱 주목된다.

> 사실 사건과 행위는 장소의 맥락에서만 의미 있으며, 사건과 행위가 장
> 소의 성격에 영향을 주지만, 장소의 성격에 의해 사건과 행위가 윤색되고
> 영향을 받기도 한다. (중략)
> 그러므로 장소는 인간의 모든 의식과 경험으로 구성된 의도의 구조에
> 통합된다. (Relph, Edward, 2005 : 102~3)

렐프는, 더 나아가, 장소는 인간으로 하여금 세계경험의 질서를 부여
하는 기본 요소가 된다고 보고, 그래서 장소에는 인간의 의도·태도·
목적이 모두 집중되어 있다고 주장한다.(같은 책, 104)[1] 그렇다면 인간
과 장소는 그저 단순하게 연결되는 게 아니고, 거기에는 인간의 의식적
목적과 무의식적 지향이 함께 결부되어 상호 서로에게 영향을 주고받는
능동적이고 창조적인 작용을 하는 관계라 할 수 있다.

그러나 오늘날 현대문명은 인간으로 하여금 이런 장소감을 상실하도
록 한다고 렐프는 지적한다. 그는, 인간과 장소가 진정하지 못한 관계에
있을 때 장소감이 상실되어 이른바 '무장소성(placelessness)'에 처해진다고

---

1) 이런 이푸 투안과 렐프의 주장에 힘입어 이른바 '장소이론'이 생겨나고, 이는 인간과 환
   경과의 밀접한 관련양상을 더욱 선명하게 부각한 점에서 그 입론의 타당성을 확보하면
   서 역사주의를 넘어서서 로컬리티 연구로 확산되기도 하였다.

전제하고, 현대문명의 매스 커뮤니케이션, 대중 문화, 대기업, 정치 권력, 경제 체제 등이 '무장소성'을 부추긴다고 진단한다.(같은 책, 175~238)

그런데 이런 무장소성을 부추기는 요인들은 모두 현대 물질문명/자본주의의 총아로 불리는 것들이다. 그래서 그는 현대사회에서 무장소성은 필연적인가 자문하고, 그에 대한 대안으로 '장소의 진정성(authenticity)' 복원을 들고 있다.(같은 책, 292~8)

2.2. 소설적 '환경'의 생태론적 함의(含意)

소설론에서 '환경'이 부각되어온 것은 인간의 존재/존립 바탕에 대한 관심의 고조와 밀접하다. 그런데 인간의 존재/존립 바탕을 '환경'이나 '생태'로 보고 이를 본격적으로 탐구한 분야가 곧 생태론이다. 생태론이 궁극적으로 인간과 환경/생태와의 관계를 규명하는 데 목적한다면, 인물과 그 환경과의 관계를 통하여 소설의 플롯을 점검하고자 하는 소설론과 상통하는 바가 적지 않다. 생태론이든 소설론이든 공히 사람의 문제에 주목하고, 그 문제를 환경과의 관계에서 검토하고자 하는 점에서 그러하다. 소설의 배경으로서의 '환경'은 생태론적 차원에서 보면 생태로서의 환경인 셈이다.

생태론의 선구자 아르네 네스(Arne Naess)는 이전 환경개량주의자들의 한계를 지적하면서 새로운 녹색사상으로 근본생태론(Deep ecology)을 내세우고, 이것의 구체적인 운동 원칙을 다음과 같이 제시하였다.

① 환경 속의 인간이라는 관념의 폐기, 그 대신 유기적 전체라는 관념의 추구.
② 생물권의 평등주의 지향

③ 다양성과 공생의 원칙 존중
④ 반(反)계급 지향, 즉 사회 계급의 타파
⑤ 오염 및 자원 고갈에 대한 투쟁
⑥ 복합성(complexity)에 대한 존중
⑦ 지방자치와 분권화 지향(cf. 송명규, 1996 : 121-2)

이후, 빌 드볼(Bill Deball), 조지 세션(George Session), 캐롤린 머찬트(Carolyn Merchant) 등의 논의를 거치면서 '생명중심적 평등'과 '자아 실현'이라는 두 자기 기본 규범을 제시한다. 이 두 가지 규범 중 전자는 생태론의 철학적 논거를 확립하는 데 기여한 바 크고,[2] 반면 후자는 문학론에 근접하는 함의를 담고 있다.

2.2.1. 대자아(Self) 실현의 장(場)으로서의 '환경'

인간은 주체로서 자아를 지니고 있고, 이것이 객체인 세계/타자와의 부단한 관계 설정을 통해 자아실현 과정을 겪는다. 전통적으로 세계/타자와의 관계 설정은 분리 · 대립 · 경쟁의 법칙에 입각한 이원적 가치관에 따른다. 그러나 근본생태론자들은 통합 · 상생의 원리에 입각한 일원론적 세계관에 따라 자아실현 과정에서 동일화(identification)의 반경을 무한으로 확대해가는 법칙을 강조한다. 자연만물을 형이상학적 전일론

---

[2] '생명중심적 평등'의 규범은 동양의 도가(道歌)사상과 서양의 스피노자 사상의 맥을 이었다고 할 수 있다. 도가는 인간을 포함한 우주 만물은 하나의 근원(도)에서 유래하며 부단한 상호작용을 통하여 변화하는 거대한 유기체로 간주하고, 그래서 자연을 인간의 편의를 위한 도구로 보지 않고 인간과 우주의 근원과 법칙을 함축하는 존재로 파악하였다(cf. 정진일, 2001). 이런 관념은 서양의 경우 개별적인 사물들의 신(神)을 인정하면서도 그 신들간의 위계질서를 부정함으로써 자연물의 평등을 주장했던 스피노자 철학과 상통한다. 네스 등의 생태론자들은 인간주의 · 개체주의 · 이성주의와 기계론적 가치관의 맹점을 지적하고 인간을 포함한 모든 자연물이 유기체적 관계의 장(場)을 이루고 있어서 서로 공생과 평등이 그 생명성을 보장한다고 보고, 이를 정리하여 '생물권 평등주의'를 제창하였다.

(holism)으로 파악함으로써, 한 개인의 자아는 자연 전체의 내재적 관계 망으로 확대되고 의식의 동심원이 더욱 커져서, 자아·가족·이웃·지 역사회·민족·인류·우주로 확장된다고 본다. 즉, 보통의 자아(self)는 이런 확장 과정을 거쳐 인류와 동식물 및 산·강·바다 등을 포괄하는 '대자아(Self)'에 이르고, 여기에서 진정한 자아실현(Self realization)이 이 루어진다고 본다.(cf. 한면희, 2006)

근본생태론의 입장에서 보면 소설의 '환경'을 인물의 '대자아' 실현의 장(場)에 해당한다.

2.2.2. '자유자연'으로 참여적 진화

소설 속 환경에는 '자연적 환경'만 있는 게 아니고 사회·문화적 환 경도 있고, 또 역사적 환경도 있다. 근본생태론적 관점에서 소설을 본다 면 '자연적 환경'을 중시하겠지만 사회생태론적 시각에서는 사회·문 화·역사적 환경을 더욱 주목할 것이다.

사회생태론(social ecology)은 근본생태론의 한계를 극복하기 위하여 생 태론 내부에서 모색된 이론이다. 1980년대 들어 머레이 북친(Murray Bookchin)을 필두로 데이비드 왓슨(David Watson), 한스 요나스(Hans Jonas) 리처드 레빈(Richard Levin), 제임스 오코너(James Ocorner) 등은 근 본생태론이 철학 체계를 세우는 데에는 상당한 진전을 보였지만, 인류 의 당면한 문제인 성(性)차별·계급갈등·경제구조 등에 관해서는 확실 한 견해를 표명하지 못한다고 지적하고, 현대의 생태 위기가 세계관 때 문이 아니라 사회문제에서 야기되었다고 진단하였다. 그들은 근본생태 론에 아나키즘·마르크시즘·사회주의·페미니즘 등을 접맥시켜 정 치·경제·사회적 현안들을 생태적 입장에서 해결하고자 하였다. 사회

생태론자들은 인간의 이성(理性)에 일정한 가치를 부여하고, 이로써 합리적이고 윤리적이고 성찰적인 활동으로 인간사회를 바람직한 방향으로 재정형화할 수 있다고 보았다. 이런 과정에는 '도덕 경제 실천', '대안공동체와 지역자치주의' 등의 구체적 실현 방법 등이 요청된다고 강조하였다.3) 그리고 이런 실천 방법의 동력으로 제시된 것이 '자유자연'이다.

사회생태론자들에게 있어 생명이란 스스로 조직하는 능력이다. 그래서 그들은 자연이 자기 조직화의 능력을 변증법적으로 조절한다고 주장한다. 자연은 이 조절과정을 발전적으로 진보시킬 때 '1차자연', '2차자연', '자유자연'으로 진화한다고 보았다. 이 세 자연은 과정적인 연속체로 개별화되어 있지만, 공존하면서 각각 독자적인 영역을 지니기도 한다. 일반적인 자연으로서의 1차자연과 여기에서 생겨난 인간문화 전반에 해당하는 2차자연의 관계는 '자유자연' 실현에 있어 매우 중요하다.

---

3) '도덕 경제 실천': 사회생태론자들은 생태 위기의 근원(根源)이 기존 시장경제체제의 부도덕성에 있다고 본다. 따라서 그 해결방안은 생산자와 소비자 간의 익명성을 폐기하고, 생산과 소비 개념을 재정립하며, 나아가 생태적합적 과학과 기술을 만들어가는 데 있다(문순홍, 1999 : 153). 상품의 사용가치가 상실되어 이윤추구의 수단으로 전락되고, 이에 따라 토지와 노동이 자본에 흡수되는 악순환이 반복되면서 시장경제의 부도덕성이 심화되었다고 보고, 이 해결방안으로 과거 공동체 사회에서 실현되었던 도덕 경제의 원리를 주목한다. 그러나 고대사회의 공동체 경제를 복원하기보다는 거기에 작용했던 '자유의 원리'를 적용한 것으로서 '소비자의 참여'와 '시민사회의 참여적 공동체 연대'를 주장한다.(Bookchin, Murray, 1997 : 274~7)

대안 정치공동체 모색과 지역자치: 약육강식 원리에 입각한 정치·경제·사회 구조에 대한 비판적 성찰이 요구되자 결국 사회생태론자들은 자유자연으로의 적극적 진화를 모색하기 위해 새로운 정치·경제·사회구조를 대안 체재로 상정하게 된다. 이들이 제안하는 정치공동체는 자유로운 인간 활동을 산출하는 곳으로서 '불평등한 것들 간의 평등'이 보장된 사회적·정치적 공간이다. 오늘의 정치는 시민을 통제하기 위한 수단으로 전락되었다고 보고, 현존 대의민주주의에 대한 대안 정치공동체로서 참여민주주의 대의원 제도를 지향한다. 그러므로 이는 민중화된 정치이고 생태공동체를 기반으로 한다. 정치는 단순히 공적인 합의를 제공하는 기제가 아니고, 시민들의 생명력을 증대시키는 자유 활동이다. 결국 이들의 대안체는 지역적 소규모적 참여 형식을 지향한다.(Bookchin, Murray, 1997 : 270~4)

이 두 자연에 인간의 자유의지가 작용하여 이것들이 변증적으로 참여적 진화를 이루면 '자유자연'이 된다고 보았다. 지금껏 도구적 과학기술은 인간과 자연을 착취하는 결과를 낳았다고 본다. 그간의 지배/착취의 역사 전개를 자유의 역사 전개로 전환하기 위해서 자연의 생명력(자기 조직화의 능력)을 확대하도록 인간의 자유의지가 작용하는 것이 이른바 '참여적 진화'이고 생명력 확대(생물다양성 증대, 생물 종간의 상보성, 생활상태의 부단한 분화 등)의 원리가 2차자연에서 자유자연으로의 진화에 적용되어야 한다고 강조한다. 2차자연의 생명력 위축/고갈의 주원인인 약육강식의 지배원리를 강하게 비판하는 것은 당연하다(cf. Bookchin, Murray, 1997 : 257~269).

그러다보니 약육강식 원리에 입각한 정치·경제·사회 구조에 대한 비판적 성찰이 요구되고, 결국 사회생태론자들은 '자유자연'으로의 적극적 진화를 모색하기 위해 새로운 정치·경제·사회구조를 대안 체재로 상정하게 된다.

3. 한국 현대소설의 생태론적 환경

3.1. 유기적 전체로의 동일화

3.1.1. 이효석의 〈山〉

한국 소설가 중 인간과 자연의 합일을 표상해내는데 주력한 사람은 이효석·정비석·오영수 등이다. 특히 이효석의 대표작에 속하는 <메밀 꽃 필 무렵>, <山>, <들>(이상 1936) 등은 이러한 경향을 가장 강하게 드러낸다.

눈에는 어느 결엔지 푸른 하늘이 물들었고 피부에는 산 냄새가 배었다. 바심할 때의 짚북데기보다도 부드러운 나뭇잎 ― 여러 자 깊이로 쌓이고 쌓인 깨금잎 가랑잎 떡갈잎의 부드러운 보료 ― 속에 몸을 파묻고 있으면 몸뚱어리가 마치 땅 속에서 솟아난 한 포기의 나무와도 같은 느낌이다. 소나무, 참나무 총중의 한 대의 나무다. 두 팔은 뿌리요, 두 팔은 가지다. 살을 베이면 피 대신 나무진이 흐를 듯하다. 잠자코 섰는 나무들의 주고 받는 은근한 말을, 나뭇가지의 고개짓하는 뜻을, 나뭇잎의 소곤거리는 속 심을, 총중의 한 포기로서 넉넉히 짐작할 수 있다. 해가 쪼일 대에 즐겨하 고 바람 불 때 농탕치고, 날 흐릴 때 얼굴을 찡그리는 나무들의 풍속과 비 밀을 역력히 번역해 낼 수 있다. 몸은 한 포기의 나무다.
　　　　　　　　　　　　　　― 이효석의 <山>에서. (이효석, 1983 : 344)

　산속에서 생활하는 주인공 중길이는 이미 한 그루의 나무가 되어 있 다. 중길은 나무와 소곤거리고, 교감할 뿐만 아니라 그의 몸에는 피 대 신 나무진이 흐를 정도로 일체화되어 있다. 물론 중길이가 입산한 데에 는 '막중골'에서 머슴살이할 때 주인의 첩과 내통하였다는 누명을 쓰고 쫓겨나듯이 주인집을 나온 속내가 있기는 하지만, 이 작품에서는 이는 입산의 동기 부여일 뿐이고 여기에는 어떠한 계급 갈등도 끼어들지 않 는다. 중길이는 간혹 생필품이 필요해 저자거리를 다녀오기는 하나 다 시 산에 들어오면 더욱 마음의 평안을 얻는다. 그는 산 속 생활을 위한 계획을 착실히 세운다. 양지바른 곳에 초가를 짓고, 밭을 일구고 아랫마 을 용녀를 불러들여 가정을 꾸릴 것을 꿈꾼다. 별을 세면서 평안히 잠자 리에 빠져들면서 그의 꿈은 더욱 행복한 지경으로 상승한다.

3.1.2. 정비석의 〈城隍堂〉

　이런 꿈이 달성된 경우가 정비석의 <城隍堂>(1937)이다. 이 작품의 주인공 현보와 순이는 평안북도 천마령 안골짜기 산 속 외딴집에서 숯을 구워 살아가는 젊은 부부이다. 이들은 문명과 차단된 산속에서 둘이서 자연인으로 살아간다.

> 현보를 낳아 준 것도 산이었고, 현보를 먹여 살리는 것도 산이었고, 현보의 어머니가 마지막으로 돌아간 곳도 산이 아니더냐? 현보는 산 없는 곳에서는 하루도 살지 못할 것 같았다.
>
> (중략)
>
> 도끼를 번쩍 들어 뒤로 견줄 때마다 떡 버그러진 구릿빛 앞가슴의 근육이 불끈 내솟았다가는, 도끼를 탁 내리갈기면 어깻죽지가 불쑥 부풀어 오르고 그와 동시에 장작이 팡 하고 두 갈래로 갈라지는 것이었다. 이렇게 한번 내리갈길 때마다 도끼 소리는 쩌르렁 산에 울리고, 조금 있으면 또 쩌르렁 하고 맞은 편 산에서 메아리가 들려오는 것이었다.
>
> — 정비석의 <城隍堂>에서. (창비, 2005 : 제10권, 191쪽)[4]

현보와 순이의 삶은 야성(野性)에 가깝다. 생계를 위해 숯을 굽기는 하지만 그밖의 그들의 삶은 산속의 길짐승처럼 자연스럽다. 그들은 천마령 안골짜기에 깃든 한 쌍의 길짐승이다. 산림간수 김 주사가 끼어들면서 그들의 평온한 생활에 잠시 풍파가 일기는 하지만, 성황당으로 상징되는 샤마니즘적 낙관성이 이를 무마해버리고 그들은 다시금 그 야성적이면서 평온한 자연 세계로 복귀한다.

3.1.3. 오영수의 〈메아리〉

<성황당>과 매우 유사한 경우를 오영수의 <메아리>(1959)에서 찾

---

4) "창비, 2005 10권 : 191"의 자세한 서지 사항은 다음과 같다.
창작과비평사, 《20세기 한국소설》 제10권, 191쪽.
앞으로 이 전집에서 인용하는 것은 위와 같은 방식으로 표기한다.

을 수 있다. 이 소설의 주인공 동욱 부부는 피난지에서 온갖 핍절을 겪
고 도피하다시피 지리산 산골로 들어온다. 빨치산 토벌로 폐허가 된 산
골에 들어와 움막을 짓고 버려진 농토를 개간한다. 이들의 산골 생활은
먹거리를 확보하기 위한 단순한 농사와 수렵 채취에 불과하지만 이런
소박한 일상으로 전쟁 후의 간난신고를 일거에 해소하고 안정과 평온을
되찾는다.

> 산은 너그럽고 허물이 없어 좋다
> 이런 일도 있다.
> 여름 동안은 매일 같이 뒷개울로 땀을 씻으러 가기 마련이다. 움막에서
> 훨훨 벗고는 앞만 가리고 그대로 올라간다. 언젠가는 동욱이 그의 아내의
> 등을 밀어주다가,
> <요즈막 살쪘다.>
> 그러면서 궁둥이를 한 번 찰싹 때렸다. 그의 아내는 킥! 하고 돌아앉으
> 면서 동욱의 배 밑으로 마구 물을 끼얹었다. 그러나 동욱은 보란 듯이 그
> 대로 버티고 섰다. 연거푸 물을 끼얹던 그의 아내는,
> <어머나, 무서라!>
> 그리고는 돌아앉아 버렸다. 동욱은,
> <임자한테 인사를 드리는 거야!>
> <에구, 인사는 무슨... 얌치머리도 없이...>
> 이날 동욱은 기어코 알몸인 그의 아내를 알몸에 업고 내려오면서,
> <당신이 나를 업으면 어떻게 되지?>
> <망측해라!>
> 이틀 후에 비가 왔다. 동욱 아내는 한 광우리나 송이를 땄다.
>   – 오영수의 <메아리> 중에서. (창비, 2005 : 제14권, 210쪽)

인간이 자연의 원시성과 야성(野性)에 근접하는 대목이다. 인간과 자
연의 친화를 넘어서 인간의 삶이 자연의 일부로 동화된다. 동욱 부부의

산골생활은 문화적 행위라기보다는 자연적 현상에 가깝다.

자연 친화/동화를 다룬 작품에서 인물의 현실 인식은 생략되거나 압축되어 있다. 자연이라는 세계 속에 현실적 문제는 심각하게 드러나지 않는다. 두메산골로 쫓기듯 들어온 인물들이지만, 그 동기는 후경화되어 있고 산골 생활 자체가 전경화되어 있는 탓이다. 작가 역시 인물과 현실과의 대결을 강조하지는 않는다. 이 계열 작품에서 현실과의 대결에서 패배상을 보이는 인물이 간혹 등장하지만, 이는 인간이 자연의 원시성과 야성(野性)에 동화되는 동기와 원인으로 설정되어 있을 뿐이다. 그래서 이 계열의 작품들은 인물과 환경의 화해를 통해 인간과 자연의 합일을 추구한다.

이상의 이효석 · 정비석 · 오영수의 일련의 소설들을 '서정적 소설'이라 명명할 수 있다.(문홍술, 2006 : 38~40) 그리고 이런 서정적 소설에서는 주인공은 환경과 별다른 갈등을 겪지 않는다. 또한 여기에서 환경은 '1차자연'으로 등장하고 인물들은 그렇게 소여(所與)된 자연에 동화되어 이른바 '생명중심적 평등'을 이룬다. 그러나 이 자연은 가변적 · 수동적 · 양태적으로 나타나는 소산적 자연(所産的自然, Natura Naturata)에 가깝다.[5] 그런 점에서 생태론에서 강조해마지 않는 거대한

---

5) '능산적 자연'(能産的自然, Natura Naturans)은 자연을 역동적이고 합목적적인 것으로 본 아리스토텔레스에서 유래한 관점이다. 현대생물학에서 목적론적 의미를 가진 진화론은 능산적 자연관을 그 토대로 하고 있다. 이에 상대되는 소산적 자연관(所産的自然, Natura Naturata)은 자연을 조물주가 이데아, 즉 수학적 조화의 원리에 따라 만든 완성품이라고 본 플라톤에 의해 처음 제시되었다. 근대 이후의 기계론적 자연관이나 기계적 결정론은 이런 전통을 이어받은 것이다. 중세 스콜라 철학에서 능산적 자연은 창조자로서의 신을, 소산적 자연은 창조되는 자로서의 자연을 의미했지만, 스피노자는 이 두 개념을 창조주와 피조물의 관계로 이해하지 않고 더 밀접하게 연관시켜서 범신론적 의미를 부여하였다. 스피노자는 무한하면서도 역동적 · 능동적 · 창조적 실체로서 합목적적으로 작용하는 자연을 능산적 자연이라고 받아들이고, 이것이 가변적 · 수동적 · 양태적으로 나타나는 자연을 소산적 자연이라고 해석했다. ≪철학사전≫(중원문화, 2009) 참조

유기체로서 끊임없이 능동적으로 진화하는 자연과는 거리가 멀다고 할 수밖에 없다.

3.2. 사회생태론적 문제의식 발로

3.2.1. 김유정의 〈산골 나그네〉

김유정의 <산골 나그네>(1935)와 <동백꽃>(1936)에서도 인간과 자연의 조화로운 관계를 형상화되어 있기는 하나, 그의 대부분의 작품들의 인물들은 자신이 처한 환경과 불화의 관계를 맺는다. 그의 소설 대부분은 농촌을 배경으로 하지만 그 농촌은 가난한 농민들의 절박한 현장이며, 그래서 그들은 원치 않지만 그 농촌을 떠나기도 한다.

> 그들은 강길로 향한다. 개울을 건너 불거져내린 산모롱이를 막 꼽들려 할 제다. 멀리 뒤에서 사람 우기는 소리가. 끊일 듯 말 듯 간신히 들려온다. 바람에 먹히어 말소리는 모르겠으나 재없이 덕돌이의 목성임은 넉히 알 수 있다.
> "아 얼른 오게유."
> 똥끝이 마르는 듯이 계집은 사내의 손목을 겁겁히 잡아끈다. 병든 몸이라 끌리는 대로 뒤뚝거리면서 거지도 으슥한 산 저편으로 사라진다. 수은빛 같은 물방울을 품으며 물결은 산벽에 부닥뜨린다. 어디선지 지정치 못할 늑대 소리는 이 산 저 산에서 와글와글 굴러내린다.
> ― 김유정의 <산골 나그네>에서. (창비, 2005 : 제5권, 241~2쪽)

김유정 소설에는 노름꾼·들병이·투기꾼·만무방 등 자신의 환경으로부터 소외된 인물들이 다수 등장한다. 그들에게 생계를 위해 고향을 떠나 유랑하면서 기약 없는 삶을 이어간다. 그들에게 너무나 가혹한 현실 앞에서 윤리와 교양은 사치스러워진다.

한편 오영수는 초기소설에서는 인물과 환경의 화해로운 관계를 표상 하였지만, 60년대 이후 그 화해가 훼손되거나 파괴되는 모습이 그려진 다. <은냇골 이야기>(1961)에서 '은냇골'이라는 환경은 매우 열악하고 가혹한 양상으로 드러난다. 그 이전 <갯마을>(1953)이나 <메아 리>(1959)에서 표상된 평온하고 친화적인 자연이 아니라, 사람의 생존 을 시험하고 위협하는 자연으로 바뀐다. 그의 후기소설에서 더 이상 자 연친화적인 작품이 발견되지 않은 것은 작가의 이런 변화된 자연관과 무관하지 않을 것이다.

3.2.2. 한승원의 〈아리랑 別曲〉

한승원도 녹록치 않은 자연을 환경으로 등장시킨다. 그의 소설에는 바다가 자연환경으로 자주 등장한다. 그러나 그의 소설에서 바다는 삶 의 현장이다. 즉 인물의 환경이다. 등단작 <木船>(1968)도 그렇고, 그의 대표작 <아리랑 別曲>(1977)도 그렇다. 여기에서 인물은 바다라는 환경 속에 식물처럼 서식하고 있다. 그래서 얼핏 보면 인물과 환경이 화해를 이루고 있는 듯이 보인다. 그러나 자세히 보면 바다는 인물들의 갈등 관 계를 표상한다.

바위 모서리에 얼굴을 기댄 채 밭귀의 아들 무덤을 바라보았다. 넓바위 연안에서 앞메 잔등으로 펼쳐진 설익은 먹딸기 빛깔의 하늘에 민들레 꽃 가루 같은 별들이 줄레줄레 달려 있었다. 가뜩 밀려 온 바닷물은 살아 움직이는 거대한 원시 양서류처럼 넘실거리면서 잠든 사람의 숨길처럼 불 규칙적으로 게으르게 모래톱을 핥고 있었다.(중간 약 300자 생략) 찰브락거리는 물결에 들려오는 며느리의 울음소리는 예사 울음소리가 아니었다. 며느리는 앓고 있었다. 그것은 숨넘어갈 듯이 헐떨거리는 고리

같기도 하고, 뱀에게 먹히는 개구리처럼 목줄이 놀리는 소리를 내고 있는
것 같기도 하고
      - 한승원의 <아리랑 別曲>에서. (창비, 2005 : 제32권, 102~3쪽)

　<아리랑 別曲>의 주인공 '할머니'는 밤중에 외출하는 며느리가 의심
쩍어 뒤를 밟는다. 며느리는 이십여 년 전에 월남에서 전사한 할머니 아
들의 무덤으로 찾아간다. 며느리는 '거대한 양서류처럼 넘실거리면서 -
게으르게 모래톱을 핥고 있'는 바닷가 잔등에 있는 남편의 무덤에서 동
네 외간남자인 재술과 교접을 한다. 할머니 집안과 재술 집안간의 삼대
에 걸친 갈등과 악연이 이 불륜으로 더욱 깊어지게 되고 급기야는 할머
니의 손자 철승과 재술의 장조카 성삼이가 칼부림 끝에 둘 다 사망하는
것으로 그 악연의 갈등은 최고조에 이른다. 할머니가 철승의 사고 소식
을 듣게 된 때 "먼 바다로부터 밀려온 파도가 모래를 까뒤집을 듯이 후
려치며 아우성치고 있었다."(<아리랑 별곡>에서) 이처럼 한승원 소설
에서 '바다'라는 환경은 인물들의 갈등으로 야기되는 결정적인 사건들
을 표상해내고 있다. 결국 할머니는 남편·아들·손자를 재술 집안과의
악연으로 모두 잃게 되지만 그래도 바닷가 마을을 떠나지 않는다. 한스
런 아리랑 곡조가 중음(中陰)의 읊조림처럼 바닷가를 맴돌지만 끝내 그
음울한 분위기를 운명처럼 받아들인다.

　이 세 작가가 자연을 표상하는 방식에는 상당한 거리가 있고, 또 그
인물들과 환경과의 관계설정 방식에도 약간의 차이가 있지만, 그 인물
들이 자신이 처한 환경에 대해 장소애를 강하게 드러내지 않는다는 점
에서는 공통점이 있다. 더 이상 자연은 화해로운 환경으로 작용하지 않
는다는 점이 그것이다. 즉 생태론적 관점에서 보면 소설적 갈등과 분규
(紛糾)는 인물과 환경과의 부조화로 표현되었다고 할 수 있는데, 이는

'공생의 원칙', '계급의 타파' 라는 사회생태론의 규범에서 어긋남을 시사하고, 이로써 이 작품들에서 사회생태론적 문제의식이 싹트기 시작한다고 해석할만하다.

그러나 이들 작품에서는 그런 불화의 양상이 작품의 말미에 집중적으로 제시됨으로써, 그것의 구조적인 문제 등은 본격적으로 다루어지지는 않는다. 이런 점이 더욱 급진적인 생태론자들에게는 소박한 자연주의에 머무르고 말았다는 지적의 빌미를 제공할 수도 있을 것이다.

3.3. 공동체 붕괴와 계급 모순 비판

인물과 환경의 불화 양상을 전제로 제시하고 스토리의 전개과정에서 그것의 구조적인 문제를 본격적으로 다루는 경우는 이문구·황석영·조세희 등의 소설에서 찾을 수 있다.

3.3.1. 이문구의 〈우리 동네 황씨〉

이문구의 '관촌수필' 연작의 핵심은 급격한 산업화 과정과 거기에서 비롯된 고향상실이다. 잃어버린 고향을 거슬러 올라가 그것의 원형을 복원하려는 열망이 잠재되어 있다. 그러나 그런 열망은 실현되지 않는다. 산업화의 빛에 의해 가려진 농촌 붕괴의 실상을 역으로 재현함으로써 고향상실의 안타까움을 더욱 실감나게 표상한다. '우리 동네' 연작에 오면 그런 실감이 더욱 구체적으로 드러난다. <우리동네 황씨>(1977)에서는 '마실문화'를 사라지게 한 텔레비전, 의례적인 절차에 얽매인 행정, 농민을 앞세워 자신의 이익에 혈안이 된 말단 공무원 등을 내세운다.

황은 일어서보려고 몸부림을 했으나 계장과 오 서기의 완력을 떨쳐버

리지 못했다. 그러자 홍이 둠벙을 손가락질하며 무디고 모가 나게 다듬은
음성을 황에게 던졌다.

"알어들을만큼 타일렀는디두 아직 정황을 모르는 모냥인디. 정신 좀 들
어야 되겄어. 암만해도 저기 좀 댕겨와야 정신이 들랑개벼… 자 뭣이 들
어갈려? 당신을 처넣으까. 오도바이를 던져버리까?

"……"

황는 눈이 뒤집힌 채 대꾸를 못했다.

둠벙은 무시로 자고 이는 마파람 결에도 물너울은 번쩍거리고, 그 때마
다 갈대와 함께 둠벙을 에워싸고 있던 으악새 숲은, 칼을 뽑아 별빛에 휘
두르며 서로 뒤엉켜 울었다. 으악새 울음이 꺼끔해지면 틈틈이 여치가 울
고 곁들여 베짱이도 울었다. 김은 그것을 밤이 우는 소리로 여겼다. 하늘
은 본디 조용한데 으레 땅에서 시끄러웠다는 것도 더불어 깨우치면서.

  － 이문구의 <우리 동네 황씨>에서. (창비, 2005 : 제26권, 280~1쪽)

농민을 구실로 삼아 자신의 이익을 불리기에만 급급한 말단 관리들의
행태에 황씨는 적개심을 품지만 관을 싸고도는 홍씨 등의 농간에 그걸
토해내지 못하고 그저 수선스러운 '으악새 울음'으로 되새기고 만다. 그
러나 이 작품은 근대 산업화 과정에서 농촌 공동체가 붕괴되는 과정을
실감나게 반영하고 있어서 일정하게 리얼리즘의 성취를 보여주었다고
할 수 있다.

3.3.2. 황석영의 〈客地〉

황석영의 중편 <客地>(1974)는 이 계열 작품 중에서는 고전에 속한
다. 산업화 과정에서 소수자로 밀려난 노동자의 노동쟁의가 현장감 있
게 그려져 있고, 또 노동현장의 생생한 정보가 촘촘하게 재현되어 있어
서 리얼리즘 소설의 강점을 달성하고 있다. '운지 간척공사장'의 수백
명의 노무자들이 저임금과 중간계급(감독과 십장)의 중간착취에 시달려

결국 빚을 지게 되고 그 빚에 묶인 인부들은 공사장을 떠나지 못한 채 매일 절망 속에서 낮에는 중노동으로 밤에는 술과 노름으로 세월을 탕진한다.

해변에 자리 잡은 경비실의 길쭉한 바라크 건물은 통째로 날아갈 듯이 뒤흔들렸고 폭우가 함석 지붕을 줄기차게 두드리며 퍼부었다. 나무 문짝이 거센 바닷바람에 덜컹대고 있었으며 바다 쪽으로 면한 창문에서 들이치는 비바람에 실내의 마룻바닥은 반나마 젖어있었다. 좌우로 대용 유리를 댄 겹창이 틔어 있는데 비바람을 막기 위해 군용 판쵸를 쳐놓았다. 빗발이 들이치지 않는 정면 벽 쪽에 여러 개의 나무침대를 바짝 이어놓고 네 사람이 모여앉아 섰다에 골몰하고 있었다. 벌거숭이 젖은 가슴들이 의자 위에 놓인 대형 렌턴에 비쳐 번들거렸다. 일심의 문신을 가진 자가 전표 위에 침을 퉤퉤 뱉고 나서 말했다.

"구찌 좀 더 틉시다요. 형님 겨우 두 구찌 갖구선 목구멍에 날림 쑤실 자리두 없겠수. 감독 그치 너무 짜다구요."

"나두 세 구찌밖에 못 받았어. 당분간 참는 거야."

(약 1200자 중간 생략)

"눈치가 이상합디다."

하면서 종기가 넌지시 말을 꺼낸다.

"5함바 말요. 짐작하시는 줄 알았는데."

"걔들 시초부터 아예 싹수가 글러먹었다면서?"

"대위라는 병신 새끼가 겁 없이 설쳐요. 인부들을 들쑤시고 다니는 모양이오. 좀 밟아놔야겠습디다."

　　　　　　－ 황석영의 <客地>에서. (창비, 2005 : 제25권, 62~5쪽)

공사장 현장소장은 유능한 주먹들을 노동자들의 압력 세력으로 채용하여 '감독'이나 '경비'직을 을 맡기는데, 이들은 노동 쟁의가 일어날 때 완력으로 해결해주는 대신 노무자들의 일당에서 10~20%를 '구찌'로 할

애 받는다. 특히 '감독'의 하급직인 경비들은 밤만 되면 경비실에 모여 노름을 하면서 노무자들의 동태에 관한 정보를 교환하기도 한다.

이 작품의 주인공 대위와 동혁은 '감독'과 '경비'들 사이에 요주의 인물로 부각되어 있는데 이는 그들이 굳건한 현실인식과 가치관을 가지고 노동현장의 구조적인 문제를 제대로 파악하고 있기 때문이다. 결국 대위와 동혁은 회사의 부당한 임금협상과 감독·경비·십장들의 중간 착취의 문제를 노동자들에게 인식시키고 그들을 설득하여 노동쟁의에 나서게 된다. 그러나 이내 시위대는 감독들과 경찰들의 진압에 밀려 결국 공사장 뒷산 '독산' 정상으로 오르게 되고 거기에서 농성에 들어가게 된다.

> 그(동혁 : 인용자 밝힘)는 구부려 세운 무릎 위에 팔을 걸쳐 턱을 괴고 앉아 깊은 생각에 잠겼다. 모닥불이 윗부분은 엷은 감색 테가 둘려 있고, 그 아래편은 보다 엷은 암황의 그늘이 져 있으며 더욱 아래는 불기의 공간이 있었다. 바람이 불리는 방향으로 불꽃이 몰릴 때마다 엷은 그늘이 짙은 노랑으로 변했다. 땅바닥을 핥고 있는 부분은 정결하고 고운 푸른 색이었다. 불길이 땅바닥에 부은 기름 흔적대로 타올라 위로 솟으면서 곧 땅을 떠나 날 듯이 날름거렸다. 서로 핥고 비벼대는 불꽃머리가 격랑처럼 보였다. 동혁은 폐유깡을 들어 불길 위에 조심스럽게 부었다. 불길이 활 퍼져 올라 그의 눈썹을 그슬렸다. 퍼져 오르는 불꽃이 다시 낮아지며 아까처럼 끊임없이 춤추고 있었는데, 일정한 공간에 갇힌 새의 날갯짓 같았다. 동혁은 자꾸만 기름을 붓고 싶었다.
> — 황석영의 <客地>에서. (창비, 2005 : 제25권, 131쪽)

시위대 인부들은 처음에는 동혁과 대위의 지휘에 따르지만, 대위가 큰 부상으로 지휘력을 잃게 되고, 현장소장의 집요한 회유와 진압 경찰의 최후 통첩이 전해지자 농성장에는 동요가 일어난다. 위 인용문은 이 시위의 실질적인 지휘자인 동혁의 심적 갈등을 이미지화하여 제시하고 있다. 그러나 결국 다음날 많은 노동자들이 소장의 회유에 끌려 하산하지만 동혁은 끝내 일부 노동자들과 농성장을 지켜낸다. 특히 그는 끝까지 농성장을 사수한다는 결의를 하고 나서 "알 수 없는 강렬한 희망이 어디선가 솟아올라" 오는 것을 느낀다.

이 작품은 동혁의 결의를 통해 여타 작품에서는 찾기 어려운 '전망성'을 일정 정도 제시한 점에서 당시의 다른 리얼리즘 소설보다 사회생태론적 기획이 강하다고 할 수 있다. 이 작품이 1980년대 '노동문학'의 남상이 된 것도 이런 전망성과 무관하지 않을 것이다.

3.3.3. 조세희의 〈난장이가 쏘아올린 작은 공〉

조세희의 <난장이가 쏘아올린 작은 공>(1976)에는 환경으로부터 극단으로 소외된 소수자로서 난장이가 등장한다. 주인공 난장이 사내는 채권 매매, 칼 갈기, 펌프 설치, 수도 고치기 등 일시적인 단순 노동으로 생계를 꾸려가는 도시 빈민으로 무허가 판잣집에서 가족들과 근근이 연명하는데, 이 집이 도시 재개발의 명목으로 철거되고 만다.

> 동사무소 앞에 사람들이 서 있었다. 쇠망치를 든 사람들이었다. 그들이 헐어버린 공터를 가로 질러 우리 집을 향해 오고 있었다. 내가 대문을 잠 갔다. 어머니가 밥상을 차렸다. 형이 상을 들어다 마루에 놓았다. 형은 나를 걱정했다. 괜한 걱정이었다. 그들이 쇠망치로 머리를 내리친다 해도 나는 가만히 있었을 것이다. 아버지가 먼저 수저를 들었다. (약 200자 생략) 대문을 두드리던 사람들이 집을 싸고 돌았다. 그들이 우리의 시멘트 담을 쳐부수었다. 먼저 구덩이가 뚫리더니 담은 내려앉았다. 먼지가 올랐다. 어머니가 우리들 쪽으로 돌아앉았다. 우리는 말없이 식사를 계속했다. 아버지가 구운 쇠고기를 형과 나의 밥그릇에 넣어주었다. 그들은 뿌연 시멘트 먼지 저쪽에 서서 우리를 지켜보았다. 그들은 안으로 들어오지 않았다. 그

대로 서서 우리의 식사가 끝나기를 기다렸다. (약 150자 생략) 우리는 어
머니가 싸놓은 짐을 하나하나 박으로 끌어냈다. 어머니가. 부엌으로 들어
가 조리·식칼·도마 들을 들고 나왔다. 마지막으로 아버지가 나왔다. 아
버지는 아버지의 공구들이 들어있는 부대를 메고 나왔다. 쇠망치를 든 사
람들 앞에 쇠망치 대신 종이와 볼펜을 든 사나이가 서 있었다. 그가 아버
지를 보았다. 아버지가 바른손을 들어 집을 가리키고 돌아섰다. 쇠망치를
든 사람들이 집을 쳐부수기 시작했다. 한꺼번에 달라붙어 집을 쳐부수었
다. 어머니는 돌아앉아 무너지는 소리만 들었다. 북쪽 벽을 치자 지붕이
내려앉았다. 지붕이 내려앉을 때 먼지가 올랐다. 뒤로 물러섰던 사람들이
나머지 벽에 달라붙었다. 아주 쉽게 끝났다.

– 조세희의 <난장이가 쏘아올린 작은 공>에서.

(창비, 2005 : 제28권, 74~6쪽)

그러나 난장이는 판잣집 철거로 얻은 아파트 입주권을 헐값에 부동산
업자에 넘기고 무주택자가 되고 만다. 가족은 뿔뿔이 흩어지고 결국 난
장이 김불이는 부랑노동자로 떠돌다 공장 굴뚝 꼭대기에서 몸을 던져 추
락사한다. 그의 아들 영수가 공장노동자로서 가족 생계를 이어가지만, 최
저생계비에도 미치지 못하는 저임금에 시달리다 노조 활동을 주도한다.
그러나 사주 측의 방해로 좌절하고 끝내는 사형선고를 받기에 이른다.

이 작품은 인물과 환경의 극단적인 불화관계를 보여준다. 못가진 자
(난장이, 피해자)와 가진 자(거인, 가해자)의 대립을 통해 사회적 모순을
그려내고 있고, 여기에 팬지 꽃과 폐수를 대비시켜 문학적 상징을 강화
하고 있다. 팬지 꽃과 폐수로써 문학적 향취를 확보하면서 동시에 사회
의 구조적 모순으로서의 계급 모순도 선명하게 부각되어 있다.

4. 맺음말

사람이 장소애(topophilia)를 갖는 것은 매우 자연스럽다. 사람이 처한 장소로 가장 근원적인 공간이 자연이라면, 그래서 인간은 자연과 친화하거나 합일하고자 한다. 생태론은 이런 근원적인 무의식적 지향성을 논리적인 준거로 해명해내고 있다. 다만 인간의 환경으로서의 자연을 그저 수동적으로 소여(所與)된 '소산적 자연'으로 보지 않고 '능산적 자연'으로 간주한 점에서, 인간과 자연과의 관계는 일률적이지도 않고 그 양태와 작용도 다양하며, 그래서 '참여적 진화'를 해나가는 자연 속에서 인간의 위치와 역할도 다양해진다.

세상의 인간과 자연은 소설이라는 문학 양식에서는 인물과 환경이라는 주요 요소로 변전되어 나타난다. 소설은 이 양자의 관계에 따라 그 성격이 크게 달라진다. 더욱이 근대 이후 소설은 상실된 총체성 회복의 열망을 담으면서 소설에서 환경은 더욱 중요해졌다. 현대소설이 최근에 가까울수록 리얼리즘적 속성을 강화해온 것도 이와 무관하지 않을 것이다.

한국 현대소설 중 주요작품을 통해 이런 속성들을 간추려보면 다음과 같다.

첫째, 이효석·정비석·오영수의 이른바 '서정적 소설'의 경우, 근본 생태론이 추구하는 '생명중심적 평등'이 구현되었다고 할만하다. 이 작품들에서 자연은 유기적 전체로 그려져 있고 인물들은 그 안에서 하나의 부분으로 등장한다. 그래서 인물들은 자연물들과의 공생의 원칙에 충실하다. 그러나 그 인물들이 확장된 의식의 동심원에 따라 대자아(Self)를 실현하는지는 의문이다. 그들이 친화하거나 동화된 자연은 어떤 능동적으로 작용하는 '능산적 자연'이 아니라 기계론적으로 소여된 '소산적 자연'에 가까운 것으로 이해되기 때문이다. 그래서 그들의 자연친화적 정서도 단순한 '장소애'를 넘어서지 못함으로써, 이들 작품은 피상적으로는 생태론적 토대를 지니고 있지만, 그런 토대를 넘어 더욱 확산된 목표로 나아가는 전망은 제시하지 못하였다고 할 수 있다.

둘째, 김유정·오영수·한승원 소설에 나타난 '인물과 환경과의 갈등' 문제는 환상적인 서정 세계를 벗어난 현실세계에서는 당연한 현상이라 할만하다. 이미 1930년대에 식민지 모순이 극도에 이르렀으니 인간과 환경의 조화로운 화해는 당시부터 기대하기 어려워진 상황이었다. 그런 점에서 김유정의 소설은 상당한 시대인식의 성취를 이루었다고 할 만하고, 오영수와 한승원의 경우는 해방 후 혼란스러운 상황에서나마 인간과 환경의 관계를 진정성 있게 형상화하려는 시도로 해석된다. 또한 이 작품의 주인공들은 자신의 환경과 갈등관계에 처해 있지만, 그들은 여전히 그 속에 머물면서 자신과 환경(장소)과의 관계를 진정성 있는 관계로 복원하려고 노력한다. 이런 노력은 생태론적 관점에서 소중한 지향으로 평가할 만하다.

셋째, 1970년대를 화려하게 수놓은 리얼리즘 계열 소설들은 환경으로부터 극단적으로 소외된 인물들을 집중적으로 부각하였는 바, 이는 장소론의 관점에서는 당시 급진적인 도시화와 산업화로 한국사회가 갑작스럽게 장소감을 상실해가는 현상에 대한 비판이라 할 만하다. 물론 작가에 따라 '장소감 상실'에 대한 문학적 대응은 다소 차이가 있어, 장소감 상실로 인한 부박한 인물을 부각하기도 하고(조세희·윤흥길), 장소감 상실의 구조적 원인을 천착하면서도 여전히 장소에 대한 애착을 버리지 않기도 하며(이문구), 그런 문제에 정면으로 대응하여 해결책을 탐색하기도 한다(황석영). 이런 사소한 차이에도 불구하고 이 작가들은 인물이 처한 환경의 문제점과 모순을 지적하여 그것을 개선하려는 강한 의지를 표명한 점에서는 공통적이다. 이는 이른바 '2차 자연'으로서의 환경을 '자유 자연'으로 발전시키는 참여적 진화의 과정을 공히 강조한 것으로 해석된다. 물론 이 작품들에서 사회생태론자들이 목적한 '반(反)계급', '도덕경제 실천', '대안공동체 실현' 등이 구체화되지는 않았지만, 그것의 전제조건으로서 환경에 대한 정확한 인식, 그 환경(장소)과의 진정성 회복 등을 강하게 표상한 점에서 사회생태론의 전망을 함축하고 있다고 하겠다.

참고문헌

구승회, ≪생태철학과 환경윤리≫, 동국대 출판부, 2001.

구자희, ≪한국 현대생태담론과 이론 연구≫, 새미, 2004.

김욱동, ≪문학생태학을 위하여≫, 민음사, 1998.

문순홍, ≪생태학의 담론≫, 아르케, 2006.

문종길, <심층생태론은 생태 위기의 철학적 대안이 될 수 있는가?>, ≪환경철학≫, 한국환경철학회, 2002.

문홍술, <친화적 자연에서 가혹한 원시적 자연에 이르는 과정>, ≪경남의 작가들≫, 박이정, 2006.

송명규, <환경철학의 전개 2 : 근본생태론>, ≪지역사회개발연구≫ 21집, 자역사회학회, 1996.

윤찬원, ≪도교 철학의 이해≫, 돌베개, 1998.

이준모, ≪생태철학≫, 도서출판 문사철, 2012.

이효석, ≪이효석 전집 1≫, 창미사, 1983.

정진일, ≪도가철학 개론≫, 서광사, 2001.

조정래·나병철, ≪소설이란 무엇인가≫, 평민사, 1991.

창비, ≪20세기 한국소설≫, 창작과비평사, 2005.

한면희, ≪초록문명론≫, 동녘, 2006.

Bookchin, M., 문순홍 옮김, ≪사회생태주의의 철학≫, 솔, 1997.

Bookchin, M., 박홍규 옮김, ≪사회생태주의란 무엇인가≫, 민음사, 1990.

Lukács, G., 반성완 옮김, ≪소설의 이론≫, 심설당, 1989.

Merchant, C., 허남혁 옮김, ≪래디컬 에콜로지≫, 이후출판사, 2007.

Polanyi, Kl, : 박현수 옮김, ≪거대한 변환≫, 민음사, 1991.

Relph, E., 김덕현·김현주·심승희 옮김, ≪장소와 장소상실≫, 논형, 2005.

Tuan, Yl-Fu, 구동회·심승희 옮김, ≪공간과 장소≫, 도서출판대윤, 1995.

■ 편집자 주석

1) 생태 환경: 생태란 자연의 기본이 되는 생물집단이 생활을 영위하는 상태를 말한다. 또 이들 생물간 상호작용과 관련 요소를 하나의 유기적 기능으로 표현하여 생태계로 일컫고 있다. 환경은 거시적으로 표현하면 인간을 비롯한 지구상의 삼라만상을 둘러싸고 상호작용을 하는 여러 요소와 조건을 말하며 통상 현시점에서 많이 쓰고 있는 개념은 인간 생활 주변에서 직, 간접적으로 영향을 주는 주위의 생물과 무생물의 존재 및 그 상태를 말하고 있다. 환경이 먼저냐, 생태가 우선이냐는 것은 '닭이 먼저냐 달걀이 먼저냐'하는 오래된 명제와도 일견 유사해보이지만 자연의 이치대로는 생태가 전제되어야 다음으로 환경을 논할 수 있다.

2) 근본생태론(Deep ecology): 1973년 노르웨이 철학자 네스(Arne Næss)가 최초로 사용하고 정립한 용어이며, 이후 게리 스나이더(Gary Snyder), 워윅 폭스(Warwick Fox), 조지 세션즈(George Sessions), 프리초프 카프라(Fritjof Capra)와 같은 환경주의 학자들에 의해 이론적으로 계승되었다. 근본 생태론은 자연의 범신론적 동일시와 결합되어 있으며, 인간을 포함한 모든 창조물은 평등하다는 사고를 전제로 하고 있다. 이 이론에서 생태계 위기의 근본적인 원인은 모든 자연 가치관을 인간적 측면에서 평가하고, 자연을 인간의 욕망을 충족시키기 위한 자원이나 물질로 파악하는 인간 중심적 사고방식에 있다고 주장된다. 근본생태론자들은 환경 문제를 인간적 측면에만 집중하여 해결하려는 자들을 '표층생태주의자(shallow ecology)'라고 비판한다.

3) 사회생태론: (Social ecology): 1964년에 급진적인 환경운동가인 머레이 북친(Murray Bookchin)이 주장한, 사회·경제·환경 철학이다. 사회생태주의의 기본적인 내용은 사회 구조 면에서 인간을 억압하는 권위의 종식은, 인간에 의한 자연의 억압, 지배의식이 사라질 때 비로소 실현할 수 있으며, 자유와 권위에 대한 인간의 삶과 인간에 의한 권위, 그리고 인간이 자연에 행사하는 권위 의식의 종식과정을 참여주의적 진화관이라 명명했으며, 그것을 인간의 사회와 자연의 사회를 비유했다. 이 때문에 에코-아나키즘이라고도 불리운다. 사회를 구성하는 모든 요소가 생태에 밀접한 관련을 띠고, 그것이 생태주의적으로 나아간다면, 최종적으로 지속 가능한 발전을 이룰 수 있다는 사상, 이론이다. 현재 전 세계 환경운동가들의 기본적인 이론이다.

4) 소산적 자연(所産的自然, Natura Naturata): 자연을 조물주가 이데아, 즉 수학적 조화의 원리에 따라 만든 완성품이라고 본 플라톤에 의해 처음 제시되었다. 근대 이후의 기계론적 자연관이나 기계적 결정론은 이런 전통을 이어받은 것이다. 중세 스콜라 철학에서 능산적 자연은 창조자로서의 신을, 소산적 자연은 창조되는 자로서의 자연을 의미했지만, 스피노자는 이 두 개념을 창조주와 피조물의 관계로 이해하지 않고 더 밀접하게 연관시켜서 범신론적 의미를 부여하였다. 스피노자는 무한하면서도 역동적·능동적·창조적 실체로서 합목적적으로 작용하는 자연을 능산적 자연이라고 받아들이고, 이것이 가변적·수동적·양태적으로 나타나는 자연을 소산적 자연이라고 해석했다.

5) 장소애(topopillia): 토포필리아는 희랍어로 장소를 뜻하는 '토포(Topo)'와 사랑을 의미하는 '필리아(Philia)'를 합쳐서 만든 조어로 '장소애(場所愛 장소에 대한 사랑·유대·결속)'라고 번역할 수 있다. 한마디로 자연환경과 인간존재를 이어주는 정서적 관계를 나타낸다.

6) 무장소성: 전근대적 수공업적 사회가 현대 산업 사회로 전환함에 따라 점점 장소가 훼
   손되거나 사라져 진정한(authentic) 장소감이 아닌 비진정한 (inauthentic) 장소감 경험을
   경험하는데, 이러한 경험을 무장소성이라 할 수 있다. 현대 산업 사회의 주요한 특징인
   매스커뮤니케이션(교통과 통신 매체), 대중문화, 대기업, 중앙 집중화된 정치 체제, 경
   제 체제는 무장소성을 끊임없이 조장한다.

※ 이 글은 『건지인문학』 제 14집에 실렸던 것을 새로 다듬은 것입니다.

『얄개전』 연구
—『학원』 연재소설을 중심으로 —

목 차

[해 설]

◎ 목적 및 특성

이 연구는 전후『학원』잡지의 위상과 중학생 독자의 형성 과정을 바탕으로 하여 잡지에 연재된 「얄개전」의 서사 구조를 통해 명랑 소설의 서사 구조를 밝히는 데 목적이 있다.

◎ 연구 대상 및 방법

「얄개전」은 전후 중학생을 대상으로 한『학원(學園)』잡지에 '연재 명랑 소설'이라는 이름으로 연재된 작품이다. 「얄개전」은 연재가 시작된 지 두 달 후에 8만 부라는 당시에는 기록적인 매수를 기록할 만큼 인기가 있었으며, 연재 이후 단행본과 라디오 극으로 만들어지기도 했다. 또한, 1977년 <고교얄개>(조흔파 원작, 석래명 감독)로 만들어지기도 했다.

기존에는『학원』잡지의 성격을 규명하기 위해서나 영화의 원작으로 「얄개전」을 분석하는 것이 대부분이었다. 그러나 이 논문은 잡지 연재물로서 「얄개전」을 연구 대상으로 하고 있다.

◎ 핵심 내용

조흔파의 「얄개전」(1954, 5~1955, 3)은 『학원』에 총 11회 연재된 '명랑 소설'
이다. 「얄개전」이 실린 『학원』은 1952년 전후 교육제도의 변화로 인해 급증한
학생층을 독자로 설정하여 창간된 잡지이다. 명랑 소설의 대표작이라고 일컬어
지는 이 작품은 당대에 최고 판매 부수를 기록할 정도로 인기가 있었으며, 이후
단행본과 영화로 만들어지기도 했다.

이 논문은 『학원』에 대한 문학사적인 위상 연구를 바탕으로 잡지에 실린 개별 작품
인 「얄개전」을 분석하였다. 「얄개전」의 주인공 '두수'는 미션 스쿨인 학교에서 갖은 장
난을 친다. 또한, 아버지가 영문과 교수인 가정에서도 누나들을 상대로 장난을 일삼는
다. 두수는 낙제를 두 번이나 했지만, 선생님과 아버지에게 마음껏 장난을 치면서도 처
벌받지 않는다. 이는 1950년대 입시경쟁이 과열되어 사회적 문제가 되었던 당대 중학
생들의 모습과는 다르다. 학업에 대한 부담감이 증폭되었던 시기에 '두수'의 장난은 쉽
게 저항하기 힘든 권위에 도전하는 '재미'를 주고 이를 통해 독자에게 해방감을 주면서
'명랑 소설'의 인기를 이끌어낼 수 있었다.

이와 같은 두수의 장난은 인과적인 결말을 이루지 않는 에피소드의 나열로 이
루어져 있어서 부차적인 사건 역할만을 한다. 그러나 마지막 회에 이르러 우연한
기회에 두수가 학교를 구한 영웅이 되면서 중심 서사가 '낙제생이 영웅이 되는
과정'으로 전환되면서, 모든 사건은 바로 이 중심 서사에 수렴된다. 이는 전후 학
생의 사회적인 역할과 의무를 강조하던 시기에 국가에 대한 책임과 의무를 다하
는 '예비국민'으로 만들기 위한 교훈적인 결말이라고 할 수 있다. 결국 「얄개전」
에서 두수가 학교와 가정에서 벌이는 장난은 전면에 드러나는 사건이지만, 중심
서사를 이루지 못하고 부차적인 에피소드에 머물러 있다가 마지막 회에 이르러
두수가 영웅이 되는 사건을 강조하기 위한 장치로 작용하는 것이다.

이와 같이 「얄개전」에 전면에 드러나는 재미있는 사건을 교훈적인 사건으로 수
렴하는 것은 대중 소설의 '재미', '교화'를 동시에 반영하기 위한 구조라고 할 수
있다.

◎ 연구 효과

이 논문은 『학원』의 문학사적 위상과 잡지의 특성에 대한 연구에서 나아가 개별 작
품에 대한 연구까지 그 영역을 확장시키는 연구 효과를 기대할 수 있다. 『학원』은 전
후에는 중학생, 1960년대에는 중·고등학생을 대상으로 한 문예 잡지의 성격을 띠고
있었기 때문에 청소년 문학사를 연구 자료로서 의의가 있다. 이에 「얄개전」의 연구는
청소년 문학, 그 중에서도 명랑 소설 장르의 특징과 계보 연구의 시발점이 되리라 기
대한다.

1. 머리말

「얄개전」은 1954년 5월부터 1955년 3월까지 '연재 명랑 소설'[1]이라는 이름으로『학원』잡지에 연재되었다. 작가 조흔파[2]는 「얄개전」 연재 이전에 「할머니」(1954. 1)와 「하마트면」(1954. 4)과 같은 단편을 '명랑 소설'이라는 이름으로『학원』에 연재한 바 있다. 단편 명랑 소설이 인기를 끌자 "총 3회로 계획하고 「얄개전」의 연재를 시작했지만, 첫 연재부터 폭발적인 호응에 힘입어 10회로 연장하게 되었고 다시 1회를 연장하여 1955년까지 11회를 연재"[3]하였다. 「얄개전」의 연재가 시작된 지 두 달 후인 "1954년 7월『학원』잡지는 8만 부라는 기록적인 매수를 기록"[4]했다. 이와 같은『학원』의 판매량은 "그때까지 한국 잡지 역사상 최고의 판매 부수를 기록한 잡지로 위상을 세우게"[5] 되었다. 또한 「얄개전」의 인기는 연재가 끝나고 난 후에도 계속되어 바로 단행본으로 발간되었으며, 라디오 극과 영화로도 만들어졌다.[6]

---

1) '명랑소설'이라는 서사 장르가 언제부터 쓰였는가에 대해 조계숙은 "명랑소설 장르는 유머소설을 계승·확대하면서 형성되었다."고 밝히고 "짧은 분량에 서사를 담은 유머소설은 1940년을 전후로 명랑소설이라는 명칭과 혼용되어 쓰였고, 이런 혼용 현상은 명랑소설이 확고히 자리를 잡는 1950년대까지 지속되었다"고 한다.(조계숙, 「얄개들의 존성시대와 웃음의 수사학」,『대중서사장르의 모든 것, 4.코미디』, 이론과 실천, 2013, 241-242쪽)

2) 조흔파(1918~1981)평안남도 평양시에서 출생하여 기독교 재단인 광성 재단에 속해 있는 광성 유치원, 광성 보통학교를 졸업하고, 광성 고등보통학교를 자퇴한다. 1940년 일본 센슈대 신학부 입학한다. 정미영은 조흔파의 작품세계에 대해 "무교회주의자 우찌무라 간조의 기독교 사상과 일본 대중적 아동문학 작가 사사키 구니와 사토 고로꾸에게서 많은 영향을 받았으리라는 점을 추정해 볼 수 있다"고 밝히고 "특히 그가 번역한 마크 트웨인의 아동문학을 통해서 유머와 사회와의 관계에 대한 중요한 시사점을 얻었"을 것이라고 분석한다.(정미영, 「조흔파 소년소설 연구」, 인하대 대학원, 석사논문, 29쪽 참조)

3) 정미영, 위의 글, 22쪽.

4) 양평, 「베스트셀러로 본 우리 출판 100년」,『우리출판 100년』, 현암사, 2001, 254쪽.

5) 장수경,『『학원』과 학원세대』, 소명출판, 2013, 129쪽.

지금까지 「얄개전」에 대한 연구는 크게 두 가지로 나누어 볼 수 있다. 먼저, 『학원』 잡지의 성격을 밝히기 위해 「얄개전」을 분석한 연구이다. 장수경[7]은 『학원』을 읽고 자란 세대를 '학원 세대'로 지칭하면서 『학원』의 문학사적 위상을 연구한 바 있으며, 정미영[8]은 『학원』을 통해 청소년 소설의 형성과정을 밝힌 바 있다. 이밖에도 아동·청소년 장르물로 「얄개전」을 연구한 경우와 코미디 장르의 특성으로 분석한 연구[9]가 있다. 또한 영화 <고교 얄개>(조흔파 원작, 석래명 감독, 1977년)의 원작 소설로 「얄개전」이 연구되는 경우이다. 권은선[10]은 1970년대의 영화 중 하나로 <고교 얄개>를 '생체정치'라는 개념으로 고찰하고 있다.

이와 같이 「얄개전」에 대한 다양한 연구가 진행됐음에도 불구하고 『학원』의 연재된 개별 작품에 대한 연구는 충분히 이뤄지지 않았다. 이에 본고는 「얄개전」의 지금까지 『학원』 잡지 성격에 관한 연구를 바탕으로 잡지에 실린 개별 작품의 연구로 그 영역을 확장하고자 한다.

---

6) 조흔파의 「얄개전」은 연재가 끝나고 난 직후 1955년 단행본으로 출간된다. 또한 1969년 10월 5일부터 어린이극장에서 매주 일요일 6시 30분부터 총 13회 분량으로 드라마로 방영되었다.(<매일경제> 1969.10.4. 8면) 영화로는 1965년 <얄개전>(조흔파 원작, 정승문 감독)이 제작되었다. 1977년 <고교 얄개>(조흔파 원작, 석래명 감독)는 주인공을 고등학생으로 변경해서 제작되었으며, 25만 명의 관객 수를 기록했다. 이에 같은 해 <고교 얄개>의 속편으로 <고교 우량아>(김응천 감독)가 제작되었다. (한국영화데이터베이스http://www.kmdb.or.kr/SearchSF1/totalSearch.asp 참조) 조흔파의 부인 정명숙은 「얄개전」이 "영화로 9번, 연극으로 3번, 라디오 드라마로 2번, 만화로 1번 다시 만들어졌다"(정명숙, 「사전에 오른 '얄개'의 추억」, 『창비어린이』, 통권 42호, 2013.9, 224쪽.)고 하는데, 정확한 제작 연도는 밝히고 있지 않다.

7) 장수경, 「『학원』의 문학사적 위상연구」, 고려대 대학원 박사논문, 2010.

8) 정미영, 「형성기의 청소년 소설 연구 : 1950년대 학원을 중심으로」, 인하대 대학원 박사논문, 2014.

9) 김상욱 외, 『한국 아동청소년문학 장르론』, 청동거울, 2013.
정미영, 「조흔파 소년소설연구」, 인하대학교 석사논문, 2002.
대중서사장르연구회, 『대중서사장르의 모든 것, 4. 코미디』, 이론과 실천, 2014.

10) 권은선, 「1970년대 한국영화연구-생체정치, 질병, 히스테리를 중심으로」, 중앙대 대학원 박사논문, 2010.

연재 당시 「얄개전」은 각 회마다 소제목[11]이 붙여져 있다. 한 달에 한 번 연재되는 소설의 특성상 각 회는 하나의 사건으로 완결되어 마무리된다. 이 때문에 각 회의 사건은 다음 사건으로 연결되는 인과성을 지니지도 않으며, 인물 간의 갈등이 고조되지도 않는다. 다만, 개별 사건은 "느슨한 연결고리 속에 에피소드적 장면을 축적"[12]하는 데 그치고 있다.

보통 서사물에서 한 이야기의 사건은 '플롯'이라고 불리는 하나의 배열을 구성하는데, 여기에는 논리적인 인과성이 존재한다.[13] 서사물에서 인과관계로 작품 전체를 이끌어가는 주요 사건을 '중핵(kernel)'이라고 하고, 이를 뒷받침하는 부차적 플롯 사건을 '위성(satelite)'이라고 한다.[14] 「얄개전」의 경우 부차적인 플롯 사건이라 할 수 있는 일회적인 에피소드가 연재 대부분을 차지하고 있으며, 인과관계로 작품을 이끌어가는 중핵 사건은 연재의 마지막 회에 이르러 제시되고 있다.

이러한 작품의 특징은 에피소드를 한 회차에 완결짓기 위한 형식상의 특징이기도 하지만, '얄개'라는 인물의 특성을 점층적으로 쌓아가는 방식으로 이해할 수도 있다. 조계숙은 「얄개전」의 서사구조를 두고 "특히 조혼파의 명랑소설은 마치 소극과 같이 '짤막하고 소란한 플롯'의 연속체로 구성되는 특색이 있다"고 분석하고 "이 서사 구조는 매 회마다 기계적으로 반복되는 소극이 쌓이는 서사 방식으로 시트콤 장르와 유사하다."[15]라고 설명한다.

---

11) 연재 회차와 소제목은 다음과 같다.
　　제1회-청춘의 씸볼(1954, 5), 제2회-장난 이력서(1954, 6) 제3회-또 하나의 별명(1954, 7), 제4회-아버지 얄개(1954, 8), 제5회-신진 인격자(新進 人格者)(1954, 9), 제6회-분발거사(奮發居士)(1954, 10), 제7회-작심 삼일(作心三日)(1954, 11) 제8회-행사(行事)의 달(1954, 12), 제9회-선생 얄개(1955, 1) 제10회-겨울 방학(1955, 2) 제11회-시담회(試膽會)(1955, 3)
12) 권은선, 위의 글, 45쪽.
13) 시모어 채트먼, 김경수 역, 『영화와 소설의 서사구조』, 민음사, 1994, 49쪽.
14) 시모어 채트먼, 위의 책, 61~63 참조.

이에 본고는 「얄개전」의 개별 작품에 대한 연구를 확장시키기 위해 작품의 서사구조를 사건을 중심으로 고찰하고자 한다. 먼저 2장에서는 한 회차에 마무리되는 위성에 해당하는 사건을 학교와 가정으로 나누어 살펴본 다음 3장에서 작품 전체를 관통하는 중심 서사를 분석하고자 한다. 또한 이를 바탕으로 부차적 사건인 위성이 중심 서사에 어떤 영향을 미치는가를 살펴보겠다. 마지막으로 4장에서는 이를 통해 「얄개전」에서 형상화 된 전후 중학생의 모습이 어떤 상징성을 띠고 있으며, 어떻게 『학원』 잡지의 독자층을 형성하게 되었는지에 대해 고찰하고자 한다.

2. '명랑'한 장난과 서구문화의 동경

2.1. 민주주의와 종교의 허상

「얄개전」은 두 번이나 낙방을 한 또래보다 두 살이나 많은 중학생 '나두수'라는 인물을 중심으로 벌어지는 사건이다. 얄개는 학교에서 천 여 명의 학생 대부분이 알고 있는 '명사'로 각 회의 에피소드는 바로 얄개가 학교 내에서 유명하게 된 경위를 밝히는 사건이다. 먼저 이 절에서는 학교에서 벌어지는 사건에 대한 분석을 하고자 한다.

> 나 두수(羅斗秀)란 것은 얄개의 본명이다. KK 중학교의 천 여명 학생 중에서 두수를 모르는 학생이라곤 거의 없을 지경으로 그는 전교 내에 명성(?)을 떨치고 있는 것이다. 그러기에 KK 중학교의 교표를 달고 다니는 가짜 학생을 잡아낼 양이면, 그들이 가지고 있는 신분 증명서를 조사하기

---

15) 조계숙, 위의 글, 261쪽.

보다는 얄개를 아느냐고 물어 보아서 잘 알고만 있으면 진짜 학생으로 믿어도 틀림이 없으리라고까지 일러오는 터이다.

재적 학년은 아직도 일 학년인 두수가 일약 교내의 명사(名士)가 되었는가에 관해서는 차츰 밝혀질 일이거니와 적어도 우등생이라든가 또는 운동 선수라든가 또는 음악, 미술, 문학 등에 뛰어난 재주가 있는 때문은 아니다.(중략)

게다가 KK중학교는 미국 선교회(宣敎會)에서 설립한 밋슌·스쿨이고, 교장은 닥터 허드슨이라는 미국인인데 그는 선생들이 학생들에게 손질을 못 하도록 하기 때문에 어떠한 일을 해도 따귀를 얻어맞는다든가 하는 따위의 위협이 결코 없으니, 장난을 치기에는 아주 안성마침이다.

"학생을 때리는 일, 민주주의 아닐뿐더러 하느님 도리에 맞지 않습니다. 뺨을 때리는 선생님 악마(惡魔)요."16)

이처럼 얄개가 다니는 학교는 미국 선교회가 설립한 미션 스쿨이다. 미국인 교장 선생님은 학생을 때리는 일은 '민주주의'와 '하느님 도리'에 어긋난다고 말한다. 얄개가 학교에서 장난을 치면서도 육체적 처벌을 받지 않는 것은 이 때문이다.

얄개는 학교에서 교사를 조롱하고 학교 행사를 망치는 장난으로 교사의 권위에 도전한다. 예를 들면, 얄개는 고지식한 태도로 공부만을 강요하는 수학 선생님에게 "마치 수학 교원은 천한 직업이라는 듯이", "수학을 잘 하시는 좋은 두뇌를 가지고 계시면서, 위대한 과학자는 언제나 되시려고, 십 년을 하루같이 진저리가 쳐지도록 남이 싫다는 수학만 가르치고 계십니까?"('청춘의 씸볼', 1954, 5)라는 질문을 던지면서 교사의 권위를 조롱한다. 또한 장거리 행군에 가까운 소풍이 싫어서 70명의 교

---

16) 조흔파, 「얄개전」, '제1회 청춘의 씸볼', 『학원』, 1954, 5.
　　앞으로 인용문은 소제목과 발행 연월만 적는다. 인용문의 밑줄은 『학원』의 연재 당시 있었던 것임을 밝힌다. 「얄개전」의 경우 고유명사에 밑줄이 그어져 있다.

사의 신발을 모두 섞어 놓기도 한다.('행사의 달', 1954, 12) 더 나아가 학
년 말 시험에 문제가 어렵다는 구실로 같은 반 친구를 부추겨 백지 동맹
을 하여 '낙제당 당수'('또 하나의 별명', 1954, 7)라는 별명까지 얻는다.

얄개가 이와 같은 장난을 할 수 있었던 것은 무엇보다 '학생들에게
손질'을 하는 학교가 아니기 때문이다. 학교는 민주주의의 원칙과 종교
적 교리를 내세우면서도 성적에 의한 차별, 엄격한 규율, 학생들 의견에
반하는 소풍과 같이 실제 학교 운영에서는 여전히 학생들의 자율을 무
시하는 규칙들이 대부분이다. 얄개의 장난은 바로 이 원칙과 현실의 모
순을 파고드는 것이다.

또한, 얄개의 장난은 종교적인 교리와 원칙을 위반한다. 예를 들면, 기
도 시간에 찬송 대신 아리랑 타령을 부르거나 모두 눈을 감고 기도할 때
호주머니에서 눈깔사탕 한 개를 꺼내어 가지고는 걸상 밑 마룻바닥 위로
대그르르 소리가 나도록 굴리는 장난('청춘의 썸벌', 1954, 5)등이 그것이
다. 그러나 이러한 장난을 치고도 미션 스쿨이기 때문에 교장실에 불려
가 고작 "어린 양을 구원하소서"('청춘의 썸볼', 1954, 5)라는 기도를 받
는 것이 처벌의 전부다. 얄개는 이 처벌조차 장난으로 빠져나간다.

이처럼 얄개는 마음껏 교사를 조롱하고 기도 시간을 장난으로 일관하
는 분방한 학생의 이미지이지만, 당대의 사회의 문제를 '명랑'한 장난으
로 드러냈기 때문에 교화의 대상이 아닌 '명사'로 대접받는다. 1950년대
『얄개전』과 같은 '명랑소설' 인기를 끌게 된 것은 "질박하고 때로는 비
속하기조차 한 인간사의 면들을 가벼운 해프닝과 웃음으로 처리함으로
써 우울한 전후 현실을 견딜 수 있는 휴식의 정서를 제공"[17]하는 역할
을 했기 때문이라고 할 수 있다.

---

17) 김지영, 「'명랑'의 역사적 의미론-명랑 장르 코드의 형성과정을 중심으로」, 『한민족 문화연구』, 한민족문화연구회 48집, 2014, 350쪽.

미국을 통해 일방적으로 유입된 민주주의와 종교는 학교라는 공적인 영역에서 완전히 체화되지 못한 채 문화적 이미지로만 받아들여졌고, 이러한 문화적 이미지와 학교 현장의 모순이 「얄개전」에서 '명랑'한 장난을 통해 드러나고 있다. 1950년대 미국은 군대 주둔과 경제 원조를 통해 영향력을 발휘하고 있었던 상황에서 자국이 '자유와 민주주의 나라'임을 각인시키고 이를 통해 정치적 민주주의를 유포하려 했으나, 오히려 '자유와 민주주의'는 정치적 함의보다는 분방한 문화적 이미지로 수입되었다.[18] 또한, 기독교 역시 전후 학교 교육의 제도적인 발전에는 상당 부분 기여한 것이 사실이지만, 과열된 입시 경쟁에 시달리던 당대의 학생들에게 자유와 평등 그리고 박애의 정신은 오직 기도 시간에만 강조될 뿐이었다.

결국 「얄개전」은 학교라는 공적 영역 내의 민주주의와 종교의 허상을 얄개의 장난을 통해 나타냄으로써 전후 현실을 웃음으로 드러내고 있다.

2.2. 서구식 문명과 교양의 실천

「얄개전」 1회에서 얄개가 학교에서 장난을 칠 수 있는 조건이 육체적인 체벌이 불가능한 미션 스쿨임을 소개한 것처럼, 연재 2회 '장난 이력서'에서는 가정에서 장난을 칠 수 있는 조건을 다음과 같이 제시하고 있다.

> 얄개는, S대학의 영문학 부장인 나 교수(羅敎授)의 막등 아들로 태어났다. 위로 누나만 둘이 있으니, 외아들로 자랐는데다가 타고난 소질에 응석이 범벅이 되었으니 어릴 때부터 손을 댈 수 없는 장난군으로 매우 전도

---

18) 권보드래, 「실존, 자유부인, 프래그머티즘」, 『아프레걸 사상계를 읽다-1950년대 문화의 자유와 통제』, 동국대학교 출판부, 2002, 90쪽.

가 촉망되었었다. 무슨 장난을 쳐도 "허허허" 하고 웃기만 하는 호인(好人) 아버지였기 때문에 장난에는 면허장(免許狀)을 받은 셈이었다. ('장난 이력서', 1954, 6)

즉, 얄개의 아버지는 '영문과 교수'이며, 아들의 장난에 '웃기만 하는 호인'이기 때문에 가정에서는 '장난 면허장'을 받았다고 할 수 있을 정도다. 얄개의 가족은 아버지와 어머니 그리고 위로는 누나가 있으며, 할머니는 대전에 살고 있어 2대만 도시에 거주하고 있는 '핵가족 형태'로 1950년대 도시의 전형적인 핵가족 형태[19]다.

이러한 가족의 형태에서 가족의 역할은 가부장적인 지배나 일방적인 훈육이 아니라 "강렬한 정서적 위로와 지지, 긴장의 이완"[20]으로 변화한다. 얄개의 가족 역시 얄개가 낙제한 것에 대해 비난하는 대신에 위로하고 지지하는 역할을 담당한다. 즉, 얄개가 낙제한 것을 두고 할머니는 '낙지국을 먹었다'('분발거사', 1954, 10)는 농담으로 긴장을 이완시키고, 아버지는 "한 번 움츠리었다 뛰는 개구리는 더 멀리 갈 수 있고, 뒤로 당겼다가 내지르는 주먹은 더 강한 법"('또 하나의 별명', 1954, 7)이라고 격려한다. 이는 가족 구성원의 관계가 위계에 의한 강압이나 권위에 의한 것이 아니라, 감정의 교류를 통한 강한 결속력을 맺는 관계로 전환되었음을 의미한다.

이러한 지지와 격려 속에서 가정 내에서 얄개의 장난은 '면허'를 받은 것처럼 당연하게 여겨진다. 얄개가 큰 누나인 '두희'의 목욕물에 빨간

---

19) 핵가족 형태는 도시에서 보다 전형적으로 발견되었다. 1955년 센서스 결과에 따르면 가족형태의 지역별, 직업별 분포에서 보듯이, 1~2세대로만 구성된 소가족 형태는 도시와 농촌 모두에서 일반적인 현상이지만, 도시에서 소가족이 차지하는 비율은 평균 81.9%에 이르는 반면 농촌의 경우에는 69.4%에 머물러 큰 차이를 보인다.(강인철, 「한국전쟁과 사회의식 및 문화의 변화」, 『근대를 다시 읽는다』, 역사비평사, 2006, 392쪽)
20) 강인철, 위의 글, 394쪽.

잉크 풀어 넣거나('장난 이력서', 1954, 6), 작은 누나 '두주'의 화장한 얼굴에 먹물 묻히기('장난 이력서' 1954, 6) 등과 같은 장난을 하는 것은 누나들에게는 수치심을 주기에 충분하다. 하지만 누나들은 이를 당장 혼내거나 꾸짖는 대신 꿀이라고 속이고 술을 먹이거나('장난 이력서', 1954, 6), 케이크에 쥐약이 들어있다고 하여 토하게 만드는('겨울 방학', 1955, 2) 것과 같은 장난으로 대응한다. 이렇게 가족 전체가 얄개의 모든 장난에 허용적인 태도로 일관하는 것은 바로 이 작품에서 얄개의 가족이 서구식 가족의 전형을 드러내고 있기 때문이다.

특히 아버지가 '영문과 교수'라는 점은 가정 내에서도 서구식(미국식) 생활 방식의 이상적인 모습을 보여주기 위해 설정된 직업이라고 할 수 있다. 이 작품에서는 당시 전후 도시에서 일어난 미국을 대표로 하는 서구식 문화를 단순히 보여주기 위한 부수적 사건이 제시되는데, 이는 얄개가 장난을 치는 사건도 아니며, 전체적인 서사를 이끌어가는 데 영향을 미치지 않는다.

> 저녁 식사가 끝나고 데지아트 · 코오스에 들어갔다.
> 상 위에 커다란 크리쓰마스 · 케익을 놓고 두주가 손수 썰어서 배급을 한다.
> 백 선생은 그것을 받으면서도 연성 두주의 얼굴만 쳐다보다가 하마트면 칼에 손가락을 찔릴 번하였다.
> 과자를 먹으면서 한편 트럼프 판이 벌어졌다. 두희 누나, 두주 누나, 그리고 정선이, 백 선생, 두수의 차례로 둘러앉아서 하는 트럼프는 바야흐로 백열전에 돌입한다.('겨울 방학', 1955, 2)

위의 인용문은 크리스마스에 가족 전체가 모여 파티를 하고, 서로 선물을 주고받으며, 트럼프 놀이를 하는 모습이다. 이 밖에도 손님이 오면

커피를 내오고, 손님을 초대해서는 스프와 치킨 요리를 대접하고, 포크
나 나이프를 접시 가장자리에 놓는 상차림('신진 인격자(新進 人格者)',
1954, 9)을 자세하게 설명한다.

서구화된 문화와 교양에 대한 소개는 나아가 서구 소비문화에 대한
막연한 동경에까지 이른다. 예를 들면, '두수'의 할머니가 자신을 '신식
할머니'라고 칭하면서 영어를 배우려고 한다거나('작심삼일(作心三日)',
1954, 11), '두수'가 짝사랑하는 여학생 '인숙'이 닥터 허드슨에게 받은
'파카 만년필'을 부러워하거나('선생 얄개', 1954, 11), '두주'가 자신이
가지고 있는 화장품이 코티라고 자랑하는 것('분발거사'(奮發居士)1954.
10) 등이다. 이것은 남녀노소를 막론하고 서구 소비문화에 대한 동경이
만연해 있음을 암시한다.

이는 얄개의 아버지 '나 교수'의 말을 통해서 직접 제시된다. 그는 자
신이 발명한 발명품이 하나같이 쓸모없는 것으로 평가됨에도 불구하고
자신을 "발명 대한의 선구자"이자 "국가와 민족의 복리 증진을 위한 공
로자"라고 자청한다. 그는 자신이 발명한 쥐를 잡는 '포서기(捕鼠器)'의
실패 원인을 백 선생에게 다음과 같이 설명한다.

> "한국의 쥐는 무식해서 글자를 모르니까 그렇다."
> "문맹(文盲)쥐가 많아서 그렇습니다그려!"
> 백 선생은 한마디 변죽을 울리었다.
> "암, 물론이지."
> "인텔리 쥐는 많이 오게 마련입니까?"
> (중략)
> "열마디 스무마디로 천천히 말해도 그렇지 않습니까? 선생 님께서 발
> 명하신 포서기는 문명국에서나 사용이 가능하겠습니다."
> "그 견해(見解)는 옳아. 백 군은 확실히 머리가 좋군."

"그 때는 간판을 외국말로 써 붙여야겠습니다."
"암, 그렇지. 외국 쥐들은 유식하니까… 하하하."('아버지 얄개', 1954, 8)

　위의 인용문에서 나 교수가 포서기는 '문명국'에서나 가능할 것이라
고 말하는 것은 문맹이자 후진국인 전후 사회를 조롱하는 말이다. 쥐조
차도 한국 쥐는 무식하고, 인텔리 쥐는 그나마 나은 편이고, 외국 쥐는
유식하다고 하는 그의 태도는 외국의 문명에 대한 막연한 동경이 직접
드러나 있다. 이 때문에 그가 발명하는 것은 문맹이자 후진국인 한국에
서는 통하지 않고 교양이 있는 서구의 문명국에서나 통하는 것이며, 그
가 발명을 하는 이유 역시 서구의 문명국을 만들기 위해서다.
　이처럼 얄개는 서구적인 문화와 교양이 있는 가정 내에서는 정서적
위로와 지지를 받으며 마음껏 장난을 친다. 그러나 당시 중학생은 "의무
교육제도의 본격화에 따라 초등학교 졸업생이 급증하고 중고등학교와
대학교의 서열화가 뚜렷해지고 사회 전반의 교육 열기를 시설과 교원이
따라가지 못하면서, 입시경쟁이 과열"21)되어 사회적 문제가 되었다.
　이 작품의 부차적 플롯은 학교 내에서는 종교의 허상과 학교 제도의
모순을 부각시키는데 비해 가정 내에서는 서구식 교양에 대한 동경이
보인다. 이는 서구 문화에 대한 양가적인 태도라고 할 수 있다.
　이와 같은 양가적 태도를 보이는 「얄개전」의 '두수'는 당대의 중학생
들이 원했던 학교와 가정에서의 모습이라고 할 수 있다. 이 때문에 이
작품에서 부차적인 플롯으로 여겨지는 일련의 사건들은 당대의 학생들
에게 쉽게 저항하기 힘든 권위에 도전하는 '재미'를 주고 이를 통해 독
자에게 해방감을 주면서 '명랑 소설'의 인기를 이끌어낼 수 있었다.

---

21) 강인철, 앞의 글, 394쪽.

3. 얄개에서 영웅으로 재탄생

앞 장에서 분석한 것처럼 얄개가 학교와 가정에서 벌이는 장난이 부차적인 사건이라면, 「얄개전」의 주요 사건은 어떤 것인지에 대한 의문이 남는다. 부차적 사건을 제외한다면, 「얄개전」은 성적과 연애로 고민하는 평범한 중학생의 모습이다.

> 둘러보니 주위에는 적 뿐이다. 산천초목마저도 비웃는 것만 같다. 이 허전함…, 이 안타까움…. 우울하고 답답한 심정을 거느리고 두수가 자주 상종하는 것은 용호였다. 용호까지 진급을 했다면 마음 붙일 곳이 하나도 없게 될 뻔하였다. 이 여러가지 고민 중에서도 두수를 못 견디게 괴롭히는 것은 인숙의 그림자다. 그러나 그에게서 받은 모욕을 쓸쓸히 회상하면서, 이번에야말로 우수한 성적으로 진급해야 하겠다는 결심을 반추(反芻)하는 것이었다.('분발거사(奮發居士)', 1954, 10)

위의 인용문만을 보면, '두수'는 장난만 치는 낙제생이 아니라, 학업과 이성에 대한 고민이 가득 차 있는 중학생으로 보인다. 두 번이나 낙제했기 때문에 같은 학년에 있는 친구들과 어울릴 수 없고 같은 처지인 '용호'와 어울릴 뿐이다. 이에 '두수'는 "산천 초목마저도 비웃는 것만 같은" 기분을 느끼면서 성적을 올리기 위해 아버지의 제자이자 담임 선생님인 백 선생님에게 과외를 받는다.

과외를 하던 중 '두수'는 백 선생이 머무는 하숙집 딸 '인숙'을 짝사랑하게 된다. 그러나 '두수'가 좋아하는 여학생 '인숙'은 같은 나이지만 두 학년 위이다. '두수'는 '인숙'에게 의남매를 맺자고 했다가 낙제생이라는 이유로 퇴짜를 맞는다.('신진 인격자(新進 人格者)', 1954, 9)

공부하고 장난하다가 그대로 틈이 나는 시간에는 조용히 생각에 잠길
수 있는 기회가 가끔 있었다. 이럴 적마다 인숙의 생각이 모락모락 피어
오르곤 한다. (중략)

인숙의 소행이 못 마땅하기는 하지마는 그것은 낙제생에게 대하는 태
도이고 이제 우등생이 되기만 한다면 설욕(雪辱)이 될 뿐 아니라, 인숙이
의 호감도 사게 될 것이 아닌가, 생각이 여기에 미치자 잠시도 앉아 베기
지 못할 만큼 인숙이의 또렷한 얼굴 모습이 자꾸만 눈 앞에서 아른거린
다.('작심 삼일(作心三日) 1954, 11)

'두수'는 '인숙'이 자신을 무시하는 태도를 보이는 것은 자신이 낙제
생이기 때문이며, 일단 '우등생이 되기만 한다면' 모든 것이 해결될 것
으로 생각한다. 이러한 이유까지 더해져서 '두수'는 낙제를 면하기 위해
공부에 매진한다. 또한, 성적을 올리기 위해 '두수'의 집에 "시골 때가
다닥다닥 붙은 촌뜨기"('분발거사(奮發居士)' 1954, 10)라고 놀리던 '정
선'을 하숙 들게 해서 같이 공부한다.

「얄개전」의 부차적 사건을 제외하고 본다면, 이 작품을 관통하는 중
심 서사는 바로 얄개가 영웅으로 재탄생하는 과정이라고 할 수 있다. 보
통 서사물에서 인과관계가 있는 중심 사건(중핵)이 이야기를 끌고 나가
는 핵심이 된다. 그러나 이 작품에서 중심 서사를 이끄는 사건은 부차적
사건에 비하면 상대적으로 분량도 적고 마지막 회에 집중되어 있다.

마지막 회에서 성적을 올리기 위해 노력하던 '두수'는 섣달 그믐날 당
직을 서느라 망년회에 참석하지 못한 백 선생을 위해 학교에 들러서 담
력을 시험하기 위한 시담회(試膽會)를 열었다가 우연히 도둑을 잡는다.
그는 도둑도 잡고 불도 꺼 학교를 구한 영웅으로 신문에 실리고, 학교에
서는 "두수를 표창하기 위해 대대적인 준비를"('시담회(試膽會), 1955, 3)
한다.

　불과 이삼 분 사이에 전개된 일이다. 두수의 눈에는 벌떡 일어나는 괴한이 보였다. 그리고 귀에는

　"두수야, 두수야……."

　하며 복도를 달려오면서 부르는 백 선생의 음성이 꿈속에서처럼 들리었다.

　그것 뿐이다. 그 뒤에는 기억이 없다.

　두수가 정신을 차린 때에는, 낯설은 방 침대 위에 누워 있는 것을 겨우 의식했을 뿐이다.('시담회(試膽會), 1955, 3)

　하지만 '두수'가 학교를 구한 것은 어디까지나 '기억이 없는' 사건일 뿐이다. 즉, 지금까지의 사건이 중첩된 것도 아니고, 노력으로 얻어진 결과도 아니다. 우연한 사건을 통해 중심 서사는 비로소 '알개 두수가 영웅이 되는 과정'으로 수렴된다.

　옳다! 인생 자체가 그냥 나그네 길이다. 어디로 와서 어디로 가는지 모르는 나그네-지구라는 기차를 타고 한없이 달려가는 나그네다. 세상에 살아 있는 동안 수많은 사람에게 신세를 지고 살다가 저렇게 죽는 것이 사람이 타고난 운명이다. 그렇다면 값 있게 살아 보자, 남을 돕고, 남에게 이익을 끼치면서 살아 보자. 이 세상에 빚진 것을 다 갚고 가야만 한다. 아버지나 어머니나, 두주 누나나 백 선생이, 모두 다 고달픈 나그네다. 우선 내 주변에 있는 사람들부터 돕자. 한 걸음 더 나아가서 남을 돕기 위해서는 배워야 한다. 열심히 공부하여야 한다.('시담회(試膽會), 1955, 3)

　이처럼 우연한 사건으로 인해 깨어나니 영웅이 되어 있고, 이를 계기로 '두수'는 진정으로 값있게 살아갈 것을 다짐한다. 병원에 누워서 찬송가를 들으면서 '두수'는 세상에 진 빚을 다 갚고 가야만 한다고 생각한다. 이러한 심경의 변화는 우연에 기인한 사건의 결과로 생겼을 뿐만 아니라, 직접적인 방식으로 교훈을 제시하면서 핍진성이 떨어진다.

이처럼 「얄개전」의 중심 서사는 당대의 독자에게 직접 교훈을 제시한다. 이는 당대의 중학생에게 부여된 사회적인 요구를 반영한 결과라고 할 수 있다. 또한 부차적 플롯인 얄개가 벌이는 에피소드는 마지막 회의 우연한 사건으로 인해 마무리 된다. 즉, '명랑소설'의 장르적인 성격으로 인해 한 회로 마무리되는 부차적 사건이 대부분의 서사를 이루고 있으며, 인과 관계로 이루어지는 중심 사건은 마지막 회에 집중되고 있다.

이러한 점에서 「얄개전」의 중심 사건을 통해 작가는 '얄개에서 영웅으로 재탄생'이라는 교훈성을 제시하고 있음을 알 수 있다.

4. '얄개'의 상징성과 국민 만들기

이처럼 「얄개전」은 마지막 회에 이르러 우연한 사건으로 '낙제생에서 영웅이 되는 과정'으로 마무리하면서 지금까지 얄개가 벌인 장난은 얄개를 영웅으로 만들기 이한 부수적 사건이었으며, 이를 극대화함으로써 얄개가 영웅이 되는 과정을 극적으로 만들기 위한 장치로 작용하고 있다. 이는 연재의 시작에 앞서 작가가 밝힌 '작가의 말'을 통해서도 드러난다.

"학원" 잡지를 통해서 독자 여러분을 만나보는 일이 가끔 있어 왔다. 이제부터는 계속하여 다달이 여러분을 대하게 될 것이 몹시 기쁘다. 여기에 연재하는 "얄개전"의 얄개란 말은 함경도 지방의 방언(方言)으로 평안도 말로 '아타객비', 서울 말로는 '야살이' 이런 말인데 남을 속상하게 하는 지꿎인 장난군이란 뜻이다. 사랑하는 얄개 군의 활약에 같이 웃고 그의 실패에 함께 울어보자. 삽화를 맡아주신 신동헌 선생께 깊이 감사한다.

작가는 연재에 앞서 '얄개'라는 말의 어원에 관해 설명하면서, "활약에 같이 웃고 그의 실패에 함께 울어보자"고 말한다. 이는 작가가 단지 중학생 주인공인 얄개의 장난을 단순한 에피소드 나열로 재미만을 주기 위한 목적이 아니라, 감동을 주기 위한 것이었음을 알게 해준다. 바로 이 감동을 주기 위한 부분이 낙제생 두수가 영웅으로 재탄생하는 과정이라고 할 수 있다.

그렇다면 중학생 주인공의 우연한 성공담이 인기를 끈 이유는 무엇일까? 이는 전후 중학생이라는 특정한 독자층의 형성과 관련을 찾아볼 수 있다. 전후 부족한 교육시설에 초등 의무교육의 확대로 중학생의 수는 갑자기 증가했다. 초등 6년 의무교육과 중고등학교의 학제 개편으로 말미암은 고등교육의 확대[22]로 인해 국민학교 졸업한 학생의 수가 증가함에 따라 고등교육을 받기 위해 진학한 '중학생'이 급증한 것[23]이다. 이 때문에 중학교에 재수하는 학생이 생겨날 정도로 지나친 교육열이 사회 문제가 되었다.

1950년대 이전에 10대를 전후한 연령의 독자를 대상으로 한 작품은 대부분 "'소년소설'이라는 장르명으로 통용되고" 있었으며, "청소년 독자를 위한 작품을 소년소설이라 칭하는 경우는 해방 이후에도 지속"[24]

22) 1951년 3월 교육법이 개정되면서 국가 공교육의 학제가 6-3-3-4라는 단선형으로 정착되었다. "군정기 이래 단선형 학제를 선호한 것은 교육기회의 제한을 청산해야할 식민지교육의 폐해로 보았기 때문이다. 개혁자의 의도대로 이 단선형 학제와 특히 중등교육을 전후반기로 나눈 결과 기회의 제공이 급속한 팽창으로 이어질 제도적 기초가 마련된 것"이다. 또한 초등의무교육은 1946년 조선교육심의회 제4분과에서 채택된 제도이지만, 전쟁으로 그 시기가 늦어져 1950년대 후반에 시행되었다.(김기석·강일국, 「1950년대 한국교육」, 『1950년대 한국사의 재조명』, 선인, 2004, 542쪽 참조)
23) 전쟁 당시 국민학교 학생 수는 총인구의 12.2%, 중학생 수는 1.9%로 총 인구의 14.1%가 국민학교나 중학교에 다니는 학생인 셈이었다.(정미영, 「형성기의 청소년 소설 연구 : 1950년대 학원을 중심으로」, 인하대 대학원 박사논문, 2014, 15쪽 참조)
24) 오세란, 「청소년소설의 장르 용어 고찰」, 『한국 아동청소년문학 장르론』, 청동거울, 2013, 294쪽.

되었다. 그러나『학원』에 실린 소설은 지금까지 10대 전후 연령을 일컫는 '소년'이나 '청년'이 아닌, '(중)학생'25)이라는 특정한 계층을 대상으로 창간되었다. 「얄개전」 역시 중학생이라는 특정한 계층을 독자로 상정한 것이다.

이러한 중학생의 계층에 대한 사회적 관심과 기대를 반영한 것이 바로 1952년 창간된『학원學園』26) 잡지이다.

> 시대의 요구에 응하여 본사는 이에 중학생 종합잡지 "학원"을 간행한다. 본디 "학원"은 글자 그대로 배움의 뜰이 되어야 할 줄 안다. 우리의 장래가 모든 학생들의 두 어깨에 달려 있다는 것은 누구나 말하는 바다. 그러나 그들을 위한 이렇다 할 잡지 하나이 없는 것이 또한 오늘의 기막힌 실정이다.
> 여기에 본사는 적지 않은 희생을 각오하며 본지를 간행하게 되었으니, 우리가 뜻하는 바는 중학생들을 위한 참된 교양과 옳바른 취미의 양양이다.27)

위의 창간사에서도 할 수 있듯이『학원』은 '중학생 종합잡지'이라는 특정한 계층을 독자로 상정하고, "참된 교양과 옳바른 취미를 양양"이라는 목적을 분명히 밝히고 있다.『학원』은 바로 "국가주의적 집단주의적

---

25)『학원』은 창간 당시에는 중학생을 독자 대상으로 밝히고 있지만, "실제로『학원』의 독자는 당시의 고등학생과, 비학생인 독학생까지 포함하여 배움의 열망을 가진 모든 청소년"(정미영,「형성기의 청소년 소설 연구 : 1950년대 학원을 중심으로」, 인하대 대학원 박사논문, 2014, 108쪽)이기 때문에 본고에서는 '(중)학생'이라고 적는다.

26)『학원』은 1952년 11월부터 1979년 2월까지 통권 293호를 발행하였다. 휴간은 모두 세 차례(①1958.1~1958.4 ②1960.4~1961.2 ③1961.10~1962.2)이루어졌다. 1969년 3월에는 발행권이 '학원사'의 김익달에서 '학원출판사' 박재서로 이양되기도 했다. 하지만 1978년 9월 판권은 다시 '학원사'로 재인수되었다. 이후 1984년 5월 '학원사'에서 기존의 중·고등학생 잡지와 다른 성격인 '문학 예술지'로 재창간 하였고, 1985년에는 계간지로 발행했으나 1990년 10월호까지 통권 343호를 내고 종간한다. (장수경,『『학원』과 학원세대』, 소명출판, 2013, 18쪽 참조)

27) 김익달, '창간사',『학원』, 1952.11.

경향이 가장 강하게 나타나는 시기"28)에 창간된 잡지였으며, 실제로 "『
학원』에도 민족이나 반공과 같은 주제의 기사가 자주 실렸"29)다. 이 때
문에 『학원』에 연재된 「얄개전」 역시 이러한 주제를 외면하기는 어려웠
다. 1950년대에는 "고등학생은 물론 중학생 또한 상대적으로 특권화 된
교육의 혜택을 누리는 계층"이었으며, "공부의 목표는 당연히 국가의 재
건과 번영"30)에 있었다. 이러한 특권화 교육의 혜택을 받는 학생을 국민
의 자질을 갖추도록 교육하는 것31)은 전후 시대적 요구이기도 했다.

얄개는 이러한 시대적 요구를 상징하는 인물이라고 할 수 있다. 학교
와 가정에서 장난을 통해 권위에 도전하는 모습을 보이지만, 이는 어디
까지나 "학교나 가족이라는 제도를 벗어나지 않으며", 경찰 등의 공권력
이 개입할 만한 '사회적' 차원의 '문제아'가 아니기"32)때문에 처벌의 대
상이 아닌 교화가 필요한 예비적 국민으로 수용된다. 예비적 국민으로
'얄개'는 우연한 사건으로 인해 영웅이 되고 이 과정에서 완전한 국민으
로 거듭난다.

결국 '얄개'는 당대 중학생 독자에게 전후 현실의 우울함을 벗어나 명
랑하고 건실한 예비적 국민으로 자질을 갖춘 상징적 인물이라 하겠다.
또한 이 작품은 상징적 인물인 '얄개'를 통해 전후 교육의 혜택을 받은

---

28) 권인숙, 앞의 글, 182쪽.
29) 장수경은 1952년 11월부터 1959년 11월까지 총 186개의 기사를 토대로 주제를 분류
    했다. 분류 결과 교양(17편), 미국(10편), 민족(40편), 민주(2편), 반공(101편), 자강(16편)
    으로 조사되었다.(장수경, 위의 책, 48쪽) 여기에 반공이라는 주제는 전쟁이나 통일, 도
    의와 같은 내용까지 포괄하고 있다.
30) 권인숙, 「청소년을 길들여라, 대한민국 국민으로 키워라」,『이팔청춘 꽃띠는 어떻게 청
    소년이 되었나?』, 인물과사상사, 2009, 181쪽.
31) 이 시기 가장 강조되는 정치적 경향은 국민으로서의 정체성 확보이다. 전후 '국민'은
    공산주의자를 지칭하는 '인민'과 대립되는 개념이자, 한국사회의 모든 국가적 도덕의
    기본도 '국민'으로부터 시작된다. (이치석, 『전쟁과 학교』, 삼인, 2005, 137쪽)
32) 권은선, 앞의 글, 45-46쪽.

중학생 독자에게 "참된 교양과 올바른 취미"[33]를 양양하여 국가의 일원
이 될 것을 요구한다.

5. 맺음말

　조흔파의 「얄개전」(1954, 5~1955, 3)은 『학원』에 총 11회 연재된 '명
랑 소설'이다. 「얄개전」이 실린 『학원』은 1952년 전후 교육제도의 변화
로 인해 급증한 중학생을 독자로 설정하여 창간된 잡지이다. 명랑 소설
의 대표작이라고 일컬어지는 이 작품은 당대에 최고 판매 부수를 기록
할 정도로 인기가 있었으며, 이후 단행본과 영화로 만들어지기도 했다.
　본고는 『학원』에 대한 문학사적인 위상 연구를 바탕으로 잡지에 실린
개별 작품인 「얄개전」을 분석하였다. 「얄개전」의 주인공 '두수'는 미션
스쿨에서 갖은 장난을 친다. 또한, 아버지가 영문과 교수인 가정에서도
누나들을 상대로 장난을 일삼는다. '두수'는 낙제를 두 번이나 했지만,
선생님과 아버지에게 마음껏 장난을 치면서도 처벌받지 않는다. 이는
1950년대 입시경쟁이 과열되어 사회적 문제가 되었던 당대 중학생들의
모습과는 다르다. 학업에 대한 부담감이 증폭되었던 시기에 '두수'의 장
난은 쉽게 저항하기 힘든 권위에 도전하는 '재미'를 주고 이를 통해 독
자에게 해방감을 주면서 '명랑 소설'의 인기를 이끌어낼 수 있었다.
　이와 같은 '두수'의 장난은 인과 관계를 이루지 않는 에피소드의 나열
로 되어 있어서 부차적인 사건 역할만을 한다. 그러나 마지막 회에 이르
러 우연한 기회에 '두수'가 '낙제생'에서 학교를 구한 '영웅'이 되면서

---

33) 김익달, '창간사', 『학원』, 1952.11.

지금까지 '두수'의 장난은 바로 영웅이 되기 위한 과정으로 귀결되면서 중심 서사에 수렴되는 효과를 낳는다. 이는 전후 학생의 사회적인 역할과 의무를 강조하던 시기에 국가에 대한 책임과 의무를 다하는 예비적 국민으로 만들기 위한 교훈적인 결말이라고 할 수 있다. 결국 「얄개전」에서 '두수'가 학교와 가정에서 벌이는 장난은 전면에 드러나는 사건이지만, 중심 서사를 이루지 못하고 부차적인 에피소드에 머물러 있다가 마지막 회에 이르러 '두수'가 영웅이 되는 사건을 강조하기 위한 장치로 작용하는 것이다.

이처럼 「얄개전」에 전면에 드러나는 재미있는 사건을 교훈적인 사건으로 수렴하는 것은 대중 소설의 '재미', '교화'를 동시에 반영하기 위한 구조라고 할 수 있다. 이후 「얄개전」을 원작으로 제작된 영화 <고교 얄개>는 이러한 구조가 더욱 확연히 나타난다. 즉, 대부분의 에피소드는 원작과 같지만, '두수'와 가난한 친구 '정선'과의 관계를 강조하면서 가난한 친구 혹은 나아가 국가를 위해 열심히 공부하는 '학생'이 되기 위한 정신적 각성을 한다는 중심 서사가 강조된다.

본고는 연구 대상을 『학원』 잡지에 실린 「얄개전」만을 대상으로 한정시켰다는 점에서 한계가 있다. 앞으로 『학원』에 실린 다른 '명랑 소설'과의 관계, 소설을 원작으로 한 영화, 드라마까지 연구의 외연을 확장해, '명랑 소설'의 장르적 구조와 특성을 밝히는 후속 연구가 필요하리라 본다.

참고문헌

1. 기본자료

조흔파, 「얄개전」, 『학원』, 학원사, 1954년 5월~1955년 3월.
조흔파, 『얄개전』, 소년소녀 한국문학 26, 금성출판사, 1984.

2. 단행본 및 논문

권보드래, 『아프레걸 사상계를 읽다-1950년대 문화의 자유와 통제』, 동국대학교
　　출판부, 2002.
권은선, 「1970년대 한국영화연구-생체정치, 질병, 히스테리를 중심으로」, 중앙대
　　대학원 박사논문, 2010.
김상욱 외, 『한국 아동청소년문학 장르론』, 청동거울, 2013.
김지영, 「'명랑'의 역사적 의미론-명랑 장르 코드의 형성과정을 중심으로」, 『한
　　민족 문화연구』, 한민족문화연구회, 48집, 2014, 331-367쪽.
김한식, 「학생잡지 『학원』의 성격과 의의 : 1950년대를 중심으로」, 상허학보, 28
　　권, 2010.
김현철 외, 『이팔청춘 꽃띠는 어떻게 청소년이 되었나?』, 인물과사상사, 2009.
대중서사장르연구회, 『대중서사장르의 모든 것, 4. 코미디』, 이론과 실천, 2014.
문정인·김세중 편, 『1950년대 한국사의 재조명』, 선인, 2004.
양평, 『우리출판 100년』, 현암사, 2005.
윤해동 외, 『근대를 다시 읽는다 1』, 역사비평사, 2006.
이선미, 「명랑소설의 장르인식, '오락'과 '(미국) 문명의 접점 1950년대 중/후반
　　「아리랑」의 명랑 소설을 중심으로」, 『한국어문학연구』, 한국어문학연구
　　회, 2012, 55-93쪽.
이　숙, 「문윤성의 『완전사회』(1967)연구-과학소설로서의 면모와 지배이데올로기
　　투영 양상을 중심으로」, 『국어문학』, 국어문학회, 2012,2, 225-253쪽.

이치석, 『전쟁과 학교』, 삼인, 2005.

이혜경, 「웃음의 울타리를 넘어 내 곁으로 날 듯 혹은 말 듯-조흔파의 『얄개전』
    에서 시대를 다시 읽는다」, 『아동문학평론』, 아동문학사, 제4호, 2009,
    12, 39-49쪽.

장수경, 「『학원』의 문학사적 위상연구」, 고려대 대학원 박사논문, 2010.

장수경, 『『학원』과 학원세대』, 소명출판, 2013.

정명숙, 「사전에 오른 '얄개'의 추억」, 『창비어린이』, 통권42호, 2013, 9, 224-225쪽.

정미영, 「조흔파 소년 소설 연구」, 인하대 대학원 석사논문, 2002.

정미영, 「형성기의 청소년 소설 연구 : 1950년대 학원을 중심으로」, 인하대 대학
    원 박사논문, 2014.

학원 김익달 전기 간행위원회 편, 『학원세대와 김익달』, 민주일보·학원사, 1990.

시모어 채트먼, 김경수 역, 『영화와 소설의 서사구조』, 민음사, 1994.

■ 편집자 주석

1) 조흔파: 조흔파(1918~1981)는 평양에서 태어났으며 본명은 봉순이다. 1941년 일본 센슈 대학 법과를 졸업하고 경성방송국에서 아나운서로 활약했다. 해방 후에는 경기여고 교사, 숙명여대 강사를 역임하였고, 1950년 한국 전쟁 때에는 국방부 정훈국 소속의 종군 작가로 활동하였다. 1954년부터 『현대여성』 주간으로 일하면서 육군사관학교, 경찰전문 학교, 이화여고 등에 출강하였다. 1957년부터 『국도신문』, 『세계일보』, 『한국경제신문』 등에서 논설위원으로 일했고, 1960년부터 공보실 공보국장, 국무원 사무처 공보국장, 중앙방송국장 등을 역임하였다. 1951년 『고시계』에 '계절풍'을 발표하면서 작품 활동을 시작했다. '대한백년', '만주국', '소설국사', '소설성서', '주유천하' 등의 작품이 있다.

2) 얄개전: 얄개 나두수의 포복절도 할 활약을 그린 조흔파의 대표작이다. 1954년 청소년 잡지 『학원』에 연재되었던 작품으로, 두 번이나 학교 시험에 낙방했지만 태평한 주인 공 나두수의 삶을 재치있게 그려내 많은 사랑을 받았다.

3) 학원소설: 학생 종합교양지 『학원』은 오랫동안 교육과 문예, 오락을 동시에 충족시키는 청소년 종합매체로서의 역할을 맡게 된다. 『학원』은 매호 명랑소설, 명랑 꽁트, 명랑희 곡 등을 번갈아 가며 연재를 하였는데, 1954년 1월호에 처음으로 조흔파의 단편 「할머 니」를 명랑소설로 싣는 것을 시작으로 5월호에는 「얄개전」이 연재되기 시작하자 엄청 난 호응을 얻게 된다. 조흔파와 함께 최요안, 유호 등이 명랑소설의 인기를 이끌었다. 이렇게 『학원』에서 시작된 명랑소설의 열풍이 다른 잡지에 퍼지게 되고, '명랑소설'과 학원소설은 부흥과 쇠퇴를 같이 하였다고 해도 무방하다고 볼 수 있다.

4) 명랑소설: '명랑소설'이라는 서사 장르가 언제부터 쓰였는가에 대해 조계숙은 "명랑소 설 장르는 유머소설을 계승·확대하면서 형성되었다."고 밝히고 "짧은 분량에 서사를 담은 유머소설은 1940년을 전후로 명랑소설이라는 명칭과 혼용되어 쓰였고, 이런 혼용 현상은 명랑소설이 확고히 자리를 잡는 1950년대까지 지속되었다"고 한다.

5) 중학생 독자: 전후 부족한 교육시설에 초등 의무교육의 확대로 중학생의 수는 갑자기 증가했다. 초등 6년 의무교육과 중고등학교의 학제 개편으로 말미암은 고등교육의 확 대로 인해 국민학교 졸업한 학생의 수가 증가함에 따라 고등교육을 받기 위해 진학한 '중학생'이 급증한 것이다. 이 때문에 중학교에 재수하는 학생이 생겨날 정도로 지나친 교육열이 사회 문제가 되었다. 1950년대 이전에 10대를 전후한 연령의 독자를 대상으 로 한 작품은 대부분 "'소년소설'이라는 장르명으로 통용되고" 있었으며, "청소년 독자 를 위한 작품을 소년소설이라 칭하는 경우는 해방 이후에도 지속"되었다. 그러나 『학 원』에 실린 소설은 지금까지 10대 전후 연령을 일컫는 '소년'이나 '청년'이 아닌, '(중) 학생'이라는 특정한 계층을 대상으로 창간되어 '중학생 독자'라는 개념이 널리 사용되 었다.

※ 이 글은 『건지인문학』 제 17집에 실렸던 것을 새로 다듬은 것입니다.

「날개」에 나타난 식민지 근대의 이중성

[해 설]

◎ 목적 및 특성

이 글의 목적은 이상의 「날개」를 탈식민적 시각으로 소설을 다시 읽으려는 시도에서 출발한다. 「날개」에 나타난 식민지 근대의 이중적인 모습을 파악하여 식민화에 대항하거나 그것으로부터 벗어나려는 실천으로서의 '탈식민화(decolonization)'에 주목하고자 한다.

작가 이상의 글을 역사적 상황에 대한 작가의 전략적인 반응 '행위'로 보려는 연구는 방대하고 다각적인 논의 가운데 오래 지속되어 왔다. 하지만 작가 개인의 문제나 단편적이고 형식적인 해석에 머무를 경우, 시대 상황에 대한 반응으로 작품의 상징적인 의미를 읽어내기 어렵다.

이 글은 이러한 문제의식을 바탕으로 소설 「날개」에 형상화된 1930년대의 식민지 근대의 표상을 찾으려 한다. 소설 속 인물은 일상생활의 장소에서 끊임없이 다양한 근대적 기호와 식민지 장소라는 이중적인 문학 공간 안에 위치한다. 작가가 존재의 문제를 어떻게 형상화하고 자신의 세계관에 기대어 현실을 재현하고 갈등을 풀어내려 했는지 탈식민적 관점에서 밝히고자 한다. 이 분석을 바탕으로 식민지 근대의 이중적인 모습과 주체의 문제를 검토할 수 있을 것이다. 또한 그 시대를 살아가는 소설가 이상의 탈식민적 욕망과 작가 의식을 구체화하여 식민지 근대를 살아가는 작가의 현실 대응 방법으로서의 글쓰기 전략을 살펴보고자 한다.

◎ 연구 대상 및 방법

이 논문은 이상의 「날개」에 관한 연구이다. 「날개」는 1936년 9월 ≪조광≫에 처음 발표되었다. 본 연구는 1975년에 삼중당본을 텍스트로 삼았다.

인물과 환경의 관계는 행위 주체와 사회구조의 관계를 표상한다. 환경의 억압과 인물의 반작용, 즉 인물과 환경의 상호작용은 사회 체계를 변화시키려는 '의미'를 지닌 사건들을 형상화하는 것이다. 이러한 작가의 작업에서 주목할 점은 단순히 현실세계를 반영하는 것에 그치지 않고 자신의 세계관에 기대어 현실을 재현해낸다는 것이다.

따라서 가치관을 가능하게 하는 숨은 구조와 그 가치관이 갖는 한계를 인식하는 작업이 필요하다. 가치관을 찾아내는 것은 이미 작품 속에 숨어 있는 '의미'를 찾아내는 것이라고 할 수 있고 ,작품의 숨은 구조와 가치관의 한계를 인식하는 것은 그 작품을 '의미화signification'하는 것이라 할 수 있다. 이 글에서는 '식민지 근대'라는 특수한 시기에 생산된 「날개」를 탈식민적 시각에서 재해석하고자 한다.

◎ 핵심 내용

「날개」의 구체적 장소인 '경성'은 식민지 도시이자 자본주의 소비사회의 공간으로 이중적인 모습을 보인다. 이는 소설 속 주인공인 '나'와 '아내'의 모습을 통해서 이중적으로 드러난다. 두 개의 방으로 나뉜 부부의 정반대의 생활공간은 이들의 단절된 삶의 모습을 상징적으로 보여준다. 같은 집에 구획을 나누어 사는 부부의 기형적인 생활 방식은, 대조적인 방의 분위기를 통해서도 강조된다. 일상적 공간인 집조차도 식민지 근대의 영향 아래 왜곡되고 이중적 장소로 분할되는 것이다.

1930년대 경성은 화려함을 근대의 표상으로 내세우지만 이면에는 식민지 조선의 황폐함을 동시에 지닌 이중적 도시이다. 「날개」에서 도시의 불빛과 아내의 화려한 공간과 대조적인 '나'의 빛이 들지 않는 어두컴컴한 방이 이러한 식민지 근대의 이중성을 상징적으로 보여준다. 길거리의 화려한 네온사인 역시 나에게는 몸을 쉽게 지치고 피곤하게 만드는 부정적인 근대의 표상인 것이다. 혼종적인 식민지 근대의 모습은 주인공으로 하여금 문화적 충돌을 경험하게 한다. 이는 자아정체성의 분열을 불러일으킬 수 있는 가능성이자 식민 담론에 대한 저항성을 엿볼 수 있는 잠재적인 서사장치이기도 하다.

'박제된 천재'는 무기력한 식민지 지식인의 존재를 상징적으로 보여준다. 근대적 식민 국가라는 이중적인 사회구조 내에서 개인은 철저하게 파편화되고 기본적인 인간관계조차 왜곡되어 서술된다. 작가 이상은 세계로부터 소외당하고 분열된 서술 주체를 내세워 식민지 시대에 대한 부정적인 인식을 보여준다. 자신의 존재조차 인식하기도 어려운 '나'의 혼란을 서술하면서 독자로 하여금 이 시기를 억압의 공간으로 인지하게 만든다.

이러한 작가의 의도는 탈식민적 기획의 일환으로 해석 가능하다. 식민지 근대성에 대한 부정적인 시각의 서술은 독자로 하여금 식민지 근대의 모순을 인지할 수 있도록 만든다. 식민지 지식인이 내면적 고뇌를 드러내며 끊임없이 현실에 의문을 가지고 불안한 삶을 사는 것은 식민지 조선에 대한 문제성을 보여준다. 이러한 문제 인식을 통해 제국의 식민 담론에 대한 전복의 가능성을 열어놓을 수 있다. 식민지적 근대의 요소들이 혼종화된 장소인 경성에서 주인공의 소외와 분열의 양상을 통해 양가적인 근대 기호들의 의미작용과 식민 세력이 침투한 근대의 모순을 읽어낼 수 있는 것이다.

현실을 탈출하고자 하는 '날개'에 대한 나의 욕망은 탈식민적 기획으로 해석 가능하다. '나'는 식민 제국이 근대를 제도화하고 식민지인을 그 안에 수렴하려는 식민적 기획에서 탈주하기 때문이다. 근대적 표상들을 무가치화한 것으로 만들고, 그마저도 벗어나 버리길 소망하는 것이다. 이렇게 작가가 소설을 통해 근대적 식민 공간을 비틀고 탈출하고자 하는 의지를 내보인 것은 암묵적으로 식민 제국에 대한 탈식민적 욕망으로 볼 수 있다. 적극적인 행동으로 실현되지 않더라도 의식의 탈주 역시 탈식민적 행위로 의미화할 수 있다.

◉ 연구 효과

이상의 「날개」는 일제 강점기라는 식민지 상황 속에서 생산되었다. 식민지 근대의 대표적인 장소 경성의 이중적 모습을 넓게는 문학지리학의 접근 방식으로, 좁게는 인물, 장소, 서사장치, 주제 등 서사이론으로 살펴보았다. 그리고 식민 도시 경성의 이중적 모습 안에 드러난 모순된 사회 구조 속에서 주체의 의식이 어떻게 분열되고 소외되어 가는지 고찰하였다. 식민지 근대라는 특수한 시기에 생산된 날개라는 작품을 탈식민적 시각에서 의미화하여 근대적 제도와 식민지 규율로만 벗어나려는 작가의 의식을 분석하였다.

「날개」의 주인공을 통해 분열된 주체의 현실 인식 태도가 제국주의와 자본주의라는 이중적 근대화 과정 때문에 비롯된 것으로 읽어냈다. 또한 작품 속에 형상화된 근대를 분석하면서 작가가 현실에 대한 의미를 부여한 것으로 보고 작가의 서술 의도를 추론하였다. 사회적 모순과 근대의 부정적인 측면을 소설 안의 기술적인 장치로만 바라보지 않고 작가의 탈식민적 전략으로 인지하였다. 이러한 분석 방법은 단순히 작품 내적 의미만을 읽어내는 한정적인 시각에서 벗어나 작품과 근대적 식민 국가라는 이중적인 사회구조 내에서의 작가의 서술 의도를 파악하여 작품의 의미망을 확장할 수 있다.

1. 머리말

이상이 1936년 발표한 <날개>[1]는 지금까지도 여러 판본과 상반된 비평적 견해가 끊임없이 생산되고 있다. 이는 이상의 <날개>가 독특한 글쓰기 방식을 보이기 때문이며 이에 대한 기본 서사 연구와 기호론적 접근은 방대하기까지 하다.[2] 본고는 <날개>가 "식민지적 허위와 비도덕성에 대한 비판"이라는 이보영의 논의에 주목하여[3] 이상의 주제의식을 발전시켜 탈식민이론으로 분석하고자 한다. 파농의 이론을 차용하여 식민지 시대의 이상의 문학세계를 연구한 그의 시각은 탈식민적[4] 인식으로 볼 수 있다.

'경험적 당대성'[5]의 측면에 주목하여 이상을 연구한 시도는 여러 차례 있었다.[6] 작가의 글을 역사적 상황에 대한 작가의 전략적인 반응 '행

---

1) 이상, <날개>, ≪조광≫, 1936.
2) <날개> 연구에 대한 문제점을 밝힌 연구로는 김윤식(<이상문학이 서 있는 자리>, ≪이상문학 텍스트 연구≫, 서울대학교출판부, 1998)과 김성수(≪이상 소설의 해석≫, 태학사, 1999)의 글이 있다. 이상문학 연구를 총체적으로 정리한 ≪이상문학연구 60년≫ (권영민 편저, 문학사상사, 1998)도 이상 연구의 성과와 나아가야 할 방향을 제시하였다.
3) 이보영, ≪식민지 시대 문학론－소설을 중심으로≫, 필그림, 1984, pp.101-102, p.392. 이보영, ≪이상의 세계≫, 금문서적, 1998, p.206, p.352.
4) 탈식민주의 또는 탈식민 이론은 과거 식민 시대이든 현재의 탈식민이든 식민 현상을 분석하고 비판하는 이론이다. 제국주의가 제국의 중심부가 확장된 서구 체제를 염두에 둔 말로 이 체제를 확대하고 유지하였던 서구에 더 초점을 두고 분석·비판하는 것이라면, 탈식민주의는 식민지에서 나타나는 식민주의 현상을 분석하고 비판하는 이론이다. 이경원, <탈식민주의의 계보와 정체성>, 고부응 편, ≪탈식민주의－이론과 쟁점≫, 문학과지성사, 2003, pp.23-58. 나병철은 ≪근대 서사와 탈식민주의≫(7장 <이상의 모더니즘과 혼성적 근대성의 발견>, 문예출판사, 2001.)에서 이상의 작품들을 분석하면서 탈식민적 시각을 보이고 있지만 구체적인 텍스트 해석으로 나아가지 못하였다.
5) 자기 완결적이라 할 수 있는 강력한 주관성, 즉 자기세계가 외부세계와 관계 맺는 방식이 서사적 질서를 형성하는 추진력이 된다. 주관성이 현실에 대해 관계 맺는 방식, 주체와 현실의 고유한 관계방식이 관철되는 장이라고 할 수 있는 서사의 특징을 통해 이들의 소설이 보여주는 현실대응방식과 고유한 미적 원리를 살펴볼 수 있다. 권영민, ≪한국현대문학사≫, 민음사, 1995, pp.13-15.

위'로 본 것이다. 그러나 이런 시도는 개인의 문제에 치우친 나머지 논의가 단편적인 해석이나 평가에 그칠 뿐, 시대상황과 관련하여 상징 행위로 읽어내는 연구가 깊이 있게 이루어지지 못했다. 이러한 문제 인식을 바탕으로 <날개>의 서술방식이 소설의 배경인 1930년대의 식민지 근대와 무관하지 않음을 밝히고자 한다.

본고의 논의는 탈식민적 관점에서 문학 작품을 식민지 상황에 대한 반응과 사유의 매개물로 바라보려 한다. 인물과 환경의 관계는 행위 주체와 사회구조와의 관계를 표상한다. 환경의 억압과 인물의 반작용, 즉 인물과 환경의 상호작용은 사회 체계를 변화시키려는 '의미'를 지닌 사건들7)을 형상화하는 것이다. 이러한 작가의 작업에서 주목할 점은 단순히 현실세계를 반영하는 것에 그치지 않고 자신의 세계관에 기대어 현실을 재현해낸다는 것이다.

이상의 <날개>는 일제 강점기라는 식민지 상황 속에서 생산되었다. 식민지 조선인들은 억압의 공간에서 새로운 근대문명을 만나면서 자신들의 정체성을 확립하기 어려웠다. 본고에서는, 식민 도시 경성의 이중적 모습을 제시하고 모순된 사회 구조 속에서 주체의 의식이 어떻게 분열되고 소외되는지 고찰할 것이다. 작가가 현실에 대한 의미를 갖고 그

---

6) 김정희, <<날개>에 나타난 도시의 아비투스와 내·외면적 풍경>, ≪한민족어문학≫ 57, 2010.
　　김우창, <일제하의 작가의 상황>, ≪궁핍한 시대의 시인≫, 민음사, 1977.
　　김종구, <이상 <날개>의 시간, 공간, 구조>, ≪서강어문≫ 1(1), 1981.
　　박혜경, <이상 소설론: 상황과 개인의 대립양상을 중심으로>, 동국대 석사논문, 1986.
　　서준섭, <모더니즘과 1930년대의 서울-역사적 모더니즘의 재평가를 위한 문학사회학적 연구1>, ≪한국학보≫ 4(12), 1986.
　　윤애경, <닫힌 사회와 왜곡된 자아>, ≪한국 현대소설과 상황의 논리≫, 푸른사상, 2005.
　　정덕자, <이상문학연구: 시간, 공간 및 물질의식을 중심으로>, 이화여대 석사논문, 1983.
　　황도경, <이상 소설의 공간 연구>, 이화여대 박사논문, 1993.
7) 나병철, ≪소설과 서사문화≫, 소명출판, 2006, pp.52-53.

것을 형상화하여 식민지의 모순을 드러내고자 한다는 시각에서 논지를
전개하고자 한다. '식민지 근대'라는 특수한 시기에 생산된 <날개>라
는 작품을 탈식민적 시각에서 의미화하려는 것이다.

2. 근대 식민 국가의 이중적 장소: 경성

장소라는 분석 도구는 최근 인문지리학에 대한 관심이 늘어나면서 문
학 연구에 도입된 개념이다. 기존의 공간 연구가 주체와 대상을 관계의
지향성으로 파악하는데 주력하였다면 장소연구는 특정 공간과 개인 경
험의 상관성에 주목한다. 따라서 공간이 다소 추상적이고 포괄적인 용
어라면 장소는 실존적이고 구체적인 경험공간을 나타내는 용어로 활용
된다.[8] 소설 <날개>의 기본 장소는 '33번지의 18가구로 구성된 유곽'
이다. 이상은 '유곽'[9]이라는 구체적인 장소에 대한 명시적(explicit) 정보
를 제시하지는 않지만 그의 서술에서 충분히 유추할 수 있다. 확언되는
것이 아니라 맥락과 암시된 서사 정보를 통해 해석 가능하다.

　　33번지라는 것이 구조가 흡사 유곽이라는 느낌이 없지 않다.
　　번지에 18가구가 죽 어깨를 맞대고 늘어서서 창호가 똑 같고 아궁이
　　모양이 똑 같다. 게다가 각 가구에 사는 사람들이 송이송이 꽃과 같이 젊

---

8) 상징적 사유의 결과로서 나타나는 공간은 추상공간의 성질을 지닌다. 이에 반해 다양한
　실체로 나타나는 장소는 그곳에 반영된 구체적이며 실질적인 인식을 추론하는 자료가
　된다. - Yi Fu Tuan, 구동회 외 역, ≪공간과 장소≫, 대윤, 2005 참고.
9) 일반적으로 유곽의 정의를 성매매 집결지 혹은 성매매 업소 두 가지를 혼용하여 사용
　하고 있는데, 본 연구에서는 '성매매 집결지'라는 의미로 사용한다. - 김종근, <식민
　도시 경성의 유곽공간 형성과 근대적 관리>, ≪문화역사지리≫ 1(23), 2011, p.131. 각
　주 2 참고

다. 해가 들지 않는다. 해가 드는 것을 그들이 모른 체하는 까닭이다.(중략)
조용한 것은 낮뿐이다. 어둑어둑하면 그들은 이부자리를 거둬 들인다.
전등불이 켜진 뒤의 18가구는 낮보다 훨씬 화려하다. 저물도록 미닫이 여
닫는 소리가 잦다. 바빠진다. 여러 가지 냄새가 나기 시작한다. 비웃 굽는
내, 탕고도오란 내, 뜨물 내, 비눗 내...10)

'유곽'은 식민지 시기의 대표적인 성매매 공간이다. 김종근은 성매매
공간을 둘러싼 권력의 작동 양상에 서구 근대 제국에서 기원하여 일본
을 통해 이식된 보편적인 근대적 규율 권력의 모습이 존재한다고 주장
했다.11) <날개>에서 일인칭 서술자가 성매매라는 특수한 목적성을 띤
공간인 '유곽'에 대해 모호하게 언급하는 것은 이를 자신의 언어로 인정
하고 싶지 않기 때문이다. 이러한 서술자의 의도는 소설 곳곳에서 아내
의 직업에 대한 암시된 정보에서도 드러난다.

아내에게 직업이 있었던가? 나는 아내의 직업이 무엇인지 알 수 없다.
만일 아내에게 직업이 없었다면, 같이 직업이 없는 나처럼 외출할 필요가
생기지 않을 것인데-아내는 외출한다. 외출할 뿐만 아니라 내객이 많다.
아내에게 내객이 많은 날은 나는 온종일 내 방에서 이불을 쓰고 누워 있
어야만 된다. (p.13)

나는 우선 내 아내의 직업이 무엇인가를 연구하기에 착수하였으나 좁
은 시야와 부족한 지식으로는 이것을 알아내이기 힘이 든다. 나는 끝끝내
내 아내의 직업이 무엇인가를 모르고 말려나보다. (pp.14-15)

---

10) 이상, <날개>, ≪삼중당문고≫ 24, 삼중당, 1975, pp.7-8. 이하 인용문은 쪽수만 밝히
도록 한다.
11) 김종근은 식민도시 경성에 형성된 유곽공간을 시대별로 나누어 특징을 분석하고 이를
근대적 관리 체계의 제도로 인식하였다. 김종근, 앞의 글, pp.115-116.

<날개>의 구체적 장소인 '경성'은 식민지 도시이자 자본주의 소비사회의 공간으로 이중적인 모습을 보인다. 이는 소설 속 주인공인 '나'와 '아내'의 모습을 통해서 이중적으로 드러난다. 33번지 18가구의 일곱째 칸에 위치한 내방과 장지로 나뉜 아내의 방은 대조적인 분위기를 보인다. 먼저 해드는 방이 아내의 방이고, 볕이 안 드는 방이 나의 방이다. 또한 화려하고 가지각색의 물건이 놓인 아내의 방과 못 한 개 꽂히지 않은 소박한 내 방이 확연히 구분된다.

두 개의 방으로 나뉜 부부의 정반대의 생활공간은 이들의 단절된 삶의 모습을 상징적으로 보여준다. 같은 집에 구획을 나누어 사는 부부의 기형적인 생활 방식은, 대조적인 방의 분위기를 통해서도 강조된다. 일상적 공간인 집조차도 식민지 근대의 영향 아래 왜곡되고 이중적 장소로 분할되는 것이다. 탈식민주의적 시각에서 바라보는 장소는 문화적 가치들이 서로 겨루는 갈등의 터전이며 또한 그 가치들이 구체화되어 드러나는 재현의 현장이 된다.12)

근대 도시의 삶에서 경제적 자립을 위한 사회적, 경제적, 법적 조건이 마련되지 않으면 기술이 없는 여성은 행상, 잡업 등의 불안정한 고용형태에 시달리거나 접객, 매춘산업이라는 새로운 노동영역으로 몰리게 된다.13) 매춘 행위를 하는 아내와 그런 아내에게 빌붙어 사는 '나'의 삶은 근대 식민 도시의 이면을 상징적으로 보여준다. 식민 자본주의 사회 속에서 나약하고 무기력한 '나'는 매춘을 하는 아내에게 기대어 산다.

식민지 조선이 근대화되기 이전에 전통적인 가정의 모습은 가장인 남편이 직업 활동을 하고, 아내는 집에서 가사를 도맡는 것이 일반적이었

---

12) 고부응 편, 앞의 책, pp.260-261.
13) 김정희, <<날개>에 나타난 도시의 아비투스와 내·외면적 풍경>, ≪한민족어문학≫ 57, 2010, p.491.

다. 그런데 일본에 의해 주도된 도시화14)가 진행되고, 제국의 억압 아래 생산 활동에 나갈 수 없는 수많은 조선인들은 실업자로 전락하게 되었다. 도시의 명암이 동시에 공존하는 것이다. 근대적 도시화와 제국의 식민화가 동시에 작용하면서 일상의 균형은 무너지게 되었다.

남편인 '나'는 소극적이고 수동적인 인물로 그려지고, 아내인 '연심'은 문패의 주인이자 집안의 생계를 책임지는 가장의 역할을 수행한다. 근대화의 영향으로 여성의 사회활동이 높아지고 자유의 혜택을 누리는 것처럼 보이지만 이는 '유곽'이라는 특수한 장소 안에서 의미가 전복된다. 해방이 동시에 억압이 되는 식민지 근대의 공간인 것이다. 경성이라는 도시 안에 위치한 소설의 중심배경이 되는 33번지 유곽은 아내와 남편의 전통적인 역할이 해체되는 근대적 모습과, 자본주의의 혜택을 누리는 것 같지만 아내의 성이 매매되는 부정적인 근대성을 이중적으로 보여준다.

1930년대 경성은 화려함을 근대의 표상으로 내세우지만 이면에는 식민지 조선의 황폐함을 동시에 지닌 이중적 도시이다. <날개>에서 도시의 불빛과 아내의 화려한 공간과 대조적인 '나'의 빛이 들지 않는 어두컴컴한 방이 이러한 식민지 근대의 이중성을 상징적으로 보여준다. 길거리의 화려한 네온사인 역시 나에게는 몸을 쉽게 지치고 피곤하게 만드는 부정적인 근대의 표상으로 서술된다. 혼종적인 식민지 근대의 모습은 주인공으로 하여금 문화적 충돌을 경험하게 한다.

이상이 체험한 도시는 기형적인 식민 자본주의 사회였으며 얼룩진 도회지의 아비투스(habitus)15)가 식민지 시대 상황과 긴밀하게 조응관계를

---

14) 경성의 도시계획은 일본에 의해 1920년대 초부터 본격적으로 시작되었다. 식민지 도시계획의 이중적 성격과 관련해 공제욱 외 ≪식민지의 일상-지배와 균열≫, 문화과학사, 2006, pp.259-300.

함축하고 있는 곳이었다. 이러한 혼종성은 이상에게 근대인의 병리적 현상을 체험하게 함과 동시에 자본의 내부에 밀집된 식민지인으로서의 도시적 아비투스의 대립, 갈등을 상기시켰다.16) 일반적으로 '근대'의 공간은 자유와 계급 해방을 상징한다. 하지만 일본 제국에 의한 식민지 근대는 해방의 근대와 억압의 식민 상황이 상충하면서 오히려 근대는 식민 상황을 가시화하고 촉발하는 억압의 기제로 작용한다.

<날개>에서 구체적으로 제국이나 식민 상황에 대한 서술은 드러나지 않는다. '나'는 오로지 경성이란 장소를 통해 자본주의 근대만 인지할 뿐이다. 이는 제국주의 체계를 직접적으로 드러내고 비판할 수 없다는 역설이기도 하다. 일제 강점기의 자본주의 근대는 식민주의에 의해 관리된다. 이것이 바로 식민지 근대의 이중적 구속의 모습이며, 주체가 자신의 실존을 온전하게 인식할 수 없는 이유인 것이다.

3. 식민지 근대 주체의 소외와 분열

3.1. 부재와 존재의 파편화

하루투니안(H. Harootunian)은 인간의 물질적 존재성이 무엇보다 공간과 관련되어 있다고 보았다. 공간을 둘러싼 온갖 문화적 재현들, 그것들

---

15) 부르디외는 '아비투스'에 대해 "지속적이면서 또 다른 것으로 전이될 수 있는 성향의 체계로서 구조화된 구조이며, 또한 구조화하는 구조처럼 작동하는 경향"이라고 설명한다. 부르디외는 행위자들의 취향이 선천적으로 물려받은 어떤 것이 아니라, 경험과 생활 속에서 획득한 후천적 성향을 아비투스로 정의하였다. 그는 사회적 존재조건과 취향 사이의 관계를 인지하기 위해, 각 행위자들의 아비투스를 포착해야 한다고 말한다. - 홍성민, ≪문화와 아비투스≫, 나남출판, 2000, pp.43-44.

16) 김정희, 앞의 글, pp.473-474.

이 구성하는 재현 공간, 둘을 가능하게 하는 토대 사이에 주체가 존재한다는 것이다.[17] 그렇다면 이러한 공간을 분할하고 조직하는 사회적 생산 구조로 주체의 존재 문제도 규명해 볼 수 있다. 이는 2장에서 다룬 이중적 장소인 경성이라는 식민지 공간을 식민지 주체의 존재를 형성하는 주요 기제로 인식한 것이다.

<날개>의 주인공인 '나'는 자신의 존재 이유를 스스로 찾지 못한다. 이러한 존재결여에 대한 담론은 주체의 분열을 통해 확연히 드러난다. 자신의 존재에 대한 '나'의 주체 인식이 현실 상황과 거리감을 보이고, 일정 부분 분리되어 있는 '소외'된 존재로 서술된다. 이 분열된 주체는 자신의 존재의 결여를 메우기 위해 현실과 관계를 맺고 대응하기 보다는 소외된 자신의 존재를 인정하는 무기력함을 보인다. 라캉이 말한 존재결여에 대한 환유적 운동으로의 욕망도 나타나지 않는다.[18] 욕망하지 않는 소외된 주체는 자신의 존재를 '거북한 존재', '희망이 없는 존재', '생각할 필요가 없는 존재', '인간 사회를 벗어나고 싶은 존재'로 드러난다.

> 따라서 그런 한 떨기 꽃을 지키고…… 아니 그 꽃에 매어 달려 사는 나라는 존재가 도무지 형언할 수 없는 거북살스러운 존재가 아닐 수 없었던 것은 물론이다. (p.9)

---

17) 태혜숙, <한국의 식민지 근대체험과 여성공간-여성주의 문화론적 접근을 위하여>, ≪한국여성학≫ 1(20), 2004, pp.41-42.

18) 김석, <소외와 분리: 욕망의 윤리가 발생하는 두 가지 결정적 순간>, ≪라깡과 현대정신분석≫ 2(10), 2008, pp.55-74. 오히려 <날개>에서 자아의 분열은 자아가 고통을 주는 행위를 피하기 위해 모든 행위로부터 자신의 내부로 도피하는, 안나 프로이트(Anna Freud)가 설명하는 '자아 퇴행ego-withdrawal'이라는 방어 기제에 가깝다. 고부응 편, 앞의 책, p.79.

나는 내 방 이상의 서늘한 방도 또 따뜻한 방도 희망하지는 않았다. 이 이상으로 밝거나 이 이상으로 아늑한 방을 원하지 않았다. 내 방은 나 하나를 위하여 요만한 정도를 꾸준히 지키는 것 같아 늘 내 방이 감사하였고 나는 또 이런 방을 위하여 이 세상에 태어난 것만 같아서 즐거웠다.

그러나 이것은 행복이라든가 불행이라든가 하는 것을 계산하는 것은 아니었다. 말하자면 나는 내가 행복되다고도 생각할 필요가 없었고, 그렇다고 불행하다고도 생각할 필요가 없었다. 그냥 그날그날을 그저 까닭없이 편둥편둥 게으르고만 있으면 만사는 그만이었던 것이다. (p.9)

나는 가장 게으른 동물처럼 게으른 것이 좋았다. 될 수만 있으면 이 무의미한 인간의 탈을 벗어 버리고도 싶었다. 나에게는 인간 사회가 스스로 왔다. 생활이 스스로왔다. 모두가 서먹서먹할 뿐이었다. (p.13)

나는 또 내 자신에게 물어보았다. 너는 인생에 무슨 욕심이 있느냐고. 그러나 있다고도 없다고도, 그런 대답은 하기가 싫었다. 나는 거의 나 자신의 존재를 인식하기조차도 어려웠다. (p.32)

이러한 개인 주체의 소외를 사회적 소외로 확대한다면, 자신이 속한 사회에 적응할 수 없는 개인의 문제를 넘어 식민지적 근대라는 사회에 대한 비판으로 해석할 수 있다. 식민지 근대라는 제도에서 이탈할 수밖에 없는 지식인 자아[19]의 분열 상태를 그린 것이다. 일제 치하의 지식인들은 국권을 박탈당한 식민지 치하에서 민족적 소외를 경험했고, 지식인으로서 사회 구성원의 기능을 제대로 할 수 없었던 사회적 소외를 경험했다. 결국 지식인은 이중적 소외를 경험했던 것이다.[20] 이런 소외의

---

19) <날개>의 주인공을 지식인으로 바라볼 수 있는 서술적 근거는 글 곳곳에서 드러난다. 이태동은 <자의식의 표백과 반어적 의미-<날개>를 중심으로>란 글에서 지식인 자아를 규정하며 '자아'가 사회적이고 물리적인 외면적 현실에 대응하는 인간 개념이라고 보았다. 또한 이를 육체적인 현실에 대한 정신적인 면의 인간가치로 설명한다. 권영민 편, ≪이상 문학 연구 60년≫, 문학사상사, 1998, p.290.

문제가 자아정체성에 혼란을 주며 자신이 속한 사회에 적응할 수 없도록 만들게 된다.

주체의 분열은 도구적 이성으로 타락한 근대의 이성적 주체에 대한 비판이다. 다시 말해 분열된 주체는 자신의 욕망을 위장한 채 근대 도시의 삶을 체험하고 그 모순점을 지적하기 위해 자신의 고백을 고도로 위장해서 근대 도시를 비판한다.21) 이러한 자기 고백은 아내와의 관계에서 특히 두드러진다. 아내의 존재를 형상화하는 동시에 그 역할을 부정하는 서술의 혼종성은 식민지 근대 주체가 식민지 근대 공간을 바라보는 인식을 형상화하는 것이다.

> 肉身이 흐느적흐느적하도록 疲勞했을 때만 精神이 銀貨처럼 맑소. 니코틴이 내 蛔배 앓는 뱃속으로 스미면 머리속에 의례히 白紙가 준비되는 법이오. 그 위에다 나는 위트와 패러독스를 바둑 布石처럼 늘어놓소. 可憎할 常識의 病이오.
> 나는 또 女人과 生活을 設計하오. 戀愛技法에마저 서먹서먹해진, 知性의 極致를 흘낏 좀 들여다본 일이 있는, 말하자면 일종의 精神奔逸者 말이요. 이런 女人의 半―그것은 온갖 것의 반이요―만을 영수(領受)하는 생활을 설계한다는 말이오. 그런 生活 속에 한 발만 들여놓고 恰似 두 개의 太陽처럼 마주 쳐다보면서 낄낄거리는 것이요. 나는 아마 어지간히 人生의 諸行이 싱거워서 견딜 수가 없게쯤 되고 그만 둔 모양이오. 굿 바이. (p.6)

나는 여인과의 생활을 설계한다. 하지만 연애 기법마저 서먹해진 나는 온전한 여인의 전부가 아닌 '반절'만을 설계한다. 생활 속에 한 발만 들여놓는 다는 것은 주체가 세계와 관계 맺는 태도를 단적으로 드러낸

---

20) 임병권, 앞의 글, p.89. 인용.
21) 임병권, 위의 글, p.92. 인용.

다. '나'라는 인물은 자기 스스로를 경계선 바깥으로 소외시키고 근대의 타자로 존재하려 한다.

서술자는 '태양'이라는 본질적인 대상조차도 '두 개'의 태양으로 인식하고 비꼬는 모습을 보인다. 자신의 세계 인식조차도 대상화하고 대수롭지 않게 여기는 파편적인 인지 구조를 보이며, 이마저도 바로 '굿바이'라는 말과 함께 중단해버린다. 주체가 세계를 해석하는 총체적인 인식으로 나가지 못하고, 파편화된 존재의 단상만을 그려낼 뿐이다. 이러한 관계의 파편화는 나와 아내의 왜곡된 가정생활을 통해 확연히 드러난다.

> 나는 이불을 홱 젖혀 버리고 일어나서 장지를 열고 아내 방으로 비칠비칠 달려갔던 것이다. 내게는 거의 의식이라는 것이 없었다. 나는 아내 이불 위에 엎드러지면서 바지 포켓 속에서 그 돈 오 원을 꺼내 아내 손에 쥐어준 것을 간신히 기억할 뿐이다.
>
> 이튿날 잠이 깨었을 때 나는 내 아내 방 아내 이불 속에 있었다. 이것이 이 33번지에서 살기 시작한 이래 내가 아내 방에서 잔 맨 처음이었다.
>
> (pp.21-22)

'아내의 방', 그리고 '아내의 이불'은 나와 분리된 아내의 존재를 상징적으로 보여준다. 그리고 무엇보다 장지로 구분된 아내의 방에서 처음으로 잠을 자게 된 사건에서 왜곡된 가정생활을 발견할 수 있다. 아내와 처음으로 한 방에서 잠을 자게 된 계기를 마련한 것은 오원이라는 물질적 매개물이다. 물화적 관계로 구체화된 아내와의 변질된 관계를 통해 '나'는 자기 삶과 가정으로부터 주체로서가 아니라 주변화 되고 대상화 된 객체로 전락하게 된다.[22] 가장 기본적 사회 공간인 가정에서조차 자

---

22) 윤애경, <닫힌 사회와 왜곡된 자아>, ≪한국 현대소설과 상황의 논리≫, 푸른 사상,

신의 존재감을 잃어버리고 외면 받는 나의 모습을 통해 폭력적인 식민
지 근대의 모습을 읽어낼 수 있다.

남편인 '나'는 아내의 기호를 통해 사회 속에 존재하지만 그 존재감은
드러나지 않고 현실 속에서 자기 위치를 배정받지 못한다. '존재'하지만
사회 속에서는 '없는 존재', 즉 부재하는 타자의 모습인 것이다. 이러한
파편화된 존재의 모순은 현실을 사유하는 나의 태도에서도 찾아볼 수
있다. 아내에 대한 나의 태도에서 남편으로서의 존재는 부재하고 오로
지 객관적인 대상으로 아내를 탐구할 뿐이다. 이러한 서술태도는 매춘
여성인 아내에게 빌붙어 살아가는 남편의 역할을 축소하여 왜곡된 식민
지 근대를 살아가는 식민주체의 현실대응 태도를 상징적으로 보여준다.

> 혹 무슨 댓가일까, 보수일까. 내 아내가 그들의 눈에는 동정을 받아야
> 만 할 가엾은 인물로 보였던가.
> 이런 것들을 생각하노라면 으레히 내 머리는 그냥 혼란하여 버리고 버
> 리고 하였다. 잠 들기 전에 획득했다는 결론이 오직 불쾌하다는 것뿐이었
> 으면서도 나는 그런 것을 아내에게 물어보거나 한 일이 참 한번도 없다.
> 그것은 대체 귀찮기도 하려니와 한잠 자고 일어나는 나는 사뭇 딴사람처
> 럼 이것도 저것도 다 깨끗이 잊어버리고 그만두는 까닭이다. (p.16)

이러한 거리감에서 세계와 단절된 나의 존재 방식을 유추할 수 있다.
아내의 직업에 대해 혼란스러워하지만 불쾌하다는 결론에 다다른 나의
모습에서 그가 이미 아내의 매춘 사실을 인지하고 있음을 알 수 있다.
다만 인정하고 싶지 않은 것이다. 따라서 그는 아내에게 한 번도 물어보
지 않는다. 그 이유를 '나'는 귀찮기 때문이라고 말하고 있지만, 한잠 자
고 딴사람처럼 깨끗이 잊어버리는 행위에서 현실에 대한 도피로 읽어낼

2005, p.17.

수 있다.[23] 아내와 공유하기를 거부하고 현실과 거리를 둠으로써 세계 내에서 자신의 존재를 무화시키는 것이다. 이러한 서술 의도는 아내와 의 관계에 있어 정상적인 남편 역할을 소멸시켜 왜곡된 현실을 강화하 게 된다.

> 나는 이불 속에서 아내에게 사죄하였다. 그것은 네 오해라고...
> 나는 사실 밤이 퍽으나 으슥한 줄만 알았던 것이다. 그것이 네 말마따 나 자정 전인 줄은 나는 정말이지 꿈에도 몰랐다. 나는 너무 피곤하였다. 오래간만에 나는 너무 많이 걸은 것이 잘못이다. 내 잘못이라면 잘못은 그것 밖에 없다. (p.21)

> 나는 걸음을 재치면서 생각하였다. 오늘같은 궂은 날도 아내에게 내객 이 있을라구. 없겠지 하는 생각이 드는 것이다. 집으로 가야겠다. 아내에 게 불행히 내객이 있거든 내 사정을 하리라. 사정을 하면 이렇게 비가 오 는 것을 눈으로 보고 알아주겠지.
> 부리나케 와보니까 그러나 아내에게는 내객이 있었다. 나는 그만 너무 춥고 척척해서 얼떨김에 노크하는 것을 잊었다. 그래서 나는 보면 아내가 좀 덜 좋아할 것을 그만 보았다. (p.27)

아내의 공간이 매춘 행위가 이루어지는 곳이며, 그 곳을 거쳐야만 자 신의 방으로 갈 수 있는 남편의 공간은 그 구조 자체로 왜곡된 부부 관 계를 표상한다. 그런데 이러한 왜곡된 부부의 모습은 아내의 매춘 행위 를 대하는 서술 주체의 태도에서도 드러난다. 자신의 공간을 완전하게

---

23) 베르그송은 ≪물질과 기억≫에서 기억이 자기동일성을 확보해준다는 것을 강조했다. 그는 인간의 의식이 갖는 고유한 시간을 더 이상 분리할 수 없는 시간으로 이해했고, 그것을 '순수지속'이라고 불렀다. 이러한 측면에서 아내의 매춘 행위를 기억하려 하지 않고 잠을 통해 깨끗하게 잊어버리려 하는 나의 태도는 자신의 의식을 지속시키지 못 하는 한계가 있음을 볼 수 있다.

향유할 수 없는 나는 아내의 공간을 넘어서 자신의 방으로 갈 때에 아내에게 잘못을 구하는 것이다. 자기의 방이지만 자정 전에는 아내에 의해 사용이 금지된다. 이 금기를 깨트리게 된 나는 자신이 싫어할 것을 본 것보다 아내가 좀 덜 좋아할 것을 보았다고 서술한다. 인식의 주체인 '나'는 소멸되고 아내의 감정으로 서술이 대체된다.

이러한 나와 아내의 관계는 '절름발이'로 기호화된다. 그리고 이러한 절름발이의 관계는 서로의 행동에 이유를 밝히거나 해명할 필요도 없으며, 사실과 오해의 차이도 규명하지 않고 절뚝거리며 살아가는 존재로 설명된다. 발이 맞지 않는 서로의 존재는 식민지 근대를 살아가는 부부의 대립된 현실 대응 모습인 것이다. 해방과 억압이라는 양가적 요소를 동시에 지닌 근대화된 식민지 경성에서 살아가는 부부의 역할은 파편화된다.

> 우리 부부는 숙명적으로 발이 맞지 않는 절름발이인 것이다. 나나 아내나 제 거동에 로직을 붙일 필요는 없다. 변해할 필요도 없다. 사실은 사실대로 오해는 오해대로 그저 끝없이 발을 절뚝거리면서 세상을 걸어가면 되는 것이다. 그렇지 않을까? (p.33)

존재하지만 동시에 부재하는 이러한 모순이 발생하는 것은 뚜렷한 자기 정체성을 갖지 못한 무력한 개인의 모습을 보여준다. 짐멜(G. Simmel)은 대도시라는 삶의 조건에 대한 성찰과 그곳에 전개되는 인간의 내면 세계에 대한 성찰을 다루면서, 도시의 외적·내적 자극들과 끊임없이 바뀌는 도시의 충격이 개인에게 '신경과민'을 초래한다고 보았다.24) 신경증이 정신적 고통이라면, '절름발이'라는 신체의 병리적 징후인 것이

---

24) Georg Simmel, 김덕영·윤미애 역, ≪짐멜의 모더니티 읽기≫, 새물결, 2005, pp.36-37.

다. 그리고 이 신체적 억압은 인물들이 놓인 환경을 부정적으로 인식하게 만든다.

식민지 근대 주체의 병리적 징후는 근대 식민 국가라는 이중적 장소와 결코 무관하지 않다. 동일한 근대를 향유하는 양가적인 피식민자의 태도나 가족구조의 모순은 식민지 공간의 문제를 여실히 드러낸다. 일제는 식민화를 주도하면서 이분법적인 담론을 생산하고 피식민자들을 복종하도록 하였다. 그런데 이러한 식민 담론의 논리를 부정하고 전복시키는 것은 식민국가의 내적 모순을 드러내는 장치로 인식 가능하다.

3.2. 근대적 기호의 양가성

<날개>의 공간적 배경과 인물의 현실인식이 당대 사회문화적 측면을 집약적으로 함축하는 것이라면, 그 근대적 식민도시를 살아가는 인물의 세계 이해 방식도 이를 벗어나지 않는다. 식민지 통치를 위한 식민국가의 도시화는 모순적인 한계를 내재할 수밖에 없다. 자본주의의 향락과 소비문화는 식민지인들에게 긍정적으로 향유될 수 없는 식민주의 산물인 것이다. 따라서 <날개>에서도 근대적 기호를 양가적으로 다루는 인물들의 소비 행태가 드러난다.

<날개>에서 중심 소재인 '돈'은 자본주의 사회의 중요한 상징적 기호이다. 특히 자본주의 사회에서 화폐는 생산 수단으로서 중요성뿐만 아니라, 자본주의 사회 사람들의 사회적 관계를 매개하는 매체로 중요하다.25) 화폐 교환의 확산은 개인들 사이의 비인격적 의존을 증대시켰다. 이는 전통 사회에서 인격적 만남에 의한 사회적 관계를 형성하던 경

---

25) 윤병철, <화폐, 커뮤니케이션, 그리고 사회 체계>, ≪현상과 인식≫ 4(32), 2008, p.83.

험과는 전혀 새로운 형태의 사회적 관계의 경험이라고 볼 수 있다.26) 근대 사회에서 화폐가 사회적 관계를 매개하는 중요한 요소라면, 화폐의 사용을 통해 근대를 소비하는 인물들의 현실 인식을 알 수 있다.

> 아내의 방은 늘 화려하였다. 내 방이 벽에 못 한 개 꽂히지 않은 소박한 것인 반대로 아내 방에는 천장 밑으로 쫙 돌려 못이 박히고 못마다 화려한 아내의 치마와 저고리가 걸렸다. 여러 가지 무늬가 보기 좋다. 나는 그 여러 조각의 치마에서 늘 아내의 胴體와 그 동체가 될 수 있는 여러 가지 포우즈를 연상하고 연상하면서 내 마음은 늘 점잖지 못하다.
> 그렇건만 나에게는 옷이 없었다. 아내는 내게는 옷을 주지 않았다. 입고 있는 코르덴 양복 한 벌이 내 자리옷이었고 통상복과 나들이옷을 겸한 것이었다. 그리고 하이넥크의 스웨터가 한 조각 사철을 통한 내 내의다. 그것들은 하나같이 다 빛이 검다. (p.11)

아내는 유곽에서 내객을 맞이하고 돈을 받는다. 자신의 육체를 교환하여 돈을 생산한다. 아내는 자본주의의 소비문화를 적극적으로 수용한 것이다. 그래서 아내의 화장대에는 가지각색의 화장품이 있고, 천장 밑으로 쫙 돌려 못이 박힌 곳마다 화려한 옷들이 걸려 있다. 아내는 늘 새 버선만 신었다. 그녀는 자본주의 근대를 내면화한 것이다. 하지만 '나'는 아내와 달리 소비사회와 거리를 둔다. 생산 활동에 나서지도 않는다. 식민지 근대 속에서 '나'는 물질적인 것에 얽매이지 않는다. 그런데 아내가 매춘 행위를 통해 번 돈을 '나'에게 준다. 화폐의 기능을 알지 못하는 '나'는 돈을 소비하는 행위 자체를 피곤함으로 인식한다.

> 어느 날 나는 고 벙어리를 변소에 갖다 넣어 버렸다. 그때 벙어리 속에

---

26) 위의 글, p.97.

는 몇푼이나 되는지는 모르겠으나 고 은화들이 꽤 들어 있었다.

나는 내가 지구 위에 살며 내가 이렇게 살고 있는 지구가 질풍신뢰의 속력으로 광대무변의 공간을 달리고 있다는 것을 생각했을 때 참 허망하였다. 나는 이렇게 부지런한 지구 위에서는 현기증도 날 것 같고 해서 한 시바삐 내려버리고 싶었다. (중략)

벙어리도 돈도 사실에는 아내에게만 필요한 것이지 내게는 애초부터 의미가 전연 없는 것이었으니까 될 수만 있으면 그 벙어리를 아내는 아내 방으로 가져갔으면 하고 기다렸다. 그러나 아내는 가져가지 않는다.(중략) 그래서 나는 하는 수 없이 변소에 갖다 집어넣어 버리고 만 것이다. (p.17)

내가 그 5원 돈을 써버릴 수가 있었던들 나는 자정 안에 집에 돌아올 수 없었을 것이다. 그러나 거리는 너무 복잡하였고 사람은 너무도 들끓었다. 나는 어느 사람을 붙들고 그 5원 돈을 내어 주어야 할지 갈피를 잡을 수가 없었다.

그러는 동안에 나는 여지없이 피곤해 버리고 말았던 것이다. (p.21)

아내가 준 돈을 '나'는 변소에 버린다. 나에게는 화폐의 가치가 없다. 나에게 있어 자본의 표상은 33번지 유곽에 속하는 아내의 방에서 이루어지는 화폐의 거래이다. 작가 이상은 화폐에 대한 '나'의 무지함을 비틀어서 식민지 근대의 모순을 형상화한다. 자본주의 근대의 상징적 기호인 화폐는 '나'를 통해 부정된다. 서술자는 자신이 살고 있는 지구의 급변하는 환경에 적응하지 못하겠어서 돈을 버렸다고 진술한다.

'나'는 아내와 내객 사이의 돈의 교환과 아내가 내게 돈을 주는 행위 자체는 인지하고 있지만 그 교환의미에 대해서는 파악하지 못한다. 그래서 자신도 누구에게든 돈을 내주기 위해 거리로 나서지만 지쳐 돌아온다. 돈을 쓰는 기능을 모르는 나는 아내가 준 은화를 단지 지폐로 바꾸기만 하고 다시 아내에게 준다. 그리고 아내와의 관계에 변화가 생긴다. 아내의 방에 일시적이지만 함께 하게 된 것이다. 이를 통해 '나'는 돈에 대한 가치를 확인하고 돈에 대한 소유욕을 드러낸다.

> 그 돈 5원을 아내 손에 쥐어 주고 넘겨졌을 때에 느낄 수 있었던 쾌감을 나는 무엇이라고 설명할 수가 없었다. 그러나 내객들이 내 아내에게 돈 놓고 가는 심리며 내 아내가 내게 돈 놓고 가는 심리의 비밀을 나는 알아내인 것 같아서 여간 즐거운 것이 아니다. (pp.22-23)

> 조금 있다가 아내가 눕는 기척을 엿듣자마자 나는 또 장지를 열고 아내 방으로 가서 그 돈 2원을 아내 손에 덥석 쥐어주고 그리고-하여간 그 2원을 오늘밤에도 쓰지 않고 도로 가져온 것이 참 이상하다는 듯이 아내는 내 얼굴을 몇 번이고 엿보고-아내는 드디어 아무 말도 없이 나를 자기 방에 재워 주었다. 나는 이 기쁨을 세상의 무엇과도 바꾸고 싶지는 않았다. 나는 편히 잘 잤다. (p.24)

돈에 대한 가치는 물물의 교환이나 사용에 대한 등가적 가치로 치환된다.[27] 아내는 매춘 행위를 통해 돈을 받고 이를 화려한 옷과 화장품 등을 소비하는데 사용한다. 식민지 근대 속에서 몸을 사고파는 행위는 더욱 일반화되었다.[28] 그런데 이상은 <날개>의 주인공을 통해 돈에 대한 교환가치를 아내와 한 방에서 잠자는 당연한 행위에 대한 소비행태로 전복시켰다. 가장 기본적인 부부의 관계를 비틀어서 고유한 전통의 가치를 상실하게 만들고 화폐의 가치로 치환했다. 즉, 인간관계에 의해 이루어지는 모든 행위조차도 화폐에 의해 사고 팔 수 있는 사물이 되는 것이다.

---

27) 인간의 생각 속에 한 사물의 소유와 다른 사물의 소유 사이의 비율의 관념인 가치는 언제나 교환가치를 의미한다. Hannah Arendt, 이진우·태정호 역, ≪인간의 조건≫, 한길사, 1996, p.222.
28) 김종근, 앞의 글, p.116. 참고.

이는 '나'라는 인물이 아내를 욕망하지만[29] 돈을 지불하고서야 아내의 방에 있게 되는 사건의 반복을 통해 가장 기본적인 가족 관계의 틀을 비트는 것이다. <날개> 속 주인공은 지식인이지만 근대성을 내면화하지 않기 때문에 직업을 갖는 것을 거부한다. 그리고 화폐교환을 부정하다가 왜곡된 가족 관계 내에서 이를 부부의 관계에 대한 교환물로 사용한다. 이러한 사건의 배열은 근대에 대한 작가의 비판적인 시각으로 해석 가능하다.[30] 무엇보다 식민지 근대의 모순은 '나'와 아내의 관계 속에 내면화되어 있다. 남편으로서의 역할을 박탈당한 '나'의 모습에서 가정이라는 사적 영역까지 황폐화시킨 식민지 근대의 모순을 읽어낼 수 있다.

근대적 가족 공간은 전통적인 가부장적 질서를 해체하고 남녀의 역할을 대등하게 위치시킨 긍정적인 측면을 보인다. 하지만 이상은 <날개>에서 남편과 아내가 근대성을 내면화하는 방식을 대조적으로 형상화한다. 가족 내 성 역할이 완전히 전도된 것은 식민지 근대의 모순을 드러내는 효과적인 기제이다. 일상성의 훼손은 그 파급력이 클 수밖에 없다.[31] 따라서 기존의 아내와 남편의 성역할을 완전히 뒤바꿔버린 작가

---

29) <날개>에서 반복적으로 아내의 방에 들어가 물건을 통해 아내의 체취를 맡고 그녀의 몸을 탐하는 나의 행위들을 아내에 대한 '욕망'에서 비롯된 것이다. 이는 냄새를 더듬는다는 표현에서 상징적으로 드러난다. "코를 스치는 아내의 체취는 꽤 도발적이었다. 나는 몸을 여러 번 여러 번 비비 꼬면서 아내의 화장대에 늘어선 고 가지각색 화장품 병들과 고 병들이 마개를 뽑았을 때 풍기던 냄새를 더듬느라고 좀처럼 잠은 들지 않는 것을 나는 어찌하는 수도 없었다."

30) 게오르그 짐멜(Georg Simmel)은 ≪짐멜의 모더니티 읽기≫(앞의 책, p.22)에서 "화폐는 사물을 인격화시키는 동시에 인간을 물화시키는 근대의 새로운 악을 가리키는 동시에 인격적인 것과 특수한 것을 유보하고 경제적인 보편성을 실현함으로써 모든 위계에 수평적 성격을 부여하는 새로운 역사의 비전을 지시하는 것"이라고 보았다. 작가 이상이 <날개>에서 화폐의 수평적 측면은 지나치고 부정적인 측면에 주목한 것은 화폐의 교환을 통해 관계를 맺는 근대의 어두운 면을 보이고자 함이다.

31) 식민지 일상성에 대한 연구는 정근식의 <식민지 일상생활 연구의 의의와 과제>, 주윤정의 <일상생활 연구와 식민주의> 참고(공제욱 외, 앞의 책).

의 의도는 근대의 모순을 확연히 드러내는 서술 장치이다. 이는 아내와 '나'의 변질된 관계 속에서도 면밀히 드러난다.

> 아내는 자기 방으로 나를 오라는 것이다. 이런 일은 또 처음이다. (중략) 나는 이런 아내의 태도 이면에 엔간치 않은 음모가 숨어 있지나 않은가 하고 저으기 불안을 느끼지 않을 수 없었다.(중략)
> 나는 마음을 턱 놓고 조용히 아내와 마주 이 해괴한 저녁밥을 먹었다. 우리 부부는 이야기 하는 법이 없었다. 밥을 먹은 뒤에도 나는 말이 없이 그냥 부시시 일어나서 내 방으로 건너가 버렸다. (pp.24-25)

> 나는 내 눈으로는 절대로 보아서 안될 것을 그만 딱 보아버리고 만 것 이다. 나는 얼떨결에 그만 냉큼 미닫이를 닫고 그리고 현기증이 나는 것 을 진정시키느라고 잠깐 고개를 숙이고 눈을 감고 기둥을 짚고 섰자니까 일초 여유도 없이 홱 미닫이가 다시 열리더니 매무새를 풀어 헤친 아내가 불쑥 나오면서 내 멱살을 잡는 것이다. 나는 그만 어지러워서 그냥 나둥 그러졌다. 그랬더니 아내는 넘어진 내 위에 덮치면서 내 살을 함부로 물 어 뜯는 것이다. 아파 죽겠다. 나는 사실 반항할 의사도 힘도 없어서 그냥 넙죽 엎뎌 있으면서 어떻게 되나 보고 있자니까 뒤이어 남자가 나오는 것 같더니 아내를 한아름에 덥썩 안아가지고 방으로 들어가는 것이다. 아내 는 아무 말 없이 다소곳이 그렇게 안겨 들어가는 것이 내 눈에 여간 미운 것이 아니다. 밉다. (p.30)

'나'는 아내가 다른 남자의 품에 안겨 아내의 방으로 들어가는 것을 보고도 아내의 다른 모습을 미워할 뿐이다. 그는 아내의 매춘 행위를 목 격하고서도 아내에게 멱살을 잡히는 수동적인 존재이다. 반항할 의사도 힘도 없다는 것은 부부의 관계가 온전하지 않음을 보여준다. 이들의 관 계가 왜곡된 것은 밥을 같이 먹는 일상적 행위조차도 음모가 아닐까 불 안해하는 '나'의 모습에서 잘 드러난다. 그리고 아내가 아스피린 대신

자신에게 아달린을 사용한 것이 아닌지 의심하는 모습에서 기형적 부부
관계는 극적으로 형상화된다.

이러한 작가의 의도는 탈식민적 기획의 일환으로 해석 가능하다.[32)]
식민지 근대성에 대한 부정적인 시각의 서술은 독자로 하여금 식민지
근대의 모순을 인지할 수 있게 한다. 식민지 지식인이 내면적 고뇌를 드
러내며 끊임없이 현실에 의문을 가지고 불안한 삶을 사는 것은 식민지
조선에 대한 문제성을 보여준다. 이러한 문제 인식을 통해 제국의 식민
담론에 대한 전복의 가능성을 열어놓을 수 있다.

식민지적 근대의 요소들이 혼종되어 있는 경성에서 주인공의 소외와
분열이 서술되면서 식민 세력이 침투한 근대 기호들이 양가성을 지님을
알 수 있다. 스스로의 몸으로부터 철저히 소외되고 사회에서 배척된 존
재인 '나'는 끊임없이 의문을 가지며 질문을 던진다. 결여되어 있지만
실재하는 주인공을 통해 식민담론의 허위성을 인지할 수 있다. 박제된
천재의 무력감은 식민지 체계에 대한 거부의 몸짓, 환멸의 소산으로 읽
을 수 있기 때문이다.

4. 맺음말 : 탈식민적 욕망의 소극적 전략

작가는 소설 주인공을 통해 식민지적 근대를 부정함으로써 사회적 모

---

32) 식민 권력이 베풀면서 통제하는 방식으로 일상을 조직하려 한다면 식민지인들은 하나
의 타자로 놓인다. 푸코식의 '권력' 개념을 인용하면, 다층적으로 조직된 근대적 일상
이 덜 폭력적이고 미시적인 방식으로 주체를 규율하는 것일 수 있다. 식민지인들에게
근대라는 새로운 삶의 형식을 받아들이도록 강요하는 것에 대해 문제제기를 한 것만
으로도 탈식민적 의도로 읽어낼 수 있다. 오창은, <식민지 일상성과 생활의 곤란>,
≪우리말 글≫ 39, 2007, p.384.

순을 드러낸다. 내 눈에 보이는 근대 식민 도시 경성은 '온갖 유리와 강철과 대리석과 지폐와 잉크가 부글부글 끓고 수선을 떨고 하는' '현란을 극한 정오'로 표상된다. 근대적 표상들은 모두 뒤섞여 '나'를 혼란스럽게 만드는 부정적인 것들이다. 따라서 '나'는 그곳에서 탈출하고자 한다. 식민지 근대 속에 놓인 '나'는 사회와 소통하지 못하고, 자신의 의식조차 해석할 수 없는 '탈'주체의 모습을 보인다. 이는 근대적 제도와 식민지 규율로부터 벗어나고자 하는 작가의 의식인 것이다. 이러한 해석에서 이상의 <날개>를 탈식민적 기획으로 볼 수 있다.

소설 말미에 이르러 '나'는 걸음을 멈추고 소리쳐 외쳐 보려 한다. '날개야 다시 돋아라. 날자. 날자. 날자. 한번만 더 날자꾸나. 한번만 더 날아보자꾸나'라고 외치는 것은 인공의 날개가 돋기를 희망하는 것이다. 현실을 제대로 인지하지도 못하고, 근대적 기호들을 거부하던 그는 현실을 벗어나고자 욕망하는 변화된 모습을 보인다. 행동으로 옮기지는 못하고, 머릿속에서 번뜩였던 그의 의지는 지금까지 자기 자신의 존재조차도 제대로 인지하지 못했던 그의 수동적인 모습과는 전혀 다른 것이다. 나와 아내의 관계, 내객과 아내와의 관계, 그리고 나와 세상의 관계 속에서 돈의 교환가치를 어렴풋이 알게 되고 물질화된 성에 대해서도 깨닫게 된다. 그리고 그는 이러한 모순의 시대로부터 벗어나고자 정신적 탈주를 꾀한다.

지금까지 <날개>의 주인공을 통해 분열된 주체의 현실 인식 태도가 제국주의와 자본주의라는 이중적 근대화 과정 때문에 비롯된 것으로 읽어냈다. 그리고 작품 속에 형상화된 근대를 분석하면서 작가가 현실에 대한 의미를 부여한 것으로 보고 작가의 서술의도를 추론하였다. 작가는 일제강점기라는 억압을 직접적으로 드러내지 않지만, 근대라는 해방의 공간을 온전히 수용하지 못하는 '나'라는 인물을 통해 사회적 모순을 드러낸다. 남편과 아내의 기본적인 인간관계조차 맺어지기 어려운 상황은 식민지 근대의 부정적인 측면을 극적으로 형상화한 것이다.

'박제된 천재'는 무기력한 식민지 지식인의 존재를 상징적으로 보여준다. 근대적 식민 국가라는 이중적인 사회구조 내에서 개인은 철저하게 파편화되고 기본적인 인간관계조차 왜곡되어 서술된다. 작가 이상은 세계로부터 소외당하고 분열된 서술 주체를 내세워 식민지 시대에 대한 부정적인 인식을 보여준다. 자신의 존재조차 인식하기도 어려운 '나'의 혼란을 서술하면서 독자로 하여금 이 시기를 억압의 공간으로 인지하게 만든다.

그렇다면, 현실을 탈출하고자 하는 '날개'에 대한 나의 욕망은 탈식민적 기획으로 해석 가능하다. '나'는 식민 제국이 근대를 제도화하고 식민지인을 그 안에 수렴하려는 식민적 기획에서 탈주하기 때문이다. 근대적 표상들을 무가치화한 것으로 만들고, 그마저도 벗어나 버리길 소망하는 것이다. 이렇게 작가가 소설을 통해 근대적 식민 공간을 비틀고 탈출하고자 하는 의지를 내보인 것은 암묵적으로 식민 제국에 대한 탈식민적 욕망으로 볼 수 있다. 적극적인 행동으로 실현되지 않더라도 의식의 탈주 역시 탈식민적 행위로 의미화할 수 있다.

참고문헌

1. 기본자료

이상, <날개>, ≪삼중당문고≫ 24, 삼중당, 1975.

2. 단행본 및 논문

고부응 역, ≪탈식민주의—이론과 쟁점≫, 문학과지성사, 2003.

공제욱 외, ≪식민지의 일상, 지배와 균열≫, 문화과학사, 2006.

권영민 편, ≪이상문학연구 60년≫, 문학사상사, 1998.

김낙춘·서정철, <이상의 단편소설 '날개'에 나타난 건축적 공간 의식>, ≪건설
　　기술연구소 논문집≫ 2(18), 1999. 12.

김복순, <1930년대 리얼리즘 장편소설의 식민성 연구>, 서강대박사논문, 2000.

김상욱, <이상의 ≪날개≫ 연구: 아이러니의 수사학>, ≪국어교육≫ 92, 1996.

김영모, <일제하의 사회계층의 형성과 변동에 관한 연구>, 일제하의 민족생활사,
　　아세아문제연구소, 1971.

김원희, <이상 <날개>의 인지론적 연구와 탈식민주의 문학교육>, ≪한국민족
　　문화≫ 41, 2011.

김임구, <주체적 권능의 과잉과 과소—헤세의 ≪데미안≫과 이상의 <날개>의
　　주체개념에 대한 비판적 고찰>, ≪비교문학≫ 35, 2005.

김정동, <이상의 <날개>에 나타난 건축적 이미지에 관한 연구—1930년대 경성
　　거리를 중심으로>, ≪건축·도시환경연구≫ 8, 2000.

김정희, <<날개>에 나타난 도시의 아비투스와 내·외면적 풍경>, ≪한민족어
　　문학≫ 57, 2010.

김종구, <이상 <날개>의 시간,공간,구조>, ≪서강어문≫ 1(1), 1981.

김종근, <식민도시 경성의 유곽공간 형성과 근대적 관리>, ≪문화역사지리≫
　　1(23), 2011.

김종근, <식민도시 경성의 이중도시론에 대한 비판적 고찰>, ≪서울학연구≫, 2010.

김종회, ≪문학과 사회≫, 집문당, 1997.

나병철, ≪근대 서사와 탈식민주의≫, 문예출판사, 2001.

나병철, ≪소설과 서사문화≫, 소명출판, 2006.

박상준, <잃어버린 정체성을 찾아서: <날개>연구, ≪현대문학의 연구≫ 25, 2005.

박신헌, <이상의 '날개', 주제구현을 위한 작품전개방식연구>, ≪어문학≫ 61, 한국어문학회, 1997.8.

박혜경, <이상 소설론: 상황과 개인의 대립양상을 중심으로>, 동국대석사논문, 1986

서준섭, <모더니즘과 1930년대의 서울−역사적 모더니즘의 재평가를 위한 문학 사회학적 연구1>, ≪한국학보≫ 4(12), 1986.

신기욱·마이클 로빈슨 외, ≪한국의 식민지 근대성≫, 삼인. 2006.

엄정희, <꿈과 현실의 어긋난 소망−이상, <날개>의 꿈꾸는 자유>, ≪국문학 논집≫ 17, 2000.

오창은, <식민지 일상성과 생활의 곤란>, ≪우리말 글≫ 39, 2007.

윤애경, ≪한국 현대소설과 상황의 논리≫, 푸른사상, 2005.

이경훈, <박제의 조감도−이상의 <날개>에 대한 일 고찰>, ≪사이≫ 8, 2010.

임병권, <1930년대 한국 모더니즘 소설의 양가성 연구>, 서강대박사논문, 2001.

정덕자, <이상문학연구: 시간, 공간 및 물질의식을 중심으로>, 이화여대석사 논문, 1983

정수복, <뤼시앙 골드만의 문학 사회학의 불연속성>, ≪현상과 인식≫ 1(5), 1981.

정혜경, ≪한국 현대소설의 서사와 서술≫, 월인, 2005.

최은자, <이상의 <날개> 연구>, 전남대 석사논문, 1988.

최혜실, <경성의 도시화가 1930년대 한국 모더니즘 소설에 미친 영향>, ≪서울 학연구≫ 9, 1998.

헨리 홍순 임, <이상의 <날개>; 반식민주의적 알레고리로 읽기>, ≪역사연구≫

6, 1998.

홍성민, ≪문화와 아비투스≫, 나남출판, 2000.

홍성호, ≪문학사회학, 골드만과 그 이후≫, 문학과지성사, 1995.

황도경, <이상 소설의 공간 연구>, 이화여대박사논문, 1993.

Frantz Fanon, ≪검은 피부 하얀 가면≫, 이석호 역, 인간사랑, 1998.

Frantz Fanon, ≪대지의 저주받은 사람들≫, 남경태 역, 그린비, 2004.

Hannah Arendt, ≪인간의 조건≫, 이진우·태정호 역, 한길사, 1996.

Pierre Bourdieu, ≪자본주의의 아비투스≫, 최종철 역, 동문선, 1995.

Yi Fu Tuan, ≪공간과 장소≫, 구동회 외 역, 대윤, 2005.

■ 편집자 주석

1) 탈식민성: 탈식민주의 또는 탈식민 이론은 과거 식민 시대이든 현재의 탈식민이든 식민 현상을 분석하고 비판하는 이론이다. 제국주의가 제국의 중심부가 확장된 서구 체제를 염두에 둔 말로 이 체제를 확대하고 유지하였던 서구에 더 초점을 두고 분석·비판하는 것이라면, 탈식민주의는 식민지에서 나타나는 식민주의 현상을 분석하고 비판하는 이론이다.

2) 경험적 당대성: 자기 완결적이라 할 수 있는 강력한 주관성, 즉 자기세계가 외부세계와 관계 맺는 방식이 서사적 질서를 형성하는 추진력이 된다. 주관성이 현실에 대해 관계 맺는 방식, 주체와 현실의 고유한 관계방식이 관철되는 장이라고 할 수 있는 서사의 특징을 통해 이들의 소설이 보여주는 현실대응방식과 고유의 미적 원리를 살펴볼 수 있다.

3) 공간과 장소: 상징적 사유의 결과로서 나타나는 공간은 추상공간의 성질을 지닌다. 이에 반해 다양한 실체로 나타나는 장소는 그곳에 반영된 구체적이며 실질적인 인식을 추론하는 자료가 된다.

4) 아비투스: 부르디외는 '아비투스'에 대해 "지속적이면서 또 다른 것으로 전이될 수 있는 성향의 체계로서 구조화된 구조이며, 또한 구조화하는 구조처럼 작동하는 경향"이라고 설명한다. 부르디외는 행위자들의 취향이 선천적으로 물려받은 어떤 것이 아니라, 경험과 생활 속에서 획득한 후천적 성향을 아비투스로 정의하였다. 그는 사회적 존재 조건과 취향 사이의 관계를 인지하기 위해, 각 행위자들의 아비투스를 포착해야 한다고 말한다.

5) 양가성과 혼종성: 호미 바바는 한 국가의 정체성 혹은 문화가 항상 변화하며 혼종의 상태에 있음을 언급하며 지배와 피지배의 이분법적 구분을 넘어 '경계선상' 혹은 '사이에 낀 공간'이라는 탈식민적 공간을 주장한다. 담론/권력이 행사되는 과정에서 (인종적, 성적) 차이의 계기에 의해 '이종화의 분열'이 발생하는데 저항이란 그 이종화 과정에 끼어드는 '타자의 행위력'에 다름 아니다. 양가성이나 혼성성의 순간은 타자(피식민자)를 식민자의 상징계 내부에 가두려는 권력으로부터 벗어나는 순간이기도 하며, 바로 그 분열의 틈새에서 타자의 저항의 계기가 만들어진다.

※ 이 글은 『건지인문학』 제 11집에 실렸던 것을 새로 다듬은 것입니다.

중앙아시아 고려인 문학의 현황과 의의

이정선

[해 설]

◎ 목적 및 특성

이 논문은 중앙아시아 고려인 문학의 형성과정과 그 전개 양상을 주제적 측면과 작품 형식의 측면에서 살펴보고자 하였다.

중앙아시아 고려인 문학은 그동안 지리적인 거리상의 문제뿐 아니라 냉전논리에 의해서도 접할 기회가 적었다. 구소련의 붕괴와 국내의 해금조치로 인해 이제야 이 분야의 연구가 시작되었다. 중앙아시아 고려인 문학은 1930년대 연해주에서 꽃피기 시작하다가 1937년 강제 이주로 말미암아 뿔뿔이 흩어져 민족적인 것을 억압당하며 살아왔기 때문에, 현재로서는 한국말과 글을 아는 사람이 매우 적어서, 한글을 사용한 작품 창작의 가능성이 점차 희박해 지고 있다. 물론 고려인 3세, 5세로 이어지는 훌륭한 문학적 성과가 없는 것은 아니지만, 러시아어로 창작한다는 점에서 매체로 사용하는 언어의 문제가 걸릴 뿐만 아니라, 내용적 측면에서조차 정체성이 모호해지는 경우가 많다. 점차 '민족문학'의 범위에서 다루기에 여러 가지 난점이 있다.

이에 곧 사라져 버릴 수도 있는 중앙아시아 고려인들의 문학을 '민족문학'의 확장이라는 측면에서 연구하고, 그것의 한국문학사로의 수렴 가능성을 타진하고자 하였다.

◎ 연구 대상 및 방법

먼저 중앙아시아 고려인 문단의 형성 과정을 살펴보았다. 먼저 고려인들이 1860년 경 러시아 연해주로 이주하고 다시 1937년 중앙아시아로 강제 이주된 과정을 살펴보 고, 중앙아시아 고련문학의 형성 과정에 기여한 포석 조명희의 역할과 고려인 문학의 산실이 되었던 《레닌기치》를 주목하였다.

다음 중앙아시아 고려인 문학의 소개 현황을 살펴보았다. 중앙아시아 고려인 문학은 1983년 재외 정치학자 김연수에 의해 남한에 소개되기 시작하여 20여년의 역사를 지니 고 있다. 중앙아시아 고려인 문학은 주로 합동작품집 형태로 출판되어 문인들에 대한 프로필이나 연구 자료가 적은 편이고, 주제도 몇 가지로 유형화된 편이다. 최근 출판한 이명재 외 6인의 공저 『억압과 망각의 디아스포라』(한국문화사, 2004)가 본격적인 연 구의 시금석이라 할 수 있다.

이 논문은 중앙아시아 고려인 문학사를 개관하고, 구체적인 전개 양상을 작품 형태 와 주제 양상으로 나누어 고찰한 후 한국 현대문학사와의 통합문학사 가능성을 타진하 였다.

◎ 핵심 내용

중앙아시아 고려인 문학은 160여년에 달하는 긴 이주의 역사를 갖고 있는 고려인들 의 생활상과 내면풍경 등을 살펴볼 수 있는 좋은 자료들이다. 형태상 특징을 살펴보면, 고려인 문학의 가장 많은 부분을 차지하고 있는 것은 시로, 일반 서정시를 비롯하여 노 랫말로 쓴 시, 동요, 장편 서사시, 연시 등이 있다. 소설의 경우에는 단편이 압도적으로 많으며 장편 소설은 적다. 희곡은 고려인 문학에서 활달한 편으로, 1932년 연해주에서 조직한 '조선극단'을, 중앙아시아에서는 고려극장을 중심으로 활동한 것으로 보인다. 희곡의 주요 주제로는 민속적 주제와 강제 이주, 민족 정체성 등이다. 구소련지역 고려 인 작가들은 시인, 소설가, 희곡 작가, 평론가 등의 구분이 없으며, 전문 창작영역이 따 로 없는 것이 특징이다.

중앙아시아 고려인 문학의 주제는 크게 네 가지로 구분할 수 있다. 첫째는 고려인 문학은 사회주의 리얼리즘의 바탕에서 삶의 형상화와 자연에의 서정을 묘사했다. 특히 시 분야에서는 조국으로서 소련을 예찬하며, 레닌 혁명을 자랑스러워하고, 사회주의 건 설에 참여한다는 연대감과 공감대가 표출되어 있다.

둘째로 가난에 대한 한탄과 가난을 떨치고자 한 의지이다. 고려인들은 중앙아시아의 황무지였던 땅을 비옥하게 바꾸어 그곳을 새로운 삶의 터전으로 삼았기 때문에 그 터 전에 대한 자부심과 그 터전에서 거둬들이는 풍요와 평화로움 등을 주제로 삼았다.

셋째로 친선과 평화이다. 동포들과 구소련의 전체 민족들과의 친선을 강조하고, 반 전을 내세우며, 핵무기 개발과 핵전쟁을 경계하며 평화를 강조한다.

넷째는 고향에 대한 사랑이나 남녀 간의 사랑, 어머니에 대한 그리움을 주제로 삼고 있다. 정치적 제약 때문에 돌아갈 기약을 할 수 없는 고향은 그 문인들이 태어나고 자란 연해주이거나 중앙아시아 등지이다.

소설 작품의 경우에는 반봉건주의와 반제국주의를 주제로 한 작품이 많으며 반체제, 반독재의 저항 문학, 그리고 스탈린 시대의 탄압과 희생에 대한 고발 문학도 나올 수 없었다. 그러기에 이들 소설은 주로 생활과 신변의 소재로 단편을 써왔다. 따라서 이성과의 갈등과 가족과의 갈등을 부각시킨다거나 실존의 위기, 인간성의 복원과 자연으로의 회귀를 형상화한 작품이 많다.

◉ 연구 효과

중앙아시아 고려인문학은 구소련의 붕괴와 국내의 해금조치로 인해 최근에야 연구가 시작되었다. 이 지역의 경우 160여년에 달하는 긴 이주의 역사로 인해 국내와의 이질감이 커질 수밖에 없었다. 뿐만 아니라 이주민들은 현지의 정치적 상황에 의해 강제적으로 뿔뿔이 흩어져 민족적인 것을 억압당하며 살아왔기 때문에, 현재로서는 한국말과 글을 아는 사람이 매우 적어서, 한글을 사용한 작품 창작의 가능성이 점차 희박해 지고 있다. 물론 고려인 3세, 5세로 이어지는 훌륭한 문학적 성과가 없는 것은 아니지만, 러시아어로 창작한다는 점에서 매체로 사용하는 언어의 문제가 걸릴 뿐만 아니라, 내용적 측면에서조차 정체성이 모호해지는 경우가 많기 때문에, 보편적인 문학의 범주에서 다룰 수 있을지는 몰라도 '민족문학'의 범위에서 다루기엔 여러 가지 난점이 있다.

중앙아시아 고려인문학은 곧 사라져 버릴 수도 있는 중앙아시아 지역, 나아가 구소련지역 고려인들의 문학을 연구함으로써, 고려인들의 작품을 민족문학사에 수렴하는 데 기여할 것으로 기대된다. 이러한 작업은 '민족문학'을 확장하는 작업이 될 것이다.

1. 머리말 : 중앙아시아 고려인 문단의 형성 과정

고려인들이 연해주에 이주한 시기에 대해서는 대개 1860년대로 추정하며, 가뭄으로 인한 흉년 때문이었으리라 보고 있다. 한·러 간에 외교적 관계가 수립되지 않았던 시기였지만, 연해주 지역의 인구밀도가 너무 낮아서 러시아로서도 한인들의 이주를 반기는 입장이었다. 따라서 러시아의 적극적인 이주정책에 힘입어 간도와 만주에서 핍박받던 고려인들이 그곳으로 이주하게 되었다. 러시아 당국은 이주 고려인들에게 희랍정교에 입교하도록 하고 국적을 부여해 주었으며, 토지 무상 분배, 토지세 감면 혜택을 주었다. 그 후 1905년 을사조약과 1910년 국권상실을 전후하여 정치적인 이주자들이 많았다. 현재 중앙아시아 지역에 거주하는 고려인들은 대부분, 구한말에 당시 제정러시아 지역인 연해주로 갔다가 1937년에 중앙아시아로 강제 이주된 사람들의 후손들이다 1937년의 비인도적인 강제이주는 고려인의 이주초기부터 있었던 러시아인들의 우려가 발현된 것이다. 러시아는 한·청·러 국경지역에 다수의 한인 이주민들이 거주함으로써 발생할 제반문제들 을 우려했으며, 1900년에는 러시아가 일본이나 중국과 전쟁 상태로 들어갈 경우 한인 이주자들이 적국(敵國)을 위한 광범한 첩보에 있어 매우 유리한 근거가 될 것이라는 보고서도 있었다.[1]

이렇듯 굴곡 많은 고려인의 이주 역사가 140 여년으로 오랜 것과 맞물려 그 규모도 상당하여 외교통상부의 2009년 통계자료에 의하면 현재 53만 명을 넘어서고 있다. 이들은 해당 지역의 정책에 적극적으로 따르면서도 우리 민족의 전통 또한 잊지 않는 이중적 특성을 보인다. 고려인의 러시아 민족과의 동화(同化)는 제정러시아와 소련, 그리고 독립국가연합이라는 그 지역 역사의 격변기를 거치면서 생존을 위해 어쩔 수 없이 선택한 것이었을 텐데, 그럼에도 그 부수가 적고 또 러시아어의 비중이 더 클망정 아직까지 한글 신문이 간행되고 있음은 우리 민족의 정체성을 잃지 않으려는 노력의 소산으로 볼 수 있다.[2] 그런데 다른 한편으

---

1) 반병률, 「한국인의 러시아이주사-연해주로의 유랑과 중앙아시아로의 강제이주」, 『한국사 시민강좌』 28집, 2001. pp.68~73
2) 이준규, 「소련의 해체와 중앙아시아 고려인」, 『민족연구』 7권, 한국민족연구원, 2001. 참고.

로는 그것을 소수 민족인 고려인의 독자성을 반영한 결과로만 보기는 힘들다는 주장도 있다[3] 왜냐하면 1932년부터는 소비에트 연방국가내의 모든 작가, 미술가, 음악가 등 문화 예술인들을 하나로 규합하는 단일 조직이 형성되었고, 소비에트 문화는 개인적인 필요나 창작욕구가 아니라 당의 방침에 따라 철저하게 계획, 통제되는 분야였으며, 더구나 고려인 문학의 산실이라고 할 만한 ≪레닌기치≫ 신문이 당기관지인 ≪쁘라브다≫지의 민족어판으로서의 성격이 강한 언론이었기 때문이다. 따라서 고려인 문학을 바라볼 때는, 우리 문학의 한 부분을 담당하면서 우리 문학의 영역을 넓힐 가능성을 지난 존재로 보는 방향과 함께, 우리 문학의 주류와는 일정한 거리가 있는 그 자체로서 바라보는 것이 필요하다.

고려인 문단의 형성 과정을 간략히 살펴보자면 다음과 같다. 1923년에 우리말 신문 ≪선봉(아방가르드)≫이 블라디보스톡에서 창간되어 문학에 소질이 있는 젊은 고려인 작가들이 이 신문을 중심으로 모여들기 시작했다. 조명희, 조기천, 한 아나톨리 등 수십 명의 손꼽히는 시인, 소설가, 극작가들이 시, 소설, 희곡 그리고 번역 문학 등으로 참여한 ≪선봉≫이 고려인 문학의 초석이 된 것이다

고려인문단이 형성되기 시작하는 데는 포석 조명희의 역할이 결정적이라고 봐야 할 것이다. 그의 발기, 지도하에서 구소련지역에서 고려인 작가와 시인들의 작품을 담은 첫 잡지 『노력자의 고향』이 1935년에 발간되었다, 그러나 조명희는 『노력자의 고향』 2호를 발간한 후 일제간첩이라는 누명으로 처형되었다. 1930년대 그의 영향하에 강태수, 유일용, 김해운, 한 아나톨리, 조기천, 전동혁, 김증송, 주성원, 이기영 등 시인들

---

3) 이혜승, 「1930년대 중반~1980년대 중반 중앙아시아 고려인의 언론, 공연, 문학 작품에 나타난 문화적 지향성 연구」, <역사문화연구> 26집, 2007. 2. 참고

의 창작이 활기를 띠기 시작하였다.

그러나 1937년 고려인들에 대한 중앙아시아로의 강제 이주정책으로 고려인 문단은 말살상태에 놓이게 된다. 조명희, 강태수가 체포되어 행방불명되었고, 유일룡은 세상을 떴으며, 조선사범대학과 사범전문학교를 비롯하여 일체의 조선인 학교들에서 러시아어만을 써야 했다.[4] 그러나 민족의 문화전통을 몽땅 없애버릴 수는 없었다. ≪선봉≫의 뒤를 이어 1938년부터 발간된 우리말 신문 ≪레닌기치≫와 조선극장을 토대로 고려인 문화의 불꽃을 다시 피우기 시작했다 특히 조선극장이 연성용, 채영, 태장춘과 같은 희곡작가들을 단결시키면서 무대활동을 전개하였다. 이 조선극장은 1932년 블라디보스톡에서 설립된 고려극장의 후신으로서, 1937년 카작스탄 크즐오르다에 설립되었으며 1938년부터 바로 순회공연을 했다. 비록 공연지역은 주로 크즐오르다의 고려인 꼴호즈였고, 원동에서 공연했던 작품을 되풀이 했다는 한계가 있지만, 강제이주에도 끊이지 않고 고려인 문화의 장이 되었음은 매우 의미 있는 일이라고 하겠다. 그리고 ≪레닌기치≫ 신문은 고려인문단의 거의 유일한 활동무대가 되면서 체계적으로 문예면을 활용하여 문인들을 키워나갔다.

그런데 앞서 잠깐 언급했듯이 이 ≪레닌기치≫에 대해 염두에 두어야 할 것이 있다. ≪레닌기치≫는 단순한 고려인들의 문예마당이 되어

---

4) 그런데 김필영은 이에 대해 "일부 고려인들이 주장하는 것처럼 소련 당국이 민족어를 가르칠 수 없도록 제지하여 고려말 교육과정이 폐쇄되었다는 것이 사실이 아님"을 주장하고 있다. "고려인 학교에서 고려말 교육이 폐지된 것은 쓸데없는 고려말을 배우는 데 시간을 낭비하기보다는 하루 속히 러시아말을 잘 배워 소련 사회에서 성공하기를 바라는 학부모의 뜻에 따라 취해진 조치로 외부 간섭과는 아무런 상관이 없었다"는 것이다. 그런데 김필영의 지적이 사실이라 하더라도 스스로 민족어를 등한시하면서 러시아어를 습득하는 것에 온힘을 기울여야 했던 그 고려인들의 모습에서 생존을 위한 절박함이 느껴진다. (김필영, 『소비에트중앙아시아 고려인 문학사』, 강남대출판부. 2004. p.70 참조)

준 것만이 아니라, 카작소비에트 사회주의공화국 크즐오르다주 당위원
회 기관지였다. 1954년에는 카작소비에트 사회주의공화국 공산당 중앙
위원회 기관지로, 그리고 1960년에는 소련 공화국간 공동신문으로 지위
가 승격되었다. 따라서 ≪레닌기치≫가 어떤 매체였는가를 염두에 두는
것이 고려인 문학을 이해하는 데 도움을 준다. 즉 ≪레닌기치≫는 고려
인을 대상으로 한글로 발간되었지만 어디까지나 카자흐스탄의 국영신문
이었으며, 이는 본질적으로 공산주의 이론과 정책을 펴기 위한 매체의
역할을 담당했다는 것을 의미하므로, 이 지면에 실리는 작품들의 성향
이 어느 정도 제한되었을 것임을 염두에 두어야 한다.

2. 중앙아시아 고려인 문학의 소개 현황

중앙아시아 고려인 문학은, 한글신문 ≪선봉≫이 창간되어 '문예페이
지'를 통해 작품이 발표되기 시작한 1923년 무렵으로부터 80 여년의 역
사를 이어오고 있다. 그러나 한반도 내의 정치 격변과 이후의 냉전논리
에 막혀 남한에는 작품 소개조차 어려웠으므로, 남한에서 이뤄진 연구
성과는 매우 미미하다. 재외정치학자 김연수에 의해 시 작품이 한정적
으로나마 남한에서 소개된 것5)이 1983년이니, 이 지역의 한인 문학이
남한에 소개된 지 이제 겨우 20 여년이 되었을 뿐이다. 더구나 소련의

---

5) 김연수가 ≪선봉≫의 후신인 ≪레닌기치≫(1937. 5. 15. 창간)에 수록된 한인들의 시들
을 수집해 옴으로써 최초로 한국에 고려인의 문학이 소개되었다. 이 작품들은 정신문화
연구원에 의해 『감차카의 가을』(김연수 엮음, 정신문화연구원, 1983)이란 제목으로 100
부 한정 출간된다.(김연수, 『소련과 한국문제』, 일념, 1980. 참조) 이후 김연수는 계속해
서 자신이 수집해 온 시와 소설·희곡 등을 묶어 세 권의 책을 더 펴낸다. 합동시집 『
소련식으로 우는 한국아이』(주류, 1986.), 합동시집 『치르치크의 아리랑』(인문당, 1988.),
소설·희곡집 『쟈밀라, 너는 나의 생명』(인문당, 1989.) 등이 그것이다.

해체 이후에나 본격적인 연구의 가능성이 생겼음을 염두에 둔다면 그 연구 기간은 더욱 짧아진다. 짧은 시간일망정 충실한 소개와 연구가 진행되었다면 모르지만, 아직도 자료 수집·소개 자체가 많이 부족한 상황이다. 그나마 2005년에 알마티에서 한국 해외동포문학 편찬사업 추진위원회와 시사랑문화인협의회, 고려일보사의 주최하에 학술대회가 열리고, 이때 고려인의 문학이 많이 수집되어, 그 일부가 한국에서 발간됨으로써 고려인문학의 변모를 좀 더 자세히 살펴볼 수 있는 좋은 기회가 마련되었음은 다행스러운 일이다

그런데 중앙아시아 고려인의 문학은 주로 합동작품집의 형태로 출간된다는 특징이 있는데, 이렇다보니 기본적으로 문인들에 대한 간략한 프로필조차 없이 한 작가의 작품이 10편 미만인 경우도 많아서, 본격적인 연구 자료로는 미흡하지 않을 수 없다. 또한 작품의 창작 시기가 기록되지 않은 것이 대부분이고, 한 사람이 여러 이름을 쓰는 경우 다른 사람인 것처럼 따로 수록되어있기도 하므로, 많은 문인들을 발견할 수는 있지만 한 작가의 작품 세계를 깊이 있게 들여다보는 것은 어렵다는 점 등도 연구의 어려움으로 지적될 수 있다.6) 작품 소개의 상황이 이러다보니 연구의 깊이도 부족해서 초기에는 주로 전반적인 양상을 언급하는 것에 머물러 있었다. 이 경우 재소 고려인들의 작품의 분위기가 밝다는 점과 이데올로기적인 측면보다는 서정성에 입각하여 창작된다는 점

---

6) 다른 한편, 고려인 문학에 대한 관심과 연구가 미미하여 기왕에 소개된 작품조차 품절되거나 출판사의 폐업 등으로 유실된 경우도 많다. 아나톨리 김은 국내에 가장 많은 작품이 소개된 작가로 개인 작품집으로만 8권 정도가 국내에서 출판되었지만, 이 중 『푸른섬』(정음사, 1987.), 『사할린의 방랑자들』(소나무, 1987.), 『연꽃』(한마당, 1988.) 등은 절판되어 자료를 구할 수가 없었다. 박미하일의 『해바라기 꽃잎 바람에 날리다』(새터, 1995.) 은 그의 작품집으로는 유일하게 국내에 소개된 것이지만, 역시 절판되었다. 하지만 2003년에 한국에 온 작가를 만나 그가 소장하고 있는 것을 제본할 수 있었다. 작가의 소장품 역시 제본한 책이었다.

이 지적되었다.7) 전자는 사회주의 리얼리즘을 수용한 것으로, 후자는 일면 가혹한 소수민족 정책에 그 나름대로 적응한 방식의 결과로 볼 수 있다. 형식적인 면에서의 연구는 거의 전무하며, 내용적인 면에 있어서도 주로 주제를 몇 가지로 유형화하는 정도에 그친다. 1960년대 이후로는 현지에서 개인 작품집도 출간되고, 현지 동포에 의한 연구도 진행되면서, 본격적인 작가론이나 작품론, 문학사 등도 연구되기 시작하였다.8) 그러나 남한에서의 본격적인 연구라고 할 만한 작가론이나 작품론은 아나톨리 김에 관한 것이 대부분이고 그 외에는 희곡문학에 대한 것이 있다. 하지만 전자의 경우도 단 두 편9)뿐이고 후자의 경우10)는 해당지역 거주인의 연구로서 우리로서는 대상 작품을 접할 수 없는 것이다. 그밖에 '재외 동포 문학에 투영된 한국 여성의 초상'이라는 공동주제에 입각한 연구가 한 편11) 있는데, 이는 문학적 평가와는 거리가 있다.

이렇듯 연구 대상으로 삼을 해당 작품 자체가 한정적이어서 현재 남

---

7) 현지 답사를 통해 직접 많은 양의 고려인 문학을 수집하여 정리한 이명재에 의하면, 고려인 문학에는 '정론적인 송가성향'의 작품이 "너무 많아 식상할 지경"이라고 한다. (이명재, 『소련지역의 한글문학』, 국학자료원, 2002. p.29하~30 참조) 그러나, 남한에 소개된 작품들은 검열 때문인지 그런 이데올로기적인 성향보다는 서정성이 두드러지는 특성을 보인다.

8) 하지만 여전히 국내에서는 자료의 부족으로 연구는 주로 아나톨리 김에 대한 것에만 치중되어 있고, 현지의 연구자들이 한진, 라브렌띠 송 등을 다룬 소논문들이 소개되고 있지만, 국내에서는 해당 작가들의 작품을 접할 수 없으므로 그 연구를 비판적으로 심화 수용할 수가 없다.

9) 권철근의 「아나톨리 김의 <다람쥐> 연구: 다람쥐와 오보로쩬」(『러시아연구』 제5권, 1995)과 김현택의 「우주를 방황하는 한 예술혼-아나톨리 김론」(『재외한인작가연구』, 고려대한국학연구소, 2001)가 이에 해당된다.

10) 이정희의 「재소 한인 희곡 연구」(단국대 석사, 1993.)과 김필영의 「송 라브렌띠의 희곡 기억과 가작스탄 고려사람들의 강제이주 체험」(『비교한국학』제4호, 국제비교한국학회, 1999.), 「소비에트 카작스탄 한인문학과 희곡작가 한 진의 역할」(『한국문학논총』 제27집, 한국문학회, 2000.)이 이에 해당된다.

11) 한만수, 「러시아 동포 문학에 투영된 한국 여성의 초상」, 「한국문학연구』 19권, 동국대 한국문학연구소, 1997.

한에서의 연구는 한계를 지닌 채 진행될 수밖에 없다. 해당 지역의 답사를 통해 자료를 더 확보하는 것이 내실 있는 연구를 위한 선결과제이다. 더구나 이는 한국어 구사 능력을 가진 한인들의 급감[12]과 한글 신문의 존폐가 시각을 다투는 상황임을 생각해 볼 때 빠른 시일 내에 이루어져야 할 과제라 하겠다. 최근에 현지 답사를 통한 자료 수집을 바탕으로 쓰여진 이명재 외 6인의 공저 『억압과 망각의 디아스포라 문학연구』(한국문화사, 2004.)는 본격적인 고려인 문학 연구의 시금석이라 할 만하다.

그런데, 중앙아시아 고려인 문학을 이후의 통합문학사를 기술하는 문제와 관련하여 섭렵하고자 할 때, 그 대상을 정하는 일부터가 난제라고 할 수 있는데, 이명재는 특별한 언급 없이 한글로 창작하는 경우로 한정하여 연구를 진행하고 있으면서도 러시아어로 창작하는 작가도 간략히 소개하고 있다.[13] 연구 대상을 정한다는 것은 그 문학의 문학사로의 편입 문제와 관련되는데, 서종택[14]과 홍기삼[15] 등이 러시아 지역뿐만 아니라 해외 동포 문학 일반에 있어 '누가 썼느냐'하는 창작자의 문제에 중점을 두는데 비해, 고려인 문인들(리진, 한진 등)은 '무엇으로' 썼느냐하는 언어의 문제를 중요하게 여겨 대조를 보인다. 임헌영의 연구[16]는 언어와 내용, 창작 시기 등에 있어 여러 가지 가능한 모습을 변별하고 그 나름대로 객관화하려는 노력이 돋보인다. 아직은 보편적인 합의 없이

---

12) 1926년도엔 고려인 중 98.9%가 한글을 이해하고 사용하였으나, 1979년에는 55.4%만이 한글을 사용하고 있다고 한다. 오늘날에는 한글로 문학작품 활동을 할 수 있는 작가는 10명 미만으로 보고 있다 한국어를 배우려는 분위기가 일고 있다고는 하지만, 취직을 위해 외국어로서 배우는 것이다.
13) 이명재, 『소련지역의 한국 문학』, 국학자료원, 2002.
14) 서종택, 「재외 한인 작가와 민족의 이중적 지위」, 『한국학연구』 10권, 고려대학교 한국학연구소, 1998.
15) 홍기삼, 「재외 한국인 문학 개관」, 『문학사와 문학비평』, 해냄, 1996.
16) 임헌영, 「해외동포 문학의 의의」, 『한국문학』, 1991. 7월.

그 범위를 최대한 넓게 잡고 개별적인 연구가 진행 중인데 어느 정도 연구 성과가 쌓이면 본격적인 논의가 이루어져야 할 것이다.

3. 중앙아시아 고려인 문학사 개관

고려인 문학의 문학사 연구는 아직까지 미흡한 상황이다. 1992년에 이정희가 고려인의 희곡문학을 대상으로 1920년대부터 10년 단위로 각 시기별 특정을 정리 한 것[17]이 최초의 문학사적 연구라고 할 수 있다.

그에 따르면, 1920년대는 혁명 이념이 뚜렷이 부각됐으며, 1930년대는 보통 사람들의 삶에서 낡은 사고를 타파하는 혁명적 사건을 묘사하는 작품이 많았고, 1940년대는 독소전쟁을 겪으면서 영웅성·애국심을 주제로 한 러시아 작품 번역이 주로 이뤄졌고 전후복구를 위한 국민총동원 요구에 따라 국민의 헌신성·근면성을 찬양하는 주제의 작품이 많았다고 한다. 1950년대는 한국 고전이 무대에 오르기 시작했고 1960년대까지 산업화와 연관된 생산문제가 주로 다뤄졌으며, 1970 1980년대에는 개성적인 희곡작가들의 활동이 활발했다고 한다.

장실은 1863년부터 1937년 강제이주 전까지, 강제이주 이후부터 1980년까지, 그리고 1980년 이후로 세대에 따라 세 시기로 나누어 고찰[18]하고 있다. 첫째 시기는 1세대들에 의해 창작활동이 활발하던 시기이고, 둘째 시기는 러시아어로 집필한 2세대들이 러시아를 조국으로 생각하는 강한 인식을 보여주는 시기이며, 마지막 시기는 3세대의 문학인데 1985

---

17) 이정희, 「재소한인 희곡연구 소련국립조선극장 레파토리를 중심으로」, 단국대학교 석사학위논문, 1992.
18) 장실, 「러시아에 뿌리내린 우리문학」, 『문예중앙』, 1996. 봄호.

년 이후로는 민족의 문화적 유산을 후세에게 교육하는 연극 공연이 활발했다고 한다.

김필영은 카자흐스탄 고려인문학을 대상으로 한 문학사 시기 구분 논의[19]에 이어, 『소비에트 중앙아시아 고려인 문학사』(강남대학교출판부, 2004.)를 집필했다. 이는 현재까지는 유일한 고려인 문학사 연구 서적이다. 두 연구 사이에 약간의 차이가 있지만, 강제이주 이후를 기점으로 삼는다는 점에서는 동일하다 즉 ≪선봉≫이 아니라 ≪레닌기지≫의 창간을 기점으로 삼고 있다.[20] 제 1기(1937~1953 : 형성기)는 강제이주로 인해 민족적으로 억압을 받고 심한 통제를 받아 자유로운 문필활동을 하기 어려웠던 시기로서 이 시기에 창작된 작품들은 소비에트 사회주의 제도를 찬양하는 내용이 대부분이다. 제 2기(1954~1969 : 발전기)는 스탈린 사망 이후 흐루시초프에 의한 해빙의 시기로 ≪레닌기치≫가 카자흐스탄 공산당 중앙위원회 기관지가 되어[21] 소련 전역에 배포되었고 공민증이 발급되는 등 고려인들의 지위가 향상되었으며 조명희가 복권되어 선집이 출간되기도 했다. 또한 북한으로부터 리진 등의 망명자들이 이 시기 문학에 참여했다. 이런 내외적인 요소로 인해 장편 두 편도 이 시기에 창작되는 등 활발한 창작이 이뤄졌다. 제 3기(1970~1984 : 성숙기)는 한글 창작의 이주 1세대 문인들의 창작이 줄어들고 2세 이후 세대

---

19) 김필영, 「소비에트 카작스탄 한인문학과 희곡작가 한진의 역할」, 『한국문학논총』 제 27집, 한국문학회, 2000.
20) 이는 그가 연구대상을 고려인 문학 전반이 아니라 중앙아시아 혹은 카자흐스탄의 고려인 문학으로 한정하고 있기 때문일 것이다. 그러나 중앙아시아의 고려인이 원동에서의 고려인과 다르지 않음을 생각한다면, 원동에서의 문예활동도 대상에 포함시켜야 할 것이다.
21) ≪레닌기치≫가 카자흐공화국 간행으로 된 시기를 이명재는 1956년으로, 김필영은 1953년으로 밝히고 있어 차이를 보인다. 정확한 사실 확인이 요구되지만, 흐루시초프 집권을 3기의 시작으로 잡는다면 시기 구분에 별 문제는 없을 것이다.

에 의한 러시아어 창작이 많아진 시기이다. 아나톨리 김(1973), 미하일 박(1976), 안드레이 한, 로만 허 등이 이 시기에 러시아어로 등단한다. 이로써 고려인 문학이 분화되어, 한글 창작은 주로 시문학에, 러시아어 창작은 주로 소설 문학에 치중되어 창작되었다. 이처럼 김필영은 러시아어로 창작된 것도 포함하여 논하고 있다. 제 4기(1985~1991 : 쇠퇴기)는 페레스트로이카와 글라스노스트 정책의 영향으로 언론의 통제가 어느 정도 완화되기 시작한 문화적 해빙기이다. 민족 감정의 문학적 표현이 어느 정도 허용되어 작품 내용에 드디어 이주라든지 고향이라든지 하는 어휘의 사용이 부분적으로 가능해졌다. 그러나 한글로 창작할 수 있는 문인이 극소수만 남게 된다.

4. 중앙아시아 고려인 문학의 전반적인 양상

4.1. 작품 형태의 고찰

구소련지역 고려인 문학의 가장 많은 부분을 차지하고 있는 것이 시이다. 일반 서정시를 비롯하여 노래말(가사), 동요, 장편 서사시, 연시 등을 볼 수 있다. 특히 노래말로 쓴 시가 많다는 점이 주목되고, 장편서사시의 선구는 조명희의 산문시 「짓밟힌 고려」(1928)였으리라고 생각된다.

소설의 경우에는 단편이 압도적으로 많다. 특히 고려인 문학에서 장편 소설이 적은 것은 그 문학의 규모나 한계를 생각할 수 있게 하는 점이다. 단편소설은 한두 가지의 플롯에 집중하기 때문에, 장편소설처럼 작품의 구성이나 전개를 폭넓게 펼쳐나가기 어렵기 때문이다. 흔히 장편소설의 소재로는 역사적 사건들이나 사회 계몽적 주제들을 들 수 있다.

역사나 삶(생활)에 대한 포괄적 인식과 경험의 축적이 장편소설을 창작할 수 있는 문학적 바탕이 될 것이다. 구소련지역 고려인들의 역사나 삶에서 그러한 장편의 소재나 문학적 역량이 없었다고는 할 수 없다. 백여 년의 그 삶의 발자취란 유례가 드문 굴곡 많은 고난의 인생이었기 때문이다. 가난한 고향과 모국을 등진 고달팠던 이주와 개척의 몸부림에서부터, 사회주의 혁명의 소용돌이, 항일 무장 투쟁, 특히 스탈린 치하에서의 강제 이주에 따른 희생과 새 삶의 긴 역정은 고달팠던 한 이주 민족의 과거사이기도 하지만, 반성과 형상화로 일깨워야 할 민족 문학의 소재들이 아닐 수 없다. 이러한 역사가 녹아있는 장편소설이 부족함은 아쉬운 점이다. 한글로 쓰인 작품 중에 장편 소설은 김준의 <십오만원 사건>(1964)과 김세일의 <홍범도>(1968~1969) 등 두 작품뿐이다. 이렇듯 장편소설이 위축된 상황은 앞으로도 더 어려운 상황으로 갈 것이다. 우선 모국 말글 인구가 감소해서 오늘날 고려인 4-5세들은 한국말을 잃어버렸기 때문이다.

희곡의 경우, 구소련지역 고려인문학에서 꽤 두드러진 점을 발견하게 된다. 구 소련지역 고려인 문학에서 희곡이 발달한 것은 1932년 블라디보스톡의 고려인 사회에서 우리 연예 활동의 모체인 '조선극단'을 조직 운영한 것을 보아도 그 뿌리가 깊음을 알 수 있다. 이는 바로 민족 연예의 유지와 러시아 극문학의 영향 등으로 발전되어 온 것으로 보인다. 그 밖의 작품 형태로는 수필, 평론을 들 수 있는데, 이 부분도 장편소설처럼 그렇게 두드러지지 않은 것 같다. 다만 한 가지 참고할 사실은, 구소련지역 고려인 작가들의 경우, 시인, 소설가, 희곡 작가, 평론가 등의 구분이 없어 보이는 점이다. 전문 창작영역이 따로 없다는 것이다.

4.2. 작품의 주제적 양상

이른바 사회주의 리얼리즘을 바탕으로 삶을 형상화하고 자연에서 느끼는 서정을 묘사하는 것이 고려인 문학의 가장 보편적인 주제적 경향이다. 이와 관련하여 주제가 몇 가지로 요약된다.

먼저 시 분야에서 드러나는 주제를 살펴보자. 먼저 드러나는 주제는 레닌에 대한 예찬과 10월 혁명에 대한 칭송이다. 이 주제의 시들은 레닌의 이름을 직접적으로 언급하면서 조국으로서의 소련을 예찬하는데, 이는 사회주의 혁명으로 인한 현재를 자랑스러워하는 마음뿐만 아니라 미래에 대한 희망이 담긴 것이라고 볼 수 있다. 공산체제와 특정 인물에 대해 찬양하는 것을 약소 민족으로서 공산권의 철권통치 아래에서 살아남기 위한 어쩔 수 없는 결과로 볼 수도 있지만, 러시아 혁명에서 희망을 찾았던 순수한 의미로 볼 수도 있겠다.

둘째로 가난에 대한 한탄과 가난을 떨치고자 한 의지를 들 수 있다. 중앙아시아로 강제 이주되었을 때, 그 곳은 황무지였으나 고려인들은 이에 좌절하지 않고 특유의 근면함으로 그 땅을 비옥하게 바꾸어 놓았다. 따라서 그곳은 고려인들의 미래를 밝혀주는 새로운 삶의 터전이 되었고, 자신들이 이뤄놓은 터전에 대한 자부심과 그 터전에서 거둬들이는 풍요와 평화로움 등을 작품의 주제로 삼게 되었다.

셋째로 친선과 평화인데, 이는 위의 주제와 연결된다. 척박한 땅에서 터전을 일구는 데 성공했다는 자부심은 다른 민족도 포용할 수 있는 여유를 가질 수 있도록 하였으며, 이는 고려인들과 소련의 전체 민족들과의 친선을 강조하는 것으로 드러난다22). 평화에 대한 것은 반전을 내세

---

22) 이에 대해 고려인들이 러시아인이나 중앙아시아인들과 어울림으로써 민족정체성을 스스로 억압하고 프롤레타리아 국제주의에 대한 선봉을 대내외적으로 과시하고자 한 것

우며 파쇼들의 침략 만행을 규탄하고, 핵무기 개발과 핵전쟁을 경계하는 것으로 나타나기도 한다.

넷째는 고향을 그리는 마음인데, 이때 고향은 그 문인들이 태어난 자란 연해주인 경우가 많다. 이는 강제 이주 후 삶의 고단함을 말해주는 또 하나의 방법일 수 있다. 구소련지역 고려인들의 시에 나오는 가을은 대부분 풍요와 기쁨의 계절로 묘사되는데, 고향을 그리워하는 마음이 가을과 만나면 가을은 쓸쓸함으로 그려진다. 그래서 눈에는 풍요의 계절이 보이지만 마음에는 진눈깨비가 내리는 겨울로 인식하기도 한다. 자연을 소재로 한 시들이 이 주제와 많이 연관되는데, 닮은 곳이라곤 없어 보이는 중앙아시아의 자연물에서 고향의 모습을 찾는다는 것은 늘상 고향에 대한 생각을 품고 산다는 것에 다름 아니다.

이밖에 다양한 사랑시들과 어머니에 대한 그리움을 기리는 시편들과 자연에서 느끼는 서정을 표현한 작품들이 있다.

소설 작품의 경우, 시작품과 비슷한 경향도 있지만, 조금 다른 것을 꼽아보자면 다음과 같다. 고려인 소설에는 사랑과 휴머니즘을 주제로 한 작품이 많다. 이와 관련해서 가정에서의 갈등이나 이성간의 갈등을 부각시킨다거나 실존의 위기를 형상화한 작품들이 많이 보인다. 그 외에 일본이나 독일 또는 지주계급을 증오의 대상으로 설정하여 그들과의 투쟁과 승리를 다룬 이데올로기적 경향의 작품들이 있다. 또한 사회주의 혁명에 발맞추어 성실히 일하는 사람들을 찬양하거나 그러한 개혁에 따라가지 못하고 구시대적 악행을 저지르는 사람에 대한 비판의 내용을

이었다고 보기도 한다. 그런데 고려인들이 중앙아시아인과 대등한 친구의 관계로 맺어졌다면 러시아인과는 좀 다른 양상을 드러낸다. 소설 속에서 러시아인들은 구원자나 시혜자의 모습으로 고려인보다 종종 우월한 위치로 등장한다. 따라서 고려인 작품에 나타나는 민족 간의 관계를 고찰한다면, 고려인 의식의 한 단면을 살펴볼 수 있을 것이다.

다룬 작품들이 있다. 마지막으로 동화적인 테마로서 동물과 인간의 교류와 신뢰를 그리고 있는 작품들이 눈에 띈다. 이를 통해 인간성의 회복과 자연으로의 회귀를 촉구하기도 한다. 한편 고려인 문학에는 반제국주의적이고 반봉건주의적인 내용은 눈에 띄어도, 반체제, 반독재의 저항문학은 있을 수 없었다.[23] 특히 스탈린 시대의 탄압과 희생에 대한 고발문학은 소련 당시에는 나올 수 없었다. 이는 스탈린의 무자비한 탄압에 의한 공포가 내면화되었기 때문인데, 1937년 강제이주에 대한 문학적 형상화는 스탈린 사후에 스탈린 격하 운동이 일어났을 때도 불가능했고, 1980년대 후반의 개혁·개방 정책이 있고나서야 부분적으로 드러나기 시작했을 정도이다.

5. 맺음말 : 중앙아시아 고려인 문학을 포함한 통합문학사를 위하여

중앙아시아 고려인 문학은 그 양에 있어서나 내용의 새로움에 있어서나 우리 문학사에서 간과할 수 없는 중요한 한 축임을 알 수 있다. 그러나 그동안 지리적인 거리상의 문제뿐 아니라 냉전논리에 의해서도 이 지역의 한민족문학을 접할 기회가 적었다. 그러나 이상에서 살펴보았듯이 이 지역 문학사는 이렇게 이주한 동포들에 의해 씨가 뿌려져 시작되

---

23) 고려인 작가들은 크게 네 부류로 나눌 수 있는데 한반도에서 태어나 원동으로 이주했다가 중앙아시아로 강제 이주된 세대, 원동에서 태어나 어린 나이에 중앙아시아로 강제 이주된 세대, 중앙아시아에서 태어난 세대라는 세대별 구분이 있고, 여기에 좀 특별한 부류를 하나 더 할 수 있는데, 바로 북한 유학생 망명자들이 그들이다. 리진, 허진, 한진, 맹동욱이 대표적인데, 이들이 남한에서 선보인 작품들에는 북한 사회에 대한 비판의 내용이 있어서 특징적이다. 그런데 이는 워낙 특별한 경우라서 고려인 문학 일반으로 확대해석 하기보다는 특수한 경우로 다루어야 할 것이다.

었고, 이후에는 북한으로부터 지식인들이 망명의 형태로 투입되면서 더
욱 활발하게 진행되었다. 그러나 1937년 강제 이주와 같은 민족 억압정
책과 소련의 붕괴라는 혼란 속에서 생존의 문제가 절박하게 되어 현재
는 우리말, 글을 아는 사람이 아주 적다. 즉 창작'언어'를 중심으로 한
'민족문학사'적 관점에서 본다면 이 지역 문학은 운명을 다 한 듯이 보
이기도 하는 것이다. 소련의 붕괴와 국내의 해금조치로 인해 늦게나마
이제야 이 분야의 연구가 시작되고 있지만, 이 지역에서 한글 창작은 더
이상은 기대하기 어려울 뿐만 아니라 내용적 측면에서조차 정체성이 모
호해지는 경우가 많기 때문에, 보편적인 문학의 범주에서 다룰 수는 있
을지 몰라도 '민족문학'의 범위에서 다루기엔 여러 가지 난점이 있다,
즉, 고려인들의 문학에 대한 연구가 이제 시작되었는데 '민족 문학'의
확장이라는 측면에서의 연구 대상은 곧 사라져 버릴 수도 있는 급박한
상황인 것이다. 그러나 1923년 ≪선봉≫의 창간과 더불어 1990년대 초
반까지 이루어낸 업적마저 무시될 수는 없다. 더구나 ≪레닌기치≫ 등
에 발표하는 대외적인 작품과는 별도로 진솔한 감정을 다룬 작품들은
공개되지 않은 채 묻혀있을 수도 있다는 가능성이 제기되므로24), 이렇

---

24) 지금까지 소개된 구소련지역 고려인들의 문학에서 다루어지는 내용은, 강제 이주 후
척 박한 곳을 비옥하게 만들어낸 자부심과 그 땅에서의 풍요를 기대하는 내용, 그리고
고향에 대한 그리움과 관련된 것이 대부분이었다. 그것은 ≪레닌기치≫에 실린 리진
이나 양원식의 작품에서도 다르지 않았다. 그런데 국내에 소개된 개인 시집에서는 두
사람 모두 사뭇 다른 모습을 보여준다. 양원식의 경우에는 개인 시집(『카자흐스탄의
산꽃』, 시와진실, 2002.)의 작품을 통해 강제 이주 당시의 힘겹고 참혹했던 체험을 이
야기 한다. 이전의 작품들에서 희망찬 모습만이 등장했던 데 비해, 그 땅으로 이주하
면서 또는 이주하여 터전을 닦으면서 숨겨가기도 했던 고달픈 모습을 보여준다. 또한
그렇게 참혹하게 맨몸으로 강제 이주 당한 고려인들에게 호의를 보여준 카자흐스탄
사람들의 인류애를 다룬 작품도 보인다, 강제이주된 고려인들에게 호의를 보이는 것
이 카자흐스탄 사람들에게 쉬운 일이 아니었음을 떠올린다면 그들의 뜨거운 인류애에
새삼 감동을 받게 된다. 이 점은 리 도 다르지 않아서, 한국에서 출판된 그의 시집(『리
진서정시집』, 생각의 바다, 1996.)을 보면 중앙아시아 지역을 여행하면서 쓴 시들에서

게 숨어있는 작품의 여부도 확인해야 하므로 자료수집 자체도 수월한 일은 아닐 것이다. 그러나 이것은 구소련 지역 고려인들의 작품을 민족 문학사에 수렴하기 위해서 어렵더라도 반드시 수행해야 할 과제이다. 그리하여 앞으로 연구가 심화됨에 따라 해당시기 우리의 문학사는 더욱 풍요롭게 새로 쓰이게 될 것이다.

그런데 통합문학사를 서술함에 있어 한국 문학과의 동질성의 측면에 너무 경도되지 말아야 함에 주의해야 할 것이다. 동질성의 측면을 강조 하다보면, 그 범주에 들지 못하는 많은 작품들은 누락될 수밖에 없기 때 문이다. 남북한 통일문학사를 서술함에 있어 "우리가 찾아야 할 것은 남 북한 문학이 서로 감응했을 가능성이 아"니며 "남북한 문학의 근본적인 차이와 심층적인 동질성을 같이 읽어내어야 하는 것"이 중요하다는 신 형기의 언급[25)]은 고려인문학을 바라보는 시선에 시사점을 준다. 또한 "정신사를 구축하는 것이 소설사를 위한 하나의 적극적 의미의 제안"이 며 "해외 한인들의 정체성 탐구를 통한 자기 발견은 한국소설사를 위한

타민족과의 감정적 교류를 따뜻하게 다루는 시들을 볼 수 있다. 이민족과의 교류는 강 제 이주의 힘겨움을 이길 수 있도록 돕고, 노독을 풀도록 따뜻하게 대해주는 이민족에 게서 시인은 '세월의 슬기'도 배운다. 이러한 깨달음은 한반도의 협소함 속에서 다소 배타적언 정서를 지닌 우리에게 새로운 시각을 열어준다.

소재 면에 있어서도 새로운 모습을 볼 수 있는데, 그 중 6.25와 분단 현실, 독재에 대한 비판 등은 놀랍기까지 하다. 이것은 그들이 북한에서 온 유학생이었다는 신분과 도 관련이 있을 것이다, 리진의 경우 북한체제에 대한 비판적 입장에서 망명했다는 경력에서 알 수 있듯이, 북한 체제에 대한 강도 높은 비판의 시들이 많다. 그런데 이 런 작품들의 경우, 초기에는 북한 체제에 대한 직접적인 성토가 주를 이루었지만, 후 대로 가면서 그 체제 밑에서 고통 받는 인민에 대한 안타까움과 그들의 각성을 촉구 하는 것, 혹은 알레고리적 수법으로 돌려 말하는 것 등 여러 새로운 모습을 보여준다.

두 사람의 개인 시집 전반에 흐르는 감정도 이전의 작품들과 차이를 보인다. 이전 의 작품들은 밝고 희망에 찬 것들이 대부분을 차지하고 있었음에 비해, 안타까움, 슬 픔, 불안, 냉소 등의 다양한 감정이 드러난다.
25) 신형기, 「통일문학사 서술 방법론 개발의 전제」, 『현대문학이론연구』 8권, 현대문학이 론학회, 1997.

큰 실마리를 제공해줄 수 있는 것"이라는 장사선의 지적26)을 수용한다면, 고려인 문학이 보이는 정체성 탐구의 모습을 세밀하게 살펴볼 필요가 있다. 또한 해방직후에 귀국하여 북한 문학의 역작을 남긴 조기천이 ≪레닌기치≫의 문화부 기자였다는 것 등을 생각해 보면, "구소련지역의 한글문학이 북한의 송가문학에 미친 영향도 검토, 연구해 볼 일"이라는 이명재의 지적27)도 눈여겨 볼만하다.

고려인문학 뿐만이 아니라 다른 어느 지역의 한민족 문학이건 하나의 통합문학사로 수렴하고자 할 때, 단순히 지금까지 정리되어 온 남한의 문학사에 해당지역의 작품을 함께 나열하는 방식이어서는 안 된다는 점은 재론의 여지가 없다. 이는 남북의 경우만 한정해서 살펴보더라도 쉽게 이해할 수 있다. 그렇다면 과연 어떤 서술 전략이 가능할 것인가. 이에 대해서는 다양한 시도들이 이뤄져야 할 것이다.

고려인 문학을 살펴볼 때 역사 복원의 양상을 통한 문학사 구축이 가능할 듯하다. 역사를 기록하는 것과 마찬가지로 역사적 사실을 소설로 형상화는 데에도 어떤 사건을 선택할 것인가의 문제가 대두된다. 역사서든 역사 소재 소설이든 발생한 모든 사건을 기록할 수는 없기 때문이다. 따라서 어떤 역사적 사건을 선택 했는지 그 자체를 역사인식의 한 부분을 드러내는 것으로 볼 수 있다. 고려인 소설에서 소재로 다뤄지고 있는 주요 역사적 사건은 먼저 항일투쟁과 러시아 혁명, 그리고 독소전쟁을 들 수 있다. 글라스노스트와 페레스트로이카를 기치로 내세운 고르바초프 집권 이후에는 그간 금기의 대상이었던 강제이주가 소재로 등장한다.

그리고 1950년대에 소련으로 망명한 북측 유학생들이 남측과의 교류

---

26) 장사선, 「남북한소설사 연구와 이데올로기」, 『현대소설연구』 제25호, 한국현대소설학회, 2005. 3.
27) 이병재, 『소련 지역의 한글문학』, 국학자료원, 2002. p.32

를 통해 남측에 소개한 작품들에서 6.25 전쟁을 언급하고 있음을 볼 수 있다. 독소전쟁만이 조금 예외적일 뿐, 고려인 작가들이 소재로 선택한 역사적 사건들은 해당지역의 역사보다는 한민족의 역사와 더 긴밀한 사건들이다. 고려인의 소설에서 1960년대 이후에 항일 투쟁이나 러시아 혁명 및 독소전쟁 등에 대한 복원이 이뤄지고 있는데, 이러한 억압되었던 역사가 어떤 양상으로 복원되고 있는가를 살펴보는 것은 고려인의 정체성 탐구에 있어 의미 있는 방법이 될 것이다.

예를 들어보자면 <빨치산 김이완>(주가이 알렉세이, 1943)과 <용의 아구리>(우가이 블라디미르, 1946) 등을 통해 이미 1940년대에 항일에 관한 내용을 서사화하기 시작했지만, 그 때는 고려인들이 일제에게 고통을 당하는 것으로 주로 그려진 반면에, 1960년대에는 좀 다른 양상으로 그려지고 있다. <나그네>(김준, 1958)에서는 홍범도 부대 독립군을 도와주는 부부가, <지홍련>(김준, 1960)에서는 빨치산으로 전사한 남편의 원수를 갚으러 나서는 여인이 등장한다. 그저 압박만 받는 모습에서 저항의 주체로 일어서는 모습이 그려지고 있는 것이다. 장편 <십오만원 사건>(김준, 1964)과 <홍범도>(김세일, 1965)에 이르면 집단적이고 조직적인 저항의 양상이 그려짐으로써, 저항의 주체를 개인에서 민족 단위로 변화시켜 형상화하는 변화를 발견할 수 있다. 또한 이런 이야기 속에서 러시아(소련)와 어떤 관계를 맺는 것으로 그려지고 있는가를 통해서도 고려인 의식의 단면을 살펴볼 수 있을 것이다 일제는 러시아의 반혁명세력인 백파를 지원했으므로, 일본은 한인들과 볼세비키 혁명군에게 공공의 적이 되므로, 고려인 소설에서 형상화되고 있는 항일 투쟁은 종종 볼세비키파와 협력하는 것을 중요한 방법으로 내세우고 있다.

한편 태장춘의 「어린 수남의 운명」(1959)은 배의 증기 가마를 닦다가 불이 나서 희생된 수남의 이야기를 통해, 박성훈의 「살인귀의 말로」

(1973)[28]는 1945년 사할린에서 있었던 토목공 학살 사건을 통해, 일제와 백파의 만행으로 수난을 겪는 한민족의 참상을 드러내고 있는 작품들이다. 림하의 「불타는 키쓰」(1956) 이나 김기철의 「복별」(1969)과 「금각만」, 그리고 김남석의 「꾸르강에서」 등에는 러시아 혁명에 일조하는 한인들의 모습이 그려지고 있다. 여기에 그려지는 한인들은, 어린 학생(「불타는 키쓰」), 지게꾼(「금각만」) 같은 보통 사람에서 직업적 혁명가(「꾸르강에서」)의 모습까지 다양하다. 누구랄 것도 없이 한민족 대다수가 러시아혁명에 협조했음을 드러내고자 한다고 하겠다. 많은 작품들이 항일투쟁과 러시아혁명을 긴밀하게 연결하여 드러내고 있는 반면, 두 장편 『십오만원사건』(김준, 1964)과 『홍범도』(김세일, 1967)은 항일투쟁에 조금 더 집중되어 있다. 하지만 이 두 작품도 결말은 러시아혁명군과 협력하는 것으로 마무리되고 있기는 하다.

다음으로 독소전쟁을 다루고 있는 작품들을 살펴볼 수 있다. 여기에 해당되는 작품들에는 한상욱의 「옥싸나」(1963), 김기철의 「붉은 별들이 보이던 때」(1963), 김광현의 「이웃에 살던 사람들」(1970), 조정봉의 「생활의 곬」, 주동일의 「백양나무」(1970), 김블라지미르의 「메아리」, 김오남의 「기념비」 등이 있다. 한민족은 '위대한 조국전쟁'이라고 일컬어지는 독소전쟁에 참여하기가 힘들었다. 소련이 한민족을 중앙아시아로 강제이주를 시킬 때의 명목이 일본의 스파이 활동을 할 우려였음에서도 알 수 있듯이, 한민족은 소련 내에서 제대로된 대우를 받지 못하고 오히려 의심의 받는 처지였기 때문이다. 물론 독소전쟁에 참여했던 한민족

---

28) 이 작품은 1973년에 『정의의 앙갚음』이란 제목으로 <레닌기치>에 발표되었다가 이후 합동작품집 『행복의 고향』(1988)에 「살인귀들의 말로」로 제목을 바꾸어 다시 실은 작품이다. 김연수가 엮어서 한국에서 발행된 재소한인작품집 『자밀라, 너는 나의 生命』(인문 당, 1989)에도 「살인귀의 말로」라는 제목으로 실렸다.

이 전혀 없었던 것은 아니지만, 한인들은 후방의 노력전선에 동원되는 것이 대부분이었다. 이러한 경험은 한민족 스스로가 원했던 것이 아님에도 조국소련의 고난에 동참하지 못했다는 자괴감을 갖게 했다 고려인 소설에서 독소전쟁의 형상화는 이러한 자괴감을 상쇄하고자 하는 노력의 일환으로 보인다. 이들 작품들에게 고려인은 전쟁 시기에 러시아인들과 동일하게 고통 받았으며, 고통 받는 러시아인들이나 다른 민족을 도왔음이 강조되고 있음을 볼 수 있다.

1980년대 후반부터는 그동안 금기시 되었던 강제이주가 소설 속으로 삽입된다. 한진의 「공포」(1989)는 공식적으로 발표된 작품 중에서 최초로 강제이주를 언급 하고 있는 작품이다. 한진의 또다른 작품인 「그 고장 이름은?」(1990)은 죽음에 임박한 어머니가 고향에서 묻힐 수 없는 고려인의 현상황을 들면서 그렇다면 죽어 묻히는 고장은 무어라고 불러야 하는지를 묻는 내용인데, 어머니의 회상 중에 강제이주의 상황이 부분적으로 언급되고 있다. 강알렉싼드르의 「놀음의 법」(1990)도 소수민족으로서 겪어야 했던 모욕과 멸시를 어린아이의 시선으로 그려내는 중에, 강제이주에 대한 윗세대의 기억을 삽입해 놓고 있다. 송라브렌찌의 「삼각형의 면 적」(1989)은 표면상 신비한 어머니의 능력을 보여주는 사례들 속에 강제이주의 기억을 중간중간 끼워 넣는 방법을 사용하고 있다.

6 · 25 전쟁의 경우에는 주로 북측에서 소련으로 유학 갔다가 망명한 작가들의 작품에서 주로 드러난다. 전동혁의 「위훈」(1971)은 현지에서 발표된 소설 중에서 거의 유일하게 6 · 25를 언급하고 있는 작품인데, 중심 내용은 해방 이듬해의 '3월 1일 독립 만세 기념식'에서 연단 위에 떨어진 수류탄을 쏘련군 소위가 집어던지려다가 손가락을 잃었다는 내용이다. 그의 희생으로 해서 다른 인명 피해가 없었음을 강조하고 있으며, 그의 이력을 말하는 중에 '조선해방전쟁' 참가 이력을 잠깐 언급하

고 있다. 남측에서 발표된 리진의 「윤선이」나 「싸리섬은 무인도」는 6·
25 전쟁을 이야기의 중심에 두고 있다. 어릴 적 좋아지내던 윤선이를 전
쟁 중에 군인의 신분으로 다시 만나서 즐거운 시간을 보내다가 미군의
'장난질' 같은 쌕쌔기 공격으로 윤선이가 희생된다는 된다는 내용의 「
윤선이」나, 전쟁 중에 인민군과 포로의 신분으로 만났지만 무인도에 숨
어 둘만의 영원의 시간을 보내는 내용의 「싸리섬은 무인도」 모두, 전쟁
의 참상을 드러내는 것보다는 연인의 사랑을 서사의 중심에 놓으면서
반전의식을 드러내고 있다. 맹동욱의 「모스크바의 민들레」는 '자전소설'
이라는 타이틀이 붙은 것처럼, 월남하려다 잡혀서 유형지로 끌려갔다가
소련으로 유학가고 그곳에서 북측의 검거에 붙잡힐 뻔했던 작가의 이력
을 시간 순서대로 서술하고 있다. 이 작품에서도 6·25가 중점적으로
거론되는 것은 아니다. 작품 전체의 주조는 북측에 대한 비판이고 그 와
중에 전쟁에 대한 책임도 거론되고 있다. 그런데 이 작품들은 구소련지
역 현지에서는 발표되지 못하고 소련 이 한국과 교류하게 된 1980년대
후반 이후, 고려인작가들이 한국을 방문한 것을 계기로 한국에서 출판
되었다. 즉, 이 작품들은 1960년대부터 쓰여졌지만 당시에는 현지에서
수용되지 못하고 1990년대에 이르러 한국에서 빛을 보게 된 것들이다.

그런데 이러한 논의는 고려인 문학 전반이 아니라 주로 소설에 한정
된다는 단점이 있다. 앞으로 시문학까지도 넓게 포괄할 수 있는 또 다른
방법을 찾아보아야 할 것이다. 고려인들이 시대에 따라 자신들의 역사
를 새롭게 복원해 가듯이, 역사가 새로 쓰이듯이, 통합문학사를 위한 이
러한 노력이 누적되어 감에 따라 통합문학사도 역사 속에서 그 모습을
변화시키며 구축되어 갈 것이다.

참고문헌

1. 단행본

김필영, 『소비에트 중앙아시아 고려인 문학사』, 강남대출판부, 2004.

이명재, 『통일 시대 문학의 길찾기』, 도서출판 새미, 2002.

_____, 『소련 지역의 한국 문학』, 국학자료원, 2002.

이명재 외, 『억압과 망각, 그리고 디아스포라』, 한국문화사, 2004.

장사선·우정권, 『고려인디아스포라 문학연구』, 월인, 2005.

2. 학위논문

이정희, 『재소 한인 희곡 연구』, 단국대 석사, 1993.

3. 논문·평론

강진구, 「중앙아시아 고려인 문학에 나타난 기억의 양상 연구」, 이명재 외, 『억압 과 망각, 그리고 디아스포라』, 한국문화사, 2004.

강진구, 「고려인 문학에 나타난 역사 복원 욕망 연구」, 이명재 외, 『억압과 망각, 그리고 디아스포라』, 한국문화사, 2004.

_____, 「제국을 향한 로열 마이너리티(loyal minority)의 자기 고백」, 『한국문학 의 쟁점들』, 제이엔씨, 2007.

김낙현, 「고려인 시문학의 현황과 특성」, 이명재 외, 『억압과 망각, 그리고 디아 스포라』, 한국문화사, 2004.

김빠월, 「참다운 예술가 연성용」, 『캄차카의 가을』, 정선문화연구원, 1983.

김연수, 「재소 한민족과 시문학」, 『캄차카의 가을』, 한국정신문화연구원, 1983.

_____, 「소련속의 한국문학」, 『시문학』 제210호, 1989. 1월.

김정훈·정덕준, 「재외한인문학 연구:CIS지역 한인 시문학을 중심으로」, 『한국문 학이론과 비평』 10권2호 제31집, 2006.

김주현, 「국제주의와 유교적 지사 의식의 결합」, 이명재 외, 『억압과 망각, 그리고 디아스포라』, 한국문화사, 2004.

김필영, 「해삼위 고려사범대학과 한국 도서의 행방」, 한글학회, 『한글새소식』 제299호, 1997.

_____, 「송라브렌띠의 희곡 기억과 가작스탄 고려사람들의 강제이주 체험」, 국제비교한국학회, 『비교한국학』 제4호, 1999.

_____, 「소비에트 카작스탄 한인문학과 희곡작가 한 진의 역할」, 『한국문학논총』 제27집, 한국문학회, 2000.

_____, 「소비에트 중앙아시아 고려인 소설 연구」, 『민족문화논총』 제32집, 영남 대 민족 문화연구소, 2005. 12월.

김필립, 「레닌기치에 나타난 쏘베트 한인문학」, 국제비교한국학회, 『비교한국학』, 1997.

김현택, 「우주를 방황하는 한 예술혼-아나톨리 김론」, 『재외한인작가연구』, 고려대한국학연구소, 2001.

리 진, 「시에 대한 몇가지 고찰;작시법의 문제」, 『치르치크의 아리랑』, 인문당, 1988.

_____, 「러시아 속의 한국문학과 문학인」 -'96문학의 해 기념 <한민족문학인대회 심포지엄> 발제문, 『한국문학』, 1996. 겨울.

박명진, 「고려인 문학에 나타난 민족서사의 특징」, 이명재 외, 『억압과 망각, 그리고 디아스포라』, 한국문화사, 2004.

_____, 「고려인 희곡 문학의 정체성과 역사성」, 이명재 외, 『억압과 망각, 그리고 디아스포라』, 한국문화사, 2004.

신연자, 「소련 내의 한인과 그들의 문화」, 서대숙 엮음, 『소비에트 한인 백년사』, 태암, 1989.

윤인진 외, 「독립국가연합의 정치경제적 상황과 고려인의 당면 과제」, 『아세아연구』 44권 2호. 2001.

이명재, 「북한문학에 끼친 소련문학의 영향」, 한국어문교육연구회, 『어문연구』 제30 권4호, 2002.

_____, 「나라 밖 한글문학의 현황과 과제들」, 『통일시대 문학의 길찾기』, 새미,

　　　　　　2002.

_____, 「고려인 문학의 길찾기」, 『통일시대 문학의 길찾기』, 새미, 2002.

_____, 「조명희와 소련지역 한글문단」, 이명재 외, 『억압과망각, 그리고 디아스 포라』, 한국문화사, 2004.

이정선, 「구소련지역 고려인 문학의 형성과 시문학 양상」, 김종회 편, 『한민족문 화권의 문학』, 국학자료원, 2003.

_____, 「김준의 『십오만원 사건』에 나타난 항일투쟁의 형상화 고찰」, 『국제한 인문학』 5호, 국제한인문학회, 2008.

이혜승, 「1930년대 중반~1980년대 중반 중앙아시아 고려인의 언론, 공연, 문학 작품에 나타난 문화적 지향성 연구」, 한국외대 역사문화연구소, 『역사문 화연구』 제26집, 2007.

임헌영, 「해외동포문학의 의의」, 『한국문학』, 1991. 7월호.

장사선, 「고려인 시에 나타난 아우라」, 『한국현대문학연구』 제17집, 2005.

장사선・김유진, 「CIS문학의 한국문학 인식 및 수용에 관한 연구」, 『국제어문』 30집, 국제어문학회, 2004. 4월.

장실, 「러시아에 뿌리 내린 우리 문학」, 『문예중앙』, 1996. 봄.

장윤익, 「북방문학의 양상과 수용의 문제」, 『시문학』, 1989. 2월.

_____, 「사회주의 국가 속의 교민문학」, 『북방문학과 한국문학』, 인문당, 1990.

정덕준・정미애, 「CIS 지역 러시아고려인 소설 연구 ; 민족정제성의 변화 양상을 중심으로」, 『한국문학이론과 비평』 11권 1호 제34집, 2007.

조재수, 「중국・소련 한인들의 한글 문예 작품론」, 『문학한글』 제 4호, 한글학회, 1990.

채수영, 「재소교민문학의 특정」, 『문화예술』, 한국문화예술진흥원, 1990.7.

_____, 「재소교민소설의 특질」, 『쟈밀라, 너는 나의 생명』, 인문당, 1989.

최강민, 「고려인 디아스포라 문학과 민족정체성의 해체」, 이명재 외, 『억압과 망 각, 그리고 디아스포라』, 한국문화사, 2004.

_____, 「중앙아시아 고려인 시에 나타난 조국과 고향 이미지」, 이명재 외, 『억 압과 망각, 그리고 디아스포라』, 한국문화사, 2004.

한만수, 「러시아 동포 문학에 투영된 한국 여성의 초상」, 『한국문학연구』 19권,

　　　동국대 한국문학연구소, 1997.

한　진, 「재소련 동포문단」, 8 · 15 특집 「해외동포 문단연구」, 『한국문학』, 1991.
　　　7월.

허　진, 「재소고려인의 사상의식의 변화」, 『한민족공동체』 4권, 1996.

■ 편집자 주석

1) 중앙아시아 고려인 문학: 고려인 문학은 1923년 블라디보스톡에서 ≪선봉(아방가르드)≫가 창간되어 조명희, 조기천, 한 아나톨리 등이 참여한 것이 초석이 된다. 1935년 조명희의 지도 아래 고려인 작가와 시인들의 작품을 실은 첫 잡지 『노력자의 고향』을 발간하지만, 조명희는 이로 인해 일제의 간첩이란 누명으로 처형된다. 1937년 고려인들이 중앙아시아로 강제 이주 당하면서 1938년 조선어신문 ≪레닌기치≫와 조선극장을 중심으로 고려인문단이 형성된다.

   1970년대 이후 이주 1세대 문인들의 창작이 줄어들고 2세 이후 세대에 의한 (러시아어) 창작이 많아진다. 아나톨리 김, 미하일 박, 안드레이 한, 로만 허 등이 러시아어로 등단한다. 한글 창작은 주로 시문학에, 러시아어 창작은 주로 소설 문학에 치중되어 창작되었다. 시로는 조명희의 산문시 「짓밟힌 고려」(1928), 소설로는 김준의 <십오만원 사건>(1964), 김세일의 <홍범도>(1968-1969)가 있으며, 희곡의 경우에는 '조선극단'을 조직하여 한인 민족연예 유지와 러시아 극문학의 영향으로 활동하고 있다.

2) 고려인: 소련 붕괴 후의 독립국가연합(러시아, 우크라이나 등과 우즈베키스탄, 카자흐스탄 등 중앙아시아 지역) 전체에 거주하는 한민족이나 그들의 자손들을 이르는 말. 한국에서는 러시아어로 카레이스키(Корейский)라고 불린다고 알려져 있지만 이는 형용사형이다. 단수형은 남성은 까레예쯔(Кореец), 여성은 까례안까(Кореянка)라고 불러야 한다.

   고려인의 유래에 대해 흔히 알려져 있기론 조선인이라고 하면 남한에서 싫어하고, 한국인이라고 하면 북한에서 싫어했기 때문에, 우리 민족과 국가 '한국, 조선, 고려'를 가리키는 러시아어 '까레야(Корея)'를 썼다. 원래 고려인은 중국, 일본 등의 동포들과 같이 조선인이라고 했지만 제 24회 서울올림픽 직전인 1988년 6월 전소고려인협회가 결성되면서부터 자신들을 고려인이라고 공식적으로 부르기 시작하였다. 그러다가 1993년 5월 모스크바에서 열린 소련 조선인 대표자 회의에서 정식으로 소련 조선인의 명칭을 '고려인'이라고 부르기로 했다. 결국 고려인이라는 호칭은 한반도의 분열이 낳은 특수한 역사의 산물인 것이다.

3) 레닌 기치: 1938년에 카자흐스탄공화국에서 창간되었던 재소고려인신문. 1938년 5월 카자흐스탄공화국 크질오르다(Kzyl-Orda)시에서 창간되어 1978년 8월 알마아타(Alma Ata)시로 이전하여 발행되었다. 소련에서 발행되고 있는 것으로는 유일한 한글 전국신문으로 고려인을 대상으로 한글로 발간된 카자흐스탄 국영신문이다. 1990년에 ≪고려일보≫로 바뀐다.

   『레닌기치』는 주 6회 발행되는 일간신문으로, 전 소련에서 구독할 수 있는 전국신문으로 1982년부터 모든 신문을 한글로만 제작하였다. 『레닌기치』는 소련에서 우리의 한글과 말이 100년 이상 존속되어 오는 데 가장 큰 공을 세웠다. 신문 전지 4면인 『레닌기치』의 제4면에는 매달 2·3번 정도 문예면을 실어 재소한인들의 유일한 문예작품 발표장이 되었다. 여기에 시·수필·단편소설·문예평론 등 다양한 문예작품들이 발표되었다.

4) 항일 투쟁: 고려인 작가들이 소설에서 다루는 역사적 사건들은 항일투쟁이나 러시아혁명, 독소전쟁 등인데, 주로 한민족의 역사 특히 항일투쟁이다. 주가이 알렉세이의 <빨

치산 김이완>(1943), 우가이 블라디미르의 <용의 아구리>(1946), 김준의 <나그네>(1960)와 <십오만원>(1964), 김세일의 <홍범도>(1967) 등이 있다. 고려인 소설에서 항일투쟁은 존종 볼세비키파와 협력하는 것을 중요한 방법으로 내세우고 있다.

5) 국가(민족) 정체성: 대부분 고려인들의 경우 러시아에 동화되었기 때문에 모국어가 러시아어이다. 고려인들의 이름 역시 거의 모두 러시아식 이름을 사용한다. 따라서 정체성 면에서는 러시아인에 상당히 가깝다. 그러므로 중앙아시아 고려인 문학은 민족적인 측면에서는 한국 문학사의 외연에 해당할 수 있지만 국가적 측면에서는 소련(카자흐스탄) 문학에 해당된다고 할 수 있다.

※ 이 글은 『건지인문학』 제 1집에 실렸던 것을 새로 다듬은 것입니다.

ICT 기반 콘텐츠에 대한 스토리텔링 활용 방안

김경훈 · 박영우

[해 설]

◉ 목적 및 특성

콘텐츠의 핵심 역량이 문화콘텐츠에서 ICT기반 콘텐츠로 이행되면서 스토리텔링을 산업적으로 활용하기 위한 방안이 필요하다. ICT기반 콘텐츠들은 단위 기술들 간의 융합을 통해 새로운 콘텐츠를 창출해 내는 것을 특징으로 한다. ICT를 기반으로 하는 최근 융·복합 시도들은 기술 및 제품 간의 단순 결합을 넘어, 제공되는 콘텐츠들의 복합적인 성격을 강조한다. 특히 ICT 기반 콘텐츠를 이해하는 가장 근본적인 기준으로 콘텐츠의 양적 팽창이나 기술적 측면만이 아니라 감성적이고 감각적인 부분을 요구하고 있다.

이에 본 논문은 산업적인 영역에서 판단되는 ICT 콘텐츠의 융·복합 과정 안에서 비가시적으로 요구되는 인문학적 감각의 필요성을 주목하고, 그러한 필요성을 충족시키기 위해 ICT 기반 콘텐츠들에 대한 스토리텔링의 적용 및 산업 영역에 대한 실제 활용 새로운 가능성을 타진하고자 한다.

● 연구 대상 및 방법

이 연구의 주요 관심 대상은 첫째, 관광 콘텐츠에서의 탐색-누설-개시-난제-해결의 구조에 맞는 디지털 스토리텔링을 개발하여 관광 수요자에게 게임에서 퀘스트를 통해 플레이어에게 제공되는 재미와 흥미, 그리고 목적성을 제공하는 프로그램이다. 둘째, 게임의 탐색-해결의 구조에 맞으며 온·오프라인의 경계를 허물 수 있는 포괄적이고 복합적인 스토리텔링이다. 셋째, 수요자들의 개별적인 성향에 맞춰 공간 스토리텔링이 가능하기 때문에, 수요자가 원하는 정보를 쉽고 흥미롭게 제공할 수 있는 Web 3D를 활용한 디지털 스토리텔링이다.

나아가 디지털 스토리텔링은 상호작용성과 이야기의 개방성을 바탕으로 하므로, 프로그램의 초기 개발 단계에서 수요자의 방문 목적 및 소비 패턴 등을 수집하고 그 결과를 바탕으로 다양한 경우의 수를 상정한 다수의 스토리텔링 개발을 연구 대상으로 삼고자 하였다. 이 과정에서 Web 3D를 바탕으로 구조되어진 공간들과 다양한 문학작품과 그것에서 촉발된 정서적 반응을 활용한 콘텐츠를 연구 대상으로 하였다.

● 핵심 내용

ICT의 발달로 인해 새로운 융·복합형 콘텐츠들이 지속적으로 나타나고 있는 시점에서 스토리텔링의 활용 방안에 대한 논의는 새로운 전환점을 맞이하고 있다. 기존 문화콘텐츠를 중심으로 이루어졌던 논의들은 앞으로 콘텐츠 전반에 대한 논의로 확대되어야 할 것이다.

본고는 최근 각광받고 있는 ICT 기반 콘텐츠들에 대한 스토리텔링의 활용 방안을 고찰하기 위해 ICT 기반 콘텐츠에 대해 고찰하고 그 안에서 스토리텔링의 적용에 적합한 세 가지 콘텐츠를 선별하였다. 디지털 관광의 경우 지속적으로 성장하고 있는 관광 콘텐츠로 스토리텔링에 대한 요구가 가장 눈에 띄는 분야이다. Web 3D의 경우 여전히 개발되고 있는 분야로 수요자들에 대한 스토리텔링과 공간 스토리텔링의 복합적인 활용이 중요할 것으로 생각된다.

Web 3D의 경우 공간적 제약이 없기 때문에 테마에 걸맞는 다양한 스토리들의 적용이 가능하다. 흔히 알고 있는 스토리들을 적절히 혼용, 작품 내에 존재하는 인물들의 적절한 배치를 통해 테마를 전달하는 것과 동시에 수요자들의 흥미를 더욱 증폭시킬 수 있는 방법으로 활용이 가능하다. 그리고 이러한 활용을 가능하게 하는 것이 바로 디지털 스토리텔링의 역할이라고 할 수 있다.

Web 3D분야에서 스토리텔링이 필요한 이유는 기술적인 부분에 대한 감성적인 충족을 수요자에게 제공하기 위해서이다. 개발된 스토리텔링이 없이도 동선 및 상품의 노출을 통해 위의 예에서와 같은 테마를 수요자에 게 제공할 수 있다. 하지만 그것은 어디까지나 기술적인 정보 제공에 불과하다. 수요자들이 콘텐츠를 더욱 능동적으로 향유하기 위해서는 그들에게 필요한 정보를 감성적으로 전달하는 것이 중요하다.

특히 기술 본위의 Web 3D의 경우 자칫 단순한 가상공간으로 전락해버릴 위험성도 충분히 내포하고 있기 때문에, 이러한 약점을 보완하기 위해서 디지털 스토리텔링을 함께 다룰 필요가 있다.

◉ 연구 효과

현재 콘텐츠 시장을 주도하고 있는 ICT 기반 콘텐츠들에 대한 스토리텔링의 활용 방안 및 가능성을 타진해 보았다는데 의의가 있다. 기존의 학문적 차원에서 이루어진 스토리텔링과 콘텐츠 연구에서 벗어나 실제 산업시장에서 활용될 수 있는 방향을 추구함으로써, 융합적인 프로그램 개발과 유통에 기여할 수 있다는 장점이 있다.

특히 디지털 관광 콘텐츠에서 가장 중요한 점은 소비자들에게 정보를 제공받거나 그것을 취합하는 과정 역시 관광의 일부로 인식시켜야 한다는 점이다. 특히 ICT기술의 발달은 감성과 재미의 전달이라는 측면에서 기존 정보 전달과 차별성을 가지며, 그 차별성을 가능하게 하는 핵심 역량이 바로 디지털 스토리텔링이다. Web 3D를 활용한 디지털 스토리텔링은 새로운 디지털 관광 콘텐츠를 이용하여 필요한 정보를 감성적으로 전달하기 때문에 수요자가 재미있고, 쉽고, 빠르게 자신이 목적하는 관광에 대한 정보를 습득하여 실제 관광 수요를 창출하는 데 긍정적인 작용을 할 수 있을 것으로 기대된다.

1. 머리말 : 스토리텔링의 현황과 과제

스토리텔링에 대한 논의가 본격화 된지도 십여 년이 흘렀다. 2000년대 초반부터 꾸준하게 높아져온 콘텐츠에 대한 관심 속에서 스토리텔링은 콘텐츠를 논하는데 있어 핵심 역량으로 평가되기 시작하였다. 특히 콘텐츠 분야 중에서도 문화콘텐츠와 관련하여 논의가 활발하게 이루어져왔다. 이를 통해 스토리텔링은 영화, 방송, 드라마, 애니메이션, 게임, 캐릭터콘텐츠 분야의 창작 방법론이자, One Source Multi Use를 위한 전략적 기술로 자리매김하게 되었다.[1] 그리고 현재까지도 스토리텔링에 대한 대다수의 논의들은 문화콘텐츠들과의 관계를 중심으로 이루어지고

있는 실정이다.2)

물론 이러한 논의의 방향성이 틀린 것은 아니다. 오히려 초기에서 중기까지의 스토리텔링 담론 형성과 발전 과정에 미루어 보았을 때 이 같은 접근 방식은 매우 적절한 방법이었다고 평가할 수 있다. 주지하는 바와 같이 영화, 방송, 드라마, 애니메이션, 게임 등의 문화콘텐츠들이 콘텐츠 시장 전반을 주도하는 핵심 콘텐츠였기 때문이다. 하지만 근자들어 콘텐츠와 관계한 외부 환경의 변화 및 콘텐츠 개념의 확대가 이루어지면서 스토리텔링이 관계하는 콘텐츠 영역이 급격하게 변화하고 있으며 이러한 변화의 중심에는 ICT(Information and Communications Technologies)에 기반한 콘텐츠들이 자리하고 있다.

최근 몇 년 사이 ICT에 대한 국가적 관심이 높아지면서 콘텐츠의 핵심 역량은 문화콘텐츠에서 ICT와 관련된 콘텐츠로 이행되었다. 상대적으로 문화콘텐츠의 영역은 축소되었으며 그 자리를 정보통신기술을 바탕으로 한 디바이스(device)와 플랫폼(platform), 거기에 연관된 콘텐츠들이 점유해가고 있는 추세이다. 이 같은 변화로 인해 스토리텔링은 기존의 학술적 논의를 벗어나 산업적인 측면에서 이윤을 창출할 수 있는 방법에 대한 가능성을 요구받고 있다. ICT기반 콘텐츠들은 문화콘텐츠와는 다르게 즉각적인 활용과 상품화 그리고 이를 통한 이윤 창출을 목적으로 하기 때문이다. 하지만 스토리텔링의 활용방안에 대한 논의는 여

---

1) 박기수, 안숭범, 이동은, 한혜원, <문화콘텐츠 스토리텔링의 현황과 전망>, ≪인문콘텐츠≫ 제27호, 인문콘텐츠학회, 2012. 11쪽.

2) 2003년을 기점으로 스토리텔링에 대한 논의가 본격적으로 발생하기 시작하였다. 초기 스토리텔링에 대한 논의는 디지털스토리텔링의 개념 정리를 시작으로 다양한 분야에 대한 스토리텔링의 적용 방법을 모색하는 것이었다. 하지만 이러한 논의의 다양성은 이후 특정 분야(영화, 애니메이션, 게임, 드라마 등의 미디어 콘텐츠)에 대한 논의로 일원화되기 시작하였으며 2008년을 기점으로 현재까지 이러한 경향성은 매우 뚜렷하게 드러나고 있는 실정이다.

전히 문화콘텐츠를 중심으로 이루어지고 있으며 그 논의가 개진되는 영역 역시 학술적인 부분에 국한되어 있다.

하지만 변화하는 콘텐츠 환경 안에서 스토리텔링이 시의성을 갖기 위해서는 기존의 학술적 영역에서 벗어나야만 ICT기반 콘텐츠에 적용 가능한 '산업적', '전략적', '실용적' 방안[3]을 정립할 수 있다. 그렇다면 '산업적', '전략적', '실용적' 방안을 정립할 수 있는 방법에는 무엇이 있을까? 위와 같은 요구를 충족시키기 위해 스토리텔링이 당면한 과제는 두 가지로 정도로 요약해 볼 수 있을 것이다.

첫째, 스토리텔링에 관한 논의가 서사론을 벗어나야 한다는 것이다. 문화콘텐츠를 중심으로 이루어졌던 기존의 스토리텔링은 서사론을 바탕으로 한 학문적 접근이 주를 이루었다. 하지만 콘텐츠의 핵심 역량이 문화콘텐츠에서 ICT기반 콘텐츠로 이행되면서 이 같은 경향은 스토리텔링 논의를 확장시키는데 장애 요소로 작용하고 있다. 과거 스토리텔링은 잘 만들어진 서사텍스트를 미디어화(化)하는 방식을 통해 문화콘텐츠와 관계하였다. 하지만 ICT관련 콘텐츠들의 경우 단순히 텍스트를 미디어화하는 방식만을 취하지 않는다. 이는 ICT기반 콘텐츠들의 기반이 되는 디바이스와 플랫폼의 다양성에 기인한다고 할 수 있다. 그렇기에 기존에 없던 다양한 형태의 콘텐츠들이 끊임없이 생산되고 있으며 이렇게 다종다기한 콘텐츠들에 탄력적으로 대응하기 위해서는 기존의 서사론적 틀을 벗어나 스토리텔링이 가지고 있는 경쟁력을 고민할 필요가 있다.

둘째, 스토리텔링이 산업적 영역 안에서 논의될 수 있어야 한다. 스토리텔링의 활용 방안에 대한 연구는 꾸준히 진행되고 있지만 여전히 실제 적용이나 활용에 대한 논의들은 매우 제한적이다. 이는 학술적 영역

---

3) 박기수, 안승범, 이동은, 한혜원, <문화콘텐츠 스토리텔링의 현황과 전망>, 《인문콘텐츠》 제27호, 인문콘텐츠학회, 2012. 12쪽.

에서 논의된 스토리텔링에 대한 담론들이 산업 영역으로 발전하지 못하고 있음을 반증한다. 스토리텔링에 대한 학문적 연구가 매우 중요한 일임이 분명하다. 하지만 ICT기반 콘텐츠들의 등장으로 인해 산업적인 측면이 적극적으로 고려되어야 함을 간과해서는 안 되는 시기를 맞이하고 있다. 학술적 영역을 벗어난다고 하여 스토리텔링에 대한 담론의 주도권을 학계가 박탈당하는 것은 아니다. 오히려 학술적 영역과 더불어 실제 활용 가능한 산업적 측면의 논의가 활발해 질수록 스토리텔링에 대한 논의의 영역은 더욱 확대될 수 있는 기회를 맞이하게 될 것이다.

이에 본고는 최근 콘텐츠 분야의 핵심 영역으로 부상하고 있는 ICT기반 콘텐츠에 대한 스토리텔링의 실제적인 활용 방안에 대해서 논의하고자 한다. ICT기반 콘텐츠들은 단위 기술들 간의 융합을 통해 새로운 콘텐츠를 창출해 내는 것을 특징으로 한다. 과거 디지털 컨버전스가 기술 및 제품 간의 단순한 기능적 결합이었다면, ICT를 기반으로 하는 최근 융·복합 시도들은 기술 및 제품 간의 단순 결합을 넘어, 제공되는 콘텐츠들의 복합적인 성격을 강조한다.

특히 기존 콘텐츠들의 가치 하락 없이 새로운 가치를 창출하며 콘텐츠의 제공 영역을 확대하는 것이 ICT기반 콘텐츠의 장점4)임을 생각한다면 문화콘텐츠를 중심으로 이루어졌던 기존 스토리텔링에 관한 논의들도 충분히 활용가능하다고 판단된다. 이 같은 측면에서 새롭게 대두되는 ICT 기반 콘텐츠들에 대한 스토리텔링의 적용 및 활용 방안에 대한 고민은 기존 스토리텔링 논의의 외연 확장 및 산업영역에 대한 실제 활용에 있어서 새로운 가능성을 타진하는 시도가 될 것이라고 기대해 볼 수 있을 것이다.

---

4) 이동규, 이성훈, <ICT를 이용한 생활 밀착형 디지털 융합 현황>, ≪한국정보기술학회지≫ 제11권 2호, 한국정보기술학회, 2013. 91쪽.

2. ICT 기반 콘텐츠에 대한 고찰과 스토리텔링 활용 방안 정립

2.1. ICT 기반 콘텐츠의 이해

ICT 기반 콘텐츠에 대한 스토리텔링의 산업적 활용 방안에 대해 논하기 위해서는 우선 변화한 ICT기반 콘텐츠에 대한 이해가 필수적이다. ICT란 본래 정보통신기술을 지칭하는 단어였으나 최근 정부의 적극적인 지원과 개발 노력에 의하여 '융·복합5)의 중심이 되는 핵심 기술'로 본래 의미보다 더 포괄적으로 이해되는 추세이다. 이 같은 측면에서 ICT 기반 콘텐츠란 정보통신기술과 융·복합되어 나타나는 콘텐츠들의 총칭이라고 할 수 있을 것이다.

[표 1] ICT관련 디지털 콘텐츠 업종 분류6)

대분류	중분류	소분류	
제작/서비스 정보 콘텐츠	게임	PC혹은 전용 하드웨어 플랫폼을 통해 실행되는 모든 게임	PC용
			비디오
			온라인
			모바일
	애니메이션 및 디지털 캐릭터	디지털 애니메이션 산업	애니메이션
			디지털 캐릭터
	컴퓨터, 케이블, 위성, 지상파, 무선통신 등	디지털 방송(지상파), 네트워크 혹은 DVD, CD의 디지털 미디어를 통해 유통되는 모든 영상물	디지털 방송
			인터넷 방송
			디지털 위성방송
			디지털 영상제작

---

5) 박은정, <감성기반 웹사이트의 유형별 디지털 스토리텔링 플랫폼 개발>, ≪디지털디자인학연구≫ 제13호 2권, 한국디지털디자인협의회, 2013. 391쪽
6) 인하대학교 산학협력단, <ICT 기반의 디지털 스토리텔링 연구전략>, 방송통신위원회, 2012. 6-9쪽

대분류	중분류	소분류	
제작/서비스 정보 콘텐츠			온라인 영화 서비스(VOD)
			모바일 영상
	정보콘텐츠	디지털의 형태로 제공되는 각종 정보	디지털 신문/잡지
			디지털 금융/경제
			디지털 가정생활(생활정보)
			디지털 엔터테인먼트
			의료(건강)
			법률
			위치기반 정보
	이러닝	이러닝 교육용 콘텐츠	디지털 형태로 제공되는 교육 콘텐츠
	디지털 음악	유무선 네트워크를 통해 제공되는 모든 형태의 디지털화된 음악	벨소리/통화연결음
			스트리밍/다운로드
	전자출판	디지털화 된 책이나 만화 등의 출판물	e-book
			온라인 만화
제작/서비스 정보 콘텐츠	콘텐츠 거래 및 중개	네트워크나 패키지를 통해 디지털콘텐츠를 유통하거나 게임 아이템등을 중개하는 서비스	온라인 콘텐츠 서비스
			아이템중개
			패키지 유통
솔루션	저작물	각종콘텐츠의 제작 관련 틀	CG/영상
			게임
			모바일콘텐츠
			기타콘텐츠
	콘텐츠 보호	콘텐츠 유통 과정의	콘텐츠 보호

대분류	중분류	소분류	
솔루션	관리/서비스	디지털콘텐츠의 관리나 유통에 관련되는 모든 솔루션	CMS
			CDN
			콘텐츠 검색 및 저장
			과금/결제
			모바일플랫폼
			기타

　기존 ICT 기반 디지털 콘텐츠는 [표 1]과 같이 분류할 수 있었다. 이 같은 분류는 각 콘텐츠들이 제공되는 디바이스와 플랫폼을 중심으로 분류한 것이다. 하지만 이 같은 분류 개념은 이제 과거의 것이 되었다. 기존 콘텐츠들이 단위 영역에서 개발, 소비되었던 반면에 ICT를 기반으로 한 콘텐츠들은 융·복합을 통해 위와 같은 구분을 무의미하게 하고 있다. 특히 기존의 독립적인 디바이스들은 스마트폰, 테블릿 PC등의 발달로 인하여 복합적인 콘텐츠의 제공이 가능한 디바이스로 변화하였고 이에 따라 플랫폼 역시 하나의 콘텐츠만을 제공하는 것이 아닌 다양한 콘텐츠를 제공하는 형식으로 변화 하였다. 그리고 이 같은 디바이스 및 플랫폼의 변화야말로 ICT 기반 콘텐츠가 기존의 콘텐츠와 가지는 가장 큰 차별점이라고 할 수 있다. 그리고 ICT가 '융·복합의 중심이 되는 핵심기술'로 자리 잡으면서 이처럼 관련 콘텐츠들이 단위 콘텐츠에서 융·복합 콘텐츠로 변화해 가고 있는 실정이다.

　구체적인 예를 들어보자면 위치 기반 정보 제공 서비스의 기존 활용 방식은 GPS를 바탕으로 한 내비게이션 및 지도 제공에 국한되었다. 하지만 기술의 발달로 인해 가능해진 콘텐츠 융·복합은 위치 기반 정보 제공 서비스의 영역을 확장시켜 새로운 대형 콘텐츠로 재생산해 내고 있다.

가장 대표적인 예로는 'GOOGLE'에서 제공하는 정보 서비스를 들 수 있다. 'GOOGLE'에서 제공하는 정보서비스는 기존 GIS의 활용범위를 크게 확장 시켰다. 앞서 언급한 바와 같이 기존의 위치정보 서비스는 단순히 소비자가 필요로 하는 위치정보만을 제공하였다. 하지만 디바이스의 발달과 플랫폼의 변화를 토대로 이 같은 GIS의 활용은 새로운 전환점을 맞이하고 있는 실정이다. 기존의 수동적인 정보제공의 한계를 넘어 수집된 데이터들을 토대로 능동적이고 다양한 콘텐츠의 제공이 가능해 진 것이다. 이 같은 변화는 ICT기반 콘텐츠가 가지는 양방향성과 실시간성, 그리고 융·복합을 토대로한 다양성이 반영된 결과물이라고 할 수 있다.

'GOOGLE'의 경우 GIS와 개인의 검색 기록을 바탕으로 한 빅 데이터와의 연계를 통해 기 '맛집', '관광지', '교통정보'등(기존 제공되었던 콘텐츠)을 제공함과 동시에 사용자의 관심이 예상되는 '공연', '교육' 등의 부가 정보(네트워크의 발달로 인해 생겨난 새로운 콘텐츠)를 함께 제공한다. 그리고 이러한 정보제공의 형태는 기존 개별적으로 인식되었던 콘텐츠들의 한계를 뛰어넘은 것이라고 할 수 있다. 그리고 이러한 변화양상이야말로 앞서 언급했던 '기존 콘텐츠들의 가치 하락 없이 새로운 가치를 창출하며 콘텐츠의 제공 영역을 확대'하는 ICT기반 콘텐츠의 가장 큰 특징이라고 할 수 있다.

문화콘텐츠 영역으로 분류되어 논의되어 왔던 게임, 드라마, 영화 등의 미디어 콘텐츠 역시 마찬가지이다. 기존 한 가지 플랫폼을 통해서 제공되던 게임은 이제 콘솔+온라인, 온라인+모바일, 콘솔+모바일 등 인접 분야의 콘텐츠들과 융·복합을 통해 제공된다. 예를 들어 콘솔 게임에서 성장시킨 자신의 캐릭터를 모바일 디바이스를 통해 관리할 수 있게 되었으며 이를 다시 온라인 게임의 캐릭터와 연동하는 것이 가능해졌다. 드라마와 영화의 경우에도 다르지 않다. 플랫폼을 이동하며 스토리라인을 확장시키며 이를 다시 광고나 영화 홍보에 활용하는 것을 우리는 쉽게 목격할 수 있다. 이처럼 이전에 없었던 광범위한 형태의 콘텐츠 융·복합이 ICT를 기반으로 이루어지고 있으며 이러한 변화의 양상은 앞으로 더욱 가속화 될 것으로 전망해 볼 수 있다. 하지만 여기서 한 가지 유의해야 할 점은 ICT 기반 콘텐츠를 이해하는 가장 근본적인 기준이 외부적으로 보이는 콘텐츠의 양적 팽창이 아니라는 점이다.

ICT를 기반으로 한 콘텐츠들 간의 융·복합은 단순히 기술적 측면만이 아닌 감성적이고 감각적인 부분을 요구하고 있다. 'GOOGLE'의 경우 '사용자의 경험'에 대한 예민함을 통해 콘텐츠의 융·복합이며 이루어냈으며, 게임의 경우에는 '유저를 위한 배려'에서 비롯되었음을 유추해 볼 수 있다. 즉 변화한 현재의 ICT 콘텐츠는 인간을 향하는 감각과 감성을 필요로 하고 있다는 점을 인식하고, ICT기반의 콘텐츠에서 공통적으로 요구되는 것을 파악하는 것이 중요하다. 이러한 근본적인 부분에서 ICT 기반 콘텐츠에 대한 이해가 선행되어야 산업적 영역에 위치한 ICT 콘텐츠를 스토리텔링을 통해 포섭할 수 있다. 중요한 것은 산업적인 영역에서 판단되는 ICT 콘텐츠의 융·복합 과정 안에서 비가시적으로 요구되는 인문학적 감각7)의 필요성이다. 창조적 상상력과 인문학적 가치

---

7) 여기서 주장하는 인문학적 감각이란 결국 인본주의적 감각을 이야기한다. 그동안 기술 본위의 발달이 이루어졌다면 앞으로의 콘텐츠는 인본주의적 감각을 필요로 한다. 이는 두 가지 측면에서 그러한데 첫째, 다양화된 콘텐츠들은 인본주의적 감각 없이는 단순한 기술 이상의 의미를 가질 수 없다. 'GOOGLE'의 예에서도 언급한 바와 같이 이제 콘텐츠들은 단순한 기술 제공의 영역을 벗어나 인간 삶의 깊숙한 곳까지 관여하고 있다. 이 같은 변화 안에서 인본주의적 감각은 콘텐츠의 가치를 결정하는 중요한 기준이 된다. 둘째, 각 콘텐츠들이 가지고 있는 공통의 가치를 하나로 묶을 수 있는 인식적 방법론을 제공할 수 있다. 기존 콘텐츠가 경제적 가치에 의해서 판단되었다면 이제는 가치적인

소유는 앞으로의 콘텐츠 발전에서 더욱 강조될 수밖에 없다. 융·복합의 가치는 고도의 인문학적 가치를 바탕으로 한다.[8] 그리고 이러한 부분에 대해 명확하게 이해했을 때 스토리텔링은 새롭게 변화한 콘텐츠 패러다임에서 다시금 핵심적 역량으로 자리매김 할 수 있는 가능성을 부여 받게 되는 것이다.

2.2. 디지털 스토리텔링의 활용

앞서 언급한 바처럼 ICT 기반의 콘텐츠들이 융·복합을 통해 재생산되는 과정에서 인문학적 감각이 요구된다. 그렇기에 이러한 인문학적 감각의 필요를 충족시키기 위해서는 스토리텔링의 '전략적 적용 방안'이 모색되어야 한다. 이미 밝힌 바와 같이 더 이상 스토리텔링=콘텐츠의 등식이 성립되지 않기 때문이다.

현재 스토리텔링의 적용에 가장 적합한 분야로 예상되는 것은 ICT기반 콘텐츠 중에서도 웹과 모바일을 기반으로 한 플랫폼을 통해 제공되는 콘텐츠들이다. 웹과 모바일의 경우 활용성과 접근성, 그리고 범용성에 있어 이전부터 ICT 기반 콘텐츠의 중심이라고 할 수 있었다. 이러한 경향은 더욱 공고해져 근래에 이 디바이스들의 영향력은 더욱 커지고 있는 실정이다. 웹의 경우 이미 알고 있는 바와 같이 1980년대 이후 지속적으로 성장하여 현재는 인간 생활에 없어서는 안 될 필수적 영역으

측면이 매우 중요하게 대두되고 있는 실정이다. 최근 요구되고 있는 상생, 협력, 선순환, 소통과 배려 등은 콘텐츠의 융·복합을 가능하게 하는 가장 기본적인 인식 체계이며 이를 가능하게 하는 것이 바로 인본주의적 감각이라고 할 수 있다. 이 같은 측면들에서 인문학적 감각은 앞으로 콘텐츠 발전에 있어서 매우 중요한 역할을 차지한다고 할 수 있다.

8) 전봉관, 「문화콘텐츠 전문 인력 양성에서 인문학의 역할」, 《대중서사연구》16호, 대중서사학회, 2006. 40쪽.

로 자리 잡았다. 모바일 역시 2000년 이후 폭발적으로 증가한 스마트폰 보급으로 인하여 온라인 환경의 새로운 패러다임으로 부상하고 있다. 특히 언제, 어디서나 쉽고 빠르게 접근할 수 있다는 점에서 이 두 분야의 콘텐츠들은 산업과 문화 영역 전반에 강한 파급력을 나타내고 있다.

이와 더불어 스토리텔링 적용의 적합성에 있어서도 웹과 모바일 기반의 콘텐츠들은 적절한 선택이 될 수 있다고 판단된다. 비록 단위 콘텐츠에 대한 적용과 활용 방법이라는 한계를 보였지만 웹과 모바일 콘텐츠에 관한 스토리텔링 적용 연구들이 이미 상당수 진행되어 왔으며 특히 '디지털 스토리텔링'[9]에 대한 기존의 연구들에서 정립된 방법론들은 ICT 기반 콘텐츠에 유용하게 적용시킬 수 있는 가능성이 매우 높다고 할 수 있다.

[표 2] 디지털 스토리텔링의 특징[10]

특성	내용
유연성	디지털 미디어 기술을 활용하여 비선형적인 스토리를 제작함
보편성	컴퓨터의 보편화와 쉽게 응용할 수 있는 소프트웨어를 활용하여 누구나 제작자가 될 수 있음
상호 작용성	상호 교환이 가능한 매체적 특성을 활용하여 사용자가 스토리 전개에 참여함
공동체 형성	전 세계의 컴퓨터가 네트워크화 되어 동일한 목적에 의해 커뮤니티를 형성

---

9) 디지털 스토리텔링은 '디지털 기술을 매체 환경 또는 표현 수단으로 수용하여 이루어지는 스토리텔링'으로 디지털 기술을 표현하는 수단이나 매체환경으로 받아들이는 스토리텔링이다.(이인화 외7명, 《디지털스토리텔링》, 황금가지, 2008, 14쪽)

10) 박은정, <감성기반 웹사이트의 유형별 디지털 스토리텔링 플랫폼 개발>, 《디지털디자인학연구》 제13호 2권, 한국디지털디자인협의회, 2013. 391쪽

　위의 [표 2]에서 기술된 내용들은 디지털 스토리텔링의 특징에 대한 기존 연구를 간략하게 나타낸 것이다. [표 2]에서 알 수 있듯이 디지털 스토리텔링의 특징이 웹과 모바일이 가지는 디바이스의 속성과 매우 유사함을 알 수 있다. 이러한 유사성이야 말로 웹과 모바일 기반의 콘텐츠에 대한 디지털 스토리텔링의 활용이 원활하게 이루어 질 수 있는 가능성을 보여주는 것이라고 할 수 있다. 물론 차이점도 분명히 존재한다. 기존 디지털 스토리텔링이 활용 되었던 콘텐츠들은 시·공간적 한계가 비교적 뚜렷하게 존재하고 있었으며 어디까지나 콘텐츠를 통해서만 스토리텔링이 제공되었다. 하지만 ICT를 기반으로 한 콘텐츠들의 경우 디바이스 기술의 발달로 인해 콘텐츠를 접하는 시·공간적 제한에서 비교적 자유로울 수 있게 되었으며 콘텐츠 내부와 외부에서 모두 스토리텔링을 향유할 수 있게 되었다. 특히 콘텐츠를 벗어나 스토리텔링에 직접적으로 참여할 수 있게 된 것은 ICT 콘텐츠들이 가지고 있는 가장 큰 특징이 될 것으로 예측된다. 실제로 증강현실 등의 기술들은 콘텐츠를 모니터 안쪽에서 현실 세계로 이끌어내고 있다. 즉 현실과 콘텐츠의 경계가 갈수록 모호해지는 것이다. 이는 스토리텔링 역시 마찬가지이다. 모니터 안쪽에서 선택할 수 있었던 스토리텔링을 디바이스 및 플랫폼의 발달로 인해 현실 세계에서 직접 자신의 신체-몸으로 스토리텔링을 경험할 수 있게 된 것이다. 그리고 이러한 부분이야말로 ICT 기반 콘텐츠들의 등장으로 인해 스토리텔링이 앞으로 맞이하게 될 변화 중 가장 큰 부분일 것이다.

　디지털 스토리텔링에 대한 연구는 변화한 매체 환경에 적합한 스토리텔링을 규명하기 위한 작업이었다. 비록 ICT기반 콘텐츠와 관련하여 연구된 결과는 미비하지만 개별 콘텐츠에 대한 적용 방안은 이미 상당수 정립되어 있다. 다만 그 산업적인 측면과 연관하여 실제적 활용 방안이 모색되지 못하였을 뿐이다.

이에 본고는 지금까지의 논의를 토대로 웹 및 모바일을 기반으로 한 ICT 콘텐츠 중 디지털 스토리텔링의 적용 및 산업화 가능성이 높다고 판단되는 두 가지 콘텐츠에 대해 고찰하고자 한다. 그리고 그 과정에서 스토리텔링의 실제 적용 예를 통해 ICT 기반 콘텐츠에 대한 스토리텔링 활용 방안을 정립해 보고자 한다.

3. 주요 ICT 기반 콘텐츠들에 대한 스토리텔링 적용

3.1. 디지털 관광 콘텐츠

디지털 관광 콘텐츠는 ICT기반의 콘텐츠 중에서도 모바일 혹은 유비쿼터스 기술과 융합된 관광서비스를 의미한다. 관광 서비스는 이미 지속적으로 스토리텔링의 적용이 이루어져 온 분야이다. 도시브랜드, 지역축제, 캐릭터산업에 이르기까지 스토리텔링은 관광에서 매우 중요한 요소로 자리 잡고 있다. 하지만 이는 어디까지나 오프라인 관광 산업에 대한 부분이며 디지털 관광 콘텐츠에 대한 스토리텔링의 적용은 아직까지 미진한 상태라고 할 수 있다.

ICT의 발달은 관광 산업의 중심을 점차 웹과 모바일로 이동시키고 있다. 실제 관광을 행하게 되는 장소는 '현실의 관광지'이지만 정보의 취합이라는 여행의 시작에서부터 감상이나 평가를 남기는 여행의 종결 과정에 이르기까지 대부분의 과정이 온라인을 통해 이루어지고 있으며 이를 포괄적으로 통합하여 수요자에게 제공하는 것이 디지털 관광 콘텐츠이다. 이러한 측면에서 디지털 관광 콘텐츠는 관광산업이 경쟁력 강화 및 고부가가치 서비스 산업으로의 전환시킬 수 있는 새로운 관광 패러다임[11]으로 각광받고 있다. 그 이유는 앞서 말한 바와 같이 관광 동기의 부여 및 관광의 편의성을 높이는 역할을 중추적으로 수행하기 때문이다. 이 같은 디지털 관광 콘텐츠의 등장은 오프라인 관광콘텐츠에 활용 되었던 스토리텔링과는 다른 디지털 관광 콘텐츠에 특화된 스토리텔링이 필요함을 시사한다.

디지털 관광 콘텐츠에서 가장 중요한 점은 소비자들에게 정보를 제공 받거나 그것을 취합하는 과정 역시 관광의 일부로 인식시켜야 한다는 점이다. 단순히 관광지에 대한 정보 전달은 기존 콘텐츠에서도 충분히 가능했다. 새로운 디지털 관광 콘텐츠에 수요자가 기대하는 것은 얼마나 재미있고, 쉽고, 빠르게 자신이 목적하는 관광에 대한 정보를 습득할 수 있는가이다. 특히 ICT기술의 발달은 감성과 재미의 전달이라는 측면에서 기존 정보 전달과 차별성을 가져야 한다. 그리고 그 차별성을 가능하게 하는 핵심 역량이 바로 디지털 스토리텔링이다.

[표 3] 민담기능과 디지털 스토리텔링[12]

연번	프롭의 민담기능		게임 퀘스트에서의 재해석	디지털 관광콘텐츠로의 활용 방안
	기능	내용		
4	탐색	가족 구성원 한사람이 집을 떠나 있다.	주인공이 목적지, 아이템 등을 찾으려 함	관광에 대한 수요자의 선호도와 기호 조사를 위한 설문 및 선택지 제공
5	누설	적에게 희생자에 대한 정보가 제공된다.	퀘스트 해결 단서 제공(정보전달)	설문을 바탕으로 관광지에 대한 정보 제공

---

11) 박현지, 박중환, 이호근, 주현식, 이정실, 최정순, 박상훈, <ICT 융합관광의 비즈니스 모델별 고부가 서비스 창출 모형개발에 관한 연구>, ≪관광·레저연구≫ 제24권 제3호, 2012. 106-107쪽.
12) 김용재, 앞의 논문 73쪽

10	개시	탐색자가 저항을 결심하거나 동의한다	주인공이 NPC에게 퀘스트를 수락	위의 절차에 따라 구축된 데이터를 바탕으로 수요자에게 알맞은 관광 스토리 제공
25	난제	주인공에게 어려운 과제가 부여된다	퀘스트를 주인공에게 부여	오프라인 관광과 연계되는 과제를 부여
26	해결	과제가 해결된다	해결	완성된 스토리텔링 콘텐츠를 제시하여 기념품 제공

위의 [표 3]은 기존 프롭의 민담구조를 바탕으로 연구되어진 게임 퀘스트 분석을 다시 디지털 관광 콘텐츠에 적용가능 한 형태로 재구성해 본 것이다. 민담에 관한 프롭의 구조주의적인 분석은 등장인물에게 적용되는 불변의 요소를 바탕으로 한다. 민담이 청중들에게 흥미를 전달할 수 있는 것은 민담에 내포되어있는 요소들이 갖는 보편성을 기반으로 하기에 가능한 것이다. 그리고 이러한 요소들이 가상세계 내에서 상호작용이 가능한 형태로 재가공된 것이 바로 게임 퀘스트라고 김용재는 설명한다. 이러한 접근 방법은 디지털 관광 콘텐츠에도 효과적으로 적용이 가능하다. 디지털 관광 콘텐츠 역시 가상(웹, 모바일)에서 이루어지는 여정이라고 생각했을 때 위의 방법론의 활용하여 정보를 제공받는 수요자의 흥미를 높일 수 있다.

[표 3]에서 제시한 바와 같이 탐색-누설-개시-난제-해결의 구조에 맞는 디지털 스토리텔링을 개발하여 제공할 수 있을 때 게임에서 퀘스트를 통해 플레이어에게 제공되는 재미와 흥미, 그리고 목적성을 관광 수요자에게 제공할 수 있게 된다. 정보의 제공을 목적으로 하는 디지털 관광 스토리텔링은 이미 존재하지만 대부분 정보 전달 이상의 역할을 수

행하고 있지 못하다는 점에서 이러한 디지털 스토리텔링의 활용은 꼭
필요할 것으로 생각된다. 더불어 기존 개발되어 있는 관광자원을 통합
하고 유기적으로 연결할 수 있는 구심점의 역할을 해낼 수 있다는 점에
서 디지털 스토리텔링의 이 같은 활용방안은 더욱 의미가 있다.

[표 4] 민담기능과 디지털 스토리텔링

민담구조	활용 방안
탐색	<소나기>라는 작품에 접근 할 수 있는 단서(흥미)를 디지털 관광 콘텐츠를 통해 제공. 이는 오프라인에서 문학관 내부에 존재하는 <소나기>관련 전시물에 집중할 수 있는 효과를 목적으로 한다.
개시	본격적으로 소나기마을 '전체'를 둘러 볼 수 있도록 정보를 제공. 현재 소나기마을 내외부에 존재하는 다양한 시설물들에 대해 관람객의 접근을 유도 문학관 내부가 뿐만 아니라 외부에 존재하는 콘텐츠들을 활성화.
난제	정보제공과 더불어 목적성(퀘스트)을 부여. 오프라인을 통해 이것을 해결했을 경우 그에 알맞은 보상 등을 제공
해결	과제의 해결을 유도 해결되는 지점은 소나기 마을의 중앙광장. 퀘스트의 끝과 함께 소나기마을의 명물인 소나기를 맞으면서 관람의 클라이막스를 장식. 이후 후일담의 형식으로 문학관 내부에 있는 영상관에서 영상을 관람

[표 4]는 앞서 고찰했던 민담의 활용 방안을 황순원 문학관의 디지털
관광 콘텐츠에 적용 해 본 것이다. 물론 현재 황순원 문학관에 개발되어
ICT기반 콘텐츠는 웹페이지 밖에 존재하지 않는다. 하지만 여기에서는
이후 필요성이 대두 될 모바일 어플리케이션의 개발을 상정하여 활용방
안 제시한다. [표 4]에서 제시하는 것처럼 디지털 관광 콘텐츠에 대한
스토리텔링 적용을 통해 관람객들에게 사전 정보를 제공할 수 있다. 이
러한 정보 제공은 오프라인 관광의 흥미를 이끌어 냄과 동시에 소나기
마을에 존재하는 다양한 콘텐츠들을 모두 소비할 수 있는 가능성을 부

여한다. 또한 이는 당초 소나기마을의 설립 당시 목적한 테마파크[13]적인 재미를 극대화 시킬 수 있는 방법이기도 하다. 그리고 이러한 과정에서 얻게 되는 감정적 결과물들은 단순히 문학관 내부를 관람하는 것에서 그치지 않는다. 디지털 스토리텔링을 통해 얻게 된 정보와 오프라인에서 마주한 감성적 충족은 <소나기>에 대한 관람객들의 반응을 유도하고 이는 소나기마을이 위치한 양평이라는 지역에 대해 관광객들이 정서적 유대를 형성할 수 있는 가능성을 할 수 있다.

지금까지 관광 콘텐츠에서의 스토리텔링 활용이 거시적인 측면에서 오프라인 관광에 집중되었다면 앞으로는 디지털 관광 콘텐츠를 통해 제공될 수 있는 다양한 스토리텔링의 개발 요구가 증대될 것이다. 수요자들의 개별적 성향에 맞춰 제공되는 스토리텔링은 게임 내부의 퀘스트만큼이나 다양성을 요구받기 때문이다.

시 · 공간적 제약에 의해 선형적인 구조로 이루어질 수밖에 없었던 기존의 관광스토리텔링은 비선형적인 구조로 제공되며 수요자들의 선택지에 따라 더욱 다양하게 증대된다. 그리고 이러한 다양성에 의해 디지털 관광 콘텐츠의 수요자들은 오프라인 여행에 대한 흥미와 기대를 높일 수 있다. 또한 앞으로의 관광 콘텐츠의 스토리텔링은 디지털과 현실의 경계를 허물며 실제 관광 장소에서 스토리텔링을 직접적으로 경험할 수 있는 방향으로 발전하게 될 것이다.

그러기 위해서 정립되어야할 스토리텔링의 활용 방안은 다음과 같다. 첫째, 온 · 오프라인의 경계를 허물 수 있는 포괄적이고 복합적인 스토리텔링을 지향해야 한다. 앞서 언급한 바와 같이 온 · 오프라인의 경계는 점차 희미해지고 있으며, 디바이스와 플랫폼을 적극적으로 활용할

---

13) 김종회, 최혜실 편저, ≪OSMU&스토리텔링≫, 랜덤하우스, 2006, 102쪽.

경우 게임 등을 통해서 수요자에게 공급되었던 스토리텔링의 재미를 현
실에서도 충분히 제공할 수 있다. 둘째, 감성적인 부분에 대한 제공을
통해 관광의 경쟁력을 높일 수 있어야 한다. 기존의 관광 스토리텔링이
하나의 콘텐츠만을 목적으로 개발되었다면 앞으로의 관광 스토리텔링은
관광과 연계된 다양한 분야를 연결가능하게 하는 가교의 역할을 수행할
수 있어야 한다. 이러한 부분이 가능할 때 디지털 관광 콘텐츠에서 나타
나는 스토리텔링은 단순히 일회적인 부분에서 그치는 것이 아니라 지속
적으로 성장 가능한 콘텐츠의 핵심 역량으로 자리 잡을 수 있을 것이다.

3.2. web 3D 분야에서의 스토리텔링 활용 방안

Web 3D란 인터넷이라는 가상공간 속에서 구현되는 3D기술 전반을
총칭하는 개념이다. 인터넷 사용자 중심의 체험적 환경으로 이를 응용
한 기술은 ICT시대의 핵심적인 기술이라고 할 수 있다.[14] 3D기능은 현
재 우리 생활 곳곳에서 활용되고 있다. 최근에는 문학관, 미술관 등의
체험형 공간에서부터 쇼핑몰과 같은 소비형 공간에 이르기까지 Wed
3D 기술을 통해 가상공간으로 구현되고 있다.

Web 3D 분야의 1차적인 목적 역시 디지털 관광콘텐츠와 마찬가지로
수요자가 원하는 정보를 쉽고 흥미롭게 제공하는데 있다. 기존 텍스트
위주의 정보들이 3D화(化) 되어 가상 공간성을 통해 수요자들에게 제공
된다. 이러한 면에서 Web 3D역시 효과적으로 정보를 전달하기 위한 디
지털 관광 콘텐츠와 마찬가지로 디지털 스토리텔링의 효과적인 적용이

---

14) 오종갑, 백승만, 조윤아, <멀티미디어 컨텐츠에서의 인터랙티브 인터페이스에 관한 연
    구: Web 3D 쇼핑몰 중심으로>, 디지털디자인학 연구 vol.5, 한국디지털디자인협의회,
    2003. 109쪽

요구되며 이를 위해서는 우선 공간 스토리텔링에 대한 이해가 선행되어야 한다.

아래의 [그림 1]에서 보는 것처럼 Story는 공간스토리로, Telling은 공간 연출로 적용이 가능하다. 하지만 이는 어디까지나 고정되어 있는 현실 공간에 대한 스토리텔링이라는 것을 고려하여 Web 3D를 위한 디지털 스토리텔링의 적용 방안이 새롭게 고려되어야 한다.

웹을 바탕으로 구현되어진 Web 3D 콘텐츠들이 가지고 있는 특징은 수요자와의 즉각적인 상호작용이 가능하다는 것, 구현된 가상 현실 내의 시·공간적 제약을 무시할 수 있다는 것이다. Web 3D 콘텐츠에 대한 디지털 스토리텔링의 적용은 이 같은 부분들을 중심으로 이루어져야 한다.

[그림 1] 스토리텔링과 공간 스토리텔링 구조 비교[15]

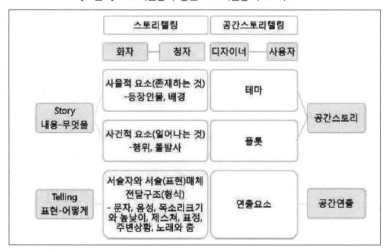

15) 하성주, <복합쇼핑센터의 공간스토리텔링 특성 비교 연구>, ≪대한건축학계 논문집-계획계≫ 제28호, 대한건축학회, 2012. 58쪽

예를 들어 쇼핑몰의 경우 소비자들의 쇼핑 목적은 모두 제각각이다. 하지만 오프라인 공간 스토리텔링의 경우 하나의 큰 테마와 플롯만을 보여줄 수밖에 없으며 그에 대한 선택이 불가능하다. 하지만 Web 3D의 경우에는 수요자들의 개별적인 성향에 맞춰 공간 스토리텔링이 가능하다. 초기 개발 단계에서 수요자의 방문 목적 및 소비 패턴 등을 수집하고 그 결과를 바탕으로 다양한 경우의 수를 상정한 다수의 스토리텔링을 개발하여 상호작용성과 이야기의 개방성을 바탕으로 한 열린 디지털 스토리텔링을 제공할 수 있다.

[표 5] 상호작용성에 의한 스토리텔링 개발(예)

선택지		수요자 선택	개발된 스토리텔링 및 제공 동선
선택1 (기혼)	선택5 (남성)	선택1+선택4	우리아이들을 위한 현명한 선택 아동용 도서기획전 ▷장난감 기획전-▷간식 특별전 ▷문화공연 추천
선택2 (미혼)	선택6 (20대)	선택2+선택3+ 선택4	예쁜 커플 되기 커플용 화장품 기획전▷커플 운동화 모음전▷추천 식당 정보
선택3 (커플)	선택7 (30대)	선택2+선택4+ 선택6+선택8	20대 여자 솔로의 겨울나기 손난로 특별전▷목도리 특별전▷추천 간식▷다이어트 및 피부관리 프로그램
선택4 (여성)	선택8 (계절)	선택1+선택5+ 선택8	여름 좋은 아빠 되기 자전거 매장 ▷캠핑용품 기획전▷여행지 정보

[표 5]는 상호작용성을 바탕으로 하여 제시할 수 있는 개방된 스토리텔링의 예시이다. 제시한 바와 같이 상호작용성과 개방성을 목적으로

하여 다양한 디지털 스토리텔링이 가능해진다. 선택지가 세분화 될수록 스토리텔링에 대한 수요와 활용 정도는 더욱 높아지게 된다.

더불어 Web 3D 기술에서는 개방성 있는 스토리텔링의 제공뿐만 아니라 이미 존재하고 있는 스토리텔링의 효과적인 활용 방안도 함께 모색될 수 있다. Web 3D를 바탕으로 구조되어진 공간들은 나름의 테마를 가지고 있다. 하지만 이 테마를 활용하는데 있어서 중심이 되는 것은 어디까지나 구조물 등의 외부적인 요건들이다. 이러한 테마를 활용하는데 있어서 다양한 문학작품과 거기서 촉발되는 정서적 반응을 추구할 수 있다면 수요자들에게 더욱 효과적인 콘텐츠를 제공할 수 있다.

[표 6] 상호작용성에 의한 스토리텔링 개발(예)

테마	대상작품
동아시아	≪춘향전≫, ≪나는 고양이로소이다≫, ≪대지≫ 등
미국	≪허클베리핀≫, ≪위대한 게츠비≫, ≪바람과 함께 사라지다≫ 등
유럽	≪로미오와 줄리엣≫, ≪햄릿≫, ≪오만과 편견≫, ≪폭풍의 언덕≫ 등

[표 6]은 현재 우리나라에서 나타나는 쇼핑몰들의 기본적인 테마를 정리하여 거기에 활용 가능한 문학 작품들을 선별해 본 것이다.

Web 3D의 경우 공간적 제약이 없기 때문에 테마에 걸맞는 다양한 스토리들의 적용이 가능하다. 흔히 알고 있는 스토리들을 적절히 혼용, 작품 내에 존재하는 인물들의 적절한 배치를 통해 테마를 전달하는 것과 동시에 수요자들의 흥미를 더욱 증폭시킬 수 있는 방법으로 활용이 가능하다. 그리고 이러한 활용을 가능하게 하는 것이 바로 디지털 스토리텔링의 역할이라고 할 수 있다.

Web 3D분야에서 스토리텔링이 필요한 이유는 기술적인 부분에 대한 감성적인 충족을 수요자에게 제공하기 위해서이다. 개발된 스토리텔링이 없이도 동선 및 상품의 노출을 통해 위의 예에서와 같은 테마를 수요자에게 제공할 수 있다. 하지만 그것은 어디까지나 기술적인 정보 제공에 불과하다. 수요자들이 콘텐츠를 더욱 능동적으로 향유하기 위해서는 그들에게 필요한 정보를 감성적으로 전달하는 것이 중요하다.

특히 기술 본위의 Web 3D의 경우 자칫 단순한 가상공간으로 전락해 버릴 위험성도 충분히 내포하고 있다. 콘텐츠가 가지고 있는 이러한 약점을 극복하기 위해서라도 Web 3D 콘텐츠의 발달은 디지털 스토리텔링과 함께 이루어져야 한다.

그리고 이러한 방법론은 단순히 쇼핑몰에 국한되지 않는다. 편의에 의해 가장 손쉽게 접할 수 있는 쇼핑몰을 예로 들었지만 위의 방법론은 Wed 3D를 통해 구현된 다양한 콘텐츠들에 모두 적용이 가능하며 이를 통해 Web 3D는 단순한 기술이 아닌 인간의 감성적 부분을 함께 포섭하는 ICT 기반 콘텐츠의 핵심 영역으로 발돋움이 가능할 것이다.

4. 맺음말

ICT의 발달로 인해 새로운 융·복합형 콘텐츠들이 지속적으로 나타나고 있는 시점에서 스토리텔링의 활용 방안에 대한 논의는 새로운 전환점을 맞이하고 있다. 기존 문화콘텐츠를 중심으로 이루어졌던 논의들은 앞으로 콘텐츠 전반에 대한 논의로 확대되어야 할 것으로 사료된다. 이에 본고는 문화콘텐츠를 벗어나 최근 각광받고 있는 ICT 기반 콘텐츠들에 대한 스토리텔링의 활용 방안에 대해서 논의해 보았다.

　ICT 기반 콘텐츠에 대한 스토리텔링의 활용은 시대적 요구와 맞물려 시의성을 가지고 있다고 할 수 있다. 실상 ICT 기반 콘텐츠는 콘텐츠 전반을 아우르고 있으며 콘텐츠와 밀접한 관계에 있는 스토리텔링은 이러한 부분을 간과할 수 없기 때문이다.

　이 같은 관점에서 본고는 ICT 기반 콘텐츠에 대해 고찰하고 그 안에서 스토텔링의 적용에 적합한 세 가지 콘텐츠를 선별하였다. 디지털 관광의 경우 지속적으로 성장하고 있는 관광 콘텐츠로 스토리텔링에 대한 요구가 가장 눈에 띄는 분야이다. Wed 3D의 경우 여전히 개발되고 있는 분야로 수요자들에 대한 스토리텔링과 공간 스토리텔링의 복합적인 활용이 중요할 것으로 생각된다.

　물론 본고에서 제시한 예들은 ICT 기반 콘텐츠들의 일부분만을 대상으로 하였으며 해당 분야들에 대한 연구와 그 실제적 활용 방안이 더욱 구체화될 필요가 있다. 하지만 그럼에도 본 연구가 의미가 있는 것은 현재 콘텐츠 시장을 주도하고 있는 ICT 기반 콘텐츠들에 대한 스토리텔링의 활용 방안 및 가능성을 타진해 보았다는데 있을 것이다. 그리고 이러한 연구가 지속적으로 발전되었을 때 스토리텔링에 관한 논의는 현재보다 더욱 풍부해질 수 있을 것이라고 생각된다.

참고문헌

김용재, <게임 퀘스트 스토리텔링 구조분석>, ≪한국콘텐츠학회논문지≫ 제11
호, 한국콘텐츠학회, 2011. pp.71-73.

김종회 외 , ≪OSMU&스토리텔링≫, 랜덤하우스, 2006.

김현철, <한국과 일본의 콘텐츠 개념에 대한 비교 연구>, ≪한국학연구≫ 제45
집, 고려대학교 한국학연구소, 2013, p.45.

박기수 외, <문화콘텐츠 스토리텔링의 현황과 전망>, ≪인문콘텐츠≫ 제27호,
인문콘텐츠학회, 2012. p.11

박은정, <감성기반 웹사이트의 유형별 디지털 스토리텔링 플랫폼 개발>, ≪디
지털디자인학연구≫ 제13호 2권, 한국디지털디자인협의회, 2013. p.391.

박현지 외, <ICT 융합관광의 비즈니스모델별 고부가 서비스 창출 모형개발에
관한 연구>, ≪관광·레저연구≫ 제24권 제3호, 2012. pp.106-107.

오종갑, 백승만, 조윤아, <멀티미디어 컨텐츠에서의 인터랙티브 인터페이스에
관한 연구: Web 3D 쇼핑몰 중심으로>, 디지털디자인학 연구 vol.5, 한
국디지털디자인협의회, 2003. p.109.

이동규 외, <ICT를 이용한 생활 밀착형 디지털 융합 현황>, ≪한국정보기술학
회지≫ 제11권 2호, 한국정보기술학회, 2013. p.91

이인화 외7명, ≪디지털스토리텔링≫, 황금가지, 2008.

하성주, <복합쇼핑센터의 공간스토리텔링 특성 비교 연구>, ≪대한건축학계 논
문집-계획계≫ 제28호, 대한건축학회, 2012. p.58

인하대학교 산학협력단, <ICT 기반의 디지털 스토리텔링 연구전략>, 방송통신
위원회, 2012. pp.6-9

한국콘텐츠진흥원, ≪2014 콘텐츠산업 통계조사≫, 문화체육관광부, 2015. 2

■ 편집자 주석

1) 디지털 관광: 디지털 관광모바일 혹은 유비쿼터스 기술과 융합된 관광서비스를 의미한 다. 관광 산업에서는 정보의 취합이라는 여행의 시작에서부터 종결 과정에 이르기까지 대부분의 과정이 온라인을 통해 이루어지고 있으며 이를 포괄적으로 통합하여 수요자 에게 제공하는 것이 디지털 관광 콘텐츠이다. 디지털 관광 콘텐츠는 관광산업이 경쟁 력 강화 및 고부가가치 서비스 산업으로의 전환시킬 수 있는 새로운 관광 패러다임으 로 각광받고 있다.

2) Storytelling: 스토리텔링이란 story(스토리)+telling(텔링)의 합성어로 ' 이야기 하다' 라는 의미를 가진 단어이다. 어떤 사물이나 사실, 현상에 대하여 일정한 줄거리를 가지고 하 는 말이나 글을 의미한다. 즉 상대방에게 알리고자 하는 바를 재미있고 생생한 이야기 로 설득력 있게 전달하는 행위를 말한다. 스토리텔링은 사람들을 좀 더 집중시키고 이 목을 끌게 하는 힘을 가졌다.

3) ICT: Information and Communications Technologies의 약자. 정보기술과 통신기술을 합한 용어로, 우리말로 정보통신기술이라고 한다. ICT는 정보화 전략수립, 정보관리, 정보화 환경조성, 시스템 공학, 통신, 시스템 구축, 시스템 구현, 시스템 평가, 감사기술로 분류 할 수 있다. ICT는 컴퓨터와 통신기술뿐만 아니라 정보화를 위해 필요한 모든 기술의 포괄적인 용어라고 할 수 있다. ICT는 의사소통 장치나 라디오, 텔레비전, 휴대폰, 컴퓨 터 등 다양한 종류의 서비스나 응용 네트워크를 아우르는 포괄적(상위) 용어이다. 하드 웨어 · 소프트웨어 · 통신기술을 종합적으로 활용한 ICT는 자동화 · 전산화 · 시스템화 를 위한 것이지만 크게는 정보사회의 구축이 목표이다.

4) Contents: 미디어의 내용물을 뜻한다. 기획이나 창작, 혹은 가공이나 개발을 누가 했는 지가 분명하게 나타나서 추후에 저작권을 주장할 수 있는 모든 종류의 원작을 의미한 다. 콘텐츠는 1990년대 중반 유럽에서 '멀티미디어 콘텐츠'라는 용어로 쓰이기 시작하 면서 보편화된 것이며, 콘텐츠는 한국에서 '내용물 전반을 지칭하기 위해 편의상 사용 하는 것이다. 그러나 인터넷 콘텐츠(internet content)라는 표현에서 사용되는 내용물은 추상적인 개념이므로 셀 수 없는 명사다. 따라서 이 경우에는 뜻이 복수라 하더라도 s 를 붙이지 않고 content로 표시해야 한다.

5) Web 3D: 웹 브라우저를 이용할 수 있는 상호작용 3D. 이용자들은 보통 플러그인 (plugin 프로그램)의 설치를 필요로 한다. Web 3D는 3D에서 웹 브라우저를 허용하는 테크놀로지를 적용할 수 있다.

※ 이 글은 『건지인문학』 제 13집에 실렸던 것을 새로 다듬은 것입니다.

인지시학의 실천비평에 관한 고찰

이강하

[해 설]

◉ 목적 및 특성

이 논문의 목적은 논문 작성 당시(2012. 6)의 인지시학의 국내에서의 실천 비평 현황을 살펴보고 실천 비평에 적용된 이론적 문제점을 점검하는 것이었다. 말하자면 이 논문은 실천 비평의 실례를 통하여 이론적 타당성을 점검하는 메타 비평이라고 할 수 있다. 그러한 목적을 위한 전제 작업으로서 이 논문은 인지시학의 태동 배경, 학제에서의 이론적 위치, 그러한 인지시학의 국내에서의 도입 과정과 현황을 먼저 설명하고 있다. 다음으로 이 논문은 실제 비평에 적용된 이론을 점검하기 위해서 "도식(schema)"이라는 인지시학의 중심 개념을 도입한다. "틀의미론", "개념은유", "영상도식" 등의 실천 비평 방법론은 이 "도식" 개념에 기원적인 근거를 두고 있다. 따라서 세분화된 각각의 방법론에 대한 점검은, 요약하자면 "도식"에 대한 비판이라고 할 수 있다. 이 논문의 의의는 인지시학 방법론에 대한 최초의 메타적 접근이라고 할 수 있다.

◉ 연구 대상 및 방법

이 논문의 특이성은 저자가 직접 실천 비평의 한 전형을 보여주고 그 비평을 대상으로 문제점을 점검하는 방식이다. 이 논문에서 점검하려는 방법론의 문제점을 모두 보여주는 실제 비평은 현실적으로 존재하지 않기 때문에, 이러한 연구자 자신의 시뮬레이션에 의한 방식은 불가피한 것이었다. 이 논문에서 실제 비평의 실례가 된 텍스트는 서정주의 「동천」이다. 첫째, 서정주의 「동천」을 "틀의미론", "개념은유", "영상도식"의 방법론으로 비평한다. 둘째, 이러한 비평적 실례에 나타난 이론적 문제점을 점검한다. 셋째, 이러한 방법론적 문제점을 바탕으로 인지시학의 중심 개념인 "도식"에 대한 올바른 쓰임을 모색한다.

인지시학을 국내에 도입한 양병호가 그의 저서에서 여러 차례 강조하듯이, 언어에 대한 이해는 해당 언어권의 역사와 문화에 대한 인지 주체자의 신체화된 상상력에서 시작된다. 후행 연구자들의 몇몇 연구는 여기서 강조된 문화적 지식을 논증하지 않고 방법론이 제공하는 "도식"에만 의존한다. "도식"이 그러한 기능에 멈출 때, 구조주의의 언어 환원주의에 대항하는 "마음"의 시학으로서의 인지시학의 방법론적 의의는 퇴색될 수밖에 없다. 이 논문의 연구 방법론은 이러한 현상을 제고하기 위하여 선택되었다.

◎ 핵심 내용

우리나라의 인지시학 실천비평에서 원용되는 방법론은 틀의미론, 개념은유, 영상도식 등이 있다. 이러한 방법론적 개념의 원류는 "도식"이다. 인지시학을 학문적 체계로서 공준한 피터 스톡웰(Peter Stockwell)은 도식을 인지시학의 핵심 개념으로 제안한다. 문학 언어도 일상 언어처럼 도식화가 (문화적 차원에서) 가능하다는 인지언어학자들의 연구는 이러한 도식론을 도입하는 계기가 된다. 일종의 문화적 원형 이론인 도식의 개념 속에서 세부적으로 다양한 방법론들이 태동한다. 문학 비평에 도입된 "도식"은 규칙과 일탈의 긴장적 관계로 설명되는데, 규칙의 개념이 근원영역(source domain), 틀(frame), 스크립트(script), 전면적 패턴(global pattern), 유사 텍스트(pseudo-text), 인지적 모형(cognitive model), 체험적 게슈탈트(experiential gestalt), 바탕(언어지식), 장면(scene), 배경(background), 인지적 태만(neglect)이라면 일탈의 개념은 일탈(deviation), 유인자(attractor), 주제도식, 전경(fore ground)이라고 할 수 있다.

틀은 선험적인 근원영역(source domain)이다. 「동천」에서 나타나는 기원의식 틀의 타당성을 확보하기 위해서는 해당 문화에서의 기원의식이 먼저 설명되어야 한다. 이러한 문화적 전제 없는 도식의 도입은 문제적이다. 개념은유의 실천 비평에서의 문제점은 첫째, 문화적 상대성이나 텍스트의 맥락을 고려하지 않고 무분별하게 개념은유를 원형으로 활용하는 것이다. 둘째, 인지시학이 취하는 개념은유의 관점 문제이다. 개념은유를 형성하는 두 영역은 '~이다'에 의해서 결합된다(A is B). 이 때 문법적으로 '~이다'의 쓰임이 불가능한 경우는 동일률, 모순율 두 경우뿐이다. 말하자면 모든 영역은 자의적으로 결합될 수 있다. 따라서 개념은유는 원형이나 도식의 개념이기보다는 해석의 결과로 간주되어야 한다. 영상도식의 문제점은 두 가지로 살펴볼 수 있다. 첫째, 영상도식이 제공하는 지식의 범주에 관한 문제이다. 이 역시 문화 연구가 동반되어야 하고 텍스트에서의 맥락이 고려되어야 한다. 둘째, 번역에서 드러나는 문화적 차이이다. 비가시적 은유인 영어의 전치사는 우리말에서 가시적 은유인 동사로 드러난다. 번역의 차원에서 이 부분을 해결해야 한다.

이 논문에서는 인지시학에 적용된 여러 방법론의 문제점들을 지적하고 있다. 그러나 그러한 문제점에 대한 대안을 제시하지 못하는 명백한 한계를 보이고 있다. 연구자의 역량이 부족했던 것과 인지시학의 맹아기였던 당시에는 대안 이론이 드러나지 않았던 것이 그 이유이다. 현 시점에서 이 논문에서 제기한 문제점은 상당부분 해결된 것으로 판단한다. 양병호를 주축으로 한 전북대 팀의 번역서가 계속 출간되고 있으며 그를 바탕으로 하는 보충과 대안의 방법론이 학위 논문과 학술지 논문을 통해 개진되었다. 직시(deixis), 개념혼성(conceptual integration) 등의 이론이 실천 비평에서 활용되고 있다. 이러한 성과에서 가장 중요한 현상은 방법론의 내면화일 것이다. 인지시학이 학계에서 어느 정도 보편화된 현재에는 방법론적 근거를 찾기 위해서 무리하게 외국의 문화적 인덱스를 적시할 필요가 없어졌다. 따라서 "도식"은 텍스트 해석을 위해서 미리 준비된 원형의 틀이 아니라 해석의 결과로서 제시되고 있다.

◉ 연구 효과

현재 인지시학은 학계에서 보편화된 이론으로 간주된다. 초기 연구에서는 이론적 근거를 상세하게 설명해야 하는 번거로움이 있었다. 인지시학이 보편화된 것에는 관련 연구자들의 끊임없는 문제 제기와 제기된 문제에 대한 실천 비평이 있었기에 가능했다. 이 논문에서 문제시하는 것은 문화와 텍스트의 맥락을 고려하지 않고 무비판적으로 인지시학의 도식을 사용하는 몇몇의 연구 경향들이다. 미리 정해진 이론적 틀에 텍스트를 짜맞추는 연구는 지양되어야 한다. 그러한 관점에서 이 연구는 잘못된 "도식" 사용에 대한 문제 제기로서의 의의와 효과를 갖는다. 물론 지향은유, 공간 도식 등과 같은 문화 특수적이 아닌 신체 보편적인 인지 체계를 갖는 방법론에 의한 실천 비평도 당시에 존재했다. 이 논문이 문제시하는 것은 그러한 보편성적 인지 체계를 갖춘 방법론이 아니라, 문화 연구가 동반되어야 하는, 따라서 적절한 내부적 논증이 필수적인 자의적인 "도식"이다.

1. 머리말 : 인지시학의 출현

형식주의와 역사주의는 근대 문학 비평을 구분하는 대표적인 범주이다. 형식주의가 언어학적 방법론을 통하여 구조주의의 맥락으로 지속되었다면 역사주의는 정치·사회학과 밀접한 관련을 가지고 탈식민민주의, 일련의 성담론(퀴어, 게이, 레즈비언 이론)으로 전개되었다. 텍스트의 내부 구조와 텍스트 외부의 영향을 문제 삼고 있는 두 범주는 형식과 내용, 텍스트와 담론, 구조와 맥락, 공시적 체계와 통시적 역사, 객체와 주체라는 이분화 된 형태로 진행되었다.

이러한 길항적 관계의 본격적인 교차의 국면은 '문화연구'가 부상하면서부터 시작된다. 문학 비평에서 지난 20년 동안 가장 크게 부각된 분야는 '문화'이다. 미디어의 발달로 인한 대중문화의 급격한 확산, 이데올로기 경계의 붕괴, 주변과 소수에 대한 관심, 결정적으로 형식주의와 역사주의의 방법론적 한계로 인하여 문화 담론은 거의 모든 비평에 수용되었다. 역사는 진보하지 않으며 권력과 지식은 한 사회의 문화가 생산한 담론의 순환일 뿐이라는 회의는 역사주의에 대한 대안으로 신역사주의(new historicism)가 등장하는 계기가 되었다. 한편 언어의 상징체계를 세계의 양상과 동일시하는 구조주의는 '문화'의 수용으로 새로운 국면을 맞게 된다.

구조주의에 영향을 끼친 생성언어학은 언어수행 행위를 규정하는 지배규칙 체계로 인간 언어를 모델화 하였다. 언어의 지배규칙 체계는 구조주의와 기호학의 상징체계에 영감을 주었고 문학은 언어가 문법에 의해 결정되는 것과 같이 상징과 기호체계에 의해서 결정되는 것으로 간주되었다.[1] 인지시학의 모태인 인지언어학은 이러한 구조주의와 생성문법의 언어 자립성에 반발하며 출발하였다.

언어는 신체의 주관적인 체험과 문화 공동체의 세계 인식에 대한 반

---

1) Joanna Gavins and Gerard Steen, Cognitive Poetics in Practice, Routledge, 2004, p. 8.

영물이다. 문화는 단지 의미론에만 국한되어 투사되는 것이 아니라 통사론을 제어하고 조직한다. 인지언어학은 문법 형태와 의미를 최대로 추상적이며 일반적으로 표상하려 하고 많은 문법적 현상과 의미적 현상을 '주변'에 할당하는 생성문법의 환원주의의 경향2)에 대립한다. 인지언어학의 기본적인 교리 중의 하나는 의미와 지식 사이의 긴밀한 관계에 대한 가정이다.3) 이 때 지식이란 통시성과 공시성의 교차의 축에 접맥해 있는 특정 언어의 문화적 좌표이다. 통시성의 축은 언어의 의미론·통사론적 기원의 유추 결과를 표시하고 공시성의 축은 텍스트의 쓰기와 읽기라는 인지활동 자체의 현장성을 포함한다. 인지시학에서는 '체험'보다 '문화'의 개념을 더 선호한다. 문화의 개념은 인지언어학이 문학 텍스트에 해석의 방법론으로 적용되면서 체험의 개념이 화용론적 맥락을 통해 확장된 것이다.

인지언어학과 인지시학의 차이는 분석적 절차를 통한 이론의 보편성/ 문학 텍스트에 드러난 세계 지식의 개별성, 신체의 보편성/ 보편적 신체가 특정한 문화적 조건에서 반응하고 적응하는 양상, 도식(schema)/ 일탈(deviation), 문장 단위의 해석/ 장르의 문체, 원형(pre-existing protype)/ 원형의 재설정이다. 이러한 차이는 신체의 체험로부터 추출된 도식(동일한 감각기능: 중력에 의한 지향성, 시지각의 원근감, 공간·시간의 추이)이 문학 텍스트의 담론 상황에 적용되면서 발생한다. 따라서 인지시학에는 구조주의가 지향했던 '어떻게'에 대한 설명과 반대로 구조주의가 지양했던 '무엇을'에 대한 해석이 동시에 드러나야 한다. 대표적인 인지언어학자인 마크 터너는 인지시학과 공존할 수 없는 학술의 제국주의 행태

---

2) 김두식·나익주 옮김/ D. Alan Cruse and Willam Croft, ≪인지언어학≫, 박이정, 2010, 20쪽.
3) Joanna Gavins and Gerard Steen, op. cit., p. 8.

로서의 구조주의를 거부4)하고 있지만 '도식을 통한 언어 구조의 규정'
이라는 점에서 인지시학은 구조주의의 방법론을 일정 정도 계승하고 있
다고 볼 수 있다. 다만, 도식의 일탈을 러시아 형식주의의 방법처럼 문
체의 측면에서 규정하지 않고 문화적 지식으로 해석한다는 면이 인지시
학의 정체성일 것이다.

이러한 인지시학을 한국 문학의 문체와 내용에 적용하는 것에는 구
조주의와는 다른 문제가 제기된다. 첫째, 도식 자체가 언어 특수적이
다. 서구 언어의 문법과 문화를 기준으로 설정된 도식을 한국어에 적
용하는 문제이다. 문화 특수성은 인지언어학이 가장 강조하는 부분이
다. 둘째, 설정된 도식에 대한 일탈을 해석하는 담론 역시 문화적 상대
성을 고려해야 한다. 현재 인지시학 방법론으로 많은 시문학 관련 논
문5)이 작성되고 있다. 대부분의 논문이 문화적 특수성을 고려하지 않
고 원문의 도식을 그대로 옮겨 쓰고 있는 실정이다. 셋째, 모든 문체론
연구를 인지시학의 용어로 포장하는 일이다. 인지, 감각, 도식, 개념 등
의 용어를 이론적 맥락과 관계없이 자의적으로 사용하고 있다. 이 문
제는 위에 제기한 두 가지 문제인 한국적 상황에 대한 도식 연구의 부
재에서 비롯한다.

이 글에서는 아직 맹아기에 있는 인지시학 이론의 특성과 맹점, 현재
학계에서 이루어지고 있는 실천비평의 실례와 그것의 문제점을 살펴보
고자 한다. 인지시학 이론에 대한 반론이나 강화가 아닌 실천비평에서
드러난 문제점을 지적하고 대안을 모색하는 것이 이 글의 목적이다.

---

4) Ibid., p. 6.
5) 박사논문 4편, 석사논문 6편, 소논문 27편이 상재된 것으로 확인된다. 이 정보는 'KERIS 학술연구정
　보서비스(http://www.riss4u.net)', 'DBPIA(http://www.dbpia.co.kr)', '국회도서관(http://www.nanet.go.kr)'
　의 검색정보를 종합한 것임. (검색어: 인지시학, 인지의미론, 인지언어학, 영상도식, 개념은유, 지향
　은유)

2. 인지시학의 이론적 토대

인지시학은 피터 스톡웰(Peter Stockwell)이 ≪인지시학 개론≫6)에서 분파적으로 진행되어 온 인지시학 관련 이론을 망라하고 정리하면서 시학으로 정립된다.7)8) 인지 언어학자들은 일상 언어 이외에 문법적 일탈이라고 간주되었던 문학 언어(특히 시문학)에 끊임없는 관심을 기울여 왔다. 문학 언어도 일상 언어처럼 도식화가 가능하다는 인지언어학자들의 가정은 인지시학의 형성에 지대한 공헌을 하였다. 특히 은유와 신체성에 대한 관심은 문학 비평의 주변부에 있던 심리학과 신경과학을 시학으로 통섭하는 계기가 되었다. 스톡웰은 그의 저서에서 인지시학의 다소 혼란스럽고 자체 모순적인 방법론을 다름과 같이 간략하게 정리한다.

> 문학 맥락에서 도식 이론의 이 관점은 도식이 작용하는 세 가지 다른 분야, 즉 세계 도식(world schema)과 텍스트 도식(text schema), 언어 도식 (language schema)을 지적한다. 세계 도식은 지금까지 내용과 관련된 것으로 고려되었던 도식을 망라한다. 텍스트 도식은 세계 도식이 연속과 구조적

---

6) 이정화·서소아 옮김/ Peter Stocwell, ≪인지시학 개론≫, 한국문화사, 2009.

7) 영어권에서 '인지시학'이라는 용어를 처음 쓴 학자는 르벤 써(Tsur, R., Toward a Theory of Cognitive Poetics, Amsterdam: Elsevier, 1992.)이다. 르벤 써는 이미 1970년대부터 독자적으로 인지시학을 개척해 왔다. 그러나 대중적 활성화와 이론적 보편화의 진행 이후 언어학, 심리학, 신경과학, 사회학 등에 편재되어 있는 인지시학 관련 개념을 종합하여 '인지시학'을 공준한 계기는 스톡웰의 저서를 통해서이다.

8) 우리나라에서 인지시학이 도입된 시점은 2000년대 이후이다. 인지시학을 태동시킨 기념비적인 도서인 ≪삶으로서의 은유≫(노양진·나익주 옮김/ George Lakoff and Mark Johnson, 서광사, 1995.)와 이 이론을 실천비평으로 활용한 ≪시와 인지 - 시적은유의 현장 안내≫(이기우·양병호 옮김/ George Lakoff and Mark Turner, 한국문화사, 1996.)가 번역된 이후 우리나라에서 인지시학이 정착한다. ≪시와 인지-시적 은유의 현장 안내≫의 번역자인 양병호는 여러 인지의미론 방법론을 적용하여 국내에서는 최초로 인지시학적 비평(양병호, ≪한국 현대시의 인지시학적 이해≫, 태학사, 2005.)을 시도하였다. 양병호가 이 책의 인지 이론 설명에서 강조하는 것은 도식 적용의 문화적 상대성이다.

조직으로 우리에게 보이는 방식에 대한 기대를 나타낸다. 언어 도식은 우리가 주제로 나타나기를 기대하는 언어 패턴의 적절한 형태와 문체에 관한 아이디어를 포함한다. 마지막 두 개 도식을 함께 다루면서, 텍스트 구조 또는 문체 구조에 대해 우리가 가지는 기대의 분열은 담화 일탈(discourse deviation)을 구성한다. 이것이 도식 쇄신의 가능성을 제공한다.[9]

인용문에서 가장 핵심적인 것은 도식 개념이다. 도식은 칸트가 『순수이성 비판』에서 지각을 개념에 연결해 주는 선천적인 표상 능력을 설명하기 위해 사용한 용어이다. 인간에게 대상이 주어지는 유일한 방식은 감각이다. 감각이 개념화되어 일정한 범주에 포함되고 하나의 종합적인 인식기능이 되기 위해서는 범주로서의 오성의 기능이 미리 마련되어야 한다. 한편 감각이 개념이 되기 위해서는 현상과 동종적이며 또한 범주를 현상에 적용하도록 해주는 매개체가 있어야 할 것이다. 이 매개체는 따라서 경험 특수적인 것을 포함하지 않는 순수한 표상이어야 하며 한편으로 지성적이어야 한다. 가령 칸트가 예로 든 것처럼 삼각형에 대한 도식은 현상으로서의 특정 삼각형이 아니라, 개별 삼각형의 현상을 일반 삼각형으로 규정해 줄 수 있는 추상적인 틀이다.[10]

마크 존슨(Mark Johnson)은 칸트의 도식이론을 인지언어학에 도입하여 영상도식을 창안하였다.[11] 영상도식은 추상적인 명제적 구조와 다른 한편으로는 개별적인 구체적 영상 사이에 해당하는 정신적 조직화의 수준에서 작용한다.[12] 인간은 신체적 활동을 지속하면서 어떤 공통된 반복본을 영상으로 추출하여 언어화한다. 순환, 주기, 경로, 중심-주변, 위-

9) 이정화 · 서소아 옮김/ Peter Stocwell, 앞의 책, 145쪽.
10) 김희정 옮김/ Immanuel Kant, ≪순수이성비판≫, 일신서적출판사, 1991, 134-139쪽 참조
11) 노양진 옮김/ Mark Johnson, ≪마음 속의 몸≫, 철학과현실사, 2001.
12) 임지룡 · 김동환 옮김/ David Lee, ≪인지언어학 입문≫, 한국문화사, 2003, 115쪽.

아래, 안-밖, 그릇(container) 등은 신체성과 관련된 영상도식들이다. 이 영상도식은 언어 의미적 실체를 지시하는 언어 단위의 특별한 위치에 사상(mapping)되어 문법을 제어하고 이해의 골격을 구성한다. 가령, '나가다'라는 단어는 [안-밖 영상도식]에 의해서 제어된다. 우리말 표현에서 '정신이 나가다', '전구가 나가다'의 표현은 표준문법적인 의미로는 '미치다', '고장나다'이지만, 영상도식의 차원에서는 안에 있는 탄도체 A가 경계를 지나서 밖으로 이동하는 역동적인 영상으로 그려진다. '나가다'의 모든 언어적 실례들은 [안-밖] 도식의 영상에 수렴되는 은유적 표현으로 간주된다. 문학적으로 아무리 특수한 실례라 할지라도 모든 맥락은 영상도식의 차원에서 제어된다고 마크 존슨은 단언한다.

　사실상 도식은 영상도식 이외에 스톡웰 자신은 물론이고 인지시학에서 두드러지게 논의되는 이론이 아니다. 그럼에도 불구하고 스톡웰은 도식을 인지시학의 핵심 개념으로 제안한다. 스톡웰은 인지언어학에서 논구된 여러 원형 관련 이론을 포괄적으로 정의하기 위해서 도식 개념을 채택한 듯하다. 초기 인지언어학에서 집중적으로 논구되었던 원형이론은 여러 반론을 통해서 갱신을 거듭하고 다양한 유사 이론들을 산출한다. 근원영역(source domain), 틀(frame), 스크립트(script), 전면적 패턴(global pattern), 유사 텍스트(pseudo-text), 인지적 모형(cognitive model), 체험적 게슈탈트(experiential gestalt), 바탕(언어지식), 장면(scene), 배경(background), 인지적 태만(neglect) 등은 초기 원형 이론의 발전적인 형태이다. 이와 대응하는 문학의 인지적 책략으로는 일탈(deviation), 유인자(attractor), 주제도식, 전경(fore ground), 혼성이론(blending theory) 등이 있다. 이 이론들은 공통적으로 개념, 사건, 문법에 대한 원형을 제시하고 그것으로부터의 일탈을 통해 문학 담론을 탐구한다. 초기 원형 이론은 상위 레벨의 의미가 엄격하게 하위 레벨의 의미를 통제하는 것으로 간주했다. 그러나 사회학, 심리학, 신경과학의 방증으로 상위 레벨의 우위는 점차적으로 약화되어 영상도식과 혼성은유에 이르러서는 위상 관계(topology)가 아닌 도식의 공유 관계로 변화를 이룬다. 변화의 원인은 일련의 인지 관련 학문이 연구 대상을 일반 언어에서 문학 언어로 확장한 데에 있다.

언급한 것처럼 도식 이론은 아직 맹아기에 있다. 스톡웰은 이론의 종합으로서 도식을 표명했다기보다는 목표 지점으로서 도식을 제안한 것이다. 인지시학의 실천비평에서 드러나는 많은 문제점은 도식 이론이 명확하게 정립되지 않는 것에서 비롯한다. 상위 레벨을 우위성을 부정하더라도 의미의 근거를 찾는 과정에서 어떤 상위의 의미를 긍정하게 된다. 비평의 실천에서 근거의 참조 지점을 찾으면서 원형은 재등장한다. 원형을 부정하면서 결국 원형에 의존하는 패턴은 모든 인지시학 실천비평에서 드러나는 모순이다. 바람직한 대안 중 하나는 위상적 관점을 버리고 공유의 관점을 택하는 혼성은유의 방법일 것이다. 그러나 혼성 은유는 많은 문제점을 안고 있다. 혼성 은유는 전통적 은유이론과 크게 차이가 없으며 문체적 전략과 스크립트 등을 설명하지 못한다.

도식은 대안이기보다는 대안을 촉진하는 막연한 실체이다. 이 글에서는 도식에 대한 창조적인 관점을 제안하지 않는다. 다만 인지시학의 실천비평에서 나타나는 문제점을 통해서 새로운 도식의 가능성을 타진해 볼 뿐이다.

3. 실천 비평의 실례[13)

우리나라의 인지시학 실천비평에서 원용되는 이론은 틀의미론, 개념 은유, 영상도식 등이 있다. 이 장에서는 서정주의 <冬天>을 대상으로 인지시학 실천비평의 실례를 언급한 순서대로 나열해 보겠다.14)

내 마음 속 우리 님의 고운 눈썹을
즈믄 밤의 꿈으로 맑게 씻어서
하늘에다 옮기어 심어 놨더니
동지 섣달 나르는 매서운 새가
그걸 알고 시늉하며 비끼어 가네

서정주, <冬天> 전문

틀의미론은 단어가 이해되는 과정에서 단어가 속한 틀이 선개념으로 작용한다는 것이다. 단어와 구문은 어떤 하나의 이해, 더 구체적으로 말하면 어떤 하나의 틀을 끌어내는 반면에, 청자는 어떤 발화를 듣자마자 그것을 이해하기 위해 어떤 틀을 떠올린다.15) <冬天>의 주제는 연인에 대한 사랑의 감정을 기원의식을 통해 보여주는 것이다. 따라서 '기원 행위 틀16)'이 이 작품을 윤곽화(profiling)하고 주제 의식을 표명한다.

---

13) 한 논문 안에서 실천비평과 그에 대한 반론을 동시에 제시하는 일은 모순처럼 보인다. 이 글에서의 실천비평은 글쓴이 고유의 논점이기보다는 현재 학계에서 일상적으로 이루어지고 있는 인지시학 비평의 모델이다. 이론 비판을 위해서는 대안의 이론이 필요하지만, 언급한 것처럼 아직 인지시학은 모색기에 놓여 있다. 이론 자체의 비판에 앞서 실천에서 드러나는 문제점을 통해 보다 실증적인 문제에 접근하고자 하는 것이 이 글의 목적이다.
14) 실천비평의 실례는 어떤 정립된 이론이 의한 합리적인 비평이 아니라 실제 학계에서 이루어지고 있는 비평적 현상임을 밝힌다.
15) 김두식 · 나익주 옮김/ D. Alan Cruse and Willam Croft, 앞의 책, 29쪽.
16) 이 글에서 사용하는 '기원의식 틀'은 '윤인선, <한국 신화의 呪術 발현 구조 연구>, 서

<冬天>에서 '눈썹'은 신체의 틀에서 지목된 구실(slot)[17]이다. 눈썹은 신체의 미적 계열의 틀에서 가장 상위의 요소로서 선택된다. 그렇게 해서 '눈썹'은 연인의 신체를 환유하는 것과 동시에 숭배의 대상에 대한 은유가 된다. '맑게 씻'는 행위 역시 '기원의식 틀'에서 해석되어 정신을 정화한다는 의미를 갖는다. 신체와 눈썹의 관계는 이어지는 만월(滿月)과 초승달의 관계와 등가성을 갖는다.

만월의 틀에서 이해된 초승달은 완성체를 향해 점점 커진다는 성장의 의미를 갖는다. 이 의미의 승화는 초승달과 은유적 관계에 있는 '눈썹'을 하늘에 '심어' 놓는 행위를 통해서 촉진된다. 초승달이 만월이 되는 과정은 사랑의 대상인 '눈썹'이 하늘에서 성장하는 행위와 정합성(coherence)을 갖는 것이다. 이 정합성은 사랑의 완성체를 향한 의지적 표현으로서 '기원행위 틀'을 환기시켜 준다. 이러한 화자의 기원은 '매서운 새'가 그것을 흉내내는 것으로 자연물에 전이된다. '기원 행위 틀'에서 이해된 일련의 과정이 '매서운 새'의 모방행위를 통해서 재확정된다. 기원행위는 목표의 달성 과정을 구조적으로 모방한다. '매서운 새'가 화자의 기원을 '시늉'해서 초승달을 피해 가는 행위는 '사랑'이라는 최종 목표가 자연을 통해 구조적으로 모방되는 기원의식의 마지막 절차이다.

개념은유는 틀의미론의 '틀-요소' 관계을 명제로 전환시킨 것이다. 명제적으로 표현된 상위의 개념은유는 하위의 개념에 대한 은유적 상위요소로 작용한다. '나는 이번 선거에서 패배했다'라는 표현은 [선거는 전쟁이다][18]라는 상위 개념은유의 차원에서 파악된다. 한편 [선거는 전쟁

강대 석사, 2010.'에 기초한다. 특정한 선결 조건에 의해 발현된 행위가 결과적으로 상태를 성공적으로 변화시킨 경우를 주술(성공)이라고 간주한다.

17) 이기우 · 양병호 옮김/ George Lakoff and Mark Turner, ≪시와 인지 - 시적 은유의 현장 안내≫, 한국문화사, 1996, 88쪽 참조.

18) 이 글에서 '[ ]' 안에 표현된 개념은유와 영상도식 등은 모두 외국의 인지시학 관련

이다]의 개념은유는 또한 그의 상위 개념은유인 [사건은 물질이다]를 기반으로 성립된다.

<冬天>을 개념은유의 관점에서 분석해 보자. 이 시는 전체적으로 상향 지향적이다. [성스러운 것은 위이다], [좋음은 위이다]의 지향은유가 상향 지향적인 '눈썹', '하늘'에 긍정적인 가치를 부여한다. '씻'는 행위는 [액체는 생명이다], [액체는 성수이다]의 개념은유에 의해서 정화의 의미를 부여받는다. 성스럽게 정화된 '눈썹'은 식물로 은유되어서 '하늘에다 옮기어 심어'진다. 여기에는 [사랑은 식물이다], [사랑은 성장이다]의 개념은유가 의미의 기반으로 작용한다.

'눈썹'은 초승달로 그 이미지가 사상된다. [형태의 닮음은 내용의 닮음이다]의 개념은유는 초승달이 만월이 되는 과정과 '눈썹'이 성장하는 과정을 동일화한다. 이것은 또한 [사랑은 식물이다], [중요한 것은 크다]와 정합성을 갖는다. 마지막 행에서 '매서운 새'는 화자의 행위를 흉내내며 '초승달=눈썹'을 피해간다. [상태 변화는 경로 변화이다]의 개념은유는 '매서운 새'가 초승달을 비껴가는 행위의 타당성을 설명해 준다. '매서운 새'는 의미상 '초승달'과 대립 관계에 있다. 직선에서 곡선으로의 '매서운 새'의 경로의 변화는 이 관계에서 상태의 변화 곧, 가치의 전이가 일어나고 있음을 표명해 준다. '눈썹'은 통제받은 것이고 주체를 대신하며 '매서운 새'는 통제받지 않은 것이며 자연을 대신한다. 통제받은 신체와 통제받지 않는 자연의 동화, 인간 정신의 자연으로의 전이는 이 작품의 주제인 사랑의 정신적 가치를 구현해 준다.

영상도식은 작품이 함의하고 있는 영상의 연속체를 통해서 의미가 발생한다고 가정한다. <冬天>에는 [수직 영상도식], [식물 영상도식], [경

도서에서 인용한 것임을 밝힌다. 구체적 서지사항은 '참고문헌' 참조.

로 영상도식], [회피 영상도식], [인력 영상도식]이 의미 발생의 기반으로 작용한다. 논의의 편의를 위해 이 작품의 크로노토프(chronotope)[19]를 작성하면 다음과 같다.

[표 1] <冬天>의 크로노토프

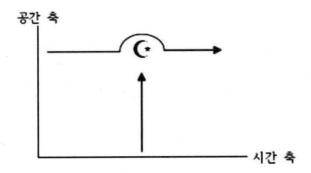

'하늘에다 옮기'는 행위는 [수직 영상도식]으로 이해할 수 있다. 어떤 대상에 대해서 봉헌을 하고 숭배를 할 때 수직운동은 반복적으로 나타난다. 지상에서 하늘로 '눈썹'을 '옮기'는 행위는 사랑의 대상에 대한 숭배행위로 볼 수 있다. '심어'는 [식물 영상도식]의 언어적 표현으로서 뿌리로부터 점차적으로 위로 성장하는 식물의 일생을 영상으로 사상한다. 이러한 영상은 '눈썹'의 은유물인 초승달이 만월이 되는 영상과 등가적이다. 이렇게 기원의 대상을 자연물에 은유해서 기원을 성취하려는 과정은 토테미즘을 연상시킨다.

---

19) 러시아어로 시공간을 의미한다. 소설에서 공간적 지표와 시간적 지표가 직조하는 일련의 서사적 운동을 규정하기 위해서 바흐찐이 창안한 용어이다.
전승희 외 옮김/ Mikkail M. Bakhtin, ≪장편소설과 민중언어≫, 창작과비평사, 1998, 262-449쪽.

'매서운 새'는 일정한 경로를 따라서 이동을 한다. 새의 [경로 도식]은 '나는'을 통해서 언어적으로 표현된다. [경로 도식]은 상황(담론)에 따라서 여러 변이형을 갖는다. 경로의 도중에는 많은 장애물이 있다. 이 장애물을 마주하는 과정에서 회피, 전환, 권능(극복), 인력, 척력, 돌파 등의 [경로 영상도식]에 대한 부가적인 영상도식이 생긴다. '매서운 새'에게 초승달은 장애물이며 부정적인 대상이다. 따라서 '매서운 새'의 [경로 영상도식]은 회피나 전환으로 구체화되는 것이 정합적이다. '비껴가다'는 경로의 전환을 의미한다. 그러나 '시늉'의 영상은 '눈썹=초승달'의 윤곽을 모방하여 경로를 진행할 것을 예고한다. '비껴가다'와 '시늉'은 경로의 측면에서 서로 모순되는 영상을 가지고 있는 것이다. 이 모순은 부대상황을 뜻하는 '~며'에 문법적으로 통합된다. '매서운 새'의 전환의 경로는 '시늉'의 역동적 영상과 동시에 진행되면서 최종적으로 초승달의 모양으로 변환된다. 밖으로 향하는 '매서운 새'의 힘은 '시늉'에 의해서 안으로 접어들게 되는데, 이것이 [인력 영상도식]이다.

봉헌과 숭배의 [수직 영상도식], 숭배의 대상이 성장하기를 기원하는 [식물 영상도식], 터부시되는 자연물의 [경로 영상도식], 인간의 정신과 자연과의 [인력 영상도식]으로 진행되는 <冬天>의 크로노토프는 결론적으로 [전이 영상도식]으로 수렴된다. [전이 영상도식]은 수직적이고 순간적인 인간의 정신을 수평적이고 영속적인 자연에 투사하는 토테미즘의 양식을 보여준다. [전이 영상도식]을 통해 관철된 이 작품의 주제는 그러므로 사랑의 영속성에 대한 화자의 기원이 된다.

4. 실천 비평의 문제점

4.1. 틀의미론 분석의 문제점

인지시학은 텍스트 수용 과정의 인지 요소; 지각, 주의, 학습, 기억 등이 텍스트와 반응하여 어떤 결과를 산출하는지를 밝혀내는 작업이다. 따라서 상대적 맥락이 가장 중요하게 부각된다. 생산자의 의도는 독자와의 담화행위에서 전제하고 있는 언어적 도식을 통해서 명시될 뿐이다.

<冬天>의 틀은 참여자의 의도를 제외하거나 행동이나 상태, 해당 작품이 위치하는 사회적·문화적 제도와 행동을 제외하고서는 이해될 수 없다.[20] 기원 의식은 문화, 민족, 시대, 사건, 계급, 계층, 심지어는 개인마다 다르다. 가령 에드먼드 리치(Edmund Leach)는 기원의식을 환유적 관계를 은유적 관계로 오인하는 구조로 설명한다.[21] 판소리, 탈놀이, 무가의 기원의식도 각기 다르다. 틀과 요소의 위계는 항상 상대적일 수밖에 없다.

이 글에서 원용된 기원의식 틀은 필연적인 선택이 아니다. 만일 어떤 일관된 틀이 존재한다면 그 틀에 맞는 구조 전체를 이해해야 하며, 모든 백과사전의 지식이 요구될 것이다. 달리 말하면, 어떤 발화의 정확한 의미를 기술하기 위해서는 세계가 존재하는 방식, 또는 더 정확히 말하면, 우리가 세계가 어떻게 존재할 것이라고 기대하는 방식에 대해 완전히 알아야 한다.[22] 반지름을 이해하기 위해서는 원을 상정해야 하고 원을 이해하기 위해서는 도형 전반을 상정해야 하고 도형을 이해하기 위해서

---

20) 김두식·나익주 옮김/ D. Alan Cruse and Willam Croft, 앞의 책, 33쪽.
21) Edmund Leach, Culture and Communication, Cambridge University Press, 1976, p. 29.
22) 위의 책, 63-64쪽 참조.

는······. 한편 그 틀은 독자와 작가 모두에게 전제된 사항이므로 문학적으로 변용되어 표현된 틀을 다시 원형화시키는 것은 비평의 가치가 없다. 틀을 통해서 한 단어의 의미가 규정되는 것이 아니라 단어를 통해서 틀이 규정되며 그것은 우리가 세계를 바라보는 관점을 제공한다. 한 작품의 문학적 의의는 기존의 틀을 은유적으로 보여주는 것이 아니라 틀을 재구성하여 사물이나 사건을 새로운 관점 아래 놓이게 하는 것이다.

천문학자의 초승달과 신화학자의 초승달은 분명히 다르다. 그러나 텍스트를 통해 그들에게 전달된 초승달에 대한 신경망 속의 공통적인 개념이 없다고 말할 수는 없다. 그것은 이해를 위한 담화행위의 최소한의 전제이다. 한 단어의 반응에 대한 이 공통적인 전제를 틀로 확장하는 것은 전제에 대한 암묵적이고 폭력적인 강요이다. 문학 담론이라는 특수한 상황에서는 하위 레벨의 요소가 상위 레벨의 틀을 조직한다. 상위 레벨은 텍스트가 제공하는 맥락과 정합성을 갖는 것이지 외부의 백과사전식 지식과 틀을 공유하는 것이 아니다.[23]

'눈썹'이 연인에 대한 환유라는 정보는 신체성에 근거한 것이다. 이 신체의 틀은 선험적인 근원영역(source domain)이다. 그러나 '눈썹'이 초승달과 은유적 관계를 맺고 기원의식에 결합되는 방법의 해명에는 문화적 지식이 근거가 되어야 한다. 문제의 핵심은 미리 존재하는 틀이 아니라 그 틀을 이해하고 조직하는 문화의 특수성이다. 틀이나 스크립트는

---

[23] 원형이란 일반화된 경험의 고착된 정신적 표현이라는 일반적인 믿음과는 달리, 그것은 역동적이고 창조적으로 구성된 구조물이고 근본적으로는 즉각적이고 개별적인 콘텍스트에 기초한다. -중략- 많은 학자들은 하위 레벨의 범주가 원형을 반영한다고 가정한다. 그러나 하위 레벨은 신체와 두뇌의 개별성, 개인적인 삶의 공간의 특성에 의해 주어진 일련의 환경과 인간의 감각이 최적의 상태로 상호작용하는 단계이다. 이러한 사실은 인간의 체현이라는 측면에서만 설명될 수 있다.
   Joanna Gavins and Gerard Steen, op. cit., p. 27.

텍스트를 일방적으로 수렴하는 정해진 목표가 아니라 의미를 이해하는
동안에 역동적으로 만들어지는 것이다.

4.2. 개념은유 분석의 문제점

개념은유에 의한 분석은 현재 우리나라의 인지시학 비평에서 가장 많
이 원용되는 방법이다. 레이코프와 존슨과 터너는 공동저서를 통해서
개념은유의 위계 관계를 시작품에도 적용해 왔다. 이들의 이러한 작업,
특히 개념은유의 근본영역은 이상적인 인지모델, 틀, 스크립트처럼 구체
적 언어표현의 원형으로 간주되어 인지시학 비평의 인덱스로 활용되고
있다. 여기에는 몇 가지 문제점이 있다.

첫째, 레이코프 등이 창안한 개념은유는 해당 문화의 반영일 뿐, 문화
보편적인 개념이 아니다. [죽음은 해방이다], [죽음은 안식이다] 개념은
유는 기독교적 세계관을 함축한다. 불교적 세계관으로 본 죽음의 개념
은유는 [죽음은 반복이다]가 된다. 문화를 고려하지 않은 개념은유가 가
진 문제는 틀의미론과 동일하다. <冬天>에서 [좋음은 위이다]는 해당
문맥에서만 적용되는 개념이다. 인지언어학에서 환유를 설명하기 위해
서 고안된[통제받은 것은 통제한 주체를 대신한다]는 개념은유는 '매서
운 새'와 초승달의 전이 관계를 설명하지 못한다. 매서운 새는 전략적으
로 통제받지 않는 속성을 지닌 것으로 명시화된 자연물이다. 그리고 이
통제할 수 없는 자연과 인간 정신의 교감이 <冬天>의 핵심 개념이다.
<冬天>의 주제 개념은 어떤 인덱스에도 의존하지 않고 작품 그 자체의
담론에서 스스로 드러난다.

개념은유는 우리나라의 인지시학 비평에서 절대적 진리치로 간주되
어 활용되고 있다. 인지시학을 개척한 일련의 학자들의 개념은유는 그

들이 인용한 시작품의 담론에만 적용되는 특수적인 것이다. 그 담론과 논자가 분석하려는 시 작품의 담론이 일치하더라도 그것이 비교문학적 관점을 취한 논문이 아닌 이상 작품 해석의 근거가 될 수 없다.

둘째는 인지시학이 취하는 개념은유의 관점 문제이다. 인지언어학이 인지시학으로 발전할 수 있었던 결정적인 원인은 인지언어학자들의 은유에 대한 관심 덕분이었다. 그러나 시 분석에 적용된 인지언어학의 은유이론에는 본질적인 문제점이 있다. 인지언어학에서 은유는 'A는 B이다'로 표현된다. 이 때 개념 'A'를 목표영역(target domain)이라 하고 개념 'B'를 근원영역(source domain)이라고 한다. 개념 'A'는 개념 'B'의 관점을 구조적으로 사상한다. 그러나 목표영역은 근원영역의 모든 세부구조를 사상하지 않는다. 만일 구조를 모두 사상한다면 하나의 개념이 다른 관점을 통해 이해될 필요 없이 실제로 다른 개념이 될 것이다.[24] 레이코프 등은 사상된 구조와 그렇지 않은 구조를 부각과 은폐로 구분하고 은폐된 구조는 비유적이고 시적이고 화려하고 또는 몽상적인 사고의 범위[25]로 확장할 수 있는 잠재성을 가진다고 말한다. 그러나 이러한 설명은 은유에 대한 모호한 관점을 제공할 뿐이다.

1. A는 B이다
2. 이론은 건물이다
3. 그 논문을 지탱하는 이론적 기반은 인지언어학이다.
4. 그 논문의 이론적 기반은 완전히 무너졌다.
5. 그 논문은 지하에 보일러실이 있고 옥상에 물탱크가 있다.

---

24) 노양진·나익주 옮김/ George Lakoff and Mark Johnson, ≪삶으로서의 은유≫, 서광사, 1995, 32쪽.
25) 위의 책, 33쪽.

3, 4는 [이론은 건물이다] 개념은유가 일상 언어에서 작동된 경우이다. 반면 5는 [이론은 건물이다]의 개념은유의 은폐된 부분으로서 매우 이례적이고 특수한 화행적 상황에서만 발생할 수 있다. 레이코프 등은 3, 4는 살아 있는 은유이고 5는 희미한 불꽃(레이코프에 의하면)만이 남아 있는 은유라고 말한다. 은유의 삶과 죽음은 일상생활이나 텍스트에서 그 표현이 축자적으로 쓰이느냐 비유적으로 쓰이느냐, 반복적이냐 일시적이냐, 동일성의 구조와 정합성을 갖느냐 갖지 않느냐에 따라서 갈린다. 이러한 은유의 관점은 문학적 은유의 관점과 정확히 반대이다.

이질적인 두 개념의 결합에 대한 심리적 충격은 닮음이 압도적으로 인식되고 반복을 거듭될수록 감소된다. 구조적으로 닮은 부분은 개념의 기원이 되었던 은유의 모체(근원 영역의 개념구조)에서 떨어져 나와 하나의 기능으로서 독립한다. 3에서 '지탱하다'는 건물을 근원영역으로 가지는 것이 아니다. '지탱하다'를 통해서 건물의 개념은 활성화되지 않는다. 그것은 하나의 축자적 표현이다. 마찬가지로 '무너지다'는 건물에 대한 하위 개념이 아니라 '지탱하다'와 동급으로 교체된 개념이다. 은유가 있다면 건물에 대한 이론의 은유가 아니라 '지탱하다'와 '무너지다'에 대한 건물과 이론의 은유이다. 이러한 은유의 관점은 야콥슨이 말한 선택의 축(은유)이 배열의 축(환유)으로 투사되는 언어의 구성 원리의 다름 아니다. 야콥슨의 방법으로 말하면 '지탱하다'는 건물, 이론과 환유 관계에 있고 '무너지다'와는 은유 관계에 있다. 이것은 일반 언어의 구성 원리이지 문학적 은유의 구성 원리가 아니다.

5는 문학적 은유이다. 이것이 문학적 은유인 이유는 두 개념 사이에 닮음이 철저하게 배제되어 있기 때문이다. 건물에는 보일러실과 물탱크가 있지만 이론에는 그와 은유적으로 대응할 수 있는 개념이 없다. 이론에 보일러실과 물탱크를 결합시키기 위해서는 건물의 개념에 대한 활성화가 필요하다. 이 활성화는 다름을 기초로 한다. <冬天>의 몇몇 개념 은유를 구조화시키면 [사랑은 초승달이다], [새는 공격자이다]의 명제가 성립된다. 사랑과 초승달은 둘 다 어떤 목표를 향해 성장한다는 공통적 인 속성으로 은유 관계가 성립된 것처럼 보인다. 그러나 '성장'은 유기 체의 세포의 증가, 시간의 축적, 주기에 따른 그래프의 증감, 길바닥에 난 발자국, 장마와 폭설 등 거의 모든 사물을 통해서 발견되는 우연적인 속성이다. 사랑과 초승달을 은유 관계로 매개하는 것은 두 사물의 구조 적 유사성이 아니라 담론의 조직을 통해서 다름을 닮음으로 인지하는 시인의 세계에 대한 문제의식과 상상력이다.

개념은유의 은유적 관점은 모든 문학 담론을 일반화시키는 오류를 범 한다. [사랑은 초승달이다] 관점은 일반 언어로부터 일탈을 전략적으로 목표하고 있다. 이 개념은유는 인지언어학의 방법으로 말하면 [성장하 는 것은 감정이다]의 총칭층위 은유와 [식물은 사랑이다]의 거시은유로 소급된다. 이 위계는 어디에서 비롯되었는가? 일반 언어에서 성장과 식 물의 개념은 초승달을 사랑의 개념으로 포섭할 만한 필연성을 갖고 있 지 않다. <冬天>에서 일반성을 일반성으로 지정해 주는 것은 초승달이 라는 특수한 사물이다. 사랑이 초승달에 연결되는 지점에서부터 성장과 식물의 개념은 드러난다. 말하자면 미리 정해진 일정한 은유적 행로를 따라서 초승달이 출현한 것이 아니라 초승달의 출현으로 생긴 새로운 길과 함께 성장과 식물의 개념이 파생되는 것이다. 문학적 은유에서는 오히려 이 새롭게 출현한 길, 사물의 은폐되어 있던 부분이 원형이 되어 야 한다.

인지시학의 실천비평에 적용되는 개념은유의 셋째 문제는 은유의 자 의적 성격에 관한 것이다. 전혀 다른 두 사물의 결합을 가능하게 하는 것은 존재동사인 '~이다'이다. 모든 은유는 '~이다'의 형식을 통해서 드러난다.26) '~이다'의 쓰임이 불가능한 경우는 동일률, 모순율 두 경우 뿐이다. '건물은 건물이다', '건물은 건물이 아니다' 이외에 모든 개념은 통사론을 지키는 정도에서 '~이다'를 통해서 결합될 수 있다. 1의 형식 으로 되어 있는 개념은유는 일반 언어에서는 원형의 역할을 할 수 있어 도 문학적 수사에서는 자의적이다.

> 건물은 이론이다.
> 그 건물은 전시 행정이 배출한 쓰레기이다. (건물은 쓰레기)
> 그 건물은 공기가 없는 명왕성이다. (건물은 행성)
> 이 건물은 미적분 이론보다 더 복잡하다. (건물은 수학공식)
> 전시관 건물은 시간을 잊었던 행복한 하루였다. (건물은 하루)
> 우리가 지은 건물은 우리의 배고픔이다. (건물은 배고픔)

어떤 관계이든 은유가 될 수 있는 가능성은 수없이 많은 담론에 따라 서 형식적으로 완전히 열려 있다. '~이다'는 미리 존재하는 닮음을 은 유의 형식을 통해서 확인하는 것이 아니기 때문이다. '~이다'는 전혀 관련 없는 두 개념을 동일성의 차원으로 끌어들이는 작용을 한다. 이질 적인 두 개념은 의미가 밀착될 때까지 역동적인 인지작용을 일으킨다. 물론 모든 결합이 유의미한 것은 아니다. 좋은 은유와 나쁜 은유는 두 개념 사이의 인력의 운동이 얼마나 지속적이고 역동적이냐에 따라서 결 정된다. 두 개념이 완전히 멀어지는 척력의 경우는 세계의 변경에 대해 서 시인의 창조한 은유가 아무런 대응을 하지 못하는 경우이다. 두 개념 이 완전히 밀착되는 경우는 변경된 세계와 언어의 의미가 동일화되어서

---

26) 모든 표준적 해명은 은유를 바탕에 있는 것으로 가정되는 명제적 형식(예: "A는 B이 다")으로 정형화한다.
노양진 옮김/ Mark Johnson, 앞의 책, 215쪽.

언어가 축자적 표현(지시적 기능)으로 전환된 경우이다. 인력 운동은 세계와 언어 사이가 끊임없는 긴장 관계를 유지하고 있을 때 가능하다. [건물은 배고픔이다] 은유는 노동 착취의 맥락에서 쓰일 때 역동성을 갖는다. 반면 노동에 대한 합리적인 제도가 마련된 사회에서의 이 은유는 죽은 은유가 된다.

세계는 존재하는 것이 아니라 존재화 되어 간다. 은유의 개방적인 결합이 없다면 세계의 변경에 대해서 언어는 무기력해 진다. 기존의 언어 체계가 표현할 수 없었던 새로운 개념의 언어적 실현의 필요성, 세계가 언어를 반영한다고 했을 때 언어를 통한 변혁의 실천, 상투적인 감각에 대한 일신을 위해서 은유는 필요하다. 따라서 은유는 세계를 반영하는 언어의 질서와 대립관계에 있다. 이 대립관계를 화해시키고 전환시키는 언어적 상상력의 기제가 '~이다'의 쓰임이다. 정확히 말하면 '~이다'는 존재동사가 아니라 존재시키는 동사이다. 은유의 자의적 성격은 개념은유의 모든 문제와 맞닿아 있다.

레이코프 등이 개념은유를 통해서 말하고 싶은 근본적인 것은 우리가 세계를 이해하는 방법이 은유적이라는 것이다. 은유가 의미의 기저에서 언어를 조직하고 이해의 정합성을 마련한다는 것은 사실이다. 그 방법은 일반 언어의 어원을 밝히고 우리가 언어를 조직하는 메커니즘을 설명해 준다. 그러나 개념은유는 세계와 언어의 관계가 항상 합리적이어야 한다는 전제에서만 가능하다. 일상 언어의 개념은유와 문학적 은유는 구별되어야 한다.

4.3. 영상도식 분석의 문제점

영상도식의 문제점은 두 가지로 살펴볼 수 있다. 첫째 영상도식이 제

공하는 지식의 범주에 관한 문제이다. <冬天>에서 '내면의 영상: 마음
속 눈썹'은 '외면의 영상: 하늘에 있는 초승달'과 동일한 영상이다. 옮기
어 심는 이식 행위는 두 영상을 동일성의 차원으로 매개한다. 그리고 이
매개하는 과정은 수직운동을 수반한다. '시늉하다'와 '비끼어 가다'는
영상화되는 과정에 차이가 있다. '시늉하다'는 문맥에 따라서 영상이 달
라지는 어휘이다. 다만 문맥에서 제시된 어떤 대상에 대한 모방이라는
도식개념이 있을 뿐이다. 반면 '비끼어 가다'는 [경로 도식]의 차원에서
논의될 수 있다. '매서운 새'가 A지점에서 B지점을 향해 일정한 경로를
따라 이동하고 있는 심적인 영상은 운동근육 프로그램에 저장되어 있는
[경로도식]을 활성화시킨다.

　[경로 도식]에 의해 활성화 된 '비끼어 가다'는 근저에 놓인 개념과
문맥의 전후에서 활성화되는 영상과의 접촉을 통해서 의미를 획득한다.
다시 말하면 '비끼어 가다' 자체는 영상적인 감각을 제공할 뿐, 상위의
개념에 복속되거나 하위의 개념을 통제하지 않는다. '비끼어 가다'에 대
한 특정 문화나 개인 경험의 차이에 의한 가치 부여는 다를 수 있다. 그
러나 '비끼어 가다'가 활성화시키는 목적지, 경로, 도착지에 대한 영상
은 동일하다. 마찬가지로 마음이라는 공간 안에 있는 한 물체가 수직으
로 이동되어 하늘에 옮겨지고, 새라는 자연물이 비행의 경로 와중에 옮
겨진 물체를 비껴가는 영상은 <冬天>의 주제의식과 관계없이 독자에게
주어지는 공간 감각이다.

　공간 감각의 단절된 각 부분과 연쇄적인 운동을 개념화시켜주는 것
중 하나는 해당 운동에 대한 신체의 반복적인 체험일 것이다. 한 운동이
동일한 개념과 반복적으로 연결된다면 그것들은 고정된 게슈탈트를 형
성할 것이다. 그래서 안은 따뜻하고 밖은 춥고 위는 좋고 아래는 나쁘며
균형은 정의롭고 기울임은 부당하다는 개념은유에 이를 것이다. 마크

존슨은 영상도식을 감각의 공통 요소로 파악하는 한편으로 개념은유의
작동원리로 설명한다. 방향과 이동에 개념이 덧붙여진 지향은유와 도관
은유는 영상도식이 개념화된 경우이다. 영상도식의 개념은유화는 앞서
살펴보았던 개념은유와 똑같은 문제에 직면한다.[27]

영상도식이 단편적인 이미지나 일련의 서사적 운동에 대한 심리적인
영상의 규정인지, 영상이 활성화시키는 개념까지를 포함하는 위상학인
지는 명확한 논의가 이루어지지 않고 있다. 어떠한 개념이든 체험으로
부터 발생한다는 가정은 비단 공간 감각에만 적용되는 것은 아니다. '비
끼어 가다'에는 촉각, 후각, 시각, 청각 등 모든 감각이 동반된다. 이중
공간 감각은 단어가 가지고 있는 본래의 위상이 가장 잘 보존된다. 영상
도식을 공간 감각의 차원에만 한정시키는 일은 축자적 의미를 특정 감
각으로 해설해 놓은 것에 불과하다.

도식 이론의 시학적 적용을 위해서는 감각과 개념을 매개해 주는 상
상력으로서의 도식이 어떻게 언어 문법에 투사되는지에 대한 논의가 이
루어져야 한다. 인지언어학의 영어 전치사 연구는 영상도식의 문법적
도식화 고찰의 한 예이다. 그러나 이 경우도 여전히 축자적 의미에서 발
생되는 감각의 질서를 은유적 의미로 확장해 놓는 것에 그치고 있다. 가
령 불멸, 신성, 관계, 의지, 죽음 등 명백히 공간적이지 않는 개념들을
정립된 도식의 차원에서 논의할 수 있어야 한다. 인지시학은 전치사의
연구를 통해서 일정 정도 성과를 이룬 영상도식의 가능성을 기반으로
문화 공동체의 의식이 어떻게 문법 전반을 제어하는가에 대한 도식 이

---

27) 레이코프는 근원영역의 인지적 위상이 목표영역의 개념 구조에 그대로 보존된다는 불
변화 원리(invariance hypothesis)가 영상도식에도 똑같은 방법으로 적용된다고 가정한
다. 이 때 불변하는 것의 범주는 여전히 문제시된다.
George Lakoff, Contemporary theory of metaphor. (2nd edition), Cambridge: Cambridge
University Press, 1993, 215~216쪽 참조

론을 개발해야 한다.

영상도식의 둘째 문제는 번역에서 드러나는 문화적 차이이다. 가시적 (visual) 은유의 경우 명사 대 명사, 동사 대 동사로 번역이 되고 모든 문장 구조가 [A is B], [A는 B이다]의 형식을 취하기 때문에 심각한 번역의 문제는 없다. 반면에 인지시학 은유이론에서 기존의 것과 가장 특징적으로 변별되는 비가시적(invisual) 은유는 대부분 영어의 전치사를 대상으로 한다. 전치사에 대응하는 우리말 문법인 어미나 조사는 전치사에 비하여 의미의 독립성이 낮다. 전치사 'in'의 번역 문제를 살펴보자.

전치사 'in'이 쓰이는 경우는 대부분 '그릇은유'이다. 원래 공간 기술의 차원에서만 쓰이는 'in'이 시간, 인간의 마음, 물질의 상태 등을 기술하는 것에 쓰여 이것들을 그릇에 담긴 물질로 이해하게 한다. '사랑에 빠지다', '마음에 상처가 있다', '시간 안에 해결해야 한다' 등의 표현은 '그릇은유'의 언어적 실례이다. 'in'에 대한 번역어로는 주로 '~에'가 쓰인다. 그러나 '~에'는 그릇(닫혀있지 않는), 표면, 폐쇄의 등을 두루 의미한다. 어떤 시간, 사건, 상태가 공간화내지 물질화되었다는 은유를 표시할 뿐 공간을 구체적으로 영상화 하지 않는다. 이것은 번역상의 문제가 아니라 우리말의 경우 그릇 은유에 대한 문화적 활성화가 영어에 비해서 현저하지 않다는 것을 의미한다.

'Where is he?'에 대한 대답으로 적절한 것은 'He is in school'이고 이에 대한 우리말 번역은 '그는 학교에 있다'이다. 이 때 영어권의 청자와 한국인이 떠올리는 영상에는 차이점이 있다. 영어는 공간을 폐쇄적으로 규정하는 것에 비하여 한국어는 그것이 공간의 한 지점이라는 정보만을 나타낼 뿐이다. 말하자면 '그'가 학교에는 있지만 반드시 '건물 안'에 있는 것은 아니다. 그가 건물 안에 있더라도 그 건물은 폐쇄적인 공간일 필요는 없다. 동양의 관계 중심 문화와 서양의 존재 중심 문화의 차이가 은유의 문법화에서 드러난다고도 볼 수 있다. '그릇은유'는 신체성에 기반한 은유이다. 신체성에 기반한 은유는 (신체가 세계 보편적인 것처럼) 세계 보편적이기 때문에 문화적 환경과 관계없이 통용될 수 있는 것처럼 보인다. 그러나 신체는 보편적이지만 문화는 보편적이지 않다. 우리나라 인지시학 연구자들의 곤란은 상당 부분 특정한 문법구조(영어)를 대상으로 설정된 영상도식을 변형 없이 참조하는 것에서 비롯한다.

5. 맺음말

실재적 세계와 당위적 세계의 간극은 문학의 문제의식이다. 실재적 세계는 도식의 세계이고 당위적 세계는 일탈의 세계이다. 문학에서 실재적 세계의 미리 존재하는 도식은 명제의 직접적 언급이 아니라 쇄신을 목적으로 하는 도식의 은폐된 부분을 통해서 암시된다. 일반 언어의 틀, 스크립트, 개념 은유는 그러므로 인덱스의 대상이 될 수 없다. 각종 이론서가 제공하는 서구 문화 기반의 일련의 원형을 실천 비평에서 사용하는 일은 지양되어야 한다.

문학이 '아니다'라고 말하기 위해서는 담론상황이 전제하는 문화공동체의 도식을 전제해야 한다. 그 도식은 반성 없이 진행되는 일상적 삶의 흐름이고 세계에 대한 자동적인 의식이다. 일반 언어에서 부각된 도식은 문학 언어에서는 배면으로 물러난다. 반면 일반 언어에서 은폐되었던 도식은 문학 언어에서는 전면으로 등장한다. 문학 언어에서 '~이다'의 쓰임은 은폐된 도식을 전면으로 등장하게 한다. 문학 언어에서 '아니다'와 '~이다'는 도식과 쇄신 도식, 구태와 창조, 순응과 일탈을 부각하거나 은폐하는 술어이다. 두 술어가 접하고 있는(point of accessing) 거대한 지식망은 문화공동체의 문화 지식이다. 구태이든 쇄신이든 문화지식은 세계 도식(스톡웰이 말한)에 대해서 이해의 근거를 제공한다. 그러나 도식의 가장 근접한 개념으로서 '문화공동체의 문화 지식'이라는 용어는 백과사전식 지식이나 네트워크 이론만큼 모호하다.

언급한 것처럼 도식은 인지시학 방법론의 중요한 개념이다. 그러나 도식에 대한 개념은 불명확하다. 현재 실천비평에서 사용하고 있는 도식의 개념은 불변화 원리에서부터 가변적인 문화 형태 장르의 문제, 논리적 함수관계까지를 포함하고 있다. 도식을 주요 개념으로 사용하면서 사실상 도식 자체에 대한 이론 연구는 부재한다. 인지시학 실천비평의 모든 문제는 도식 이론의 부재에서 비롯한다. '아니다'라고 말하면서 구태의 도식을 상기시키지만 '이다'에 대한 새로운 근거를 제시하지 못한다. 이글 역시 실천 비평에 대한 부정적 요소만을 제시하고 있을 뿐이지 도식 일탈의 근거와 의의에 대해서 명확한 근거를 제시하지 못하는 한계를 보이고 있다. 다만 현재의 수준에서 영상도식은 문법에 투사된 감각의 질서로서 도식 이론 정립의 가능성을 보여 준다.

인지시학에서 세계 도식과 언어 도식의 이원적인 분리는 시학의 정체성과 관련된다. 세계 도식에 관한 연구는 역사주의 비평방법의 문화적 접근이 되고 언어 도식에 관한 연구는 형식주의와 구조주의의 변형이 될 것이다. 인지시학은 문화의 내용이 언어의 형식에 어떻게 투사되는지를 탐색해야 한다. 언어가 종합적인 인지능력의 결과라는 인지언어학의 전제는 언어 형식의 자립성을 훼손하지만 동시에 언어의 형식 자체로 삶과 문화에 대해서 더 많은 것을 해명해 줄 수 있는 가능성을 열어 준다.

참고문헌

1. 국내문헌
- 학위논문

류명심, <김종삼 시 연구: 담화체계 및 은유를 중심으로>, 동아대 박사, 1999.

이동순, <조태일 시의 인지시학적 연구>, 단국대 박사, 2010.

이송희, <서정주 시 텍스트의 인지시학적 연구>, 전남대 박사, 2008.

이승철, <정지용 시의 인지시학적 연구>, 전북대 박사, 2011.

2. 단행본

김두식·나익주 옮김/ D. Alan Cruse and Willam Croft, ≪인지언어학≫, 서울: 박
    이정, 2010.

김희정 옮김/Immanuel Kant, ≪순수이성비판≫, 서울: 일신서적출판사, 1991.

노양진·나익주 옮김/ George Lakoff and Mark Johnson, 서울: ≪삶으로서의 은유≫,
    서광사, 1995.

노양진 옮김/ Mark Johnson, ≪마음 속의 몸≫, 서울: 철학과현실사, 2001.

양병호, ≪한국 현대시의 인지시학적 이해≫, 서울: 태학사, 2005.

이기우·양병호 옮김/ George Lakoff and Mark Turner, ≪시와 인지 - 시적 은유
    의 현장 안내≫, 서울: 한국문화사, 1996.

이정화·서소아 옮김/ Peter Stocwell, ≪인지시학 개론≫, 서울: 한국문화사,
    2009.

이정화 외 옮김/ Zoltan Kovecses, ≪은유≫, 서울: 한국문화사, 2003.

임지룡·김동환 옮김/ David Lee, ≪인지언어학 입문≫, 서울: 한국문화사, 2003.

임지룡·김동환 옮김/ M. Sandra Pena, ≪은유와 영상도식≫, 서울: 한국문화사,
    2006.

3. 외국문헌

Gavins, J. and Steen, G., Cognitive Poetics in Practice, Abingdon(Oxon): Routledge, 2004.

Lakoff, G., Contemporary theory of metaphor. (2nd edition), Cambridge: Cambridge University Press, 1993.

Tsur, R., Toward a Theory of Cognitive Poetics, Amsterdam: Elsevier, 1992.

■ 편집자 주석

1) 인지시학(cognitive poetics): 1990년대에 대두한 인지의미론적 분석틀을 기본으로 하여 시작품의 인지체계나 상상력의 구조를 밝히는 방법론이다. 언어의 인지 과정에 주목하여 언어의 고정적 의미가 아닌 의미의 생성 부여 과정에 대해 탐구한다. 그리하여 언어로 제시된 의미가 어떠한 인지 과정을 통하여 형성되었는가에 논의의 초점을 둔다.
2) 도식(schema): 도식이란 동적인 질서부여의 활동들에 갖추어지는 반복되는 패턴, 형, 규칙바름을 말하는 것이다. 골격의 형태로 구조화된 개념관계를 도식(schema)라고 할 때, 이 도식을 채우고 있는 요소들을 구실(Slot)이라고 한다.
3) 틀(frame): 틀을 통해서 한 단어의 의미가 규정되는 것이 아니라 단어를 통해서 틀이 규정되며 인지시학에서 이는 세계를 바라보는 우리의 관점을 제공한다. 한 작품의 문학적 의의는 기존의 틀을 은유적으로 보여주는 것이 아니라 틀을 재구성하여 사물이나 사건을 새로운 관점 아래 놓이게 하는 것이다.
4) 개념은유(conceptual metaphor): 개념은유에서 은유는 단순한 언어의 문제, 즉 낱말들의 문제가 아니다. 이 용어는 인간의 사고 과정의 대부분이 은유적이라는 말을 함축한다. 이는 인간의 개념체계가 은유적으로 구성되고 규정된다는 말의 의미를 나타내며 언어적 표현으로서 은유가 가능한 것은 바로 인간의 개념체계 안에 은유가 존재하기 때문이다.
5) 영상도식(image schema): 영상도식이란 인간의 신체운동, 대상의 조작, 그리고 지각적 상호작용에 되풀이되어 나타나는 패턴이다. 우리가 이해하거나 추리할 수 있는 의미 있고도 서로 결합된 경험을 갖기 위해서는 행동, 지각, 개념 작용이 패턴과 질서를 갖추지 않으면 안 된다.

※ 이 글은 『건지인문학』 제 7집에 실렸던 것을 새로 다듬은 것입니다.

백석시의 로컬리티 연구

[해 설]

◉ 목적 및 특성

백석은 <定州城>을 비롯하여 400여 편이 넘는 시를 남겼다. 그중 공간의 이름으로 남긴 시가 50여 편이 넘는 것으로 볼 때 백석이 공간에 남다른 관심을 가졌다는 것은 쉽게 짐작할 수 있다. 백석은 특히 함흥지역, 서울지역, 만주지역 등으로 거주지를 이동하면서 공간에 대한 편력을 보여준다. 그는 생활공간이 변화될 때마다 시적 대응양상이 달라지는데 이것은 그의 의식 변화와도 무관하지 않다.

백석 시세계의 기저에는 고향 체험이 매개되어 있다. 특히 함흥, 서울, 만주 등의 거주지에서 보여주는 시세계에는 새로운 삶의 조건으로서 정체성과 치유의 장소로서의 고향체험이 자리 잡고 있다.

이 논문에서는 백석의 거주 공간에 따라 고향 체험이 그의 시에서 어떻게 작동하며 백석은 각 공간을 매개로 해서 어떠한 시적 세계를 보이는가, 또한 이를 통해 일제 말, 당대의 근대와 근대성을 사유하는 백석의 시대적 인식을 밝히고자 한다.

◉ 연구 대상 및 방법

인문학에서 로컬리티는 단순히 물리적, 지리적 경계 구분으로서의 특정 지역이 갖는 특성에서 그 지역에 살고 있는 사람들의 삶과 의식을 매개로 하여 생겨난 '중심' 및 '다수'의 가치에 대비되는 '주변' 및 '소수'의 가치 개념으로 사용된다.

이 논문에서는 백석 시의 공간을 분석함에 있어서 '지방'과 '지역'을 포괄하는 '인문학적 로컬리티' 관점으로 살펴보고자 하였다. 백석 시에 나타난 시적 공간을 '로컬' 관점에서 볼 때 상정해야 할 문제는 '보편'과의 관계이다. 이들 관계는 제국과 조선, 중심과 주변, 서구와 전통, 개인과 공동체, 세계와 민족 등 이항 대립을 낳으며 확장된다. 로컬적 관점에서 볼 때 백석의 시 텍스트들에서 특정한 지역이 호명되는 것은 그러한 장소와 공간에는 시인의 독특한 세계관이 함축되어 있다고 볼 수 있다.

이 논문의 연구 대상으로는 고향 '정주'를 소재로 한 <정주성>, 영어 교사로 재직했던 함흥을 소재로 한 <北關>, <膳友辭>, <노루>, <古寺>, <山谷>, <바다>, <丹楓>, 서울을 소재로 한 <넘언집 범 같은 노큰마니>, <童尿賦>, <木具>, 만주를 소재로 한 <북방에서>, <허준>, <국수>, <흰바람 벽이 있어>, <杜甫나 李白같이> 등을 연구 대상으로 했다.

◉ **핵심 내용**

이 논문에서는 일제 말, 백석의 거주 공간 변화를 바탕으로 형성된 민족의식이 이동 공간에 따라 어떻게 표출되었는지 살펴보았다.

일제 말, 중앙으로부터 소외된 함흥은 아이러니하게도 오산학교를 중심으로 민족의식을 배태한 정신적 중심지였다. 백석의 시에서 함흥지역은 정치적으로는 소외되었지만 진취적인 기상으로 역사의 중심에 있었던 기억을 호명하여 한반도 정신적 중심지로서의 위상을 드러낸다. 뿐만 아니라 함흥은 당시의 획일적이고 비인간적인 근대도시적인 삶이 아니라 청정한 자연과의 조화로운 유토피아적인 삶으로 상정하는 지식인의 자긍심이 내재화되어 있다.

반면에 서울은 제국 일본에 종속되는 '지방'임과 동시에 조선내의 지방과의 관계에 있어서는 '중앙'이라는 이중적 위상을 지니고 있다. 이 같은 상황에서 백석은 제국—일본, 서구—근대의 문화 · 문물과는 다른 '조선'의 농경문화에 주목했다. 로컬리티 관점에서 보자면 조선의 특정 지역의 문화, 즉 농경문화의 기억을 호출함으로써 조선이라는 로컬을 구축한 것이다. 근대문물의 중심지 서울에서 서구 문물과 반대되는 것으로 '조선적인 것'을 구축하되 인류의 보편적인 농경문화를 끌어들임으로써 궁극적으로는 정서적인 공감을 불러내어 민족의 정체성을 드러내고자 했다.

만주는 당시 '제국'의 경계 내 위치하고 있으면서 자연, 변방 이미지로 표상되어 있는 공간이었으며, 만주의 지리적 특성은 백석의 만주 체험에는 피식민적 요소와 제국적 요소가 공존하고 있다. 만주 시들은 조선 지식인 백석은 실향 정서, 즉 뿌리 뽑힌 자로서의 '뿌리에의 욕망'을 보여준다. 피식민 상황에서 만주는 세계를 만나는 단위이자 자연적 변방으로서의 존재성을 보여준다.

백석의 시에서 함흥, 서울, 만주라는 로컬리티는 크게 '중심'과 '주변'의 관계성에 기인한다. 백석의 시작품들에는 당시의 중앙 중심적 사고에서 탈중심적 전환을 끌어내고, 식민화된 공간에서 이방인으로 존재하면서 개인과 집단과의 존재방식을 묻는 로컬적 시각이 포함되어 있었다. 이것은 백석의 시가 로컬적 시간을 불러들임으로써 정치 사회적으로 소외되거나 조선의 정체성이 탈각된 공간에서 당시의 식민화된 현실을 해체하고 그러한 비판적 시선을 통해 민족의식을 지향한 것으로 볼 수 있다.

◉ 연구 효과

백석은 일제 말기 식민지 조선의 시인이었다. 그의 시 속에는 영문학을 전공한 보편적 세계인으로서의 자아와 식민지 조선인으로서의 자아가 공존해 있었다. 세계적 보편성과 조선의 로컬성의 공존은 그의 시에 나타나는 로컬리티에 반영되어 있다. 그의 시에 나타나는 장소들, 고향인 정주와 함흥, 서울, 만주는 일제 말, 백석의 당대의 근대성을 사유하는 시대 인식과 민족의식을 엿볼 수 있는 자료들이다. 백석시에 나타난 로컬리티를 연구한 이 논문은 오늘날 지역과 중앙, 세계적 보편성과 지역성의 상관관계, 나아가 개인의 기억과 사회집단의 상관관계, 장소의 형상화와 시적 서정, 세계관과 사회 인식의 관계를 살펴보는 데 중요한 계기를 제공할 것으로 보인다.

1. 머리말

공간과 장소에 대한 문학연구가 활발하게 진행됨에 따라 로컬리티 문학연구[1]가 탄력을 받고 있다. 특히 근대문학의 로컬리티 연구가 활발하게 이루어지면서 암흑기로만 지칭되었던 일제 말기 문학에 대한 연구도 재조명되고 있다. 일제 말기 문학판은 근대성과 근대 극복을 위한 욕망

---

1) 최근 장소와 인간의 관계를 주목하면서 로컬의 다양한 현상과 관계성을 바탕으로 '로컬리티 인문학'이 새로운 학문적 담론으로 부상하고 있다. 부산대학교 한국민족문화연구소에서 ≪로컬리티 인문학≫(2009) 창간을 시작으로 하여 로컬리티 문학 연구가 활발하게 이루어지고 있으며, 지난해 한국근대문학회에서는 '일제 말 한국문학의 로컬리티'에 대한 전국학술대회가 열렸다.

들이 활발하게 각축을 벌였던 것으로 요약할 수 있다. 서구의 제국주의 문물이 근대의 표상으로 들어오면서 근대성이 일상적인 삶의 기준으로 확산되어 가고, 국가 중심의 근대적 기획들은 주변적인 것, 향토적인 것, 전통적인 것들을 소외시켰다. 이러한 서구 추수의 근대적 담론의 영향으로 문학에서는 한편으로는 세계를 지향하면서 다른 한편으로는 지역을 지향하는 양가성을 띠게 된다.[2] 다시 말하면 이러한 현실 속에서 문학은 제국 일본의 문학과 동등한 위상을 확보하고, 나아가 서구의 근대문학의 첨단의 의미를 획득하는 것일 터였다. 그런데 이 시기에 제국 일본에서 영문학을 전공한 백석은 '중심'이 아닌 '로컬'[3]에 남다른 애착을 보였다.

백석은 <定州城>[4]을 발표하면서 본격적인 시단(詩壇) 활동을 한다. 백석이 남긴 시 작품은 400여 편이 넘는다. 그중 공간의 이름으로 남긴 시가 50여 편이 넘는 것으로 볼 때 백석이 공간에 남다른 관심을 가졌다는 것은 쉽게 짐작할 수 있다. 백석은 특히 함흥지역, 서울지역, 만주

---

2) 일제 말기에 근대적 로컬리티를 중심과 주변의 관계성에 기반한 개념이라고 본 정종현(<한국 근대 소설과 평양의 로컬리티>, ≪사이≫ 4, 93쪽.)이나 전통에 대한 논의가 근대를 대립항으로 상정하듯이 로컬에 대한 논의는 중앙을 대립항으로 상정한다고 본 차승기(<동양적인 것, 조선적인 것, 그리고 ≪문장≫>, ≪한국근대문학연구≫ 21, 한국근대문학회, 2010)는 결국 근대 세계 체제에서의 로컬이 세계와 지역, 중심과 주변의 이항대립적이면서도 상호보족적인 관계에 있다는 것을 방증해 준다.

3) 로컬은 흔히 가치 중립적인 수평적 개념으로 사용되어지는 지역(local or region)과 국가 혹은 중앙과의 관계에서 위계성을 내포한 주변 또는 변방이라는 의미로 사용하는 지방이라는 용어와 유사하게 사용되고 있다. 그러나 여기에서는 국가의 중심성에 대비되는 로컬의 주변성에 주목한다는 점과 로컬이 그 자체로 장소성과 정체성, 다양성이 발현되는 장이라는 점을 포괄하는 의미로 쓰고자 한다. 따라서 기존의 지방 또는 지역이라는 용어를 사용할 때 발생되는 학문 분야별 해석 차이, 선입감 등의 문제를 해소하기 위해 로컬 또는 로컬리티라는 용어를 그대로 쓰고자 한다.(이상봉, <인문학의 새로운 지평으로서 '로컬리티 인문학 연구의 전망>, ≪로컬리티 인문학≫ 창간호, 부산: 부산대학교 한국민족문화연구소, 2009, 4, 48쪽 참고)

4) 1935년 8월 31일 ≪조선일보≫에 발표.

지역 등으로 거주지를 이동하면서 공간에 대한 편력을 보여준다. 그는 생활공간이 변화될 때마다 시적 대응 양상이 달라지는데 이것은 그의 의식 변화와도 무관하지 않다. 그렇다면 백석은 왜 '공간'에 남다른 애착을 보였는가? 당대의 현실과 교호하는 다양한 문예이론들이 활발하게 이루어지고, 근대적인 것(modernity)을 감각하고 그러한 삶의 조건들이 이미 기반되어 있었던 백석이 '로컬적인 것'들에 주목해서 상상했던 것들은 무엇인가? 이 논문이 백석 시에 나타난 로컬리티를 주목하는 이유가 여기에 있다.

학문적으로 로컬리티 개념에 먼저 주목한 것은 지리학, 정치학, 사회학 등의 사회과학 영역에서다. 지리학에서는 물리적 · 지리적 환경, 즉 장소성에 바탕을 둔 특정 영역의 경계와 공간적 특질을 밝혀내는 데 주목하는 반면, 정치학에서는 중앙 권력의 하위 단위로서의 지방, 즉 전체와 부분의 관계, 또는 권력의 위계성에 무게를 두고 있다. 사회학에서는 사회적 · 집단적 정체성에 좀 더 많은 관심을 표명한다. 이에 비해 인문학에서는 단순히 물리적, 지리적 경계 구분으로서의 특정 로컬이 갖는 지역(방)성에서 더 나아가 로컬에 살고 있는 사람들의 삶과 의식을 매개로 하여 국가(중앙) 중심적 사고에서 생겨난 '중심' 및 '다수'의 가치에 대비되는 '주변' 및 '소수'의 가치 개념으로 사용한다.5) 따라서 이 논문에서는 백석 시의 공간을 분석함에 있어서 '지방'과 '지역'을 포괄하는 '인문학적 로컬리티' 관점으로 살펴보고자 한다.

백석 시에 나타난 시적 공간을 단순한 '지역' 차원이 아닌 '로컬' 관점에서 볼 때 상정해야 할 문제는 '보편'과의 관계이다. 이들 관계는 제국과 조선, 중심과 주변, 서구와 전통, 개인과 공동체, 세계와 민족 등

---

5) 이상봉, <인문학의 새로운 지평으로서 '로컬리티 인문학 연구의 전망>, ≪로컬리티 인문학≫ 창간호, 부산대학교 한국민족문화연구소, 서울: 혜안, 2009, 4, 49-50쪽 참조.

이항 대립을 낳으며 확장된다. 예컨대 당시 함흥은 중앙으로부터 소외된 지역이다. 그러나 민족의식을 배태한 정신적 중심지로서의 성격을 띠고 있다. 반면에 서울은 국가의 중심지이자 근대 문물의 중심부라는 성격을 띠고 있지만 식민화된 공간에서 보면 제국 일본의 로컬이 될 수 있다. 만주 역시 전체와 부분이라는 역학 속에서 근대적인 의미의 로컬리티를 드러낸다. 그뿐만 아니라 단순한 물리적, 지리적 경계 구분으로서의 특정 로컬이 갖는 지역(방)성과 국지성에서 더 나아가, 로컬에 살고 있는 사람들의 삶과 의식을 매개로 하여, '주변' 및 '소수'의 가치까지 포괄6)하는 인식론적 관점 역시 이 논문에서 따져봐야 할 문제들이다.

이러한 로컬적 관점에서 볼 때 작가의 작품에서 특정한 지역이 호명되는 것은 그러한 장소와 공간에 대해 작가가 개인적 의미와 가치를 크게 부여한 것으로 볼 수 있다. 따라서 백석의 시 텍스트에 구축된 공간역시 단순한 시적 공간으로 설정되었다기보다는 시인의 계획 하에 그의 세계관을 함축한 전략이라고 할 수 있다. 그렇다면 백석은 '로컬'을 매개로 해서 어떠한 시적 세계를 보이는가, 또한 그것은 어떤 의의를 지니는가, 이러한 문제의식이 이 글이 밝혀내고자 하는 과제일 것이다.

백석 시세계의 기저에는 고향 체험이 매개되어 있다. 특히 함흥, 서울, 만주 등의 거주지에서 보여주는 시세계에는 새로운 삶의 조건으로서 정체성과 치유의 장소로서의 고향체험이 자리 잡고 있다. 본고에서는 백석의 거주 공간에 따라 고향 체험이 그의 시에서 어떻게 작동하며 각 공간에 내재하는 로컬적 가치를 어떻게 주체의 심급으로 복원하고자 했는지 살펴보고자 한다. 이를 통해 일제 말, 당대의 근대와 근대성을 사유하는 백석의 시대적 인식을 엿볼 수 있는 계기가 될 것이다.

---

6) 위의 책, 50쪽.

2. 본론

　이-푸 투안(Yi-Fu Tuan)은 환경을 구성하는 근본 요소로 공간과 장소로 보고 인간이 어떻게 세계를 경험하고 이해하는가를 세 가지 범주에서 탐구한다. 경험의 생물학적인 토대, 공간과 장소의 관계, 인간 경험의 범주가 그가 관심을 기울이는 주제다. 그에 따르면 인간은 직·간접적으로 다양한 경험을 하는데 이러한 구체적 경험을 통하여 낯선 추상적 공간은 의미로 가득 찬 구체적 장소가 된다. 그리고 어떤 지역이 친밀한 장소로서 우리에게 다가올 때 우리는 그 지역에 대한 느낌(또는 의식), 즉 장소감(sense of place)을 가지게 된다.[7] 그가 말한 '장소애(topophilia)'란 인간 존재가 자연적 인공적 환경과 맺는 모든 정서적 유대, 특히 장소 및 배경과 맺는 정서적 유대를 의미한다. 다시 말하면 '장소'는 인간 실존의 토대가 되는 체험과 밀접한 관계를 지니며 정치, 사회경제적 관계 속에서 중층적으로 형성되고 역사적으로 구성된 사회문화적 가치를 내재한 공간이다. 이런 맥락에서 볼 때 '장소'는 로컬리티와 밀접한 관련이 있다. 로컬리티는 역사적 시간 속에서 내재화되고 규정된 공간적 성질로 시공간적 총체성을 띠고 있기 때문이다.

　백석의 고향 정주는 신문화의 수용과 신교육 운동에 참여한, 근대적 지식인의 역할을 해 온 오산학교가 자리하고 있는 곳이다. 그뿐만 아니라 평양성, 대동강이 있는 평양과 더불어 서북지역 민족주의 운동의 좌표 역할을 하는 곳이다. 이러한 분위기 속에서 오산소학교, 오산학교, 오산고보를 졸업한 백석이 지식인으로서의 의식이 내재화되었으리라는 것은 쉽게 짐작할 수 있다.[8] 다시 말하면 백석에게 '정주'는 단순히 '고향'

---

7) 이-푸 투안, 구동회·심승희 역, ≪공간과 장소≫, 서울: 대윤, 1999, 6-8쪽 참조
8) 정주아는 오산학교와 얽혀 있는 백석의 가계의 특수성을 고려할 때 백석이 오산학교의

이라는 사전적 의미를 넘어 당시 시대상과 결합된 복합적인 의미망을 지니고 있는데 이러한 고향 체험은 그의 시세계를 관통하는 기제로 작동한다.

일반적으로 고향은 '친숙함' '안정됨' '따뜻함'과 같은 인간의 정신적이고 내면적인 상태의 의미로 쓰이기도 하고, '전통'과 '전통적인 것'을 의미하기도 하며, '이상향'이나 '유토피아'의 개념을 지니기도 한다.9) 또한 역사와 지리 그리고 언어, 시간과 공간, 이동 등은 과거와 현재를 연결하고 미래로 향하는 일체성을 형성한다. 공통의 언어를 구사하고 공동의 습관을 지니는 공간적 일체감을 조성한다. 그리고 이것들이 함께 공통의 기원을 가지며 공통의 문화가 되고 공통의 감정을 양성한다는 내러티브에 의해서 공통의 시공간이 '고향'으로 명명된다.10) 그뿐만 아니라 고향은 개인의 인생관과 세계관이 형성되는 직관의 공간이고, 삶의 행위가 이루어지는 행동 공간이고, 삶의 공간인 것이다. 이러한 직관과 행동, 삶은 개별적인 것이긴 하지만 고향에서는 공동체 삶 속에서 형성되는 것이라 할 수 있다. 이러한 의미에서 고향은 개인의 삶의 정체성과 자기의 삶의 터전이 된다. 백석은 동경 유학에서 돌아온 후 자신의 삶의 터전이었던 고향 '정주'를 소재로 한 <정주성>을 발표한다.

山턱 원두막은 뷔였나 불비치외롭다
헌깁심지에 아즈까리기름의
쪼 는소리가 들리는듯하다

민족주의적 이상을 내재화했다는 가능성을 제시한다. (정주아, <한국 근대 서북문인의 로컬리티와 보편지향성 연구>, 서울: 서울대학교 문학박사 학위논문, 2011, 88-89 참고)

9) 전광식, 《고향》, 서울: 문학과지성사, 2010, 23-24쪽 참고.

10) 나리타 류이치(成田龍一), 《'故鄕'という物語-都市空間の歷史學》, 吉川弘文館, 1998, 90~91쪽. 오태영, <향수(鄕愁)의 크로노토프>, 《한국어문학연구》 제49집, 211쪽, 재인용.

잠자려 조을든 문허진城터
반디불이난다 파 란魂들갓다
어데서 말잇는듯이 크다란 山새 한머리가
어두운 골작이로 난다

헐리다 남은城門이
한울빗가티 훤 하다
날이밝으면 또 메기수염의늙은이가
청배를팔러 올것이다

— <정주성> 전문11)

<정주성>에 나오는 정주는 과거의 고향 정주의 모습이 아니다. 서도
(西都)에서 산수가 가장 아름답고 명족(名族)이 많다는 말이 무색할 정도
로 퇴락한 공간이다. '겨우 불빛만 비치는 산턱 원두막의 적막함, 헝겊
심지에 아주까리기름의 쪼는 소리가 들릴 듯한 고요함, 무너진 성터, 반
딧불이가 파란 혼같이 나는' 음산하고 괴괴한 분위기가 이를 말해 준다.
또 "헐리다 남은 성문"이 휑하게 뚫려 있는 것으로 보아 역사적인 현장
이 오랫동안 방치된 채 보수되지 않았음을 그대로 보여준다.12) 근대 문
물의 세례를 비켜난 정주성의 퇴락한 모습과 날이 밝으면 메기수염을
기른 늙은이가 철 이른 청배를 팔러 온다는 것으로 특징화된 정주성은
더 이상 희망의 공간이 아니다. 그런데도 백석은 그의 첫 발표작으로 고
향 <정주성>을 선택했다.

---

11) ≪朝鮮日報≫, 1935. 8. 30.
12) 정주성은 19세기 말에 일어난 홍경래 난의 역사적인 현장이다. 홍경래 난은 기존 제도
권의 차별로 관직 등용에서 차별 받은 서북인들 사이에서 생겨난 저항지식인들의 운
동으로 3000여 명이 체포되고 2000여 명이 참수된 사건이다. 정주성은 홍경래가 관군
에게 몰려 성에 고립된 채 4개월 동안 대치했던 마지막 항전지이다.

정주성은 당시 시대 상황의 복합적인 내용을 담은 광범위한 의미 범주를 지니고 있다. 즉 퇴락한 고향임과 동시에 민족지향적이라는 위상을 담보하고 있다. 즉 정주는 제국의 근대문물에의 무조건적 추종이나 거부를 넘어선 지점에서 그 존재 의미가 발휘된다. 백석은 이 시를 통해 정치사회적 차별을 받아온 중앙의 변방으로서의 축과 그 중앙의 통치 세력을 불신하는 지역사회의 독자적 발전 양상의 축을 통해 정주에 대한 기억을 작동시키고 있다. 즉 정주는 단순한 지형적인 공간이 아닌 정치, 사회관계 속에서 중층적으로 형성되고, 역사적으로 구성된 사회문화적 가치를 내재한 장소로서의 의미를 획득하고 있는 것이다. 이러한 의식은 중앙 통치의 차별과 배제를 재생산하지 않는 공동체 지향성으로 나타나는데 이는 함흥이라는 공간으로 이동한 후 그 면모를 더욱 확실히 보여준다.

2.1. 함흥, 역사적 공간과 로컬적 상상력

백석은 <정주성> 발표 후 그 이듬해 ≪조선일보≫ 기자직을 사직하고 함흥 영생고보의 영어교사로 부임한다. 함흥에서 거주하는 동안 시를 한 편도 발표하지 않다가 1937년 10월 이후로 <北關>, <膳友辭>, <노루>, <古寺>, <山谷> 등 ≪조광≫에 5편, ≪여성≫에 <바다>, <丹楓> 2편을 한꺼번에 발표한다. 백석의 함흥 거주기 때의 시에 나타난 가장 큰 특징은 그 지역의 역사적으로 공유된 보편적 경험의 공간에 그의 로컬적 시각을 가미함으로써 그 공간을 장소로 재구성한다는 점이다. 즉 백석의 시에 나타난 그 지역의 공간은 자연적으로 주어지거나 고정된 실체가 아니라 "지방의 맥락 속에서 이루어지는 (비)물질적 관계에 의해 능동적으로 구성되는 실체"[13]로서의 장소로 나타난다.

明太창난젓에 고추무거리에 막칼질한무이를 뷔벼익힌것을
이 투박한 北關을 한없이 끼밀고있노라면
쓸쓸하니 무릎은 꿇어진다

시큼한 배척한 퀴퀴한 이 내음새속에
나는 가느슥히 女眞의 살내음새를 맡는다

얼근한 비릿한 구릿한 이 맛속에선
깜아득히 新羅백성의 鄕愁도 맛본다.

— <北關>전문14)

  북관은 함경도라는 로컬리티를 표상하는 장소이다. 백석은 <북관>
에서 함경도 지역의 토속 음식 중 흔한 창란젓을 제시한다. 백석의 시에
서 음식은 나름의 특수한 시적 기능을 가지고 있는데 그것은 대체로 민
족과 민족성 그 자체를 의미한다.15) 본래 음식은 대대로 물려준 조상의
맛이고 그 속에는 대대로 내려오는 조상의 정신이 들어 있다. 이것은 곧
시간의 근원을 향하는 의미이기도 하다. 백석이 거주 공간을 이동하면
서 음식물에 집착한 이유도 이방인으로 떠도는 그에게 음식은 그러한
근원적인 향수를 불러일으키기에 충분했을 터이다.
  이 시에서는 함경도의 "시큼한 배척한 퀴퀴한 이 내음새"와 "얼근한
비릿한 구릿한 이 맛"을 내는 창란젓을 시적 제재로 다루고 있다. 시적
화자는 "시큼한 배척한 퀴퀴한" 냄새를 통해 "女眞의 살 내음새를 맡는
다"라고 표현하고 있다. 냄새는 인간에게 매우 중요하다. 냄새는 사물과

13) 박규택, <로컬의 공간성 이해를 위한 이론적 틀>, ≪한국민족문화≫ 33, 2009, 3,
    161쪽.
14) ≪朝光≫ 3권 10호, 1937, 10.
15) 이선영 편, <백석 시 연구—유재천>, ≪1930년대 민족문학의 인식≫, 파주: 한길사,
    1990.

장소에 특징을 부여해 주며 그것들을 구별할 수 있게 하며 그것들을 확인하고 기억하기 쉽게 해 준다.16) 냄새를 맡는다는 것은 대상을 가장 내밀하게 인지하는 것이다. 그리고 그것이 주는 인상이나 그것이 발산하는 객체를 안으로 깊숙이, 곧 우리의 중심으로 끌어들이며 우리 자신과 밀접하게 동화시키는 것이다.17) 창란젓의 "시큼한 배척한 퀴퀴한" 냄새를 통해 여진의 살 내음새를 맡는다는 것은 이곳 함경도 지역이 여진족이 많이 살았던 곳임을 마음 깊숙이 우리의 중심으로 끌어들인다는 의미이다. 여진은 고구려, 고려, 조선의 지배를 받는 이종족의 대표적인 존재로 민족주의적인 근대 한국사에서는 정체성을 상실한 '타자'18)로 취급받았다. 따라서 강한 '제국'으로서의 면모를 보여주었던 시각에서 바라본다면 당시 민족을 빼앗긴 현실 상황에서의 시적 화자는 "쓸쓸하니 무릎은 꿀어"질 수밖에 없는 것이다. 또한 시간을 더 거슬러 올라가면 신라의 진흥왕은 영토를 확장하여 함흥지역에 순수비를 세워 그곳이 신라 땅임을 천명하고 옛 신라인 경상도 사람을 함경도 지역에 이주시킨 사실이 있다. "얼근한 비릿한 구릿한 이 맛속에선/ 신라 백성의 향수"도 맛본다고 표현한 것도 같은 맥락이라 할 수 있다.

이와 같이 백석은 북관에서는 보편적인 맛이지만 그 지역만의 특정한 음식 맛을 내는 창란젓을 통해 그 지역에 내재되어 있는 역사적 기억에

---

16) 이-푸 투안, 구동회 · 심승희 옮김, 앞의 책, 28쪽.
17) 게오르그 짐멜, 김덕영 · 윤미애 옮김, ≪짐멜의 모더니티 읽기≫, 서울: 새물결출판사, 2006, 173쪽.
18) 조선 전기의 역사에서는 여진과의 관계를 비교적 호혜적, 수평적 관계를 맺었다고 파악하는 입장에서 '교린(交隣)'이라는 틀로 설명해 오고 있지만 ≪조선왕족실록≫과 같이 여진에 대한 자료가 풍부한 기록을 담고 있는 사료를 살펴보면 조선이 여진에 대해 여러 차례 정벌(征伐)을 시도한 제국으로서의 면모가 드러난다. 임지현, 박노자, 이진경, 정다함, 홍양희, ≪근대 한국, '제국'과 '민족'의 교차로≫, 책과 함께, 2011, 129-131쪽 참조

대한 시간의 지층을 끌어온다. 그것은 그 지역의 특정 음식에 대한 단순한 호기심을 그치는 차원이 아니라 그 지역에 녹아있는 시간의 층위들과 자연스럽게 조우하게 함으로써 함경도 지역의 존재감을 다시 한 번 확인하는 시적 전략이라 할 수 있다. 이것은 그 공간이 공유하는 역사와 전통의 영역을 축으로 세우면서 보편적인 지역성을 끌어내어 근원적인 정체감을 확인하고, 궁극적으로는 이를 토대로 미래를 지향하게 한다는 점에서 백석이 획득한 로컬리티라 할 수 있을 것이다.

> 우리들은 맑은물밑 해정한 모래톱에서 하구긴날을 모래알만 헤이며 잔뼈가 굵은탓이다.
> 바람좋은 한벌판에서 물닭이소리를들으며 단이슬먹고 나이들은탓이다.
> 외따른 산골에서 소리개소리배우며 다람쥐동무하고 자라난탓이다
>
> 우리들은 가난해도 서럽지않다
> 우리들은 외로워할 까닭도없다
> 그리고 누구하나 부럽지도않다
>
> 흰밥과 가재미와 나는
> 우리들이 같이 있으면
> 새상같은건 밖에나도 좋을것같다
>
> — <膳友辭> 부분19)

이 시 역시 함흥에서의 체험이 반영되어 있다. '함주시초' 5편 중 한 편인 <膳友辭>는 '친구에게 바치는 글'이라는 의미로 해석된다. 여기서 친구란 시에 제시되어 있는 흰밥과 가자미를 말한다. 흰밥과 가자미는 함경도 지역에서 가장 손쉽게 접할 수 있는 먹을거리로 지역적 특성을

---

19) ≪朝光≫ 3권 10호, 1937, 10.

고스란히 담고 있다. 또한 열거한 해정한 모래톱, 물닭의 소리, 단이슬, 소리개 소리, 다람쥐 등은 근대 도시 모습과 대조된 자연적인 요소로 설정되어 있다. 흰밥과 가재미의 이미지와 이러한 자연 환경은 "세상같은 건 밖에나도 좋을것같다"는 삶의 모습과 잘 어울리는 것들이다. 시적 화자는 그런 삶은 가난해도 서럽지 않고 외로울 까닭도 없으며 다른 누구도 부럽지 않다고 말한다.

이 시는 함주 지역을 여행하면서 쓴 시다. 여행은 달리 말하면 적극적인 공간 체험이라 할 수 있다. 공간을 체험할 때 그 지역에 대한 견문은 필수적이라 할 수 있는데 이러한 견문을 경험하는 것은 공간을 장소화하는 가장 일반적인 방법이라 할 수 있다. 당시 근대 자본주의의 생활양식이 본격화되면서 대도시의 문화가 대중들의 삶 속으로 깊이 침투되는 상황에 비해 함흥은 근대 문물로부터 소외된 곳이었다. 그러한 여건 속에서 전래의 자연적인 요소들이 그대로 공존하고, 그러한 공간과 조화를 이루는 자연과 내면화한 소박한 삶을 모습을 보여준다. 백석은 이러한 청정공간을 체험하면서 소외된 지역에서 근원을 지향하는 이상향의 잠재태로서의 그 존재 의의를 바꾸어 놓는다. 여기에서도 역시 백석의 로컬 의식을 엿볼 수 있다.

> 낮기울은날을 해ㅅ볕 장글장글한 퇴ㅅ마루에 걸어앉어서
> 지난여름 도락구를타고 長津땅에가서 꿀을치고 돌아왔다는 이 벌들을 바라보며 나는
> 날이 어서 추워저서 쑥국화꽃도 시들고 이 바즈런한 백성들도 제집으로 들은뒤에 이곬안으로 올것을 생각하였다
> — <山谷> 부분[20],

---

20) ≪朝光≫ 3권 10호, 1937, 10.

旅人宿이라도 국수집이다

모밀가루포대가 그득하니 쌓인 웃간은 들믄들믄 더웁기도하다.

나는 낡은 국수분틀과 그즈런히 나가누어서

구석에 데굴데굴하는 木枕들을 베여보며

이山골에 들어와서 이木枕들에 새깜아니때를 올리고간 사람들을 생각
한다

그사람들의 얼골과 生業과 마음들을 생각해본다

— <山宿> 전문21)

인용된 두 작품은 각각 ≪조광≫에 발표한 작품의 부분이다. <선우
사>에서 "세상같은건 밖에나도 좋을것같다"라고 하던 시적 화자는
<산곡>에 이르면 함경도 산골짜기로 더 깊이 들어가 겨울 한 철을 지
낼 집을 구하려 한다. 빌릴 만한 집을 찾아간 곳의 주인은 여름에는 더
깊은 산속으로 가서 꿀벌을 치고 가을에는 함주 쪽으로 이주해 있다가
겨울이면 집을 비우고 아랫마을로 내려간다. 화자는 "날이 어서 추워저
서 쑥국화꽃도 시들고/ 이 바즈런한 백성들도 제집으로 들"어간 후에 아
무도 없는 산골에서 혼자 살게 되기를 기대하고 있다. 이 시의 시적 공
간은 근대 국가 중심성에서 배제되고 소외된 곳이다. 예컨대 지리적 중
심지에서 아예 더 멀리 떨어진 곳으로의 동경은 근대 국가가 지향하는
돈, 물질 등 근대적 욕망이 소거되는 장소로 드러낼 수 있는 특성인 셈
이다. 이것은 당시의 근대의 중심적 시각과는 뚜렷한 차별성과 의미를
찾을 수 있다. 당시의 지방은 근대성 중심 지향적 사고가 낳은 낙후성,
무기력, 열등감 문제에 더해 자신의 정체성을 찾지 못한 다양한 당면 과
제를 안고 있었는데 <산곡>에 나타난 시적 공간은 이와는 대비되는 로
컬리티를 지닌 공간으로 드러난다.

---

21) ≪朝光≫ 4권 3호, 1938, 3.

비록 중앙의 중심에서 소외되어 소수성, 주변성, 탈권력성의 여러 어려움이 혼재되어 있는 공간이지만 그러한 어려움으로부터 벗어나 있는 무갈등의 공간이기도 하다.

근대적인 로컬리티는 중심과 주변의 관계성에 기반하는 개념이라고 볼 때 중심이자 전체로서 상정되는 것은 근대문물의 수혜를 받는 대도시라 할 수 있다. 그에 비하면 함경도, 거기에서도 산골짜기로 들어가야 하는 <산곡>의 시적 공간은 도시의 문명과는 확실히 거리가 먼 변방과 주변으로 상정할 수 있다. 백석은 이곳에서 도시 문명의 복잡하고 다양한 혼종성 등의 개입이 소거된 공간으로 재발견하고 거기에 내재된 가치를 발견하려는 시각을 뚜렷하게 드러내고 있다고 볼 수 있다.

<산곡>보다 다섯 달 뒤에 발표된 <산숙>에서는 북방 산간지역의 공간에 시간적 깊이가 더해져 민중들이 살아 숨쉬고 있는 것처럼 느껴지는 시적 형상을 이루고 있다. 시간적 깊이가 없이는 공간을 경험하고 내면화 하는 일은 불가능하다. 북방 산간지역의 먹을거리인 메밀국수를 통해 엿볼 수 있는 삶은 궁벽한 생활의 모습이지만 동시에 이러한 모습은 삶의 친근한 모습이기도 하다. 궁핍함 속에서도 편안함과 친근함을 느끼기 위해서는 시간의 깊이가 필요하다. 국숫집에서 목침에 때를 남기곤 간 사람들을 떠올리며 그들의 '얼굴과 생업과 마음을 생각해 본다는 것에는 목침에 때를 묻히고 간 사람들이 누구이든 살기 위해 애쓰는 그들의 활동과 그들이 지닌 마음 하나하나를 다 이해해 보고 싶다는 의식이 포함되어 있다. 여기에서 백석 시의 공간은 시간의 깊이를 느낄 수 있는 정감어린 시적 대상들로 변모하여 어느새 궁벽한 산간생활이 익숙하고 친근한 장소로 바뀌게 되는 것이다. 백석의 의식이 개인적 삶의 국면을 넘어서 공동체적 지평을 향하고 있음을 감지할 수 있다.

2.2. 서울, 제국의 경험과 '조선적인 것'에 대한 관심

백석은 함흥 생활을 청산하고 다시 서울로 돌아와 ≪조선일보≫에 재입사하게 된다. 기록상으로는 1939년 1월 26일에 조선일보사에 재입사하고 그 해 10월 21일에 사임하였으니 본격적인 서울생활은 10개월 정도라고 할 수 있다. 이 기간에 발표된 작품은 기행시 '서행시초'(1939.11.) 4편을 제외하면 <넘언집 범 같은 노큰마니>(1939.4), <童尿賦>(1939. 6.), <木具>(문장, 1940.2.) 등 몇 편 되지 않는다. 기행시를 제외한 이 시들의 공통적인 특징은 원시적인 고향에 대한 생명의 의지를 통해 '조선적인 것'에 주목하고 있다는 점이다.

백석이 함흥이라는 지역을 떠나 서울로 진입할 당시 서울은 근대 자본주의 문물의 세례를 가장 본격적으로 받은 대도시였다. 당시 조선은 제국—식민지 체제 안에서 일본에 병합되고 제국 일본의 지리적, 문화적 확장 속에서 그 위상을 정립해야 하는 상황에 놓여 있었다. 그중 서울은 제국 일본에 종속되는 '지방'임과 동시에 조선 내의 지방과의 관계에 있어서는 '중앙'이라는 이중적 위상을 지니고 있었다. '중앙 일본/지방 조선인 동시에 중앙 서울/조선의 각 지방'이라는 이중적으로 위계화된 서울에서의 조선 지식인들은 자신이 어디에 위치해 있는지, 그리고 어디를 지향할지 하는 선택의 문제가 고민이었을 것이다.

이 같은 근대 서울의 식민지 경험과 근대성의 문제로 둘러싸인 상황에서 근대 한국의 지식인들은 식민과 피식민 사이의 수직적인 권력관계가 작용하는 자장 안에서 경성(서울)이라는 장소를 중심으로 조선어를 비롯한 조선문화를 지키고 더 나아가 '대동아' 속의 경성의 위상을 기획하면서 새로운 조선문화를 창출하려고 노력했다.[22] 그때 백석은 '조선

---

22) 신승모·오태영, <식민지 시기 '경성'의 문화지정학적 위상에 관한 연구>, ≪서울학

적인 것'의 구축에 관심을 드러낸다. 예컨대 <넘언집 범같은 노큰마니>에서 '조선적인 것'은 조선의 원형적인 모습을 느낄 수 있는 "소거름 내음새 구수한", "욱실욱실하는 손자 증손자", "터앞에 발마당에 샛길에 떠도는 오줌의 매캐한 재릿한 내음새", "망내고무가 잘도 받어 세수를 하였다는 내 오줌빛" 등과 같은 특정 표상체계를 구축함으로써 이루어진다. 즉 백석은 제국-일본, 서구-근대의 문화 · 문물과는 다른 '조선'의 농경문화의 존재방식에 주목했다. 로컬리티 관점에서 보자면 조선의 다양하고 생생한 지역의 삶보다는 특정 지역의 문화, 즉 농경문화의 공유기억을 호출하는 것으로 조선이라는 로컬을 구축한 것이다. 아울러 근대문물의 중심지 서울에서 서구 문물과 반대되는 것으로 '조선적인 것'을 구축하되 인류의 보편적인 농경문화를 끌어들임으로써 궁극적으로는 정서적인 공감을 불러내어 민족의 정체성을 드러내고자 했던 것으로 보인다. <넘언집 범같은 노큰마니>, <木具>, <동뇨부> 등은 그러한 면모를 보여주는 대표적인 작품들이다.

> 집에는 언제나 센개같은 게산이가 벅작궁 고아내고 말같은 개들이 떠들석 짖어대고 그리고 소거름 내음새 구수한 속에 엇송아지 히물쩍 너들씨는 데
> 녯조상과 먼 훗자손의 거룩한 아득한 슬픔을 담는것
> — <넘언집 범같은 노큰마니> 부분[23]

> 봄첨날 한종일내 노곤하니 벌불 작난을 한날 밤이면 으례히 싸개동당을 지나는데 잘망하니 누어 싸는 오줌이 넙적다리를 흐르는 따끈따끈 한 맛 자리에 펑하니 괴이는 척척한 맛

연구≫, 2010, 110쪽.
23) ≪文章≫, 1권 3호, 1939, 4.

첫 녀름 일은저녁을 해 치우고 인간들이 모두 터앞에 나와서 물외포기
에 당콩포기에 오줌을 주는때 터앞에 밭마당에 샛길에 떠도는 오줌의 매
캐한 재릿한 내음새

그리고 또 엄매의 말엔 내가 아직 굳은 밥을 모르던때 살갗 퍼런 망내
고무가 잘도 받어 세수를 하였다는 내 오줌빛은 이슬같이 샛맑앟기도 샛
맑았다는 것이다.

— <童尿賦> 부분24)

五代나 날인다는 크나큰집 다 찌글어진 들지고방 어둑시근한 구석에서
쌀독과 말쿠지와 숫돌과 신뚝과 그리고 넷적과 또 열두 데석님과 친하니
살으면서

구신과 사람과 넋과 목숨과 있는것과 없는것과 한줌흙과 한점살과 먼
넷조상과 먼 훗자손의 거룩한 아득한 슬픔을 담는것

내손자의손자와 손자와 나와 할아버지와 할아버지의 할아버지와 할아
버지의 할아버지의 할아버지와……水原白氏 定州白村의 힘세고 꿋꿋하나
어질고 정많은 호랑이 같은 곰같은 소같은 피의 비같은 밤같은 달같은 슬
픔을 담는것 아 슬픔을 담는것

— <木具> 부분25)

인용된 위의 세 작품은 각각 1939년과 1940년에 ≪문장≫에 실린 작
품의 부분이다. <넘언집 범같은 노큰마니>에 나오는 노큰마니는 증조
할머니를 말한다. 그 할머니는 구더기같이 욱실욱실하는 손자 증손자를
거느리는 일가친척에게 범같이 무서운 존재로 군림하는 신화적인 존재
이다. "사나운 거위와 커다란 개가 떠들썩하게 짖어대고" "소거름 냄새

24) ≪文章≫, 1권 5호, 1939. 6.
25) ≪文章≫, 2권 2호, 1940. 2.

가 구수하게 배어나고" "어린 송아지 까불까불하는" "집에는 아버지, 삼
촌, 외할머니가 있어서 젖먹이를 마을 시원한 그늘 밑에 삿갓을 씌워 하
루 종일 뉘어두고 김을 매러 다니고" 등은 우리의 보편적인 농경문화의
모습이다. 생명의 기운이 약동하는 공간에 대가족 제도의 정신적 지주
로 군림하는 증조할머니가 거주한다는 것은 상당히 중요한 신화적 의미
를 지닌다. 프레이저(George Frazer) 같은 신화학자들이 주장하는 바에
따르면 인류의 기본 신화는 인류가 농경문화로 비약할 때 생겨났다고
주장한다. 즉 신화는 바로 이러한 농경문화와 불가분의 관계에 있다고
할 수 있다. 예를 들면 농경 집단, 기후와 관계있는 가족 등에 관한 것인
데 이 작품은 바로 그러한 면모를 여실히 드러내고 있다. 또한 '구더기
같이 우글우글하는 손자 증손자', '우리 엄매가 나를 가졌을 때 크나큰
범이 한 마리 선산으로 들어오는 꿈'을 꾸어 주고 '증조할머니의 당조카
의 맏손자로 난 것' 등을 대견하게 여기는 것도 신화와 불가분의 관계가
있는 종족 보존, 세대 계승 등과 관련이 있다.

농경 사회에서 여신은 중요한 신화적 상징이 되는데 과거를 미래로
바꾸고 정자를 자식으로 바꾸고, 씨앗을 작물로 바꾸는 자연의 에너지
를 체현해 주는 존재[26]이다. 백석은 이 시에서 노큰마니를 일종의 대지
모신의 같은 생산과 증식의 상징이며 가문의 상징적 수호자 역할[27]을
하는 신화적 존재로 배치하면서 인류의 보편적인 기본 신화를 소환한다.
그래서 우리도 모르는 사이에 집단적 무의식으로 유전되는 우리 민족의
정체성을 보여주고, 나아가 신화적 힘에 의해 세계로까지 확장되어 나
가게 하는 매개물로 작동시키고 있다. 이러한 인식은 당시 서울이 중앙

26) 조지프 캠벨(Joseph Campbell), 과학세대 옮김, ≪신화의 세계≫, 서울: 까치글방, 2009,
63쪽.
27) 이숭원, ≪백석 시의 심층적 탐구≫, 서울: 태학사, 2006. 71쪽 참조.

임과 동시에 지방이라는 이중적 구조를 안고 있지만 이 두 인식이 서로 충돌하지 않기 위해 근대의 세계가 아닌 신화적, 원형적, 토속적인 시세계를 보여줌으로써 조선의 위상을 강화하는 전략으로 볼 수 있다.

한편 <동뇨부>에서는 유년의 화자를 통해 원형적 삶의 공간을 그리고 있다. 봄날 밤에 노곤히 자다가 오줌을 싸던 촉감, 여름철 텃밭에서 풍겨오던 매캐한 오줌냄새, 겨울밤 새끼 요강에 누던 오줌의 경쾌한 소리, 고모가 세수를 할 정도로 맑았던 어린 날의 오줌 빛 등을 통해 확인할 수 있다. <목구>에서도 대가족 제도에서의 농경문화를 엿볼 수 있다. 목구는 제사에 사용되는 나무 제기를 말한다. 목구의 역할은 후손들의 기원과 조상들의 혼령을 이어주는 것이다. 그런 점에서 <목구>는 "먼 녯조상과 먼 훗자손의 거룩한 아득한 슬픔을 담는것" 이기도 하고 "水原白氏 定州白村의 힘세고 꿋꿋하나 어질고 정많은" 마음은 조상으로부터 먼 정주 백촌에 집성촌을 이루는 후손에 이르기까지 그대로 이어주는 가족적 동질성의 매개물이기도 하다.

근대 대도시인 서울이 조선의 근대의 문물과는 전혀 다른 이질적인 별도의 공간성을 부여받을 때 서울은 예외적인 장소가 되면서 강력한 의미망을 형성하게 된다. 백석은 서울의 화려하고 번다한 시대적 분위기와는 달리 유년시절에 대한 회상이나 토속적인 세계관을 드러냄으로써 서울에서의 근대적 시간관과는 다른 종류의 시간관의 지배를 받는 것을 보여주고 있다. 즉 백석의 시간 인식은 근대적 시간과는 다른 층위로 흐르는 것이다. 화려하고 매혹적인 근대 인식 대신에 세상사와는 무심한 듯한 이러한 태도는 당대 서울을 바라보는 백석의 로컬적인 시각을 보여주는 알레고리라 할 수 있다.

2.3. 만주, 뿌리뽑힘과 '뿌리에의 욕망'

백석이 만주 신경으로 이주해 간 때는 1940년 1월경이다. 만주로 이주한 후 그는 <북방에서>, <허준>, <국수>, <힌바람 벽이 있어>, <杜甫나 李白같이> 등의 작품을 발표한다. 이때 만주라고 하는 '세계'는 이미 '제국'의 경계 내 위치하고 있으면서 한편으로는 "처녀지, 자연 변방의 이미지"[28]로 표상되어 있는 공간이었다. 그래서 그곳에서 식민지 조선인이라는 아이덴티티를 탈각하는 것이 어려운 일이었을 터이다. '세계' 속에 식민지적 요소와 제국적 요소가 이미 공존하고 있는 공간에서 과연 당대의 지식인 백석이 설 수 있는 자리가 얼마나 있었을지 의문이다. 민족, 국가의 상실이라는 비극성에 대한 망각이라는 단순구도에서 볼 때 백석의 만주 체험은 도피적인 행각으로 해석되기 쉽다. 그러나 통치체재로서 국가의 폭력성과 소속의 기원으로서의 민족에 대한 애착이라는 차원으로 나누어 본다면 백석의 만주 체험은 오히려 국가의 폭력적인 경계를 해체하고자 하는 민족의식의 발로로 바라보는 것이 더 타당성을 얻는다고 할 것이다.

백석의 만주 체험은 망명지의 지리적 특성에 따른 것이다. 그러나 만주에서도 '식민지 조선인'이라는 아이덴티티가 소거되는 것은 아니다. 결국 조선 지식인 백석은 실향의 정서, 즉 뿌리 뽑힌 자로서의 '뿌리에의 욕망'을 시를 통해 보여준다.

> 아득한 넷날에 나는 떠났다
> 夫餘를 肅愼을 勃海를 女眞을 遼를 金을

---

28) Prasenjit Duara, 한석정 옮김, ≪주권과 순수성—만주국과 동아시아적 근대≫, 파주: 나남, 2008, 370쪽. 이경재, <이기영 문학의 로컬리티>, 한국근대문학회 제25회 전국 학술대회발표지, 38쪽, 재인용.

興安嶺을 陰山을 아무우르를 숭가리를.
범과 사슴과 너구리를 배반하고
송어와 메기와 개구리를 속이고 나는 떠났다

나는 그때
자작나무와 익갈나무의 슬퍼하든것을 기억한다
갈대와 장풍의 붙드든 말도 잊지않었다
오로촌이 멧돌을 잡어 나를 잔치해 보내든것도
쏠론이 십리길을 딸어나와 울든것도 잊지않었다

나는 그때
아모 익이지못할 슬픔도 시름도 없이
다만 게을리 먼 앞대로 떠나나왔다
그리하여 따사한 해ㅅ귀에서 하이얀 옷을 입고 매끄러운 밥을먹고 단
샘을 마시고 낮잠을 잤다

이리하야 또 한 아득한 새 넷날이 비롯하는때
이제는 참으로 익이지못할 슬픔과 시름에 쫓겨
나는 나의 녯 한울로 땅으로—나의 胎盤으로 돌아왔으나

이미 해는 늙고 달은 파리하고 바람은 미치고 보래구름만 혼자 넋없이
떠도는데

아, 나의 조상은 형제는 일가친척은 정다운 이웃은 그리운 것은 사랑하
는것은 우럴으는것은 나의 자랑은 나의 힘은 없다 바람과 물과 세월과 같
이 지나가고 없다.

　　　　　　　　　　— <北方에서—鄭玄雄에게> 부분[29]

---

29) ≪文章≫ 2권 6호, 1940, 7.

<북방에서>는 1940년 7월 ≪문장≫지에 발표된 작품이다. 여기에는 잃어버린 자신의 정체성과 당시 우리 사회가 처해 있던 망국적 상황으로부터 그 본질을 획득하려는 시적 전략이 담겨 있다. 이 시에서 부족국가의 지명과 사물을 열거해 가면서 마치 그 시대를 살았던 것처럼 시적 전개 방식을 택하고 있는 것은 예전의 기억을 생생하게 회복하기 위해 끌어들이기 위한 시적 전략으로 보인다. 이것은 국권 상실과도 밀접한 관련이 있다. 즉 한 민족으로서 빼앗긴 잃어버린 시간을 찾고자 하는 욕망으로 읽을 수 있다. 여기에 열거된 지명 및 사물의 이름들은 백석의 만주 체험의 의미를 거시적 윤곽으로 드러내고 있다. 말하자면 한반도 북방에 거주했던 옛 종족의 이름을 열거하면서 공간을 환기시킴으로써 개인의 유랑을 집단의 유랑으로 환치시키려는 시도를 보이고 있다. 이것은 자신의 유랑을 통해 한민족의 뿌리 뽑힌 삶을 암시하려는 의도로도 생각할 수 있다.[30] 1연과 2연에서 보면 많은 것들을 배반하고 속이고 떠나왔고, 떠나올 때 보내는 쪽에서도 많이 슬퍼했는데 그것을 외면하고 떠나오게 된다. 고국을 떠나와서 "따사한 해ㅅ귀(해가 비치는 지역)에서 하이얀 옷을 입고 매끄러운 밥을 먹고 단샘을 마시고 낮잠을" 즐기지만 3연과 4연에서 자신의 유랑이 그렇게 떳떳한 일이 아니며 소중한 많은 것을 잃어버린 일이었다는 것을 깨닫게 된다. 현실과 화합하지 못하는 마음은 결국 "아득한 새 옛날이 비롯하는 때 이기지 못할 슬픔과 시름에 쫓겨 나는 나의 옛 하늘로 땅으로—나의 태반으로 돌아"오게 된다. 그러나 "나의 조상은 형제는 일가친척은 정다운 이웃은 그리운 것은 사랑하는 것은 우러르는 것은 나의 자랑은 나의 힘은 없다 바람과 물과 세월과 같이 지나가고 없"어 실향(망국)의 상실감을 탈각시키지 못

---

30) 이숭원, 앞의 책, 78쪽.

함을 보여주고 있다.

이러한 상실감은 시인이 느끼는 '새 옛날'과 '나의 옛 하늘과 땅' 사이에서 느껴지는 거리감에서 명시적으로 드러난다. '새 옛날'이라는 표현은 시인이 느끼는 시간의 방향이 현실의 시간의 흐름과 다르다는 것을 의미한다. 즉 시간의 흐름은 과거에서 미래로 나아가는 것이 아니라 옛날의 새로운 연장이다. 시인의 정신적인 기원은 과거의 어느 시점에 머물러 있으며 그 시공간으로부터 시간의 흐름이 시작된다는 의미이다. 백석의 시에서 이 공간은 정주에서 보낸 유년기이다.[31] 그러나 그는 그 상황을 떠나와야 했고 지금은 뿌리 뽑힌 자로서의 모습을 드러내고 있다. 그것은 자신의 선택에 의해서라기보다는 망국의 현실을 간과하지 못하고 유년 시절부터 내재되어온 민족의식에 의해 스스로 형성한 일종의 신경증에서 비롯된다고 볼 수 있다. 이것이 조국 상실로 인해 현실에서 정착하지 못해 떠도는 감정이요, 세상과의 거리감이다. 이러한 시적 의식은 <허준>, <국수>에서도 여실히 드러난다.

당신의 그 고요한 가슴안에 온순한 눈가에
당신네 나라의 맑은 하늘이 떠오를것이고
당신의 그 푸른 이마에 삐여진 억개쭉지에
당신네 나라의 따사한 바람결이 스치고 갈것이다

높은산도 높은 꼭다기에 있는듯한
아니면 깊은 물도 깊은 밑바닥에 있는듯한
당신네 나라의 하늘은 얼마나 맑고 높을것인가
바람은 얼마나 따사하고 향기로울 것인가
그리고 이 하늘아래 바람결속에 퍼진

---

31) 정주아, 앞의 논문, 98쪽.

그 풍속은 인정은 그리고 그말은 얼마나 좋고 아름다울 것인가

사람은 모든것을 다 잃어벌이고 넋하나를 얻는다는 크나큰 그말을
　　　　　　　　　　　　　　　　　　　— <許俊> 부분32)

　　이것은 아득한 녯날 한가하고 즐겁든 세월로 부터
　　실같은 봄비속을 타는듯한 녀름 볓속을 지나서 들쿠레한 구시월 갈바
람속을 지나서
　　대대로 나며 죽으며 죽으며 나며 하는 이 마을 사람들의 으젓한 마음
을 지나서 텁텁한 꿈을 지나서
　　집웅에 마당에 우물든덩에 함박눈이 푹푹 싸히는 여늬 하로밤
　　아배앞에 그어린 아들앞에 아배앞에는 왕사발에 아들앞에는 새끼사발
에 그득히 살이워 오는것이다.
　　이것은 그 곰의 잔등에 업혀서 길여났다는 먼 녯적 큰마니가
　　또 그 집등색이에 서서 자채기를 하면 산넘엣 마을까지 들렸다는
　　먼 녯적 큰 아바지가 오는것같이 오는것이다

　　이 조용한 마을과 이마을의 으젓한 사람들과 살틀하니 친한것은 무엇
인가
　　이 그지없이 枯淡하고 素朴한것은 무엇인가
　　　　　　　　　　　　　　　　　　　— <국수> 부분33)

　　식민지적 상황, 망국의 상황에서 '로컬'은 세계를 만나는 단위가 된
다.34) 로컬로서의 만주는 제국으로서의 중심을 소거한 자연적 변방으로
서의 존재성을 보여준다.35) 시인이 위의 인용된 ≪허준≫에서 보여주는

---

32) ≪文章≫ 2권 9호, 1940, 11.
33) ≪文章≫ 3권 4호, 1941, 4.
34) 정주아, 앞의 논문, 81쪽.
35) 프라센지트 두아라(Prasenjit Duara), 한석정 옮김, ≪주권과 순수성-만주국과 동아시아
　　적 근대≫, 파주: 나남출판사, 2008, 370쪽.

것도 바로 그러한 맥락으로 보인다. "모든 것을 다 잃어버리고 넋 하나를 얻는다"는 정신의 자세가 귀중하다는 생각이 드러나 있다. 이러한 생각은 일제 강점하 상실과 수탈의 시대에도 시련을 견뎌낼 수 있는 정신의 기틀을 마련해 준다는 점에서 적지 않은 가치를 지닌다. 정신의 지속적인 영역을 축으로 세우면서 망국 시대에 미래를 향한 지속적인 희망을 갖게 하는 근거가 되기 때문이다.

이러한 시적 세계를 엿볼 수 있는 또 다른 작품으로 <국수>를 들 수 있다. 망국의 상실감을 정치적 지형도 속에서가 아니라 대대로 내려오는 전통음식을 통해 중심과 주변, 과거와 현재, 미래의 구분을 해체해 버린다. "아득한 옛날 한가하고 즐겁든 세월로부터 실 같은 봄비 속, 타는 듯한 여름 볕 속, 들쿠레한 구시월" "아배 앞에 그 어린 아들 앞에 아배 앞에는 왕사발에 아들 앞에는 새끼사발에 그득히 담아 오는"에서도 알 수 있듯이 오랫동안 조상 대대로 이어오는 음식은 중심과 주변의 경계가 없으며 현재는 물론 먼 훗날의 자손들도 이 음식을 먹을 것이라는 역사적인 시각을 놓치지 않고 있다. 이것은 국가상실과 시대에도 음식문화의 연맥은 사라지지 않는다는 점을 주목하여 모든 것이 바뀌어도 우리 민족의 마음은 면연할 것이라는 의미를 가장 일반적인 음식 국수를 통해 보여주고 있다. 결국 이 시에서 백석은 뿌리 뽑힌 자의 정서를 뿌리내림에 대한 갈망을 허준이라는 한 인물의 태도와 정신을 통해, 또 전통음식 국수를 매개로 명시하고 있는 것이다.

3. 맺음말

이 논문에서는 일제 말, 백석의 거주 공간 변화를 바탕으로 형성된 민족주의 의식을 로컬리티라 명명하고 이러한 민족의식이 이동 공간에 따라 어떻게 표출되었는지 살펴보았다. 일제 말, 한반도의 변방 국경 지대로 중앙으로부터 소외된 함흥은 아이러니하게도 오산학교를 중심으로 민족의식을 배태한 정신적 중심지로서의 성격을 띠고 있다. 즉 정치적으로 동질성을 의심받으면서 로컬의식을 내재화한 공간이라는 점에 주목했다. 이로 인해 백석의 시에서는 함흥지역이 정치적으로는 소외되었지만 진취적인 기상으로 역사의 중심에 있었던 기억을 호명하여 민족의식을 자각함으로써 한반도 정신적 중심지로서의 위상과 등가를 이룬다. 그뿐만 아니라 당시의 획일적이고 비인간적인 근대문물의 도시적인 삶이 아니라 청정한 자연과의 조화로운 삶을 유토피아적인 꿈으로 상정하는 지식인의 자긍심이 내재화된 로컬적인 시각을 살펴보았다.

　반면에 한반도의 중심지이자 근대 문물의 중심부라는 성격을 띠고 있는 서울은 식민화된 공간에서 보면 제국 일본의 로컬이 될 수 있다. 즉 서울은 제국 일본에 종속되는 '지방'임과 동시에 조선 내의 지방과의 관계에 있어서는 '중앙'이라는 이중적 위상을 지니고 있다. 이 같은 상황에서 백석은 제국—일본, 서구—근대의 문화·문물과는 다른 '조선'의 농경문화의 존재방식에 주목했다. 로컬리티 관점에서 보자면 조선의 다양한 지역의 삶보다는 특정 지역의 문화, 즉 농경문화의 공유기억을 호출하는 것으로 조선이라는 로컬을 구축한 것이다. 근대문물의 중심지 서울에서 서구 문물과 반대되는 것으로 '조선적인 것'을 구축하되 인류의 보편적인 농경문화를 끌어들임으로써 궁극적으로는 정서적인 공감을 불러내어 민족의 정체성을 드러내고자 했던 점을 살펴보았다.

　만주는 당시 '제국'의 경계 내 위치하고 있으면서 한편으로는 "처녀지, 자연 변방의 이미지"[36]로 표상되어 있는 공간이었다. 식민지적 요소와 제국적 요소가 이미 공존하고 있는 백석의 만주 체험은 망명지의 지리적 특성에 따른 것이다. 그러나 만주에서도 '식민지 조선인'이라는 아이덴티티가 소거되는 것은 아니어서 결국 조선 지식인 백석은 실향의 정서, 즉 뿌리 뽑힌 자로서의 '뿌리에의 욕망'을 시를 통해 보여준다. 식민지적 상황, 망국의 상황에서 '로컬'은 세계를 만나는 단위가 된다. 로컬로서의 만주는 제국으로서의 중심을 소거한 자연적 변방으로서의 존재성을 보여준다.

백석의 시에서 함흥, 서울, 만주라는 로컬리티는 크게 '중심'과 '주변'의 관계성에 기인한다. 여기에서 백석의 의식은 제국주의에 대한 무조건적 동화보다는 인류 공동체의 보편지향성에 가깝다는 것을 확인할 수 있었다. 그뿐만 아니라 당시의 중앙 중심적 사고에서 탈중심적 전환을 끌어내고, 식민화된 공간에서 이방인으로 존재하면서 개인과 집단과의 존재방식을 묻는 로컬적 시각을 읽을 수 있었다. 이것은 백석의 시가 로컬적 시간을 불러들임으로써 정치 사회적으로 소외되거나 조선의 정체성이 탈각된 공간에서 당시의 식민화된 현실을 해체하고 그러한 비판적 시선을 통해 민족의식을 지향한 것으로 볼 수 있다.

---

36) Prasenjit Duara, 한석정 옮김, 앞의 책, 370쪽.

참고문헌

1. 1차 자료

고형진, ≪정본 백석시집≫, 파주: 문학동네, 2007.

김재용, ≪백석전집≫, 서울: 실천문학사, 2011.

이숭원, ≪백석 시의 심층적 탐구≫, 파주: 태학사, 2006.

최정례, ≪백석 시어의 힘≫, 서울: 서정시학, 2008.

2. 2차 자료

김양선, <세계성, 민족성, 지방성—일제 말기 로컬(연구)의 상상력과 층위>,
　　　　≪한국근대문학연구≫25, 2011, 7-34쪽.

노용무, <백석 시와 탈식민적 글쓰기>, 중앙어문학회, 2012.

박규택, <로컬의 공간성 이해를 위한 이론적 틀>, ≪한국민족문화≫33, 2009,
　　　　159-183쪽.

신승모 · 오태영, <식민지 시기 경성의 문화지정학적 위상에 관한 연구>, ≪
　　　　서울학 연구≫, 2010, 105-149쪽.

오태영, <향수(鄕愁)의 크로노토프>, ≪한국어문학연구≫49, 2010, 207-234쪽.

이경재, <이기영 문학의 로컬리티>, 한국근대문학회 제25회 전국학술대회
　　　　발표지, 2011.

이상봉, <인문학의 새로운 지평으로서 로컬리티 인문학 연구의 전망>, ≪로컬
　　　　리티 인문학≫ 창간호, 부산대학교 한국민족문화연구소, 서울: 혜안,
　　　　2009, 41-73쪽.

이선영 편, <백석 시 연구—유재천>, ≪1930년대 민족문학의 인식≫, 파주 : 한
　　　　길사, 1990, 194-218쪽.

이창남, <글로벌 시대의 로컬리티 인문학>, ≪로컬리티 인문학≫ 창간호, 부산
　　　　대학교 한국민족문화연구소, 서울: 혜안, 2009, 75-016쪽.

이현승, <백석 시의 로컬리티>, ≪한국근대문학연구≫25, 2011, 119-147쪽.

임지현, 박노자, 이진경, 정다함, 홍양희, ≪근대 한국, '제국'과 '민족'의 교차로≫, 서울: 책과 함께, 2011.

전광식, ≪고향≫, 서울: 문학과지성사, 2010.

정종현, <한국 근대 소설과 평양의 로컬리티>, ≪사이≫4, 2008, 89-127쪽.

정주아, <한국 근대 서북문인의 로컬리티와 보편지향성 연구>, 서울대학교 문학박사 학위논문, 2011.

차승기, <동양적인 것, 조선적인 것, 그리고 ≪문장≫>, ≪한국근대문학연구≫ 21, 한국근대문학회, 2010, 351-384쪽.

게오르그 짐멜, 김덕영·윤미애 옮김, ≪짐멜의 모더니티 읽기≫, 서울: 새물결 출판사, 2006.

에드워드 렐프, 김덕현·김현주·심승희 옮김, ≪장소와 장소 상실≫, 서울: 논형, 2005.

이-푸 투안, 구동회·심승희 역, ≪공간과 장소≫, 서울: 대윤, 1999.

Prasenjit Duara, 한석정 옮김, ≪주권과 순수성—만주국과 동아시아적 근대≫, 파주: 나남, 2008.

■ 편집자 주석

1) 로컬리티: 학문적으로 로컬리티 개념에 먼저 주목한 것은 지리학, 정치학, 사회학 등의 사회과학 영역에서다. 지리학에서는 물리적·지리적 환경, 즉 장소성에 바탕을 둔 특정 영역의 경계와 공간적 특질에, 정치학에서는 중앙 권력의 하위 단위로서의 지방, 즉 전체와 부분의 관계, 또는 권력의 위계성에, 사회학에서는 사회적·집단적 정체성에 좀더 많은 관심을 표명한다.

   이에 비해 인문학에서는 특정 로컬이 갖는 지역(방)성에서 더 나아가 로컬에 살고 있는 사람들의 삶과 의식을 매개로 하여 국가(중앙) 중심적 사고에서 생겨난 '중심' 및 '다수'의 가치에 대비되는 '주변' 및 '소수'의 가치 개념으로 사용한다.

2) 근대성: 근대성이란 근대의 특질을 표현하는 용어이다. 사전적 의미의 근대성이란 봉건적이거나 전제적인 면을 벗어난 성질이나 특징을 의미한다. 근대라는 용어가 결코 좁지 않은 시기를 총람하는 것이므로, 근대성이라는 용어는 전후 문맥에 따라 그 의미를 파악해야 한다. 근대성=modernity는 전통=tradition과 대립되는 개념이다. 근대와 근대성은 다르다. 근대는 시대적 개념이고 근대성은 문화의 양태들에 대한 개념이다. 근대성은 문화의 '성격'을 뜻한다. 근대성은 과학기술과 자본주의적 합리성에 의해 특징지어지는 문화이며 또한 인간의 주체성과 욕망이 긍정되는 문화이기도 하다. 근대성은 형이상학의 거부를 특징으로 하여, 문화의 자율성을 강조한다. 예술가 자신의 주체적 창조가 강조되고 각 장르들 사이의 자율성도 강조된다. 과학기술, 자본주의와 더불어 문화생활이 근대인들의 주요 특징을 이룬다.

3) 토포필리아(場所愛, TopoPhilia): 토포필리아라는 말은 중국계 미국의 인문지리학자 이-푸 투안(Yi-Fu Tuan)이 인간과 환경의 감각적인 것을 결부시켜 만든 용어였다. 투안은 인간과 장소의 정서적 연계성을 장소애라는 용어로 개념화하였으며, 이를 통해 경험의 흐름 속에서 형성된 인간과 환경의 상호관계, 장소의 의미와 경험, 공간과 장소에 대한 감정과 사고, 사람들의 지리공간 상에서의 행태 등을 이해하고자 하였다. 장소에 대한 정서적 유대를 뜻하는 '토포필리아 Topophilia'라는 단어를 통해 지리학자 이-푸 투안 Yi-Fu Tuan은 물질적 환경에 '정서적으로' 묶여있는 인간을 강조한다. 주로 장소에 대한 논의가 공간에 내재되어 있는 정치, 사회, 역사적 배경과 같은 거시적 맥락에 초점이 맞추어져 왔다면 '토포필리아'라는 개념은 공간이 사적 장소가 되는 보다 미시적인 현상에 주목한다. 투안의 장소애 개념은 자연에 대한 감정 이입이 보편화된 동양적 전통과 관련이 있는 것으로 보인다.

4) 공간: 공간의 사전적 의미는 아무것도 없는 비어 있는 곳(空間)이다. 일반적으로 물리적으로나 심리적으로 널리 퍼져 있는 범위를 의미하는 데, 영역이나 세계를 가리키기도 하고 사물과 사물 간의 상관관계에 의해 인식하기도 한다. 따라서 공간은 비어있는 단순한 공허이거나 무제한적인 용기가 아니며, 지각할 수 있는 사물의 존재를 전제로 성립하고 이러한 사물들 간의 관계를 통해 공간 인식의 틀이 형성된다. 공간을 경험할 때 공간을 개별적인 요소로 지각하는 것이 아니라 통합된 힘으로 인지하기도 한다.

5) 기억: 기억(記憶)은 정보를 저장하고 유지하고 다시 불러내는 회상의 기능을 의미한다. 인간은 기억하는 능력을 가지고 있는 동시에 망각하는 기능을 가지고 있다. 기억은 학습, 사고, 추론을 하기 위한 기본적인 기능이다. 인간의 기억은 단기적 작용기억과 장

시간 기억되는 장기 기억이 있다. 또한 지식과 알고 있는 사실들이 포함된 서술 기억(영어: declarative memory)과 의식이 있는 상태에서 회상할 수 있는 선언적 기억이 의식이 없는 상태에서도, 생각하지 않아도 자동적으로 기억할 수 있는 절차 기억, 그리고 과거의 경험이 도움을 주는지 의식하지 못한 상태에서 이 경험들이 현재 임무를 수행하는데 있어 도움을 주는 암묵 기억 (暗默記憶, Implicit memory)이 있다. 이 논문에서는 개인의 기억이 어떻게 사회 집단의 기억과 상호작용하는지에 많은 관심을 기울이고 있다.

※ 이 글은 『건지인문학』 제 7집에 실렸던 것을 새로 다듬은 것입니다.

이승하의 '사진시'에 나타난 시 텍스트와 사진 이미지의 상호매체성 연구

김혜원

목 차

[해 설]

◎ 목적 및 특성

본 연구의 목적은 이승하의 '사진시'에 나타난 시 텍스트와 사진 이미지의 상호매체성을 사진 장르에 따른 사진 수용의 양상, 편집 형식에 따른 매체 결합의 양상, 의미 구성 방식에 따른 매체 혼성의 효과를 통해 고찰함으로써 이승하의 '사진시'가 지향한 시세계와 시문학사적 의의를 규명하는 데 있다.

◎ 연구 대상 및 방법

본 연구는 이승하 '사진시'의 시편들을 사진 수용의 양상, 매체 결합의 양상, 매체 혼성의 효과를 통해 구체적으로 고찰하는 과정에서 수전 손택(Susan Sontag)의 '사진의 윤리성' 개념, 발터 벤야민(Walter Benjamin)의 '생산자로서의 작가' 개념, 롤랑 바르트(Roland Barthes)의 '중계(ancrage)와 정박(relais)'의 개념을 연구 방법론으로 삼았다. 물론 본 연구는 방법론이 작품 분석에 앞서는 연구를 지양하고 문학 연구가 가장 중요하게 수행해야 할 개별 작품 분석에 주력하면서 사진 장르별로 5편, 편집 형식별로 2편, 의미 구성 방식별로 3편, 총 10편의 이승하 '사진시'를 구체적인 분석 대상으로 삼았다.

◎ 핵심 내용

이승하의 '사진시'에 나타난 시텍스트와 사진 이미지의 상호매체성을 연구하기 위해 2장에서 '사진 장르에 따른 사진 이미지 수용 양상'을 먼저 살펴보았다. 이를 통해 이승하의 '사진시'가 저널리즘 사진(photojournalism), 다큐멘터리 사진(documentary photography), 예술 사진(fine art photography), 광고 사진(advertising photography)의 사진 장르를 모두 수용하였음을 밝히고자 하였다. 그 과정에서 첫째, 이승하의 '사진시'가 총 46컷 중 저널리즘 사진을 31컷이나 비중 있게 수용한 것이 그의 정치사회적 의식과 저널리즘 사진의 연관성 때문임을 밝혔다. 「폭력에 관하여-동하 형님께」에서와 같이, 이승하는 전 세계에 횡행하는 폭력 행위를 공권력이 조장하는 것으로 보고, 사회적이고 공적 사진인 저널리즘 사진을 그의 시에 집중적으로 수용하였다. 그러나 이승하는 손택처럼 사실적이고 객관적이어야 할 저널리즘 사진이 지닌 윤리적 역기능도 인식하고 있었다. 그리하여 고통과 빈곤의 이미지가 대중의 즐거움을 위한 오락거리로 소비되거나, 「종이-지식인들에게」에서처럼 특정 이데올로기에 지배되어 편파적 보도를 일삼는 저널리즘 사진을 비판하였음을 확인하였다. 둘째, 「시계를 찬 상제」에서와 같이 이승하의 '사진시'가 다큐멘터리 사진을 수용한 것이 인간의 실존적 삶의 양상과 그 진실을 드러내고자 한 데 있었음을 밝혔다. 셋째, 「빛과 소리」에서와 같이 그의 '사진시'가 감성과 개성과 상상력을 중시하는 예술 사진을 수용하여 내면 세계에 대한 주관적 묘사를 시도했음을 밝혔다. 넷째, 「혀와 아이스크림과 성기-戱畵, 1991년」에서처럼 그의 '사진시'가 자본주의 소비 사회를 이끄는 대중 매체인 광고 사진을 수용하여 성 윤리의 타락을 야기한 물질만능사회를 비판하였음도 밝혔다.

3장에서는 이승하의 '사진시'가 수용한 '시 텍스트와 사진 이미지의 편집 형식에 따른 상호매체 결합 양상'을 발터 벤야민(Walter Benjamin)의 '생산자로서의 작가' 개념을 바탕으로 살펴보고자 하였다. 그것은 벤야민이 유행적 소비품으로서의 사진에 혁명적 사용 가치를 부여한 작가를 '생산자로서의 작가'로 보았듯, 이승하 역시 기존 사진 이미지를 시의 맥락 속에 재구성하여 사진에 새로운 가치를 부여한 '생산자로서의 작가'였기 때문이었다. 따라서 첫째, 그의 '사진시'가 1편의 시에 1컷의 사진을 편집하는 단일 사진 형식을 13편의 시에서 보여주었고, 이 단일 사진은 「이 사진 앞에서」와 같이 현실 세계를 직접적으로 보여주고자 할 때 사용하였음을 밝혔다. 둘째, 그의 '사진시'가 1편의 시에 여러 컷의 사진을 배열하는 포토 스토리 형식을 12편의 시에서 보여주었고, 이 포토 스토리는 「현대의 묵시록」에서처럼 세계 현상을 다원적이고 심층적으로 파악하고자 할 때 사용하였음도 밝혔다.

4장에서는 이승하 '사진시'의 '시 텍스트와 사진 이미지의 의미 구성 방식에 따른 상호매체 효과'를 롤랑 바르트(Roland Barthes)의 '중계(ancrage)와 정박(relais)'의 개념을 빌려 고찰하고자 하였다. 따라서 첫째, 「공포의 한낮」과 같이 시 텍스트가 언어를 매개로 사진 이미지의 단순한 의미를 보충해 주고 사진 이미지의 충격 효과를 시적 감성이나 상상력으로 완화시켜 '중계'하는 시를 분석하였다. 둘째, 「잃어버린 관계」와 같이 사진 이미지의 고정되지 않은 다양한 의미를 특정한 하나의 의미로 '정박'하는 시를 분석하였다. 셋째, 「1960~1980년」과 같이 자신의 시 텍스트는 생략하고 서로 다른 출처에서 인용한 기사와 사진 이미지를 이질적으로 '병치(juxtaposition)'하여 텍스트와 이미지가 미묘하게 교차하는 긴장된 지점을 새로운 의미 공간으로 창조하는 시를 분석하였다.

◉ 연구 효과

이 과정에서 본 연구는 사진 이미지와 사진 제목·캡션·기사 원문 등의 텍스트를 자신의 시 텍스트와 조합하여 이질적인 두 기호 체계의 경계를 허문 이승하의 '사진시'가 휴머니즘을 옹호하는 시세계를 일관되게 펼쳐 왔음을 규명하였다. 사진 매체가 문화 예술 전반에 영향을 미치고 문학 텍스트 역시 영상 이미지와 상호텍스트적 관계를 맺는 매체 변동 상황을 직시하여 '사진시'라는 전위적인 형식과 장르 실험을 선도한 결과, 한국 현대시의 새로운 패러다임을 개척하고 지평을 확장시켰다는 데에서 이승하 '사진시'가 지닌 시문학적 의의를 찾았다.

1. 머리말 : 시와 사진의 상호매체 현황과 이승하의 '사진시'

본 연구의 목적은 이승하의 '사진시'1)에 나타난 시 텍스트와 사진 이미지의 상호매체성을 사진 수용의 양상, 매체 결합의 양상, 매체 혼성의 효과를 통해 고찰함으로써 이승하의 '사진시'가 지향한 시세계와 시문학사적 의의를 규명하는 데 있다. 그것은 이승하가 시 텍스트에 사진 이미지를 도입한 '사진시'를 압도적인 비중으로 발표하여 문학 예술의 표현 영역을 확대하고, 전통적인 서정시와 순수시를 뛰어넘은 실험적이고 독창적인 '해체시'의 영역을 확장해 놓은 시인으로 널리 알려져 있기 때문이다. 물론 이승하는 1984년 시 텍스트에 뭉크의 회화를 수용한 「뭉

---

1) '사진시'라는 이름은 박경혜의 명명을 빌려 왔음을 밝힌다.(박경혜, 「문학과 사진 ─ 장르 혼합의 가능성에 대하여─」, 『현대문학의 연구』 제18권, 현대문학연구학회, 2002, 63쪽.)

크와 함께」로 등단한 이후, 회화·만화 등 다양한 시각 이미지를 시에 도입하여 파격적인 형식 실험을 주도한 바 있다. 그러나 그가 선도적으로 시도한 형식 및 장르 실험은 국내외 신문·잡지·사진집에 실린 사진뿐 아니라 제목·캡션·기사 원문까지 차용한 '사진시'에서 주로 이루어졌다. 시적 사유를 위해 시에 사진을 도입하는 소극적인 방식이 아니라, 사진을 시의 대상으로 삼아 새로운 의미를 창출하는 적극적인 방식으로 문자 매체와 영상 매체의 혼성을 시도하였다.

텍스트와 이미지의 결합, 문자 매체와 영상 매체의 상호매체 현상은 사진이라는 매체의 본질적 특성에서 기인하였다. 19세기 기술적 복제 수단으로 발명된 카메라는 한 시대의 생산 관계와 지각 방식에 깊은 영향을 끼쳐, 예술 형식과 예술적 발상과 예술 개념까지를 획기적으로 바꾸어 놓았다. 특히 지표(index)적 특성으로 '자동 생성'[2]된 이미지로서의 사진, 현실을 있는 그대로 재현하는 '코드 없는 메시지'[3]로서의 사진은 복제성이라는 특성과 함께 모더니즘의 독창성과 원본성의 신화를 깨뜨리고 포스트모더니즘의 상호텍스트적 현상을 주도하였다. 그리하여 문학 예술에서도 시·소설·에세이 등의 장르가 사진과 접목되면서, 사진이 수록된 문학 작품이나 한 작품 안에서 사진 이미지가 구조적인 역할을 수행하는 문학 작품을 일컫는 '사진 문학(picture literature)'이라는 새로운 장르를 탄생시켰다.

---

2) 앙드레 바쟁은 사진을 존재론적 관점에서 파악하였다. 사진을 빛이 중개하여 사물의 특징을 포착한 것, 즉 "최초의 사물과 그 표현과의 사이에 또 하나의 사물(비생명적인 도구, 즉 렌즈 또는 카메라) 이외에는 아무것도 개재하지 않"는 '자동 생성'의 이미지로 보았다.(앙드레 바쟁, 박상규 역, 『영화란 무엇인가?』, 시각과언어, 1998, 19쪽.)

3) 롤랑 바르트는 "사진에서 하나의 파이프는 완강하게, 언제나 하나의 파이프일 뿐이다."라고 말하며, 사진의 형식 곧 기표와 사진이 지시하는 대상물인 내용 곧 기의가 구분되지 않는 특성을 들어 사진을 '코드 없는 메시지'라고 정의하였다.(롤랑 바르트, 조광희·한정식 옮김, 『카메라 루시다』 개정판, 열화당, 1998, 14쪽.)

따라서 이승하는 사진 매체가 문화 예술 전반에 영향을 미치고 문학 텍스트 역시 영상 이미지와 상호텍스트적 관계를 맺는 매체 변동 상황을 직시하여, '사진시'라는 새로운 형식과 장르 실험을 선도하였다. 시집 『폭력과 광기의 나날』(1993)에 실린 시 55편 중 20편, 『생명에서 물건으로』(1995)에 실린 시 55편 중 5편, 『인간의 마을에 밤이 온다』(2005)에 실린 65편의 시 중 3편에서 시와 사진의 상호매체성을 실천적으로 구현하였다. 그러나 이승하가 3권의 시집에 실린 28편의 시편에 총 46 컷의 사진을 수용하였음에도 불구하고, 최근까지 한국 현대시 연구와 비평에서 그의 '사진시'에 대한 본격적인 연구는 진행된 것이 없었다.4) 그러므로 1984년에 등단하여 30여 년간 시작 활동을 펼치며 12권의 시집을 출간한 이승하의 시력이나, 실험성과 독창성으로 이승하 '사진시'

---

4) 이승하 '사진시'에 대한 단편적인 연구 중 본 연구가 주목한 것은 다음 3편의 연구이다. 2002년에 발표된 박경혜의 학술논문 「문학과 사진 ― 장르혼합의 가능성에 대하여 ― 」는 텍스트와 이미지의 관계에 대한 선행 연구가 없는 상황에서 문학과 사진의 관계와 장르 혼성의 가능성을 시사한 매우 의미 있는 연구였다. 그러나 이 논문은 지나치게 범박하고 일반적인 사진론에 치우쳐 다분히 시론적(試論的)인 성격을 띠게 되었고, 시와 사진의 장르 혼성에 대한 구체적이고 실제적인 작품 분석은 이승하의 「공포의 한낮」 단 1편에서만 이루어졌다.
   2009년에 발표된 이홍민의 석사학위논문 「한국 현대시에 나타난 대중매체의 수용 양상 연구」는 한국 현대시가 수용한 대중매체를 탐색하는 과정에서 시와 사진의 상호 매체성을 거론한 연구였다. 그 결과 이 논문 역시 이승하의 「이 사진 앞에서」와 「공포의 한낮」 2편만을 구체적인 분석의 대상으로 한정하였다.
   2014년에 출간된 이승하의 평론집 『한국 시문학의 빈터를 찾아서 2』에 실린 「사진이 들어가는 한국 현대시의 흐름」은 한국 현대시의 사진 수용 양상을 통시적으로 살펴본 연구였다. 1988년 최초로 시에 사진을 도입한 박남철에서부터 황지우, 함민복, 이승하, 신현림, 이승훈에 이르는 '사진시'를 분석하여 한국 포스트모더니즘의 일단을 보여준 '사진시'가 이승훈을 제외한 대부분의 경우 사회참여적 의식을 지향한 것을 확인하고, '읽히는 시'에서 '보여주는 시'로 전환을 꾀한 '사진시'가 시각화와 공간화를 모색했다는 점에서 그 의의를 찾았다. 따라서 이승하의 연구는 한국 시문학사에서 '사진시'가 전개된 양상을 역사적으로 개괄하면서 그 기본 자료를 구축해 놓았다는 데 큰 의의가 있다. 그러나 이 연구도 이승하 자신이나 다른 시인들의 '사진시'에 집중하여 시와 사진의 상호매체성을 심도 있게 연구한 것이 아니기 때문에, 사실상 이승하의 '사진시'에 대한 본격적인 연구는 전무한 실정이라고 볼 수 있다.

가 한국 시문학사에서 차지하고 있는 문학적 위상을 고려할 때 그의 '사진시' 연구의 필요성을 제기할 수 있다. 특히 영상 언어와 영상 매체와 영상 문화에 대한 연구가 불가피한 현 영상 이미지 시대에서, 더구나 사진과 문학의 상호매체성 연구가 진전된 독일을 비롯한 해외 문학의 연구 현황들로 미루어 보아, 이승하의 '사진시'에 나타난 시와 사진의 상호매체성에 대한 연구는 시급히 도전해야 할 과제라고 여겨진다.

그리하여 본 연구는 이러한 학문적, 시대적 요청을 수용하여 이승하의 '사진시'에 대한 최초의 본격적인 작품론이 될 수 있도록 기존 선행 연구가 도출한 문제점과 한계점을 극복하는 방식으로 차별화된 연구 방법을 확보하고자 하였다. 그 결과 이승하 '사진시'의 시편들을 사진 수용의 양상, 매체 결합의 양상, 매체 혼성의 효과를 통해 구체적으로 고찰하는 과정에서 수전 손택(Susan Sontag)의 '사진의 윤리성' 개념, 발터 벤야민(Walter Benjamin)의 '생산자로서의 작가' 개념, 롤랑 바르트(Roland Barthes)의 '중계(ancrage)와 정박(relais)'의 개념을 연구 방법론으로 삼았다. 물론 본 연구는 방법론이 작품 분석에 앞서는 연구를 지양하고 문학 연구가 가장 중요하게 수행해야 할 개별 작품 분석에 주력하면서 사진 장르별로 5편, 편집 형식별로 2편, 의미 구성 방식별로 3편, 총 10편의 시를 구체적으로 분석하고자 한다. 그리하여 기존에 진행된 시론적 · 사진 철학적 · 사진 미학적 접근과는 분명한 차별성을 가지고 사진 매체의 장르와 기능과 미적 특성 등에 입각한 매체 활용성을 부각시킴으로써, 본 연구는 이승하의 '사진시'가 지향한 시세계와 시문학사적 의의를 규명하게 될 것이다.

2. 사진 장르에 따른 사진 이미지 수용 양상

2.1. 저널리즘 사진을 수용한 시

이승하가 '사진시'에서 인용한 총 46컷의 사진 중 31컷이나 되는 사진 이미지는 국내외 신문과 시사 잡지에서 발췌한 저널리즘 사진(Photojournalism)이었다. 정기적으로 발행되는 신문·잡지 등의 인쇄 매체를 주요한 전달 수단으로 하는 저널리즘 사진은 사회의 복잡다단한 사건을 기록하여 보도하는 것을 주된 목적으로 한다. 사건이 발생한 순간의 현장(그때−거기)에 있었던 '사건의 목격자'로서 사건이 실제 일어났음을 입증하는 것을 주요 기능으로 삼기 때문에, 저널리즘 사진은 육하원칙(5W1H)에 의거하여 기술하였음에도 불구하고 미흡함을 보이는 기사(words)의 보도 내용에 신빙성을 부여해 준다. 더구나 저널리즘 사진은 역사의 한 순간에 발생한 사건에 대한 시각적 기록물로서의 사실성과 보도 내용에 조작을 가하지 않는 진실성을 생명으로 사건에 공공적인 뉴스 가치를 부여함으로써, 의제를 설정하고 여론을 형성하며 현실을 개선하는 데 막강한 사회적 영향력을 미쳐 왔다.

도둑질했다고 매를 맞는 흑인 소년이/『TIME』지에 실려 있군요./인류의 역사는 폭력의 역사였습니다./소수민족에 대한, 약소민족에 대한/동족에 대한, 가족에 대한/폭력의 역사였습니다./신을 찬양하고 사랑을 설교하면서도/칼을 휘두르고 방아쇠를 당겨왔으니/폭력은 참 얼마나 자연스러운 행위입니까.//얼마나 자연스러운 반복 행위입니까./폭력은 폭력을 낳고/폭력은 폭력을 확산시켜/큰 폭력이 작은 폭력을 지배할지라도/저는 폭력을 반대하는 자들 편에/가담하겠습니다, 형님./아무리 언어맞을지라도/기절하지 않으면 정신은 더 또렷해졌지요./한 인간의 폭력이 저를 장성케 했을지라도/저는 절망의 힘으로/폭력을 행사한 이를 용서하겠습니다.//아니, 용서

할 수 없습니다./정당한 폭력이, 해방을 위한
폭력이/하늘 아래에 있다 하더라도/폭력이 용
서되어서는 안 될 것입니다.
　-「폭력에 관하여—동하 형님께」 부분, 『
폭력과 광기의 나날』

　* 사진 이미지와 시 텍스트는 시집과 달리
본 연구자가 임의로 편집한 것임. 아래 인용
시에서도 마찬가지임.

　「폭력에 관하여—동하 형님께」에 실린 사진 역시 "『TIME』지에 실린
저널리즘 사진"이다. "도둑질했다고 매를 맞는 흑인 소년"을 촬영한 이
저널리즘 사진은 "폭력"의 현장을 거짓 없이 보여 주는 객관적 자료로
기능하면서, 그 강렬한 이미지로 독자의 감정과 이성에 직접 호소하고
있다. 따라서 이승하는 "흑인 소년"이 당하는 참혹한 현실을 외면하지
않고, "인류의 역사는 폭력의 역사"임을 밝히며 "폭력"에 저항하는 자신
의 입장을 드러낸다. "인류의 역사"에서 자행된 "지배" 세력과 피지배
세력 간의 갈등을 떠올리며, "폭력은 폭력을 낳"기 때문에 어떠한 "정당
한 폭력"도 심지어 "해방을 위한 폭력"까지도 "용서되어서는 안 될 것"
임을 강조한다. 그리하여 "말콤 X는/비폭력이 역사적으로 시대착오라고
했"고 "프란츠 파농은/식민지인은 폭력 속에서, 폭력을 통해/자유를 발
견한다고 했"을지라도, 자신은 "폭력을 반대하는 자들 편에" 설 것임을
비장하게 선언하고 있다.
　이승하가 신문이나 잡지의 맥락 속에 놓여 있던 저널리즘 사진을 비
중 있게 수용하여 시의 맥락 속에 재구성해 놓은 것은 저널리즘 사진과
자신이 견지한 정치적·사회적 입장과의 연관성 때문이었다. 즉 그는

저널리즘 사진이 지닌 사실성과 진실성, 그로 인한 여론 형성의 힘과 사회 개선이라는 공익적 가치를 인식하였던 것이다. 그리하여 이승하는 "매를 맞는 흑인 소년" 사진을 빌려, "폭력"이 동서고금을 통해 지구촌 곳곳에서 자행되고 있음을 폭로한다. 나아가 "저를 장성케" 한 아버지의 "폭력"을 가부장제 권위주의가 낳은 "가족에 대한/폭력" 행위로, 전 세계에 횡행한 인간에 대한 "폭력"을 "소수민족"과 "약소민족"과 "동족"에 대해 공권력이 조장한 "폭력" 행위로 간주한다. 이처럼 이승하는 사회적이고 공적 사진인 저널리즘 사진을 인용하여 내밀한 가족사적 차원의 "폭력"과 공론화된 사회사적 차원의 "폭력"을 동일시하면서, 정치적·사회적 상황에 대한 자신의 입장을 선명하게 밝히고 있다.

그러나 사실적이고 객관적이어야 할 저널리즘 사진은 윤리적 역기능도 지니고 있다. 손택은 『사진에 관하여』[5]에서 이미지의 과잉 시대를 맞은 현대 사회에서의 '사진의 윤리성' 문제를 심도 있게 성찰하였다. 그는 사회의 잘못된 단면을 적나라하게 묘사한 의식화된 사진은 도덕적 충동을 유발시키지만, 고통의 이미지를 계속 보다 보면 현실감이 떨어져 오히려 그러한 사진 이미지가 인간의 양심을 둔감하게 만든다면서 그를 우려하였다. 나아가 손택은 실제 현실과 사진 이미지로 재현된 현실 간의 거리가 타인의 고통을 스펙터클로 소비하게 하고, 그러한 '거짓 이미지'가 미적 대상으로 격상되면서 역사를 생략시킨 사실을 지적하였다. 따라서 사진의 윤리적인 내용은 오래 가지 못하므로, 사진이 단순한 현실의 기록에서 벗어나 보는 이에게 도덕적 영향력을 발휘하려면 정치의식이 먼저 담보되어야 함을 강조하였다.

---

5) 수전 손택, 이재원 옮김, 『사진에 관하여』, 이후, 2005, 36-48쪽.

1
오늘 그대 앞에 놓인 그 종이는
자술서입니까 전향서입니까
쓰자니 손 떨리고 가슴 두근거리는
왜곡 보도하는 기사문입니까
이실직고하는 참회록입니까
그 많은 친일 문인 가운데
참회록을 쓴 이는 없는 대한민국의
지식인들은 오늘도 종이 앞에 앉아 있
습니다
- 「종이—지식인들에게」 부분, 『폭력과 광기의 나날』

　「종이—지식인들에게」는 이승하 또한 이데올로기의 도구로 전락한 저널리즘 사진의 윤리적 역기능을 우려하고 있었다는 사실을 알려 준다. 위의 사진은 경제개발과 자주국방을 내세워 유신헌법을 만들고 종신 대통령을 기획했던 박정희 정권 때 "통일주체국민회의에서 간접투표로 대통령 선거를 하는 장면"[6]을 촬영한 저널리즘 사진이다. 국가나 사회가 이데올로기를 내세워 전략적으로 사용한 사진이자, "권총을 차고서 정계로 진출한 군인들을 옹호하는" 사진인 것이다. 그런데 이승하는 이 사진이라는 "종이" 매체를 빌린 시 텍스트에서 "참회록"·"자술서"·"전향서" 등의 "종이"의 사회적 역할에 대해 질문하고 있다. "참회록"이나 "양심 선언서"를 쓰지 않고 "자술서"나 "왜곡 보도하는 기사문"이나 "전향서"나 "판결문"을 쓰고 있는 이들이나 "투표용지 앞에서/붓두껍을 들"고 있는 이들에게 "지식인"의 역할을 상기시킨다. 그것은 '펜이 칼보다 강하다'는 사실을 믿는 이승하가 진정한 "지식인"이란 어떠한 사회

<hr />

6) 이승하, 앞의 책, 315쪽.

적 상황이나 정치적 억압 속에서도 당대를 위한 발언으로 진실을 대변
해야 하는 존재라고 생각했기 때문이었다.

　이처럼 이승하는 권력의 수중에 들어가 특정 이데올로기의 선전 도구
가 되어 편파적인 "왜곡 보도"를 일삼는 저널리즘 사진을 빌려 권력과
"지식인"의 관계, "지식인"의 사회적 역할들을 성찰하였다. 그것은 이승
하가 "사진은 일종의 파편일 뿐이기에, 그 도덕적·정서적 중요성은 사
진이 어디에 삽입되는가에 따라 달라진다. 즉, 사진은 어떤 맥락에서 보
이는가에 따라 변한다."[7]라고 말한 손택처럼, 사진도 그것을 이용하는
사람의 신념과 가치관에 따라 사실을 "왜곡"하고 진실을 뒤바꾸는 매체
임을 인식하고 있었기 때문이었다. 결국 이승하는 현실을 폭로하는 수
단이 아니라 현실을 은폐하는 수단으로 쓰인 저널리즘 사진을 빌려, 특
정 이데올로기의 도구로 전락한 신문과 예술의 비윤리적 현실과 독재
정권을 옹호하는 "지식인"들의 비양심적인 실태를 비판하였다.

2.2. 다큐멘터리 사진을 수용한 시

　이승하가 수용한 사진 중 6컷은 정범태·최민식·유진 스미스(Eugene
Smith)·발터　스튜더(Walter　Studer)가　찍은　다큐멘터리　사진
(Documentary photography)이었다. 보통 일시적 상황의 시사적 사건을 기
록하는 저널리즘 사진과 달리, 'document' 즉 '기록한다'라는 사진의 본
질적 속성에서 출발한 다큐멘터리 사진은 인간이 처한 실존적 상황 즉
인간과 세계의 관계에서 더 근본적이고 영구적인 진실을 기록하는 사진
이다. 물론 빈곤과 소외, 사회적 약자 등의 문제에 중점을 둔 사회적 다

---

7) 수전 손택, 앞의 책, 158쪽.

큐멘터리 사진은 현실 기록을 바탕으로 사회 참여적 성향과 현실 개조에의 의식을 보여 주었다. 부조리한 사회 구조나 제도, 인간의 참상과 절망 등을 소재로 하여, 이러한 현상의 문제점을 심층적으로 분석하고 그 해결책을 제시하였다. 그러나 다큐멘터리 사진은 인간사의 모든 양태에서 본질적인 것을 추출하여 표현하는 것을 원칙으로, 생에 내재한 리얼리티를 포착하여 그것을 주관적으로 표출하는 사진이다. 사회를 소재로 한 날카로운 현실 인식의 산물이면서 인간 삶을 소재로 한 주관적인 표현 매체라는 양면적 특성을 지닌 표현 양식이 바로 다큐멘터리 사진인 것이다.

-최민식 사진집 『人間』 제6집에서

연기 사라진 하늘가로
그대 자식이 입었던 수의도
불태워져 연기로 사라질 터이니
사라질 것은 차례차례
이 땅에서 다 사라질 터이니
울지 말아라 이승의 피붙이들아
저 저승이 여기보다 못하진 않으리
그 어떤 끈보다 질기다는
사람의 명줄이야 반드시 끊기는 법

이 땅과 저 태양도 반드시 식는 법
그러니 너무 그렇게 울지 말아라
시간은 누구에게나 공평하니
지상에서 울리는 모든 시계 소리는
인간을 위한 진혼곡이니.
-「시계를 찬 상제」 부분, 『생명에서 물건으로』

이승하는 「시계를 찬 상제」에서 "최민식 사진집 『人間』 제6집"에 실린 다큐멘터리 사진을 인용하였다. "최민식"(1928~2013)은 시대를 기록한다는 사진의 역사적 사명을 평생도록 지켜 온 다큐멘터리 사진가이다. "『人間』 제6집"이라는 "사진집" 제목이 말해 주듯, "최민식"은 사회적 현실을 개선하기 위한 사진적 발언을 하는 데 그치지 않고 인간사의 모든 진실을 기록하고자 한 사진가였다.8) 따라서 김문주가 "언어에 대한 관심보다 인간의 존재론적 본질에 경사된 시인"9)이라고 평가했던 이승하는 "죽음"과 부재와 상실에 관한 근원적 통찰을 보여주기 위해 이 사진을 인용하였다. "명줄이야 반드시 끊기는 법"이라는 그의 인식처럼, "죽음"은 누구나 피할 수 없는 숙명이고 장례는 누구나 치러야 하는 통과제의이며 소복을 입고 "울"고 있는 여인의 상실감은 사랑하는 이의 부재 앞에서 누구나 아프게 확인해야 하는 진실한 감정인 것이다.

특히 이승하는 이 사진의 시각적 특성에 주목하여, 바르트가 말한 푼크툼(punctum)10)적 독법으로 "죽음"과 부재에 관한 주관적인 해석을 시도하였다. 그는 굴건제복의 상주가 찬 "시계", 즉 '중심에서 벗어난 하찮은 세부'로 촬영자가 의식하지는 않았지만 사진에 '우연히' 찍혀 오직 나에게만 '상처'를 입히고 자극을 주는 "시계"에 주목하여 그 의미를 보편적이고 본질적인 삶의 양태로 확장하였다. "시계"를 보며 "누구에게

---

8) 최민식의 '인간 시리즈'는 총 15권인데, 제15집은 유작 사진집이다.
9) 김문주, 「이승하 작품론 - 구도(求道)의 길, 구도(舊道)의 여정」, 『유심』, 만해사상실천선양회, 2009, 3/4월호, 241쪽.
10) 바르트는 사진의 본질을 '코드 없는 메시지'에서 찾았음에도 불구하고, 사진이 지닌 메시지를 '스투디움(studium)'과 '푼크툼(punctum)'의 두 요소의 공존으로 보았다. 스투디움이란 촬영자가 자신의 사진에 의식적으로 부여한 의도 혹은 의미로, 일반화된 지식·문화 등의 '공공의 것'을 말한다. 푼크툼은 촬영자가 의도하지도 않았는데 갖는 우연적인 의미로, 독자가 주관적인 해석으로 의미를 창조한 '사적인 것'을 말한다. 스투디움이 기호화되는 이미지임에 반해, 푼크툼은 기호화될 수 없는 이미지이다. 스투디움을 분산시키거나 해체하는 푼크툼은 보는 이에게 '상처'를 입히고 자극을 주는 강렬하고 충격적인 경험이다. 따라서 이 푼크툼이야말로 문자 언어와 구별될 수 있는 사진만의 독자적인 시각 언어라고 할 수 있다.(롤랑 바르트, 앞의 책, 34-37쪽.)

나 공평"한 인간의 유한성을 확인하고, "시계 소리"를 "인간을 위한 진혼곡"으로 인식하면서 세상의 모든 "죽음"과 무상함에 동참했던 것이다. 이렇듯 이승하는 생로병사와 희로애락 등 생을 지배하는 실존적 양상에 내재된 존재론적 진실을 발견하고자 할 때는 다큐멘터리 사진을 차용하였다.

2.3. 예술 사진을 수용한 시

이승하가 차용한 사진 중 7컷은 앙드레 케르테츠(Andrè Kertèsz)와 듀안 마이클(Duane Michals)의 예술 사진(Fine art photography)이었다. 카메라의 기계적 기록성과 렌즈의 사실적인 묘사력을 표현 원리로 외부 세계를 충실히 재현하는 저널리즘 사진이나 다큐멘터리 사진과 달리, 예술 사진은 주체의 내면 세계에 떠오른 이미지를 좇아 그것을 주관적이고 독창적으로 표현하는 양식이다. 인간의 내면에는 객관적이고 과학적인 입장과는 다른 주관적이고 심미적인 감각의 층위가 존재하므로, 예술 사진은 개인의 감성이나 조형 감각을 빌려 빈틈없는 시각적 밀도를 추구한다. 특히 모더니즘 예술 사진에서는 서사성이나 논리성이 드러난 의미보다는 언어로 전환할 수 없는 시각적 표현과 상상력을 중시한다. 작가의 권위에 따른 사적이고 자기충족적인 의미를 지니고, 사회성이나 역사성이나 도덕성보다는 감성이나 개성이나 창조성을 드러내는 것이다. 그리하여 모더니즘 예술 사진은 정치적 이데올로기적 맥락을 거부하고 이미지와 현실 간의 관계를 끊어 독자성과 자율성과 미적 감수성을 지닌 형식주의 미학을 완성하였다.

헝가리, 1921년/세 사람이 있습니다/눈먼 떠돌이 바이올리니스트와/맨발

의 소년은 父子이겠지요/길을 가면서/바이올린을
왜 켜는지 모르겠지만/어린애 하나 나와 구경하
고 있습니다//세 생명을 생명이게 한/72년 전의
불가사의한 햇살이/먼 태양으로부터 오는 데/몇
년의 시간이 걸렸을까요/세 생명을 빛이게 한/72
년 전의 불가해한 음률이/저 악기로부터 연주되
는 데/몇 년의 시간이 필요했을까요//빛이 하늘
에서 소리치고/소리가 땅에서 빛날 때/생명은 자
라고/늙고 병들고/지금 저 세 사람 가운데/누가
살아 있을지/1921년, 헝가리.

「떠돌이 바이올리니스트」,
1921년-Andr Kert sz 촬영

-「빛과 소리」 전문, 『생명에서 물건으로』

이승하가 「빛과 소리」에서 차용한 사진은 헝가리 출신 사진가 "Andrè
Kertèsz"의 예술 사진이다. "헝가리, 1921년"의 어느 길거리를 "바이올
린"을 "켜"며 떠도는 "눈먼" "바이올리니스트"와 "맨발의" 아들과 "구
경하고 있"는 "어린애", 그 "세 생명"을 "촬영"한 이 사진은 어린 아들
의 안내로 집 없이 "길"을 "떠돌"아야 하는 "눈먼" "바이올리니스트"의
신산하고 남루한 삶을 독창적인 시각 요소로 표현하여 사진가의 개성과
창의성을 드러내고 있다. 소실점으로 사라지는 마차바퀴의 선, 소실점
오른편의 하얀 벽면, 세 인물이 이루는 삼각형 구도가 아웃 포커스된 배
경이나 저물녘 사광(斜光)에 의해 미적으로 영상화되어 서정성을 짙게
드러내고 있다. 사진가가 인위적으로 조절한 이러한 시각적 요소는 바
가본드(vagabond)로서의 "떠돌이 바이올리니스트"가 유발하는 우수의 정
서나 인간의 근원적 소외 의식을 드러내는 낯선 "길"을 시적인 분위기
로 이끌며 사진가 내면의 감성을 부각시킨다.

그런데 이승하의 이 '사진시'가 흥미로운 것은 그것이 "72년 전의 불
가사의한 햇살이/먼 태양으로부터 오는 데/몇 년의 시간이 걸렸을까요"

라는 질문으로 "세 생명을 빛이게 한" 사진의 기원에 질문을 던진다는 점이다. 존재론적 관점에서 보면, 사진은 지표이다. 사진을 '자동 생성'의 이미지로 보았던 앙드레 바쟁(Andre Bazin)으로부터 출발한 사진의 인덱스(index) 담론11)으로, 바르트는 사진을 "저곳에 있던 실제의 물체로부터, 지금 여기에 있는 나에게 도달하기 위해 복사 광선이 출발"12)하여 존재하게 된 예술로 보았다. 따라서 이승하는 복사 광선이 출발하여 존재하게 된 사진의 본질을 빌려, 생에 대한 근원적 질문을 던지며 자신의 시정(詩情)을 표출한다. "바이올리니스트"의 남루한 삶을 "72년 전"의 '그때—거기'에서 '지금—여기'의 시공간으로 데려와, 방랑자로서의 인간이 감내해야 할 외로움을 드러내고 있는 것이다. 더구나 "생명은 자라고/늙고 병들고" 결국 죽음을 맞게 되지만, '그때—거기'에 존재했던 '노에마(noème)'13)로서의 사진은 "시간"을 초월한 이미지로 남아 보는 이의 감성을 부추기고 있다. 이처럼 이승하는 예술 사진이라는 미학적 이미지를 수용하여, 이미지와 텍스트 사이에서 사색하는 몽환적이고 감성적인 자신의 내면세계를 드러내었다.

---

11) 사진 인덱스론에서의 인덱스는 찰스 퍼스(Charles Peirce)의 기호학에서 출발한 개념이다. 산에 불이 났을 때 연기가 나는 것처럼, 어떤 사실의 원인적 생성 혹은 자국인 사진은 기호와 개념 사이에 필연적인 인과 관계를 갖고 있는 지표(index)이다. 사진을 지문(指紋)이나 모래 위의 발자국 또는 '토리노의 성스런 시의(屍衣)'나 와이셔츠에 묻은 키스자국처럼 대상이 스스로 자신의 모습을 찍음으로써 대상과 밀착된 어떤 것이다. (김혜원, 「오규원 시의 창작 방식 연구—포스트모더니즘 기법을 중심으로—」, 전북대학교 대학원 박사학위논문, 2013, 179-180쪽.)

12) 롤랑 바르트, 앞의 책, 91쪽.

13) 바르트는 '그때 거기에는 있었지만, 지금 여기에는 없는' 존재 증명과 부재 증명, 즉 노에마(noème)를 사진의 본질로 보면서, 사진은 창조하지 않는 것, 인증 작용 그 자체, 현존에 관한 증명서라고 말하였다.(위의 책, 87쪽.)

2.4. 광고 사진을 수용한 시

비교적 적은 양이기는 하지만, 이승하는 영화 스틸을 비롯한 광고 사진(Advertising photography) 2컷을 그의 '사진시'에 차용하였다. 후기산업 사회는 대중 매체와 광고에 의해 수요가 이루어지는 현상을 특징으로 한다. 따라서 자본주의 논리를 이끄는 것은 소비재에 대한 수요 창출을 목적으로 하는 광고 매체이고, 그 중심에는 사진 이미지가 있다. 그것은 사실적이고 구체적으로 상품을 직접 보여 주는 사진이라는 시각적(visual) 요소가 개념적이고 추상적인 기호로 전달하는 카피(copy)라는 언어적(verbal) 요소보다 소비자를 더 쉽게 설득할 수 있기 때문이다. 따라서 상품을 구매하도록 소비자를 설득해야 하는 광고 사진은 상품의 정보 제공뿐만 아니라 기업의 이미지까지 표현하게 되었다. 그 결과 광고 사진은 온갖 문법 체계와 수사법을 동원하여 인간의 욕망을 자극하고 물신화의 이데올로기를 조장하게 된다. 특히 성(性)을 상품화한 광고 사진은 그 에로티시즘으로 소비자의 시선을 끌며 구매 심리를 자극하고 소비 문화 풍조를 양산해 낸다.

교도소로 갔다는 무용학과 여교수는
그놈의 아이스크림 때문에―라고 중얼거렸다고
그놈의 아이스크림 때문에
밥도 먹지 않고 떼를 쓰는
어린 딸을 아침부터 울리고
한 시간 남짓 만에 도착한 회사
퉤퉤, 커피에 혀를 데며
『디자인 저널』지를 들추면
혀와 아이스크림과 성기의 조화
나는 무엇을 연상해야 하는가

개 팔자가 상팔자라는데

아아 꼬리를 감추고 싶다.
-「혀와 아이스크림과 성기-戱畵, 1991년」 부분, 『폭력과 광기의 나날』

이승하는 「혀와 아이스크림과 성기-戱畵, 1991년」에서 "『디자인 저널』지"에 실린 섹스어필의 광고 사진을 차용하였다. 소비 물품을 관능의 형태로 에로틱화한 이 사진은 "혀와 아이스크림과 성기의 조화"로 이루어진 콜라주 사진이다. 적나라하고 노골적인 신체의 섹스어필뿐 아니라 성적 심벌을 사용한 수사법으로 성 행위를 연상시키는 선정적인 광고 사진인 것이다. 그런데 이 시에는 콜라주 이미지와 마찬가지로 어지러운 현실 세계의 세 장면이 병치되어 있다. "불의 심판을 받습니다"라는 "외침을 들으며" "1호선 전동차"에 "빨려"드는 장면, "전동차" 안에서 "스포츠 신문"에 실린 "미국의 농구 선수 매직 존슨에게/AIDS를 옮겼을지 모르는/후보 미인들의 사진"이나 "만화의 정사장면"을 "낯선 아가씨와 바짝 붙어서서" "함께" "보"는 장면, "아이스크림 때문에/밥도 먹지 않고 떼를 쓰는/어린 딸을 아침부터 울리고" "도착한 회사"에서 "『디자인 저널』지"에 실린 이 사진을 보며 "아이스크림 때문에" "교도소에 갔다는 무용학과 여교수"를 떠올리는 장면이 바로 그것이다.

따라서 자본주의 꽃이자 음험한 무기인 광고 이미지를 인용한 이 시는 자본주의 사회의 착취 체제를 빌려 자본주의 사회를 공격하는 방법으로 볼 수 있다. "후보 미인들의 사진"이나 "『디자인 저널』지"의 광고 사진들은 상품 판매 촉진을 위해 마케팅에 성을 이용하여 대중의 의식을 마비시키는 광고 산업의 대표적 사례인 것이다. 따라서 이승하는 소시민으로서의 회사원의 가쁜 일상과 고달픈 현실을 가상 이미지에 함몰

된 "여교수"와 대조적으로 병치시켜, 성 윤리의 타락을 야기한 물질만능 사회를 비판한다. 자본주의 소비 사회를 이끄는 가장 강력한 대중 매체로서의 광고 사진을 빌려 산업 문명과 물신 사회의 폐해를 비판한다. 이득재는 "광고의 가장 무서운 힘은 이렇게 '저항의 장소를 계속 박탈해 나간다는 데 있"14)다고 지적했지만, 이승하는 광고 사진을 이용하여 성에 탐닉한 인간을 시 텍스트에 전경화하여 희화화한 후, 자본주의 상업 광고와 성적 욕망의 긴밀한 관계를 드러내고 소비문화와 물질문명에 대한 저항의 메시지를 보여 주었다.

3. 시 텍스트와 사진 이미지의 편집 형식에 따른 상호매체 결합 양상

3.1. 단일 사진 형식으로 편집한 시

벤야민은 「생산자로서의 작가」15)에서 생산을 구속하는 제약을 문자와 영상의 제약으로 인식하고, 문학에 영향을 끼치는 기술적 요소를 검토한 후 생산 기구를 변혁시키고 기술의 진보를 이루는 작가를 '생산자로서의 작가'라고 불렀다. 그는 사진에 글을 덧붙이는 방식으로 사진이 유행적 소비 상품으로 전락하는 것을 막으려 하면서, 생산자로서의 사진가란 단순하게 사진과 텍스트를 결합시키는 작가가 아니라 그 결합으로 독자의 참여를 이끌어 내는 작가임을 강조하였다. 그는 소설·희곡·시의 기능 전환을 위한 출발점을 르포르타주 사진 형식에서 찾아, 이 새로운 대중

---

14) 이득재, 「광고, 욕망, 자본주의」, 김진송·오무석·최범, 『광고의 신화, 욕망, 이미지』 재판본, 현실문화연구, 1999, 28-29쪽.
15) 발터 벤야민, 심성완 편역, 「생산자로서의 작가」, 『발터 벤야민의 문예이론』, 민음사, 1983, 253-271쪽.

매체를 학습하고 응용해 가며 삶의 여러 조건들을 문학화할 것을 제안하였다. 벤야민의 매체 이론은 문자와 이미지의 전통적인 경계를 해체하고, 텍스트와 이미지의 매체 결합을 필수적인 것으로 간주한 것이었다.

식사 감사의 기도를 드리는 교인을 향한
인류의 죄에서 눈 돌린 죄악을 향한
인류의 금세기 죄악을 향한
인류의 호의호식을 향한
인간의 증오심을 향한
우리들을 향한
나를 향한

소말리아
한 어린이의
五體投地의 禮가
나를 얼어붙게 했다
자정 넘어 취한 채 귀가하다
주택가 골목길에서 음식물을 게운
내가 우연히 펼친 『TIME』지의 사진
이 까만 생명 앞에서 나는 도대체 무엇을
　　　　　　　　-「이 사진 앞에서」 전문, 『폭력과 광기의 나날』

유행적 소비품으로서의 사진에 혁명적 사용 가치를 부여한 작가를 '생산자로서의 작가'라고 일컬은 벤야민의 개념으로 본다면, 이승하는 '생산자로서의 작가'임에 분명하다. 그것은 이승하 역시 신문이나 잡지의 맥락 속에 놓여 있던 레드메이드(ready-made) 이미지를 발췌하여 시의 맥락 안에 재구성하는 방식으로, 일회적 소비품으로 그치는 사진에 새로운 가치를 부여한 시인이기 때문이다. 더구나 이승하는 시 텍스트와 사진 이미지를 병치하는 과정에서, 사진의 내용에 따라 시의 형식을 고려하며 사진에 가치를 부여함으로써 개성적인 시세계를 확립하였다. 그 과정에서 현실 세계를 직접적으로 보여주고자 할 때는 1편의 시와 1컷의 사진을 엮어 편집하는 단일 사진 형식을 사용하였다. 이로써 작가의 사상과 감정을 한 개의 프레임 안에 완벽한 구도로 짜 넣는 단일 사진 형식을 13편의 시에서 보여 주었는데, 이승하 시에서 가장 널리 알려진 「이 사진 앞에서」는 단일 사진 형식으로 편집된 작품이다.

위 사진에 쓰인 "IMAGES 92"는 이 사진이 『TIME』지가 선정한 1992년 올해의 사진임을 알려 준다. 바짝 마른 "소말리아/한 어린이의" 뼈만 남은 앙상한 몸은 아이의 오랜 굶주림을 말한다. 그러나 극한의 고통에도 세상은 불공평하여, 이승하의 지적처럼 "지구 한편에서는 수많은 사람이 굶어 죽어가고 있고 다른 한편에서는 살이 너무 쪄 지방 제거수술을 하고 있"[16]다. 따라서 "인류의 호의호식"으로 "취한 채 귀가하다/주택가 골목길에서 음식물을 게운" 이승하는 "최소한의 양심"[17]을 잃지 않고 기아로 고통의 순간에 직면한 흑인아이 사진 1컷을 차용한 '사진시'로 아프리카뿐 아니라 전 세계에 만연한 기근과 기아의 문제를 전면화하였다.

---

16) 이승하, 「작시법을 위한 나의 시, 나의 시론: 폭력과 광기, 혹은 사랑과 용서의 시」, 『문예운동』 제113호, 문예운동사, 2012 봄호, 157쪽.
17) 위의 글.

그런데 단일 사진 형식으로 편집된 「이 사진 앞에서」에서는 이승하의
시행 배열법에 주목할 필요가 있다. 힘이 없어 일어나지 못하는 흑인아
이를 어른이 일으키는 순간을 포착한 "이 사진"에서, 이승하는 불자(佛
者)의 "五體投地의 禮"를 연상하였다. 그리하여 그는 "五體投地"하는 사
진 이미지와 유사한 형태로 시행을 배치하여, 그가 견지하고자 하는 성
찰적 구도의 자세를 시각화하였다. "어린이"를 향한 자신의 "五體投地의
禮", 즉 자신의 참회의 자세를 시각화한 것이다. 기아는 자본주의의 구
조적 모순에서 발생하고 "우리는 모두 저 못 먹어 죽어가는 아이에게
폭력을 휘두른 것"[18]이므로, 윤리적 자아로서의 이승하는 '대속
(substitution)' 의식을 실행했던 것이다. 이와 같이 이승하는 단일 사진
편집 방식과 시행을 시각화하는 방식으로 '눈으로 보는 시'를 창작하여,
아직까지도 해결되지 않은 기근과 가난과 그로 인한 고통을 세상에 널
리 알리고 공동의 연대감을 형성하는 것을 작가의 사회적 역할로 인식
한 '생산자로서의 작가'였다.

3.2. 포토스토리 형식으로 편집한 시

저널리즘의 르포르타주(reportage)에서 쓰이는 포토스토리(photo story)
는 사진과 기사, 즉 이미지와 텍스트를 치밀한 계획 아래 결합하여 하나
의 일관된 이야기를 형성하는 편집 방식이다. 따라서 포토 스토리는 단
일 사진과 달리, 하나의 주제 아래 일련의 사진들을 한 묶음으로 엮어
표현하는 연작 사진 형태를 취한다. 한 장 한 장의 사진을 단순하게 모
아 놓는 것이 아니라 논리성에 근거하여 단계적으로 구성하고 일관성

---

18) 앞의 글.

있는 스토리를 전개함으로써, 사건의 전말이나 핵심 요소를 알기 쉽게
전달하고 주제를 효과적으로 표현한다. 세계의 편린으로서의 사진은 시
공간의 한 순간과 한 부분만을 포착할 수밖에 없으므로, 포토스토리는
하나의 주제를 여러 장의 사진으로 심층적으로 탐구하여 세계 현상의
이면에 숨은 진실을 드러내는 것이다. 이승하는 포토스토리 형식을 12
편의 시에서 보여 주었는데, 「현대의 묵시록」은 다리를 잃고 병상에 누
워 있는 한 소년 병사와 총기를 소지한 세 명의 소년 병사를 촬영한
『Time』지의 포토스토리를 인용한 시이다.

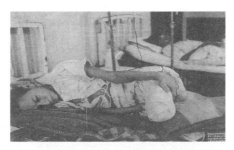

　　물 속에서 군복 입은 시체가 떠오르리라/살과 피가 썩는 악취/터진 내
장을 그대로 너덜거리는/한쪽 다리가 없는 시체/만신창이의 시체는 소년
이리라/낙동강 전투 메콩강 전투 <하략>

　<상략> 사랑보다 먼저 증오를 배우고/용서보다 먼저 분노를 익힌/소

년 병사들에게 물을 필요는 없으리/장난감이 아닌 그 총을/무엇을 바라 손 질하고 있는가를/동요가 아닌 그 노래를/누구를 위해 부르고 있는가를

그런데도 어른들은 웃고 있으리/거기, 사람을 닮지 못한 어른들이/사람 의 얼굴을 한 어른들이/의지할 주님도 없이 은총도 모른 채/문명의 고혹적 인 입술 아래 경련하며/표적 없는 어둠 향해 방아쇠 당기리/피 마르지 않 은 칼로/피 식지 않은 죽은 자를 난자하리/한 모금의 공기가 남지 않을 때 까지/한 모금의 물이 말라 없어질 때까지

　　　　　　　　　-「현대의 묵시록」 부분, 『폭력과 광기의 나날』

-「현대의 묵시록」 부분, 『폭력과 광기의 나날』

「현대의 묵시록」은 "어른들"이 일으킨 전쟁이 어린 "소년"들에게까지

미친 폐해를 "묵시록"적으로 보여 주는 시이다. "사랑보다 먼저 증오를 배우고/용서보다 먼저 분노를 익힌/소년 병사들"을 재현한 이 사진은 '혼란이 일어난다—혼란을 수습한다—해결을 이끈다'라는 전통적인 3막 스토리 구성 방식과 서사 구조를 빌려 해석할 수 있다. 즉 "한쪽 다리가" 잘린 채 침상에 누워 있는 "소년"은 '혼란'의 상황이고, "동요가 아닌 그 노래를" "부르고" "장난감이 아닌 그 총을" "손질하고 있는" "소년 병사들"의 모습은 '수습'을 위한 행위이다. 또한 "사람을 닮지 못한 어른들"에게 맞서기 위해 "어른들"처럼 "한 모금의 공기가 남지 않을 때까지/한 모금의 물이 말라 없어질 때까지" "방아쇠 당기"고 "죽은 자를 난자하"기 위해 "총"을 소지한 13살짜리("only 13 years old") "소년 병사"의 비장한 표정과 몸짓은 이들이 선택할 수밖에 없었던 '해결책'이다.

내러티브가 생명인 포토스토리는 그것이 응집력 있는 것으로 통합되지 않을 경우 단순한 개별 사진에 머물게 되므로, 사진과 언어의 조화가 무엇보다도 필요한 편집 방식이다. 그런데 이승하는 "『Time』"지의 포토스토리에서 차용한 사진 이미지에 기사 대신 자신의 시를 텍스트로 결합하여, 사진을 보도록 하는 데 그치지 않고 자신이 해석한 맥락에 따라 읽도록 독자를 유도한다. 그는 "소년 병사"가 처한 비극적 현실을 시공을 초월한 차원으로 확장하여, 세계에서 자행되고 있는 전쟁 상황의 제유적 표현으로 "낙동강 전투 메콩강 전투"를 제시하였다. 세계 현상을 다원적이고 심층적으로 파악하기 위해 포토스토리 형식을 이용한 이승하의 '사진시'는 21세기 지금 이 순간까지 자유와 평화, 인간 해방과 평등 등의 명분을 내걸고 인류가 벌이고 있는 전쟁의 진실을 알려 주면서 반전 메시지를 강력하게 전달하고 있다.

4. 시 텍스트와 사진 이미지의 의미 구성 방식에 따른 상호매체 효과

4.1. 시 텍스트가 사진 이미지의 의미를 '중계'하는 경우

바르트는 『이미지와 글쓰기』[19]에서 이미지와 언어의 기능을 탐색하면서, 사진과 제목(title)과 사진 설명인 캡션(caption)의 긴밀한 의미 작용을 '중계'와 '정박'의 두 개념으로 설명하였다. 도상적 메시지의 특성을 다의적이고 불확실한 것으로, 언어적 메시지의 특성을 관념적이고 규정적인 것으로 인식한 그는 사진을 물리적으로 아무 말도 하지 못하고 그 밑에 적힌 텍스트의 입을 빌려서 말을 하는 것으로 파악하였다. 그리하여 이미지 혼자만으로는 말하지 못하는 것을 텍스트가 보충하고 연결해 주는 것을 '중계'의 기능으로, 이미지가 가진 시니피에(signifiè)들의 고정되지 않은 연쇄를 텍스트가 하나의 의미로 고정시켜 주는 것을 '정박'의 기능으로 설명한다.[20] 바르트는 이미지와 텍스트의 고유한 특수성을 인정하면서도 서로가 관계망을 구축해야 할 것으로 인식하였는데, 그것은 이미지와 텍스트가 '중계'와 '정박'과의 상호작용을 통해 완전한 의미 해석에 이르도록 해 주기 때문이었다.

> <상략> 익숙해진 것일까 총성에 아랑곳하지 않는/능청맞은 이웃을 배경으로 원주민 하나/심장이 뚫려, 한길에 드러누워/지구의 자전을 멈춰 놓았다/전세계의 시계바늘을 고정시켜 놓았다/『Newsweek』 1988년 1월 4일자

---

19) 롤랑 바르트, 김인식 편역, 『이미지와 글쓰기』, 세계사, 1993, 93-97쪽.
20) 이미지와 텍스트라는 두 기호 체계의 결합에서 글이 사진의 잉여정보로만 작용할 때는 '중계', 글이 사진보다 주정보로 작용할 때는 '정박'이라고 할 수 있다. 즉 글이 사진에서 드러난 내용을 동어반복적으로 보충하여 기술하면 '중계', 글이 사진에서 드러나지 않은 것을 기술하여 사진 해석의 방향을 제시해 주면 '정박'에 해당한다.

34페이지/총알 하나가 한 사내의 숨
통을 끊었으나/총알 하나가 한 사내
의 숨통을 끊었으나/스페인의 아이
티, 프랑스의 아이티, 미국의 아이
티/총알 하나로 한 사내의 숨통을
끊지 못해/프랑소와 뒤발리에의 아
이티, 장—클로드 뒤발리에의 아이
티*/탕! 한낮에 총성이 울리고 느닷

없는 외침 소리/나둥그러진 자네 그때 라디오를 듣고 있었나/무슨 소식을,
무슨 노래를, 또 무슨 성명을/자넨 이제 울지 않겠군 더 이상 항거하지 않
겠어/民軍評議會 의장 앙리 낭피 참모총장은 선거 실시를 거부했다지//나
는 사로잡혔다 사진 한 장에/너무나 자연스럽게, 너무나 평화롭게 죽어 있
기에/이제 이웃과 조국과 역사가가 그의 이름을 지우리라 <하략>

   * 1957년에 집권한 종신대통령 프랑소와 뒤발리에의 아들 장—클로드
뒤발리에가 1986년 2월 7일에 국외로 망명하자 아이티의 독재정치는 일단
막을 내렸다. 그 뒤 民軍評議會가 발족되어 국회를 해산하고 정치범을 석
방, 개혁작업을 추진해 오고 있으나 그 속도는 부진하며, 시위와 폭동은
끊이지 않고 있다. <하략>

                              -「공포의 한낮」 부분, 『폭력과 광기의 나날』

   시집 『폭력과 광기의 나날』의 맨 첫 시로 편집된 「공포의 한낮」에 실
린 위 사진은 "『Newsweek』 1988년 1월 4일자 34페이지"에서 발췌한 것
으로, 이 시는 시 텍스트가 사진 이미지의 의미를 '중계'하는 경우에 해
당한다. 이미지와 텍스트의 '중계' 기능은 사진이 지닌 두 가지 제한적
속성에서 유래한다. 하나는 세계의 파편으로서의 사진이 현실의 단면만
을 보여줄 뿐, 이미지 너머의 또 다른 현실은 보여줄 수 없기 때문이다.
다른 하나는 기표와 기의가 구별되지 않는 '코드 없는 메시지'로서의 사

진이 세계를 그대로 재현만 할 뿐 그것을 해석해 주지 않기 때문이다. 따라서 '코드 없는 메시지'인 사진 언어의 추상적이고 관념적이고 형이상학적인 의미는 '코드 있는 메시지'인 문자 언어를 빌려 파악된다.

이승하는 이러한 '중계'의 기능을 이용하여, 단일하고 통합적인 메시지를 통해 총체적인 의미 해석에 이르도록 독자를 유도하였다. 즉 그는 "한낮"의 "거리"를 배경으로 "총알"에 "심장이 뚫려, 한길" 아스팔트에 쓰러져 피 흘리며 "나둥그러진" "깜둥이" 시신의 사진 이미지에 "자네"에게 질문을 던지는 대화 형식의 시 텍스트를 덧붙이고, "프랑소와 뒤발리에"와 "장-클로드 뒤발리에"에 대한 주석의 보조 텍스트까지 덧붙였다. 그 결과 독자는 "깜둥이"가 독재 권력의 폭력에 희생된 "원주민"임을 알게 되고, "아이티의 독재정치"의 역사를 대략적으로나마 이해하게 된다.

그런데 이승하는 이 '사진시'에서 사진 이미지를 시 텍스트로 '중계' 하게 된 개인적인 이유를 밝히고 있다. 그것은 그가 "너무나 자연스럽게, 너무나 평화롭게 죽어 있"는 이 "사진 한 장"으로부터 받은 최초의 충격 때문이었다. "죽음을 재현하는 사진들은 강력한 정서적 호소력을 갖"21)기 때문에, 이승하는 이 "사진 한 장"을 보고 "질식할 것만 같"은 "공포"와 충격에 "사로잡혀 있"었던 것이다. 그러나 언어보다 훨씬 강렬한 힘을 갖는 "이미지는 분석이나 분해 없이 의미들을 즉각적으로 강요"22)만 할 뿐 별다른 정보를 제시하지 못해 "이웃과 조국과 역사가 그의 이름을 지우"게 될 것임을 알기에, 이승하는 시 텍스트의 진술을 빌려 "깜둥이"의 죽음에 역사적·사회적 의미를 부여했던 것이다. 더구나 그는 식민지 "아이티" 현실을 통해 "스페인"과 "프랑스"와 "미국"의

---

21) 주형일, 「사진은 어떻게 죽음과 연결되는가」, 『인문과학연구』 제47권, 강원대학교 인문과학연구소, 2015, 614쪽.
22) 롤랑 바르트, 정현 옮김, 『신화론』, 현대미학사, 1995, 18쪽.

식민 지배 이데올로기까지 비판하였다. 이승하는 시 텍스트로 사진 이미지를 '중계'하는 과정에서, 사진 이미지가 부여하기 어려운 관념적이고 형이상학적 의미를 더욱 강화시켜 나갔다.

4.2. 시 텍스트가 사진 이미지의 의미를 '정박'하는 경우

사진 이미지와 사진에 대한 설명으로서의 언어 텍스트의 관계는 '중계'뿐만 아니라 '정박'의 개념을 통해서도 설명된다. 사진 이미지의 고정되지 않은 다양한 의미를 특정한 하나의 의미로 고정시켜 주는 '정박'의 기능은 이미지의 가장 큰 특징인 다의성에서 비롯된다. 기술적인 설명이 없는 이미지는 그 모호성으로 맥락에 따라 왜곡될 수 있고, 해독의 과정에서도 파편화된 양상을 띠어 수신자에 따라 서로 다른 해석을 낳을 수 있다. 따라서 이미지의 환영, 시니피에들의 고정되지 않은 연쇄를 제거하기 위해 구체적인 정황을 부여하여 사진의 다층적인 의미를 한정하는 것을 언어 텍스트가 수행하게 된다. 물론 사진 이미지의 전후 맥락을 설명하여 일의적인 해석의 방향을 제시해 주는 이 '정박'의 기능에 텍스트 생산자의 의도가 적극적으로 개입된다.

나를 노려보지 마라, 잭 니콜슨/아니, 맥머피*/철조망 안에 서 있는/너의 눈빛이 너무 무서워/나는 죄가 없어, 맥머피/아니, 용서받을 수 없는 죄를 졌다/ <중략> /그러니 노려보지 마라, 잭 니콜슨/아니, 맥머피/철조망 밖에 서 있는/너의 눈빛이 너무 무서워/나를 이 감옥에서, 이 세계에서/이 거대한 병동에서 내보내

주어/철조망을 걷어주어……빨리!

　＊ 맥머피: 켄 키지의 소설『뻐꾸기 둥지 위를 날아간 사나이』의 주인공
이름.

-「잃어버린 관계」부분,『폭력과 광기의 나날』

「잃어버린 관계」는 "켄 키지의 소설『뻐꾸기 둥지 위를 날아간 사나
이』"를 각색한 영화 <뻐꾸기 둥지 위를 날아간 새>의 스틸 사진을 인
용한 시이다. 애매모호한 이미지의 특성으로, 독자는 이 클로즈업한 인
물의 정체를 쉽게 알아차리지 못한다. "철조망 안"인지 "철조망 밖"인지
도 분간할 수 없다. 이러한 사진의 모호성은 "잃어버린 관계"라는 이질
적인 제목과 충돌하면서 더욱 증폭되고, 독자의 호기심 또한 더욱 고조
된다. 그것은 움베르토 에코(Umberto Eco)가 언급한 것처럼 "극도로 모
호한 메시지는 그만큼 정보량이 풍부한 메시지이다. … 생산적인 모호
함은 나의 정신 집중과 해석의 노력을 유발"[23]하듯 우리의 지각을 사로
잡는 힘은 모호성에서 오고, 그 모호성이 호기심을 일으키는 불확실성
또는 불안과 공포라는 광범위한 감정까지 증폭시키기 때문이다. 그러나
각주 형식의 구체적인 텍스트가 수행하는 '정박'의 기능으로, 이 남자가
"『뻐꾸기 둥지 위를 날아간 사나이』의 주인공" "맥머피"임이 확인되는
순간 이 모호성은 사라지게 된다. 의미 전달이 직접적이고 명료한 시 텍
스트 덕분에 이 남자는 정신병동에 감금된 "잭 니콜슨/아니, 맥머피"로,
"철조망"은 거대한 정신병원의 "철조망"으로 '정박'되는 것이다.

　따라서 「잃어버린 관계」에서 중요한 것은 텍스트 생산자의 '정박' 의
도를 파악하는 일이다. 이승하는 이 시에서 사회에서 격리되어 고통받
고 있는 "잭 니콜슨/아니, 맥머피"의 불행을 시적 화자의 불행과 동일시

---

23) 움베르토 에코, 김광현 옮김, 『기호와 현대 예술』, 열린책들, 1998, 173쪽.

하고 있다. "잭 니콜슨/아니, 맥머피"의 병인(病因) 대신 시적 화자의 고통의 원인이 "무서운 애비와 에미"에 있음을 암시하며, 시적 화자의 트라우마가 가족 구성원의 폭력과 불화로 야기된 것임을 드러낸다. 더구나 "나를 이 감옥에서, 이 세계에서/이 거대한 병동에서 내보내주어"라는 외침은 아버지에 의한 폭력이 남성가부장제가 잔존하고 있는 한국 사회, 나아가 권위주의 사회를 유지하는 모든 권력과 이데올로기가 낳은 병리학적 증후임을 알려 준다. 따라서 정신 분열과 격리와 감금으로 인한 고통과 소외는 개인적인 병리 현상이 아니라 강요된 규율과 질서로 인한 사회 전체의 병리 현상으로 확대되면서, 거대한 정신병동"은 현 사회이며 치료받아야 할 환자는 인류 전체라는 결론에 이르게 된다.

　이 시의 이러한 '정박'의 기능에서 주목해야 할 것은 시 텍스트가 '나'의 불안감을 증폭시키는 어투 즉 조남현이 말한 "의도적인 말더듬기 수법"24)으로 전개되어, 이미지로는 표현하기 힘든 연약하고 불안한 영혼이나 내면 세계가 긴장감을 가지고 생생히 전달된다는 점이다. 김준오가 "비정상적 언어행위를 통하여 시인들은 비정상적 상황을 효과적으로 드러내고 세계에 대한 효과적인 저항의식을 표명한다"25)라고 지적했듯, 이 '말더듬기 수법'은 망상과 불면증, 불안과 공포에 시달리는 한 실존의 분열과 광기, 한 사회 구조의 착란 상태를 효과적으로 드러내고 있다. 더구나 미셸 푸코(Michel Foucault)가 말한, 광기를 이성의 검열 대상으로 바꾸어 놓은 현 사회에 저항하는 메시지로 독자의 시선과 사고를 '정박'시킨다. 시 텍스트가 부여한 '정박'의 기능이 사진의 모호성을 제거하면서, 폭력과 광기의 의미를 가족사적인 차원과 사회사적인 차원을 동시에 함축하는 것으로 확대하고 있는 것이다.

---

24) 조남현, 「인간다운 삶에의 목마름」, 이승하, 『우리들의 유토피아』, 나남, 1989, 130쪽.
25) 김준오, 『시론』, 삼지원, 2013, 118쪽.

4.3. 사진 이미지와 기사 텍스트만 '병치'시킨 경우

바르트가 말한 '중계'와 '정박'이 잉여정보 또는 주정보로서의 텍스트를 이미지에 첨가하는 과정에서 발생하는 기능이라면, 이승하의 '사진시'가 사진 이미지와 기사 텍스트만을 단순하게 '병치'시킨 방법은 수용미학을 반영하여 독자를 의미의 생산자로 상정한 경우이다. '중계'와 '정박'은 텍스트 생산자의 일의적인 의미로 해석을 유도하고, 그 의미도 생산자의 신념이나 가치관 또는 시선과 권력의 힘에 따라 달라져 억압적 성격을 띠게 된다. 따라서 이승하는 자신의 시 텍스트는 생략하고 사진과 신문 기사만을 '병치'하여 이미지와 텍스트가 미묘하게 교차하는 긴장된 지점을 새로운 의미 공간으로 창조하였다. 그 결과 수용자는 사진 프레임에 재현된 이미지와 기사 텍스트의 전후 관계에서 암시되는 의미를 찾아, 이미지와 텍스트가 제시하지 않은 새로운 의미를 자의적으로 유추하여 해석하게 된다. 그리하여 해석이란 작가의 고정적인 의미 생성에 의해서가 아니라 수용자의 참여와 능동적인 해독에 의해서 완성되는 것임을 다음 시가 보여주고 있다.

Ⅰ. 1960년 4월 19일자 『韓國日報』 기사

> 청주공업고등학교를 위시한 청주상업고등학교, 청주고등학교 학생 1500여 명은 18일 하오 1시부터 스크럼을 짜고 <중략> <3·15 선거 다시 하라>는 구호를 외치면서, <중략> 데모를 하다가 경찰 백차 또는 찝차와 츄럭을 타고 출동한 정사복 경찰관으로부터 무차별 구타를 당하고 무차별 체포를 당하여 100여 명이 연행되었다.

II. 1965년 8월 26일자『東亞日報』기사

> 25일 서울에서는 韓日協定批准 무효화를 외치는 학생 데모에 관련, 충격적인 두 개 뉴스가 전해졌다. 그 하나는 이날 오후 1시 반 高大 데모 저지에 동원됐던 武裝軍人 수백 명이 高大構內에 난입, <중략> 다른 하나는 <중략> 朴大統領은 <데모 만능의 弊風을 기어이 뿌리뽑겠으며 데모가 계속되면 학교의 폐쇄도 불사하겠다>는 강경한 태도를 보였다.

III. 1980년 5월 17～27일『東亞日報』,『朝鮮日報』,『韓國日報』……

-「1960～1980년」부분,『폭력과 광기의 나날』

「1960~1980년」은 수용자의 해석을 염두에 두고 서로 다른 출처에서 인용한 기사와 사진 이미지를 '병치'의 방법으로 재구성한 시이다. 시 텍스트라고는 하지만 시인이 쓴 시는 한 줄도 없이, 신문 기사의 날짜와 신문사 이름이 적힌 3개의 텍스트 아래 배열된 2편의 기사, 3컷의 신문 사진이 전부인 시이다. 기존 오브제를 차용한 기법이므로 레디메이드로 볼 수 있는 이 시는 기사와 사진을 원래의 문맥에서 떼어내 새로운 감 각의 레이아웃으로 시퀀스를 구성하여, 수용자의 참여를 통한 다층적 해석과 새로운 내러티브의 생성을 유도하고 있다. 따라서 수용자는 자 신의 사회적·역사적 지식을 바탕으로 상상력을 활성화하여 의미를 추 론하는 능동적 가공 과정을 거치게 된다. 이로써 고정적인 의미는 해체 되고 수용자가 부여한 특수한 의미를 지닌 독특한 텍스트가 새로운 문 맥과 담론 속에서 재생산되는 것이다.

특히 세 번째 신문 기사를 여백으로 남겨 놓은 이 시는 빈 칸에 담긴 의미를 독자 스스로 유추하게 하여 능동적 해석을 유도하는 열린 텍스 트로서의 가능성을 보여 준다. 물론 이 기사가 빈 칸으로 처리된 것은, 이승하의 말처럼 "광주에서의 시민 봉기가 언론에 전혀 보도되지 않았 음을 … 상기시키고"[26] 싶었기 때문이다. 그러나 친숙한 사진이나 설명 적인 기사일수록 충격이나 감동이나 여운이 약한 상황 전달에 그치고 말기 때문에, 빈 칸의 여백을 유추하게 하는 이러한 방법은 커뮤니케이 션의 확장에 기여하게 된다. 즉 "Ⅰ. 1960년 4월 19일자『韓國日報』기 사"는 사진 "Ⅰ-1"의 시각적 기표를, "Ⅱ. 1965년 8월 26일자『東亞日 報』기사"는 사진 "Ⅱ-1"의 시각적 기표를 '중계'하거나 '정박'시켜 주 지만, 특정한 기사가 없이 "Ⅲ. 1980년 5월 17~27일『東亞日報』,『朝鮮

---

26) 이승하, 앞의 책, 313쪽.

日報』, 『韓國日報』……" 아래 제시된 여백의 경우에는 "1960년 4월 19일"과 "1965년 8월 25일"이라는 제목 아래 연대기적으로 배열된 기사를 보면서 보는 이가 서사를 생성해야 하는 것이다.

이때 유념해야 할 것은 이승하가 사용한 이 낯선 배열 방식이 수용자의 기억에 호소하고자 하는 전략이라는 사실이다. "온전한 역사를 말하려면 기억이 개입해야 한다."27)는 주형일의 주장처럼, 때로는 객관적인 기록보다 주관적인 기억의 파편들이 더 강력한 메시지로 역사를 증언하는 법이다. 특히 손택이 파악했듯 "실제로 발생한 죽음을 포착해 그 죽음을 영원히 잊지 않게 만드는 일은 오직 카메라만이 할 수 있는 일"28)이므로, 죽음의 이미지는 충격과 공포의 기억을 불러 참혹한 진실을 전달하게 된다. 따라서 관에 안치되지 않고 흰 천에 싸여 있는 시신 사진 "Ⅲ-1"은 그동안 경험한 공권력과 시위대 간의 대치 상황이나 그로 인한 참상과 고통의 기억을 시에 투영하게 하여, 개인적 체험으로 역사를 해석하고 서사를 형성하는 공간을 제공한다. 더구나 "1960~1980년"이라는 제목은 3개의 사건이 개별 사건이 아니라 역사 속에서 반복되어 온 동일 사건이자 망각해서는 안 될 사건으로 인식하게 하여 수용자의 적극적인 기억 행위를 요구한다. 이승하는 자신의 시 텍스트와 특정 기사를 생략하고 사진 이미지와 기사 텍스트만을 '병치'시키는 전략으로 역사 구성 행위를 수용자의 기억 메커니즘 속에서 수행함으로써 독재 정권의 폭력 상황에 대한 진실이 오랜 생명력을 가지고 지속될 수 있게 하였다.

---

27) 주형일, 「사진의 시간성 개념을 통해 바라 본 신문사진의 문제」, 『한국언론학보』 제47권 제2호, 한국언론학회, 2003, 26쪽.
28) 수전 손택, 이재원 옮김, 『타인의 고통』, 이후, 2004, 93쪽.

5. 맺음말 : 이승하의 '사진시'가 지향한 시세계와 시문학사적 의의

본 연구는 지금까지 이승하의 '사진시'가 실증적으로 보여준 시 텍스트와 사진 이미지의 상호매체성을 사진 수용의 양상, 매체 결합의 양상, 매체 혼성의 효과를 통해 규명하였다. 사진 이미지와 제목·캡션·기사 원문 등의 텍스트를 시 텍스트와 조합하여, 이질적인 두 기호 체계의 경계를 허무는 독창적인 '사진시'의 특성을 이승하의 시 10편을 통해 구체적으로 살펴보았다. 이 과정에서 이승하의 '사진시'가 보여준 상호매체성이 객관적 기록인 사진 이미지와 주관적 해석인 시 텍스트를 씨줄과 날줄로 교차시켜, 그 이질적 충돌로 야기된 시적 긴장감 속에서 의미론적 다양함을 생성해 낸 독창적인 실험 정신의 산물이었음을 확인하였다.

이승하 '사진시'의 이러한 실험 정신은 역사의 한 페이지 속으로 사라질 수 있는 인류사적 사건이 시대를 초월하여 오랜 생명력을 가지고 유통될 수 있는 상황을 만들어 내고자 한 데에서 출발하였다. 영상 이미지가 인간 의식에 남기는 흔적은 인쇄된 언어 텍스트가 남기는 흔적보다 더 직접적이고 충격적이기는 하지만 그 순간적 특성으로 인해 지속력에는 한계가 있으므로, 이승하는 '사진시'를 통해 결코 망각해서는 안 될 인류사적 현실에 정치적·사회적·역사적 의미를 부여했던 것이다. 그리하여 그는 전쟁과 살상과 고문과 성 폭력 그리고 빈곤과 기아와 질병이라는 극한 환경 앞에서 위축된 전 세계의 인간뿐 아니라 자본주의 시대의 개발과 파괴의 환경 속에서 멸종되어 가는 전 지상의 생명체를 그의 '사진시'의 중심에 두고, 죽음을 비롯한 세계에 일상화된 폭력과 그 폭력을 낳은 광기에 대한 비판 정신과 저항 의식, 나아가 시적 반성과 시적 통찰을 보여 주었다.

또한 세계의 비극적인 상황을 사진 이미지와 시 텍스트로 형상화한 이승하의 '사진시'는 유토피아의 세계가 도래하기를 염원하면서 휴머니즘을 옹호하는 시세계를 일관되게 추구하였다. 이승하는 미적 자율성을 중시하는 예술가들이 진부하고 상투적인 것으로 여겨 기피하는 휴머니즘의 가치를 외면하지 않고, 휴머니즘의 옹호를 폭력과 광기의 시대를 살아가는 오늘날 작가의 절박한 과제로 인식하였던 것이다. 더구나 그는 감성적이고 미학적인 사진 이미지와 자신의 시적 감수성까지 보여주면서, 수용자의 상상력을 확장하고 심미적 체험을 고양시키면서 휴머니즘의 옹호라는 시세계에서 노출될 수 있는 프로파간다적 성격을 완화시킬 수 있었다.

이렇듯 이승하의 '사진시'가 보여준 시 텍스트와 사진 이미지의 상호텍스트적 현상은 새로움에 대한 강박적인 추구에서가 아니라 문자 언어와 영상 언어에 대한 깊은 통찰에서 비롯된 것이었다. 그의 '사진시'는 장르와 매체의 경계를 가로지르는 하이브리드(hybrid) 공간에서 생산된 융합 텍스트로서, 최근의 영상 매체와의 장르 혼성 현상이나 학제 간 통섭의 추세를 선구적으로 예견한 것이었다. 따라서 시 텍스트와 사진 이미지의 상호보완적 관계를 일찍부터 직시하고 전통적인 텍스트 중심의 문자적 사고에서 벗어나 감각적인 이미지 중심의 시를 추구한 이승하의 '사진시'는 전통적인 서정시와 순수시를 뛰어넘어 문학 예술의 표현 영역을 확대하고 전위적인 형식 및 장르 실험으로 한국 현대시의 새로운 패러다임을 개척하여 그 지평을 확장하였다는 데에서 시문학사적 의의를 찾을 수 있다.

참고문헌

1. 기본 자료

이승하, 『폭력과 광기의 나날』, 세계사, 1993.

_____, 『생명에서 물건으로』, 문학과지성사, 1995.

_____, 『인간의 마을에 밤이 온다』, 문학사상, 2005.

_____, 「작시법을 위한 나의 시, 나의 시론 : 폭력과 광기, 혹은 사랑과 용서의 시」, 『문예운동』 제113호, 문예운동사, 2012 봄호.

_____, 『한국 시문학의 빈터를 찾아서 2』, 서정시학, 2014.

2. 단행본 및 논문

김문주, 「이승하 작품론─구도(求道)의 길, 구도(舊道)의 여정」, 『유심』, 만해사상 실천선양회, 2009, 3/4월호.

김준오, 『시론』, 삼지원, 2013.

김혜원, 「오규원 시의 창작 방식 연구─포스트모더니즘 기법을 중심으로─」, 전 북대학교 대학원 국어국문학과 박사학위논문, 2013.

박경혜, 「문학과 사진─장르혼합의 가능성에 대하여─」, 『현대문학의 연구』 제 18권, 현대문학연구학회, 2002.

이득재, 「광고, 욕망, 자본주의」, 김진송·오무석·최범, 『광고의 신화, 욕망, 이 미지』 재판본, 현실문화연구, 1999.

이홍민, 「한국 현대시에 나타난 대중매체의 수용양상 연구」, 건국대학교 교육대 학원 교육학과 국어교육전공, 석사학위논문, 2009.

조남현, 「인간다운 삶에의 목마름」, 이승하, 『우리들의 유토피아』, 나남, 1989.

주형일, 「사진의 시간성 개념을 통해 바라 본 신문사진의 문제」, 『한국언론학보』 제47권 제2호, 한국언론학회, 2003.

_____, 「사진은 어떻게 죽음과 연결되는가」, 『인문과학연구』 제47권, 강원대학

교 인문과학연구소, 2015.

롤랑 바르트, 김인식 편역, 『이미지와 글쓰기』, 세계사, 1993.
_____, 정현 옮김, 『신화론』, 현대미학사, 1995.
_____, 조광희·한정식 옮김, 『카메라 루시다』 개정판, 열화당, 1998.
발터 벤야민, 심성완 편역, 『발터 벤야민의 문예이론』, 민음사, 1983.
수전 손택, 이재원 옮김, 『타인의 고통』, 이후, 2004.
_____, 이재원 옮김, 『사진에 관하여』, 이후, 2005.
앙드레 바쟁, 박상규 역, 『영화란 무엇인가?』, 시각과언어, 1998.
움베르토 에코, 김광현 옮김, 『기호와 현대 예술』, 열린책들, 1998.

■ 편집자 주석

1) 이승하: 1960년 출생한 이승하 시인은 1984년 중앙일보 신춘문예에서 「화가 뭉크와 함께」라는 파격적인 시로 기존의 시 성향과는 다른 새로움을 보여줬다. 1989년 경향신문 신춘문예 소설로도 당선했으며, 시집으로 『사랑의 탐구』, 시선집으로 『젊은 별에게』 등, 소설집 『길 위에서의 죽음』 등이 있다. 문학평론집으로 『생명옹호와 영원 회귀의 시학』 등 다수 저서가 있다. 현재는 중앙대 문예창작학과 교수다. 최초로 사진 이미지와 시의 장르 혼합을 시도하여 양자 간의 장르 혼합의 가능성을 시사해준다는 점에서 현대시사에서 중요한 의의를 지닌다.

2) 사진시: 시의 일부로서 사진을 활용하는 새로운 방법론이다. 시적 진실을 효과적으로 전달하기 위한 기법적 차원에서 활용될 뿐만 아니라 그 자체가 시적 진실을 담보하면서 문자로 쓰여진 부분과 상보적으로 만나게 된다. 사진의 의미가 활자의 도움으로 구체화되듯 시어들은 사진으로 인해 힘을 얻는다.

3) 상호매체성: 통섭, 퓨전, 경계 넘기, 크로스오버라고 지칭되는 문화적 현상으로서의 융합은 오래전부터 인터(inter)와 트랜스(trans)라는 접두어가 붙은 단어들이 유행된 데에서도 잘 드러나고 있다. 한때 문학을 연구하는 사람들 사이에서 유행되었던 상호 텍스트성(intertextuality)이란 개념은 하나의 텍스트가 다른 텍스트와 관계를 맺으면서 전혀 다른 새로운 의미를 창출하는 것을 말한다. 그것은 한 텍스트가 다른 텍스트를 인용, 패러디, 풍자하는 것 등으로 나타난다. 어떤 사람들은 상호 텍스트성을 문학, 영화 TV, 뮤지컬, 오페라 등 전 매체로 확장시켜서 매체를 넘나들며 상호 연관을 맺는 것을 상호 매체성(intermediality)이라고 지칭한다. 이것은 하나의 이야기가 여러 매체에서 각기 다르게 가공되어 활용된다는 OSMU(one source multi use)의 원칙과도 통한다.

4) 포토스토리 형식: 저널리즘의 르포르타주(reportage)에서 쓰이는 포토스토리(photo story)는 사진과 기사, 즉 이미지와 텍스트를 치밀한 계획 아래 결합하여 하나의 일관된 이야기를 형성하는 편집 방식이다. 따라서 포토스토리는 단일 사진과 달리, 하나의 주제 아래 일련의 사진들을 한 묶음으로 엮어 표현하는 연작 사진 형태를 취한다.

5) 다큐멘터리 사진: 뷰먼트 뉴홀(Beaumont Newhall)은 다큐멘터리 사진이란 용어가 1930년대 처음 도입되었다고 하면서 특히 그것이 '사실의 극화'라는 주관적인 미학적 기준을 따른다는 점에서 수동적인 단편 뉴스와는 다르다는 것을 강조하였다. '사실'이나 '현실세계' 묘사에 중점을 두고 '사실의 극화'를 표현하며 사회적 상황을 비평적으로 해석하는 사진 유형이다.

6) 중계와 정박: 바르트는 『이미지와 글쓰기』에서 이미지와 언어의 기능을 탐색하면서, 사진과 제목(title)과 사진 설명인 캡션(caption)의 긴밀한 의미 작용을 '중계'와 '정박'의 두 개념으로 설명하였다. 도상적 메시지의 특성을 다의적이고 불확실한 것으로, 언어적 메시지의 특성을 관념적이고 규정적인 것으로 인식한 그는 사진을 물리적으로 아무 말도 하지 못하고 그 밑에 적힌 텍스트의 입을 빌려서 말을 하는 것으로 파악하였다. 그리하여 이미지 혼자만으로는 말하지 못하는 것을 텍스트가 보충하고 연결해 주는 것을 '중계'의 기능으로, 이미지가 가진 시니피에(signifiè)들의 고정되지 않은 연쇄를 텍스트가 하나의 의미로 고정시켜 주는 것을 '정박'의 기능으로 설명한다.

※ 이 글은 『건지인문학』 제 17집에 실렸던 것을 새로 다듬은 것입니다.

전북지역 소재 누정과 누정문학의 특징연구

정훈

[해 설]

◎ 목적 및 특성

누정은 실제 생활과 밀접한 관련을 지닌 실용성이 높은 건물이 아니라, 건립 주체의 높은 지위와 세력을 나타내고, 그 건축물을 이용하는 사람들의 지위를 공고히 해주는 상징적 존재물이다. 누정은 종족간 위계질서를 확립하는 표상적인 역할을 하고, 외부에서 들어온 인사가 지역사회에 안착했음을 드러내고 동시에 확고한 세력을 구축하기 위한 의도로 사용되었을 뿐 아니라 한양 사대부들이 이 지역을 지날 때 그들과 교류를 하기 위한 공간으로서 누정을 활용하였기 때문에 지역과 중앙의 연계성을 가지는 장치로도 활용되었다.

본 연구의 목적은 누정과 관련된 기존 연구 성과를 바탕으로 전북에 소재한 누정들에 대한 기초 현황을 파악하고, 특색있는 누정을 선정하여, 각 누정의 특징을 파악하여 전북 누정과 누정문학의 출발점과 형성과정 및 특색을 살피는 데 있다.

◉ 연구 대상 및 방법

누정의 건립과 관리주체의 분포를 볼 때, 전북지방은 계(契) 등의 단체가 건립, 관리하는 누정이 많다. 이러한 결과는 전북지방이 혈연적 유대 보다 지리적 · 이념적 유대로 이루어진 동지집단 성원의 단결과 유대가 강한 것으로 보인다.

본 연구는 전북지역의 누정을 접빈객을 위한 관아/향교 소유형 누정, 지역사회의 주요 인사들의 세력화를 위한 집단 소유형 누정, 선조 추모와 문중의 화합을 위한 개인 소유형 누정으로 분류하여 살펴보았다.

연구 대상으로는 관아의 주도로 건립된 누정으로는 남원의 광한루, 정읍의 피향정 등을, '집단 소유'형 누정으로는 순창 십노사, 정읍 청계정, 임실 육우정 등을, 개인소유 누정으로는 순창의 귀래정과 전주의 한벽당, 임실의 수운정, 오괴정, 성석정, 월파정 등을 연구 대상으로 선정하였으며, 누정 관련 문학으로는 현판시 및 한시, 가사 등을 포함하였다.

◉ 핵심 내용

누정은 경치 좋은 곳에 유람이나 휴식을 취하기 위한 공간으로 지은 건물이다. 누정은 건립자의 의도, 누정을 세운 주체, 건립된 위치 등에 따라서 다양한 목적을 가지고 있다. 하지만 누정은 처음 건립된 이후 많은 역사를 겪으면서 처음 세워졌을 때의 의도를 지켜가기도 하고, 새로운 의미를 지닌 공간으로 변형되어 국가나지역의 상징물이 되기도 하고, 가문을 결속시키는 장소가 되기도 한다.

누정은 관리주체가 누구냐에 따라서 혹은 어떤 형태로 중건했느냐에 따라서 그 기능이 달라진다. 누정문학 역시 누정을 누가 건립하였고, 어떤 인물들이 누정문학 작품에 참여하였는가를 살펴보아야 제대로 이해할 수 있다. 누정의 성격이 변화되면, 누정을 기반으로 생산되는 누정문학작품의 성격도 변하게 된다.

관아의 주도로 건립된 누정은 각 지역의 대표적인 누정인 경우가 대부분이다. 남원의 광한루, 정읍의 피향정 등이 그러한 예이다. 이들 누정은 지방 행정일을 돕는 공공의 장소이자, 한양을 오가는 사대부들을 접대하기 위한 장소였다. '관 주도'형 누정들은 현재 보존상태가 양호하고, 관련된 누정문학작품들도 매우 많다는 특징이 있다.

'집단 소유'형 누정은 여러 사람들이 모여서 건립한 누정을 말한다. 마을 사람들이 모여서 만든 계(契)가 중심이 되어 누정을 세운다든가, 학문이나 이념이 같은 사람들이 모여서 하나의 단체를 결성하고 그 모임을 선양하기 위해서 누정을 세웠다. 순창 십노사, 정읍 청계정, 임실 육우정 등이 대표적인 누정이다. 집단 소유형 누정의 경우, 누정과 관련된 작품의 경우는 대부분 집단 내부인물들, 혹은 그의 후손들로 한정되는 경우가 많았다.

전북지역 대부분의 누정은 개인소유인 경우가 많으며, 새로 건립되거나 퇴락하여 사라진 경우도 가장 많다. 조선후기 특히 18~19세기에, 문중의식이 발달하면서 각 문중은 그들의 선조나 입향조를 현창하기 위한 여러 가지의 활동의 하나로 누정이 건립된 경우가 많았다. 이러한 누정은 건립한 개인의 특성과 후손들에 의해서 하나의 상징성을 가지는 경우가 많았다.

예컨대 귀래정의 경우, 신말주가 살아있을 때에는 신말주에게 '은자'라는 이미지를 부여하였고, 신말주 사후에는 고령신씨 중시조로서 신말주를 추모하고 그의 절의를 되새기는 가문의 중요한 상징물로서, 가문의 구성원들을 집결시키는 기능을 하였다.

◉ 연구 효과

누정은 경치 좋은 곳에 아름다운 경치를 조망할 수 있도록 지은 세운 건물이다. 누정은 조선시대 지배계층의 문화가 싹트고 뿌리 내리던 구심점이었다. 누정은 자연을 감상하며 휴식을 취하는 공간이자 손님을 맞이하여 함께 즐기는 공간이며, 가문을 결집시키는 공간이다. 또한 동족 혹은 마을집단의 일을 처리하고, 후학들을 교육시키기 위해 많은 사람들에게 모임 장소로 제공되기도 했던 복합적인 문화 공간이었다.

누각과 정자를 무대로 하여 펼쳐졌던 누정문학의 형성과 전개, 또는 그 상황을 밝혀 보면 우리나라 전통사회의 역사적 발전이나 상층문화권의 구조, 지역문화의 바탕과 그 특색 등을 이해하는 데 큰 도움이 된다.

그러므로 전북지역 소재 누정 및 누정문학에 관한 연구는 학문적으로 전북 지역 선비들의 문화와 교유, 역사와 문학, 건축과 누정에 얽힌 전설들을 복합적으로 이해할 수 있는 계기를 제공해준다. 뿐만 아니라 여러 지역이나 집단, 가문 등의 문화집단들의 분포를 살피고 비교할 수 있는 좋은 자료가 될 수 있다. 특히 한국 유교 문화 집단의 역사와 변천 과정을, 지역별 가문별 개인별로 접근할 수 있는 자료로서 지역 문화 및 문학 교육의 자료로도 활용될 수 있다.

1. 머리말

누정은 경치 좋은 곳을 찾아서 유람(遊覽)이나 휴식(休息)을 취하기 위한 목적으로 지은 건물이다. 사방이 두루 보이도록 막힘이 없는 탁 트인 곳에 세우며, 벽체 없이 기둥만 있다. 바닥에는 온돌방을 들이지 않고 마루만 있다. 아름다운 경관을 조망할 수 있도록, 경관을 방해하는 벽체를 없애고 기둥만 세운 것이 특징이다.

누정은 관(官)이나 사찰(寺刹) 등에서 세우기도 하고, 개인이나 동족집단(門中, 혹은 契會)이 짓기도 한다. 대부분 경치 좋은 곳에 자리하기 때문에 자연을 감상하며 호연지기를 기르기도 하고, 휴식을 취하는 공간이면서, 손님을 맞이하여 함께 즐기는 공간이기도 하다. 또한 동족 혹은 마을집단의 일을 처리하리하기 위해 많은 사람들에게 모임의 장소를 제공하기도 하고, 후학들의 교육을 담당하기도 했던 남성중심의 공간이었다.

누정은 처음 건립할 때 건립자의 의도, 누정을 세운 주체, 건립된 위치 등에 따라서 다양한 목적을 가지고 있다. 어지러운 정치판에서 벗어나 은둔하고자 하는 의도로 지어진 경우도 있고, 세상사를 벗어나 음풍농월하며 세월을 보낸 곳이기도 하며, 자제나 후학을 위한 교육의 장소이기도 했다. 또한 가문을 결집시키기 위한 상징적인 기능도 하였다. 이로 보아 누정 대부분은 몇 가지 기능을 복합적으로 수행하는 특징을 보이고 있다.

누정은 처음 건립된 이후 많은 세월이 흐르면서, 자체적으로 많은 역사를 겪게 된다. 그 과정에서 국가적 상징물, 혹은 한 지역의 상징물이 되기도 하고, 한 가문을 결속시키는 장소가 되기도 한다. 즉 누정은 처음 세워졌을 때의 의도를 지켜가기도 하고, 새로운 의미를 지닌 공간으로 변형되기도 한다. 이렇게 축적된 문화적 특성이 가득한 문학작품들을 '누정문학'이라고 한다. 최근에는 누정 및 누정문학에 대한 연구가 활발하게 진행되고 있다. 그 양상을 살펴보면 다음과 같다.

먼저, 누정에 대한 개괄적 연구이다. 주로 누정문학 연구초기에 해당하는 시기로, 김갑기(1989), 김동준(1994), 김신중(1996), 최재율(1997), 최경환(2003)[1] 등은 누정이 언제, 어느 곳에 세워졌으며, 누정의 실질적 소유주는 누구이고, 누정이 어떤 기능을 했는지를 밝혔다. 또한 누정을 배경으로 지어진 시문을 연구대상으로 삼아서, 누정문학의 발생배경, 누정문학의 특징, 누정문학의 시공간적 특성, 중국문학과의 관계 등을 밝혔다.

다음은 누정과 관련된 문학작품들에 대한 연구들이다. 각 누정과 관련된 기문을 해석하고, 누정제영시의 양상을 분석하고 논평하였다. 김종섭(1992), 민병수(2001), 이남일(2002), 이창룡(2006), 등은 전국에 걸쳐 있는 누정에 대한 소개 및 그와 관련된 시문들을 해석하여 누정제영 연구의 시발점을 놓았다. 이들의 연구는 최경환(2002, 2006), 남동걸(2004), 오용원(2005), 안세현(2010), 민주식(2011), 정훈(2006, 2008, 2010, 2012) 등에서 심화되었다. 누정집경시, 시조, 누정제영시 등 누정과 관련된 문학작품들을 본격적으로 연구하여, 누정과 관련된 문학작품들이 선조를 찬양하고, 문중의 사회적 기반을 형성하며, 향촌사회의 학문적 연계를 공고히 하는 역할을 하였다는 점을 밝혔다.

셋째, 누정이 지닌 기능적 측면에 주목한 연구들이 있다. 정청주(1996), 곽성기(1997), 김학수(2010), 조용호(2011) 등은 누정이 전통시대 지역/향촌사회에서 후학의 교육을 담당하고, 지역사회의 정치적/경제적 활동의 중심이 되었으며, 주도적 역할을 했던 인물들의 모임터라는 점을 밝혔다.

넷째, 누정의 건축학적 특성과 조경학적 특징에 주목한 연구들이 있다. 김동욱(1995), 이명우(2008), 최만봉(2001), 노재현(2008), 신상구(2008), 김지은(2010), 이현우(2013), 등은 건축/조경분야에서 누정을 다룬 예들이다. 건축과 조경분야에서는 그 당시의 지식인들의 정신적 사상적 기반이 어떻게 자연경관에 투영이 되었고, 다시 자연경관이 인간의 정서에

---

1) 연구사와 관련된 참고논문의 목록을 모두 제시할 경우, 목록이 지나치게 길어지기 때문에 '논자(연도)'만을 제공하고, 논지전개와 직접 연관된 논문만을 참고문헌에 제시하였다.

어떻게 투영되었는가를 분석하였다. 건축을 이해하기 위해서는 그 시대인의 욕구와 표현을 이해하여야 할 것이며, 특정 시대의 건축을 보는 관점은 그 시대인의 사상과 가치관, 건축관을 가지고 그 내용을 살펴야 한다고 했다.

이외에도 누정이 지역사회에서 행한 역할에 주목한 곽성기(1997, 2012), 김학수(2010) 등의 연구가 있다. 곽성기는 누정이 전통사회에서 후학의 교육을 담당하고, 동민들의 사회 경제활동과 밀접한 관련을 갖는 광장의 구실을 하며, 교양인들의 지적 활동의 산실이라는 측면에서 문화교육을 담당하였다는 점을 밝히면서, 누정의 교육학적 기능을 부각시켰다. 김학수는 학문적 모임인 영남학파들이 모일 수 있는 구심적 역할을 하였다는 점을 밝혔다.

지금까지 진행된 누정관련 연구는 대부분 대규모 집단적이고 대단위 지역에서 바라본 누정연구이다. 이들 연구는 누정의 성격과 기능, 누정이 지역사회에 끼친 영향, 누정의 조경학적 가치 등에 대해 많은 연구성과를 이루었다.

최근 누정에 대한 연구가 활발해지고 있다고는 하지만, 개별누정의 특성이 어떤 의미를 지니고 있는지를 밝힌 논문은 많지 않다. 본 연구는 누정과 관련된 그간의 연구성과를 바탕으로 전북에 소재한 특색있는 누정을 선정하고, 각 누정의 특징을 파악하여 한국의 누정이 지닌 누정문학의 출발점이 무엇인지를 살피는데 그 목적이 있다.

이를 위해서 먼저 전북지역의 누정에 대한 기초 현황을 파악하고, 전북지역의 누정과 누정문학이 지닌 특색을 파악하려고 한다. 전북지역소재 개별 누정2)에 대한 특징이 밝혀진다면, 대한민국에 소재한 각 누정

---

2) 전북에 소재한 누정의 목록은, 전남대 호남학연구소에서 1995년에 작성한 ≪전북지방 누정조사보고(1995)≫, ≪호남문화연구≫ 23집(1995), 25집(1997)과 전라북도 향교재단

에 대한 기본적인 특징을 알 수 있을 것이고, 누정문학의 형성과정과 특징도 파악할 수 있게 될 것이다.

2. 누정에 대한 연구 성과 및 전북 누정의 특징

2.1. 누정에 대한 기존 연구

누정의 학문적 가치를 인식하고, 누정에 대한 조사를 대대적으로 시작한 것은 전남대학교 호남학연구소였다. 1984년부터 1990년까지 전남지방에 흩어진 누정을 조사하여 <호남지방 누정조사보고서 1~7>을 작성하였다. 조사활동을 통해서 전남지방 누정에 대한 기본적인 사항을 조사하여 누정과 관련된 여러 분야를 연구할 수 있는 기초자료를 제공하였다.

전북지역 누정에 대한 기초자료 역시 ≪호남문화연구≫ 23집(1995)에 실려 있다. 전북지역의 누정에 대한 조사는 1993~1994년에 걸쳐 실시되었다. 전북지역 누정에 대한 현황을 파악하기 위해 ≪동국여지승람≫과, 각 시군 등의 문화원에서 발간한 문헌자료를 이용하여 기초조사자료를 작성하였다. 그리고 각 조사팀별로 담당지역을 정한 후 지역의 공보실과 문화원의 협조를 얻는 방식으로 조사를 하였다. 조사내용은 1) 누정명, 2) 누정의 위치, 3) 건립자, 4) 건립/중건 연도, 5) 설립자의 본관, 6) 비고 등이다. 이 당시에 조사된 전북소재 16개 시군에 걸친 누정의 개수는 총 373[3]개소이다. 이 조사는 1993년 12월~1994년 7월까지 약 8

에서 작성한 ≪전북향교원우대관(1994)≫, 전북향토문화연구원에서 작성한 ≪전북의 누정(2000)≫ 등을 기본자료로 활용할 예정이다.

개월 정도로 조사기간이 무척 짧았고, 조사활동도 주로 옛문헌자료에 바탕을 두고, 전북지역 각 문화원에 협조를 구하는 방식으로 진행되었다. 이에 문화원에서 자료를 제공하지 않은 '고창' 같은 경우, 단 한 건의 누정도 보고되지 않았다.

≪호남문화연구≫ 23집의 결과를 바탕으로, 이상식, 최재율, 박준규 등이 전북지방 누정에 대한 연구결과를 ≪호남문화연구≫ 25집(1997)에 발표하였다. 이상식(1997)은, 전북지방의 누정은 정치적 수난 속에서 피해자들이나 현실 정치에 환멸을 느낀 사람들이 지방으로 은둔하면서 안식처로 삼기 위해 지은 것들이 많았고, 누정을 통해 상호교류와 인식확대를 통해 일체감을 형성하였다고 주장하였다. 또한 누정을 통해 형성된 일체감은 대의명분과 충절을 지키는 정신의 근간이 되었고, 이러한 정서가 곧 호남정신의 근간이 되었다고 보았다. 최재율(1997)은 전북지방 누정의 실태와 전망을 살폈다. 전북지방은 누·정·재·실·각·대, 등 여러 시설가운데 누정이라 할 수 있는 것은 총 150여 개이고, 누정의 건립과 관리주체로 볼 때 계(契) 등 동지집단 성원의 유대가 강한 것으로 보았다.4) 이를 바탕으로 전북지방이 혈연적 유대보다 지역적, 이념적 유대가 상대적으로 더 강하다고 평가하였다. 박준규(1997)는 <조선 전기 전북의 누정제영 연구>에서 ≪호남시단의 연구≫(2007)로 확장시켜 나갔다. 누정은 지방 사대부들이 모여서 시적 교류를 할 수 있는 계기를 마련하였고, 이들의 모임이 곧 호남시단이 되었다. 눌재 박상, 면앙정 송

---

3) 누정의 개수는 조사기관, 조사형태, 누정에 대한 인식, 현존여부 등에 따라서 달라진다. 예를 들어, 전북의 경우 ≪여지승람에≫는 13개소, ≪전북향교원우대관≫(1994)의 경우, 492개소, ≪호남문화연구≫의 경우 373개, ≪전북의 누정≫에서는 212개를 조사보고 하였다.

4) 최재율, <전북지방 누정, 그 실태와 전망>, ≪호남문화연구≫ 25집, 전남대 호남문화연구소, 1997. 125~126쪽.

순, 하서 김인후, 고봉 기대승, 송강 정철, 고산 윤선도 등은 누정을 배경으로 수많은 누정제영을 남겼고, 한국문학 발전에 커다란 기여를 하였다고 보았다.

하나의 누정이 있던 현장을 찾아다니고, 누정을 찾아서 그 누정의 역사와 그와 관련된 인물들을 찾아내어 정리하는 일은 상당히 어렵다. 일부의 누정 외에는 대부분 건립연대나 건립자가 밝혀지지 않은 것들이 많다. 이 경우 누정에서 흔히 발견할 수 있는 누정기나 누정제영 등과 관련해서는 어떤 시대의 인물이었는지 알기 어려운 경우들도 많다. 또한 기문, 시문, 중수기 등 누정과 관련된 작품들이 많지 않아서 연구를 진행할 수 없는 누정들도 많다.

전북지방에 소재한 것으로 밝혀진 누정이 300여 개가 넘어도 실제 연구대상으로 삼을 수 있는 누정은 몇몇개에 불과하다. 대표적으로, 광한루, 피향정, 한벽루 정도가 이에 해당한다.

광한루의 경우, 판소리계소설 <광한루기>와 연관된 연구논문이 많다. 김현숙(1992)은 <광한루기>의 연구를 통해, 광한루와 춘향전 등에 대해 연구했으며 김종서(2002), 정훈(2008) 등은 광한루와 관련된 누정시에 대한 연구를 진행했다. <춘향전>의 배경이 되는 광한루는 많은 연구자들이 연구대상이 되어 약 50여 편의 연구성과가 생겨났다.

문학분야 외에도 조경과 건축 분야에서의 연구도 진행되고 있다. 김동욱(1995), 이명우(2008), 최만봉(2001), 노재현(2008) 등은 누정의 형성과정 및 누정을 조성하는 과정에서 선비들의 의식이 누정의 위치나 누정명 등을 작성하는데 영향을 끼쳤다고 보았다. 노재현(2008)은 한벽당의 변천과정을 통시적으로 다루면서 건축적으로 어떤 변화를 겪었는가를 보여주었다. 건축, 조경은 당대인의 정신적 사상적 기반의 표출이며 당시의 사회현상을 나타내는 척도이다. 조경은 인간의 정서로 조성되며,

궁극적으로는 사상과 염원을 표현하려는 의지가 실제로 형상화된 것이다. 건축을 이해하기 위해서는 그 시대인의 욕구와 표현을 이해하여야 하며, 특정시대의 건축을 보는 관점은 그 시대인의 사상과 가치관을 가지고 살펴야 한다5)고 보았다.

이외에도 학제간 연구로, 곽성기(1997)는 누정과 교육학을 접목하였고, 박준규(2001)은 담양의 누정이 지닌 역사성과 문화성을 부각시켰다. 또한 김태준(2005)은 '문학지리학'이라는 사회학적 입장에서 연구를 진행하였다.

누정이라는 하나의 건축물은 단순히 하나의 건축물에서 그치는 것이 아니다. 누정이라는 건물은 사대부의 이상을 상징하고, 그러한 이상을 현실에 구현한 하나의 상징물이다. 그러기에 후손들은 누정에 대한 각별한 애정이 있었으며, 관청에서는 누정을 지속적으로 보존하여 왔던 것이다. 지속되는 시간 속에서 적층되는 다양한 문학적 성과와 문화적 산물들은 누정이라는 대상에 대한 시각을 더욱더 다양하고 풍성하게 만들었다.

2.2. 전북지역 소재 누정의 특징

전북에도 전남에 못지않게 많은 누정이 건립되었고 존속되어 왔다. 전북지방에 소재한 누정에 대한 조사와 연구는 전남에 비해 뒤늦은 감이 있다. 전북의 누정과 관련된 연구로는 호남학연구소(1995), 이상식(1997), 김신중(1997), 최재율(1997), 박준규(1996, 1997), 최만봉(2001), 박명희(2003), 이현우(2010) 등이 있다.

---

5) 임영배 외, <누정의 건축적 특성에 관한 의미론적 고찰>, ≪호남문화연구≫24집, 1996. 285-286쪽.

전남대학교 호남문화연구소에서는 ≪신증동국여지승람≫, ≪호남누 정총람≫, ≪동문선≫ 등의 고전자료와 , 각 시군의 시사, 읍지 등의 자료를 이용한 전북소재 누정의 수는 16개 시군에 걸쳐 총 373개소라고 하였다.

지역	전주시	완주군	익산군	이리시	옥구군	임실군	순창군	남원군	부안군	무주군	진안군	장수군	김제시	김제군	정주군	정주시	합계
누정수	40	6	39	12	10	23	10	10	22	30	20	50	13	12	56	20	373

[전북지방 시군별 누정 총수][6]

호남문화연구소에서 조사에서는 고창지역의 누정에 대한 조사가 빠져있다. 전북누정에 관해서 조사를 실시했던 곳으로 향교재단이 있다. 이곳에서 조사한 전북의 누정수는 총 492개이다.[7]

지역	전주완주	진안	무주	장수	임실	남원	순창	정읍정주	고창	부안	김제	군산옥구	이리익산	합계
누정수	65	10	45	55	14	66	18	45	116	10	9	14	25	492

호남문화연구소에서 조사한 누정의 숫자(373)에 ≪全北鄕校院宇大觀≫ 에서 조사한 '고창'의 누정 숫자(116)를 더하면, 총 489개소가 된다. 호

---

6) 박준규, <조선 전기 전북의 누정제영고>, ≪호남문화연구≫ 25집, 호남문화연구소, 1997. 255에서 재인용.
7) 박준규(1997), 상게논문, 255쪽 자료 재인용.

남문화연구소의 결과와 ≪전북향교원우대관≫에서 조사한 누정의 숫자가 비슷해진다.

전라북도와 전북향토문화연구회에서도 조사결과를 ≪전북의 누정≫으로 발표하였다. 누정의 소재지를 기준으로 시·군·읍·면·동으로 분류하고 가나다순으로 배열하여 찾기 쉽도록 제작하였다. 누정의 소재지와 연대, 구조, 누정의 규모, 연혁 등을 밝히는데 중점을 두었고, 뒷면에 누정관련 인명록을 작성하여, 누정과 누정주인의 관계를 찾기 쉽도록 색인처럼 만들었다. 그리고 조선시대의 정려(旌閭)까지도 함께 실었다. 이렇게 조사된 전북의 누정수는 총 209개소이다. 기존에 조사된 숫자보다도 줄어든 이유는 현존하는 누정을 대상으로 하였기 때문이다.

호남학연구소에서 발표한 연구결과는 1년이라는 짧은 시간 동안에 조사가 실시되었기 때문에 고창군과 군산에 대한 조사가 빠지는 결함이 발생하였다. 문헌자료를 옮겨 작성하는 과정에서 고문헌자료에 대한 충분한 검토가 이루어지지 못하였고, 또한 개인문집들에 실려 있는 많은 누정관련 자료들이 조사되지 못한 점도 아쉽다. 일제시대 혹은 일제시대 이후 근대에 세워진 누정은 조사대상에 포함되지 않았고, 또한 개인이나 가문에 새로 지은 누정들은 조사대상에 포함하지 않았다.

현재도 새로운 누정은 계속 발견되고 있다. 예를 들어, 남원지역에 소재한 누정의 숫자에 대해 <호남학연구소>에서는 10개소라 하였고, <전북향토문학연구소>에서는 19개소라 하였다. <전북향토문화대관>에서 조사한 남원의 누정 숫자는 66개이다. 그러나 남원에 거주하고 있는 이남일(2004)[8]이 조사한 바에 따르면 남원에 있는 누정의 개수는 67개소이다.

---

8) 이남일, ≪옛 누정의 시와 풍류≫, 재전운봉향우회, 2003. 6-7쪽

한편 최재율(1995)은 누정의 도시별 건립주체별 분포를 조사9)하였다.

시군 구분	개인 동족집단	계모임 등 단체	관, 향교	기타	미상	합계
전주	7	1	3		1	12
군산	4	2		1		7
익산	20	1			9	30
남원	1		1		2	4
정읍	5	12	6	1	2	26
김제			2		3	5
임실	16	2			2	20
순창	4	1			1	6
부안		1	2		2	5
무주	2	1			4	7
진안	5	1		1	5	12
장수	6	4		1	5	16
계	70	26	14	4	36	150
%	46.7	17.3	9.3	2.7	24.0	100%

최재율은 누정의 건립과 관리주체의 분포를 볼 때, 전남지방은 씨족 집단의 유대가 더 강한 것으로 해석하고, 전북지방은 계(契) 등의 단체가 건립, 관리하는 누정이 많은 것은 전북지방이 계 등 동지집단 성원의 단결과 유대가 강한 것으로 보았다.10) 이를 보면 전북지방은 혈연적 유대 보다 지리적·이념적 유대가 더 강한 것으로 보인다.

---

9) 최재율, 전게논문, 123쪽-124쪽.
10) 최재율, 상게논문, 125쪽.

건립 시기	갯수
고려시대(1392년 이전)	2
조선전기(- 임진왜란 이전)	12
조선후기(- 1890년 이전)	15
근대(1861-1945 해방이전)	49
해방이후(1945년 이후)	16
합 계	94

위의 표11)는 전북의 누정 373개 가운데, 누정의 건립시기가 명확한 것을 대상으로 분류한 것이다. 전북지방에 세워진 누정 가운데 고려조에 창건한 누정이 2개이다. 조선전기 임진왜란 이전까지 건립한 누정이 12개이며, 임진왜란 이후 1890년까지에 건축된 것이 15개, 1890년 이후 해방 전까지 건립한 것이 49개이다. 해방 후부터 현재까지 건축한 누정이 16개이다. 조선후기를 거쳐 근대로 올수록 누정건립의 숫자가 많아진다. 해방이후에 16개로 나타났다고 하여 누정이 실제 16개만 건립되었다고 볼 수는 없다.

전북의 누정 373개중 94개를 뺀 나머지 273개는 시기미상이다. 임실문화원에서 간행된 《임실의 누정》과, <한국매일> 신문에서 2014년 12월 22일자에 실린 '남도 정자기행'을 기초로 누정의 건립시기와 건립주체를 살펴보면 아래 표와 같다.

---

11) 이상식, 전게논문, 300-301쪽.

건립 시기	구분		누정 건립주체		
	시기	미상	관	가문/단체	개인
고려시대(1392년 이전)					
조선전기(- 임진왜란 이전)	8			1	7
조선후기(- 1890년 이전)	8	2		4	6
근대(1861-1945 해방이전)	15	1		7	9
해방이후(1945년 이후)	6	1		4	3
합 계	37	4	0	16	25

　임실지역의 경우, 기존 조사에서는 14개소, 20개소, 23개소 등이었지만, 임실문화원과 <한국매일>에 실린 누정의 수를 종합하면 모수 41개소에 이른다. 임실지역의 누정은 근대(1861년)이후에 지어진 누정이 23개소로 임실 전체 누정의 절반을 넘는다. 근대이후에 지어진 누정은 개인이 건립한 것이 12개소, 가문이나 계원, 동류집단 등이 건립한 것이 11개소이다. 근대로 분류하고 있는 1860년대부터 일제시대까지 누정의 건립은 급증하고 있어 전체의 52.1%를 넘고 있다. 이것은 전남보다 훨씬 높은 비율을 보이고 있다.[12]

　19세기에서 20세기 초에 건립된 누정은 향촌사회에서 집성촌을 이루고 있는 在地士族에 의해 건립된 것이 많다. 이는 특정 개인에 의해 건립되었다기보다는 門中의 扶助와 門人들이 修契하여 건립한 누정이 일반적이다. 각 누정에 揭板되어 있는 記文이나 여타 上板詩文을 살펴보면, 누정 건립의 다양한 목적 가운데 先祖의 宣揚과 齋室의 기능을 가진 누정이 다수를 차지하고 있다. 이러한 유형의 누정은 대부분은 향촌사회에서 집성촌을 이루며 각 지역의 入鄕祖 가운데 높은 관직을 하였거나, 관직생활을 하지 않았더라도 忠孝가 두터운 先祖와 학덕이 있는 先祖가 있으면 이를 추모

---

12) 이상식, 전게논문, 301쪽.

하여 선양함으로써 鄕村社會에서 자신들이 속한 門中이 지역에서의 사회
적 地位와 權威를 견고히 하기 위하여 그 입향조의 宗孫이 건립하거나, 아
니면 그 支孫들이 서로 부조하여 경관이 좋은 곳에 터를 잡아 누정을 건
립하였다. 향초사회에서 선종의 선양을 통해 문중이 입지를 확고히 했던
이러한 양상은 누정의 건립뿐만이 아니라, 자신들의 선조와 관련된 書院
의 복원, 旌閭碑나 旌閭閣의 건립, 族譜의 간행, 문집의 간행 등도 일정하
게 맥을 같이 한다.13)

오용원(2005)은 19-20세기 초에 건립된 누정의 대부분이 선조의 선양
과 재실을 겸하기 위한 누정이 대부분을 차지한다고 하였다. 임실지역
의 경우에도 '수운정', '오괴정', '성석정', '월파정' 등은 초기에는 비록
개인이 건립하였지만, 후손들 문중에서 관리하는 것들이 대부분이다. 이
러한 경우, 단순한 누정의 기능에서 벗어나 선조를 기리기 위한 장소를
겸하는 경우가 많았다.

근대시기에 건설된 누정들 대부분은 지방에서 가문의 위세가 커지면
서 근현대에 세워진 것일 가능성이 많다. 또한 집단이나 계원들이 중심
이 되어 반면에 관이나 공공기관에서 지은 것은 하나도 없다. 이 같은 특
징은 전북지역 전역으로 확대하여 적용해도 비슷한 결과를 보이고 있다.

3. 전북지역 누정문학의 특징

조선조에 들어와 본격적으로 만들어지기 시작한 누정은 일제 강점기
에도 제작되었다. 조선전기시대에 세워진 누정은 정치적 변혁기에 부귀
와 영화를 멀리하고 은둔을 택한 상층 지식인들, 혹은 정치에서 소외된

---

13) 오용원, <영남지방 누정문학연구(1)>, ≪대동한문학≫ 22집, 2005. 446-447쪽

이들이 시(詩)로서 울분을 달래고 자연을 통해서 마음을 닦으며 마음이 통하는 친구와 벗하며 즐기기 위해 건립한 것들이다.14)

누정에는 기문, 상량문, 제영시, 소지(小識), 사적지, 공덕지(功德識), 주련문(柱聯文), 시집 등의 다양한 양식의 창작물이 있고, 대부분 목판에 새겨져 있다. 이러한 창작물은 각 누정의 건립과 기능, 그리고 누정의 주체자와 경영자의 행적과 경영의도를 기술하거나, 누정의 주위 경관을 시문으로 묘사하기도 하였다.15)

처음 누정이 어떤 과정을 거쳐서 건립되었는지에 관계없이 누정은 시간이 지나면서 누정의 역사를 만들어간다. 다양한 문화 활동이 겹쳐지고, 누정에 대한 많은 기록들이 쌓여가면서 누정문학은 형성된다. 그러므로 누정문학에는 곧 누정 각각의 역할과 그 누정만의 특징이 형성되게 된다.

누정은 수많은 세월동안 꾸준히 경영하면서 국가적 상징물이 되기도 하고, 때론 사적인 심사를 표상하는 상징물이 되기도 한다. 누정은 단순히 건립된 것에서 그치는 것이 아니다. 누정의 건립자가 벼슬을 마치고 여생을 즐기거나, 세상을 피해서 은둔을 하거나 간에, 누정이 건립된 후로는 누정을 중심으로 역사가 생겨나고 다양한 문화적 성과물16)이 존재하게 된다.

어느 지역에 누정이 건립되고 시간이 지남에 따라 번창을 하게 된다면 주된 후견인은 없는지, 사회경제적 배경은 무엇인지 등에 대한 깊이

있는 논의가 있어야 한다. 이러한 논의가 진척된다면 비록 작은 공간에서 행해진 문학 활동이라도 지역의 정체성을 밝힐 수 있는 열쇠가 될 수 있기 때문이다.[17] 본에서는 이를 위해 관아소유형 누정, 집단 소유형 누정, 개인 소유형 누정으로 나누어서 각각의 누정이 지닌 특징과 그 특징을 바탕으로 생산된 문학작품이 어떤 특성을 지니고 있는지 살펴보겠다.

3.1. 접빈객을 위한 관아/향교 소유형 누정

누정은 관리주체가 누구냐에 따라서 혹은 어떤 형태로 중건했느냐에 따라서 그 기능이 달라진다. 전북지역의 경우, 관아의 주도로 건립된 누정은 각 지역의 대표적인 누정이 경우가 대부분이다. 남원의 광한루, 정읍의 피향정 등을 예로 들 수 있다. 이들 누정은 초기 건립할 때에 대부분 그 지역에 파견된 관리가 세운 것들이 대부분이다. 광한루는 황희가 세웠고, 피향정은 최치원이 세웠다. 남원 광한루는 조선초기 남원에 부임했던 황희의 선조인 황감평이 소일하던 일재(逸齋)라는 서실에서부터 출발한다. 이후 태종이 양녕대군을 폐위하려 할 때, 황희가 남원으로 내려와서 그 자리에 '광통루(廣通樓)'라는 누정을 짓는다. 이후 남원부사였던 민여공이 광통루를 중수하고, 하동부원군 정인지(鄭麟趾)가 '광한청허부(廣寒淸虛府)'라는 이름에서 따온 '광한루'라는 명칭을 붙임으로서 비로소 광한루가 탄생하였다.

광한루가 '호남제일루'란 명성을 얻게 된 이유는, 남원지역이 전라남도와 제주도로 벼슬살이 하러 가는 관리들이 오가는 길목이었기 때문이다. 광한루는 이 지역을 지나는 사대부나 관리라면 꼭 한 번씩 들러야

---

17) 박명희, <지역전통의 형성과 누정문학의 전개>, 《한국언어문학》 51집, 한국언어문학회, 2003. 379쪽

하는 관광명소가 되었다. 광한루를 방문한 시인묵객이라면 시 한수는
남기는 것이 예사였고, 수창한 시가 많은 경우에는 시집을 만드는 경우
도 있었다. 그러한 예가 임제의 ≪백호집≫에 실려 있는 ≪용성수창시
집≫이다.

백호 임제가 제주에서 서울로 가는 길에 남원부사로 있던 손여성(孫汝
誠)을 찾아갔다가 마침 자리에 있던 옥봉 백광훈과 손곡 이달을 만나게
되었다. 이들은 다시 가까운 오수에 살던 송암 양대박까지 불러서 밤늦
게까지 광한루에서 노닐면서 친교를 다지고 시를 수창하였다. 이때 수
창했던 시들을 엮은 것이 ≪용성수창시집≫이다.[18]

賓主交懽俗物稀	주인 손님 즐기는 자리 속물은 없고
一樓除我摠能詩	온 누각에 나만 빼고 시를 다 잘하네
晚山當檻雲初斂	난간 앞의 저문 산에 구름이 갓 걷히고
淸景撩人席屢移	맑은 경치는 사람을 꾀어 자리 자주 옮기네
半醉半醒深夜後	밤 깊어지니 반은 깨고 반은 취하고
相逢相別落花時	꽃 지는 시절에 만나고 헤어지네
橋邊楊柳和煙綠	다리가의 능수버들 연기 엉겨 새파라니
欲折長條贈所思	한 가지 꺾어서 그대에게 주고 싶네[19]

이 시는 1578년에 임제가 제주도에서 한양으로 가는 길에 남원에 들
러서, 백광훈, 이달, 양대박 등과 만나서 광한루에서 함께 노닐면서 지은
것이다. 이들은 이 시를 원운으로 모두 차운을 붙여서 사대부들의 친교
를 나타내는 하나의 스토리를 완성하였다.

---

18) 졸고, <남원 광한루의 누정제영시 연구>, ≪한국언어문학≫ 67집, 한국언어문학회,
   2008, 325쪽.
19) 임제, ≪임백호집≫, 권3, 칠언근체, <龍城廣寒樓酒席酬唱>. 이 시의 뒤에는 이달, 백
   광훈, 양대박 등이 차운한 시가 함께 실려 있다.

누정과 관련하여 여기서 주목할만한 점은 광한루가 가진 기능이다. 관아에서 세운 누정으로서 광한루는 관찰사의 지방행정 일을 돕는 공공의 장소로서 사용되는 한편, 한양을 오가는 사대부들을 접대하는 장소로 쓰였다. 이러한 과정에서 생산된 누정문학작품들이 가장 많은 분량을 차지한다. 누정이라는 상징적 공간은 관찰사가 지역사회를 관리하고 사회질서를 유지하기 위한 상징적 공간이면서, 지방 관리가 중앙 사대부들과 관계를 형성할 수 있는 중요한 공간이 된다는 것을 알 수 있다.

공적인 기능을 하는 누정의 종류로, 전주부성의 남쪽 문 위에 세운 전주의 풍남문루, 전주 향교 만화루(萬化樓), 고창읍성의 입구에 있는 공북루(拱北樓)와 읍성 안에 세워진 풍화루(豊和樓) 등이 있다. 풍남문루 같은 경우는 전란을 대비한 군사시설로 사용되고 있기 때문에 일반인의 접근이 쉽지 않다. 향교 만화루의 경우, 성현을 모시고 제사지내는 한편 자제들의 교육을 담당하는 학교의 기능을 하고 있다. 김종직이 전주 향교의 만화루20)에서 지은 시를 예로 들어본다.

> 전주 향교의 만화루에서 차운하다(全州鄕校萬化樓次韻)
> 庠序依俙闕里堂 학교는 공자의 궐리 학당과 방불하고
> 藏修盡是楚材良 유생들은 모두 초나라 인재 진량과 같도다
> 鳶魚活活分天地 연어는 활발하게 하늘과 땅을 나누고
> 絃誦洋洋殷堵墻 현가 소리는 양양하게 담 밖으로 퍼지누나
> 水瀲芳池襟抱淨 물이 방지에 출렁이니 가슴속은 맑아지고
> 風搖文杏笑談涼 바람이 문행을 흔드니 담소는 시원하여라
> 一年鼓舞吾無術 일 년 내내 유생을 고무시킬 꾀 없었으니
> 慚負樓前游夏行 누 앞의 자유·자하의 행실을 행하는 학생들에게 부
> 　　　　　　　　끄럽구나21)

---

20) 향교의 경우, 공자를 모시고 후학을 교육한다는 의미에서 공적 기관으로 분류하였다.

향교의 규모와 학생들의 공부하는 모습과 당부, 자신에 대한 회한이 잘 드러나 있다. '만화(萬化)'는 유교의 가르침을 받아 만물이 교화가 됨을 뜻하는 것으로, 세상만물이 저절로 잘 다스려짐을 뜻한다. 이를 위해서 제일 먼저 선행되어야 할 것은 수신(修身)이다. 수신(修身)을 통해서 평천하(平天下)를 이룰 수 있다는 것은 ≪대학≫의 가르침이자 주요 사상이었다. 그래서 유자(儒子)들은 수신을 매우 강조하였다.

기구의 '초나라 인재 진량'은 전국 시대 문명(文名)이 미개한 초나라 태생이었으나, 주공(周公)·중니(仲尼)의 도를 좋아하여 북쪽에 있는 산동으로 유학하여 대유(大儒)가 되었다고 한다. '연어(鳶魚)'는 ≪중용≫12장의 내용을 인용한 것으로 '천지자연의 도가 밝게 드러난 것'을 말한다. '현가소리' 역시 정치적으로 평화로운 세태를 의미한다. 전구는 만화루 앞을 흐르는 전주천의 시원하고 상쾌한 모습과 그곳에서 휴식을 취하면서 이야기를 하는 유생들의 모습을 그려냈다. 결구는 그런 유생들의 모습에서 점필재는 공자의 제자중에서 문학으로 유명한 자유(子遊)와 자하(子夏)의 모습을 보면서 자신의 거울로 삼았다.

관에서 세운 누정의 경우, 사용용도는 대부분 손님응대용으로 사용된다. 이들 누정은 관아나 향교와 가까운 곳에 세워져 있다. 남원의 광한루와 정읍의 피향정, 전주의 만화루 등이 대표적이다. 관에서 세운 것은 고을을 방문하는 사대부들이나 혹은 타지로 벼슬살이하러 오가는 관리들을 응대하기 위한 용도로 주로 사용되었다. 향교에서 세운 것은 학생들의 휴식을 위한 공간, 강학을 위한 공간 등으로 활용되었음을 알 수 있다.

관에서 세운 누정은 관리주체가 관(官)인 만큼 규모가 큰 경우가 많고,

---

21) ≪신증동국여지승람≫ 전라도 전주부, ≪점필재집≫ 22권, <全州鄕校萬化樓次韻>

보존상태가 좋은 것들이 많다. 남원 광한루, 정읍 피향정, 전주의 풍남문루 등은 모두 현재까지 보존이 잘 되어 있다. 또한 이들 누정에서 생산된 누정문학작품들은 다양하고 그 숫자가 많은 것이 특징이다.

3.2. 세력화를 위한 집단 소유형 누정

여기서 '집단 소유'형 누정이란, 관도 아니고 한 개인도 아닌 여러 사람들이 모여서 누정을 건립한 경우를 말한다. 마을 사람들이 모여서 만든 계(契)가 중심이 되어 누정을 세운다든가, 학문이나 이념이 같은 사람들이 모여서 하나의 단체를 결성하고 그 모임을 선양(宣揚)하기 위해서 누정을 세우는 경우를 말한다. 혹은 근대에 이르러 선조를 선양하고 문중의 위세를 드러내기 위해 누정을 세우는 경우에 해당한다.

임실 지역에 거주하는 우곡(愚谷) 심진표(沈鎭杓)를 중심으로 '우(愚)'를 호로 삼은 여섯 명이 모여 세운 육우정(六愚亭), 귀래 신말주를 중심으로 순창의 원로들 10여 명이 모인 계를 선양하기 위해 후손들이 세운 순창의 십노사(十老祠), 동초(東樵) 김석곤(金晳坤)이 중심이 되어 14명의 계원이 모여서 망국의 한을 달랜 정읍의 청계정(淸磎亭) 등이 그러한 예이다.

六友愚名起此亭	여섯 벗의 우명(愚名)을 따서 이 정자를 세우니
鳳飛千載沼留靈	봉황이 떠난 천 년 만에 못에 영험함이 서리네
巖爲基礎天形勢	바위 위에 세웠으니 천년은 갈 형세이고
山作藩屛水戶庭	산이 병풍되고 강물은 정원의 못이 되었네
百年登樂頭咸白	백년 동안 함께 올라 보니 머리가 다 하얗고
一室長看眼浴青	한 방에서 오래 보니 눈이 오히려 밝아지네
自喜閒中休息所	스스로 한가할 때 휴식하는 장소이니
賓朋牙頰日生馨	친구들의 얼굴에는 매일 향기가 돋네[22]

임실 육우정의 계원인 우천(愚泉) 송응주(宋應湊)가 지은 육우정기(六愚亭記)의 말미에 지은 시이다. '육우정'이라고 명명한 것은 여섯 명의 벗들이 지은 호에 모두 '우(愚)'가 들어 있기 때문이다. 승구에서는 물가 바위위에 세운 육우정의 외적인 모습을 묘사하였다. 승구와 결구에서는 육우정의 모임이 오랫동안 지속되면서 모두들 머리가 하얗게 늙었지만, 한 방에서 수십 년을 보다보니 늙고 눈이 침침해졌어도 모습은 오히려 더욱 또렷하게 보인다고 하였다. 한가할 때 휴식하는 장소로 쓰이다 보니, 벗들이 자주 찾아오고, 그들의 이와 뺨에는 매일매일 향기가 생겨난다고 하였다. 이로 보아 육우정은 계원들 중심으로 운영되면서, 계원들의 벗들도 함께 휴식 장소로 이용하였음을 알 수 있다.

일반적으로 누정은 건립 초기에 적절한 입지 조건을 선정하고 공간 기능과 경영자의 취미에 맞는 건조물을 건립한다. 누정을 건립하는 데에는 많은 물력과 공력을 필요로 한다. 그러나 재력을 가지고 있다고 해서 누구나 누정을 건립하고 경영할 수 있는 것은 아니었다. 그에 따른 학문적 소양과 사회적 신분 등도 뒷받침 되어야 했다.23) 계원들이 모여서 이루어진 누정은 계원들의 사회적 신분, 경제적 상황, 계원 간의 친소 관계 등에 큰 영향을 받게 된다. 여러 사람들이 모여 누정을 건립하였을 경우에 누정은 누가 관리하느냐가 매우 중요하다. 계원들이 똑같이 벼슬을 한다거나 경제적 상황이 동일하다면 문제가 되지 않는다. 그러나 세월이 흐르면서 각 후손 간에 격차가 발생하게 되면서 누정의 관리 및 경영의 주체도 변화한다.

순창 십로계는 귀래 신말주를 중심으로 열 명의 노인들이 모여 이루

---

22) 송응주, <육우정기>, 《임실의 누정》, 임실문화원, 2014, 107쪽
23) 오용원, <누정을 매개로 한 향촌 사족들의 결계와 운영>, 《영남학》, 20호, 2011, 213쪽.

어진 계모임이었다. 이후 계원들의 후손들이 모여, 선조들의 아름다운
모임을 기리고자 십로사를 만들었다.

> 십노사(十老祠) 원운(原韻)
> 風塵隙地棟餘晴 속세와 떨어진 곳에 기둥을 세우니
> 皓首殘年見構成 흰머리 쇠잔한 나이에 이루어짐을 보네
> 會倣香山添一老 모임은 향산을 모방하였는데 한 노인을 더했으며
> 高節洛社乏三英 높은 절개는 낙사와 같은데 3명이 모자라네
> 孱仍尙賴貽謨力 미약한 후손들의 모력에 힘입어
> 肖像如承警咳聲 초상화를 보니 경해소리 들리는 듯 하네
> 也識有終難有始 알겠노라 끝이 있어도 시작함이 어려움을
> 願敎善葺不將傾 원컨대 잘 수호하여 장차 기울어짐이 없도록 하소

　향산을 모방하였다는 말은 백거이를 중심으로 모였던 향산구로(香山
九老)의 모임을 말하고, 낙사(洛社)는 사마광(司馬光)을 중심으로 13인이
모였던 낙중기영회(洛中耆英會) 모임을 말한다. 십로사의 구성원은 귀래
정(歸來亭) 신말주(申末舟)를 중심으로, 부장 이윤철(李允哲), 광은(狂隱)
설산옥(薛山玉), 설존의(薛存義), 둔암(遯庵) 장조평(張肇平), 오유경(吳惟
敬), 조윤옥(趙潤屋), 안정(安正), 김박(金博), 한승유 (韓承愈) 등 당시 순창
지역에 거주하였던 나이 많은 인물들이었다.

　이들 가문의 후손들이 모여서 1862년(철종 13)에 부장 이윤철을 주벽
으로 세운 것이 십노사이다. 그렇다면 십노사의 관리 및 운영은 이들 가
문의 후손들이 모여서 그 단체가 운영하는 것이 이치에 합당하겠지만,
실질적으로 십노사를 경영하고 있는 분들은 장조평의 후손들이다. 십노
사의 <건설실기>를 보면 그 운영이 둔암 장조평의 후손들 중심[24]으로

---

24) 십노사는 현재 전라북도 문화재자료 제59호 홍성장씨 건축문화재로 등록되어 있다.

이어지고 있음을 알 수 있다.

집단 소유형의 누정은 처음 세운 집단의 성격과 후손들에 의해서 누정의 성격이 변화되기도 한다. 누정의 성격이 변화되면, 누정을 기반으로 생산되는 누정문학작품의 성격도 그에 따라 변하게 된다. 십노사의 경우, 십노계첩에 따르면 신말주 등이 모임을 결성하였을 때는 70세가 넘는 지역사회의 주요인사들이 모인 친목회의 성격이 강하였다. 이들 사후에 후손들은 수양대군이 조카 단종을 몰아내고 왕위에 오르자 불만을 품은 10여 인의 강직한 선비들의 모임이라는 형식으로 충의(忠義)를 위해 모인 집단으로 상징성을 부여하였다.

어느 지역에 누정이 건립되고 시간이 지남에 따라 번창을 하게 된다면 주된 후견인은 없는지, 사회경제 배경은 무엇인지 등에 대한 깊이 있는 논의가 있어야 한다.[25] 이러한 논의가 진척된다면 비록 작은 공간에서 행해진 문학활동이라도 지역의 정체성을 밝힐 수 있는 열쇠가 될 수 있다. 집단 소유형 누정의 경우, 누정과 관련된 작품의 경우는 대부분 집단 내부인물들, 혹은 그의 후손들로 한정되는 경우가 많다. 작품내용은 처음 누정을 건립한 집단과 누정을 유지관리하는 집단이 어떤 성격을 지니고 있었는가에 따라 좌우되는 경우가 많다는 것을 알 수 있었다.

3.3. 선조 추모와 문중의 화합을 위한 개인 소유형 누정

조선후기에 사족의 향촌사회에서의 위세를 분별할 수 있는 첫째의 기준은, 그들의 선조, 더 정확히 말하면 입향조가 해당 향촌사회에서 추앙되는 수준이었다. 해당 입향조의 학문, 도의, 충절, 관직 등이 높을수록,

---

25) 박명희(2003), 전게논문, 379쪽

그만큼 그 입향조의 후손들로 구성된 문중의 위세도 높았다. 그러므로 각 문중은 해당 향촌사회에서 그들의 입향조의 학문이나 충절을 널리 선양해서 알리고, 또 그것을 인정받을 때에, 그들 문중의 위세와 권위도 인정받을 수 있었다. 따라서 조선후기 특히 18~19세기에, 문중의식이 발달하면서 각 문중은 그들의 선조나 입향조를 현창하기 위한 여러 가지의 활동을 수행하였다. 그러한 활동은 널리 알려진 바와 같이 누정·서원·사우의 건립이나 족보의 간행 등이었다.26) 이 때문에 누정을 누가 짓고, 누가 관리하며, 어떤 인물들이 누정문학 작품들을 생산하였는가를 연계하여 살펴보아야 누정문학을 제대로 이해할 수 있을 것이다.

각 가문이나 개인적 성취가 어느 정도 세력을 형성하여 세력을 표시하는 상징물을 만들었을 경우, 지역단위의 사람들에게 인정받고 받아들여지게 되었을 때 누정이나 재실(齋室) 등을 건립할 수 있었다. 누정은 세워지고 난 후 세월이 지나면서 하나의 상징이 되고 표상이 된다. 호남지역에도 개인이 세웠거나, 가문이나 집단 등에서 건립한 누정이 많이 있다. 여기서는 순창의 '귀래정'과 전주의 '한벽당'을 살펴보도록 한다.

순창의 귀래정은 신숙주의 막내동생인 신말주가 순창으로 내려와서 지은 누정이다. 신말주는 당시 순창의 명문가인 순창설씨 가문과 혼인을 함으로써 순창으로 이거한다.

신말주는 26세 경인 1454년에 알성시에 급제하여 서울에서 벼슬살이를 시작한다. 그런데 이때 세조가 계유정난(癸酉靖難 : 1453년)을 일으켜 왕권을 장악하고, 1455년에 단종을 왕위에서 물러나게 하고 왕위에 올랐다. 이에 신말주는 순창 남산대로 낙향하였고, 이로 인해 절의지신의 이미지를 획득하게 되었다.27) 이때, 신말주에게 절의지신의 이미지를 부

---

26) 정청주, <조선후기 전남지역 사족의 누정 건립>, ≪호남문화연구≫ 24집, 호남문화연구소, 1996. 121쪽

여하는데 결정적인 역할을 한 사람이 서거정이다. 신말주의 형인 신숙
주와 밀접한 관계에 있었던 서거정은 신말주가 순창으로 낙향하여 누정
을 지었다는 말을 듣고 <귀래정기>를 지어 주었다.

> 신후 자즙(申侯子楫)은 돌아가신 정승 고령(高靈) 문충공(文忠公)의 막내
> 동생이다. 신후는 일찍 과거에 급제하여 청현직을 역임하며 명성이 자자
> 하였다. 바야흐로 문충공이 정승으로 있고, 신후가 뛰어난 재주를 품고 있
> 어서 조정의 여론이 대부분 그에게로 쏠렸으나, 신후는 욕심이 없고 맑은
> 천성을 지녀서 벼슬살이를 좋아하지 않았다.
> 후는 순창에 별장을 가지고 있었다. 순창은 호남의 명승지로서, 즐길
> 만한 산수와 기름진 토지가 있고 많은 새와 물고기가 있는 고장이다. 신
> 후가 그곳으로 갈 생각을 매일 하였으나 문충공의 우애가 정성스럽고 지
> 극하여 아침저녁으로 함께 지내며, 결단을 내리지 못한 지가 여러 해 되
> 었다. 신후가 내려갈 생각이 아주 간절해지자, 하루는 병을 칭탁하여 사직
> 하고 내려가서는 그길로 벼슬길에 나오지 않은 지가 7, 8년이 되었다.28)

서거정은 <귀래정기>에서 신말주가 출세와는 거리가 먼 청요직을
주로 역임하고 벼슬을 싫어하여 늘 고향으로 돌아갈 것을 꿈꾸었다고
하면서, '청렴한 이미지'와 '은자적 이미지'를 부여하였다. 결국 '귀래정'
이라는 '누정명'은 신말주에게 은자적 이미지를 부여하는 중요한 역할
을 하게 되었다.

서거정은 주로 신숙주와 교류를 더 많이 한 인물이었지만 신말주와도
밀접한 관련을 맺고 있음을 알 수 있다. 이는 곧 개인이 경영하는 누정
과 관련된 문학작품들은 대부분 누정주인과 밀접한 관련이 있는 인물들
이 생산한 작품이라는 것을 의미한다. 사대부들이 소유한 누정은 그 누

---

27) 졸고,(2005), <귀래정 신말주 연구>, ≪한국언어문학≫ 92집, 한국언어문학회, 136쪽.
28) 서거정, <귀래정기>, ≪사가문집≫, 권지2

정의 소유자와 친인척관계에 있거나, 후손이거나, 소유자와 밀접한 관련을 가진 사람들만이 드나들 수 있었다. 게다가 시를 주고받을 수 있거나 현판에 새긴다는 것은 둘의 관계가 매우 친밀하다는 것을 의미한다.

남원에서 전주로 들어가는 초입에 서 있는 '한벽루'는 고려말 조선초의 인물인 월당 최담이 지은 것이다. 최담은 고려말 대과에 급제하였고, 조선 건국후 봉상시소경, 중훈대부진주사가 되어 명나라에도 다녀왔다. 1400년에 관향인 전주로 내려와 발산자락에 집을 짓고 후학을 양성하며 강학에 힘썼다고 한다. 이 때 옥류천(현재의 전주천) 가에 누정을 지었는데, 후세 사람들이 월당의 이름을 따서 '월당루'라고 하였다.

월당 최담 사후 월당루가 퇴락한 자리에 약 200여 년이 지나서 관찰사 유색이 누정을 중수하였다. 관찰사가 누정을 중수하였다는 것은 누정의 소유 및 경영권이 개인에서 관아로 옮겨갔다는 뜻이다. 이후 한벽루와 관련된 내용들은 주로 관찰사가 베푸는 연회의 장소로 이용되었다는 내용이 대부분이다.

한벽당(寒碧堂)
寒碧堂前水　한벽당 앞을 흐르는 강물은
全州西北來　전주의 서북쪽에서 흘러온다네
文章人代異　문장이 뛰어난 인물과 세대가 다르지만
歌舞送迎催　가무(歌舞)만은 송영(送迎)을 재촉하네
懷抱憑欄遠　회포는 난간에 의지하니 더욱 유원(悠遠)하고
風烟盡野開　풍연은 들판에 한껏 피어나네
浮生情自勝　부생(浮生)의 정이 절로 뛰어나니
未免更徘徊　다시 배회함을 면치 못하네[29]

---

29) 신광수, 《석북집》, 권1, <寒碧堂>

이 시는 석북 신광수가 지은 것이다. 신광수는 전라도 관찰사 조현명이 한벽당을 중건하고서 크게 주연을 베풀었을 때 그 자리에 참석하였다. 신광수의 시에 나타나는 한벽당의 이미지는 광한루나 피향정처럼 관찰사가 주요인물들을 접대하기 위한 공간으로 변화하였다는 것을 뜻한다.

일제시대를 거치면서 월당의 후손인 금재 최병심이 다시 복원했을 때는 다시 개인누정으로 되돌아갔다. 이후 현판에 새겨진 누정시들은 대부분 전주 최씨의 후손 및 그들과 관계가 깊은 인물들의 작품들로 한정되었다.

누정의 기문은 주위 승경을 구체적으로 묘사하는 것이 일반적이다. 개인이 세운 누정의 경우, 누정의 주인이 돌아가신 후에는 자손들인 동족집단이 소유·관리하는 것들이 대부분이다. 후손들의 경우, 승경의 묘사보다는 선조를 찬양하거나 추모하기 위하여 그 선조의 충절이나 선행, 그리고 덕행이나 효행의 사례를 구체적으로 언급하고, 이를 자손들이 본받게 함으로써 그 선조를 선양하여 기술(記述)[30]하는 특징을 보인다. 그래서 개인누정과 연관되어 있는 누정문학 작품들은 대부분 누정을 소유했던 인물들과 친인척간이거나, 그 가문과 밀접한 관계에 있는 인물들이 창작한 것[31]들로 구성된다.

누정을 개인이 건립하는 것이 일반적이었던 17세기까지는, 누정은 주로 별서, 유흥처 및 시단, 강학소의 기능을 수행하였다. 그런데 18세기 이후에는 누정을 개인뿐만 아니라 문중의 일부 구성원이나 문중 자체가 건립·중건·중수하였다. 따라서 이 시기에는 문각, 재실의 기능을

---

30) 오용원(2005), 전계논문, 452쪽
31) 현재 한벽당에 걸려있는 현판시의 대부분은 월당의 후손들과 그 친인척들이 지은 것들이다.

수행하면서 문중의 자제를 교육하는 강학소의 기능을 겸하는 경우의 누정이 많이 건립되었다. 특히 창건 때에는 별서나 유흥상경처의 기능을 수행하였지만, 중건·중수되는 누정은, 문각, 강학소의 기능을 수행하는 누정으로 그 기능이 변화되었다. 이러한 누정 기능의 변화는 개항 이후에는 더욱 심화되었을 것으로 생각된다.[32]

누정/서원이라는 상징적 건축물은 종족간 위계질서를 확립하는 표상적인 역할을 하고, 외부에서 들어온 인사가 지역사회에 안착했음을 드러내고 동시에 확고한 세력을 구축하기 위한 의도로 보인다. 또한 누정은 지역과 중앙의 연계성을 가지는 장치로도 활용된다. 한양 사대부들이 이 지역을 지날 때 그들과 교류를 하기 위한 공간으로서 누정을 활용하였다.

누정은 실제 생활과 밀접한 관련을 지닌 실용성이 높은 건물이 아니다. 누정은 상징적이고 표상적인 건축물이다. 한 지역사회에서 누정을 세운 주체를 높은 지위와 세력을 나타내고, 그 건축물을 이용하는 사람들의 지위를 공고히 해주는 상징적 존재물인 것이다.

4. 맺음말

누정은 경치 좋은 곳을 찾아서 유람(遊覽)이나 휴식(休息)을 취하기 위한 공간으로 지은 건물이다. 누정은 처음 건립할 때 건립자의 의도, 누정을 세운 주체, 건립된 위치 등에 따라서 다양한 목적을 가지고 있다. 누정은 처음 건립된 이후 많은 세월이 흐르면서, 자체적으로 많은 역사

---

32) 정청주(1996), 전게논문, 120쪽

를 겪게 된다. 그 과정에서 국가적 상징물, 혹은 한 지역의 상징물이 되기도 하고, 한 가문을 결속시키는 장소가 되기도 한다. 즉 누정은 처음 세워졌을 때의 의도를 지켜가기도 하고, 새로운 의미를 지닌 공간으로 변형되기도 한다.

누정은 누가 처음 건립하였고, 어떤 인물들이 누정문학 작품에 참여하였는가를 살펴보아야 누정문학에 대해 제대로 이해할 수 있다. 누정은 관리주체가 누구냐에 따라서 혹은 어떤 형태로 중건했느냐에 따라서 그 기능이 달라진다.

관아의 주도로 건립된 누정은 각 지역의 대표적인 누정인 경우가 대부분이다. 남원의 광한루, 정읍의 피향정 등이 그러한 예이다. 이들 누정은 지방 행정일을 돕는 공공의 장소로서 사용되면서, 한양을 오가는 사대부들을 접대하기 위한 장소였다. 관에서 세운 누정들은 현재까지 보존상태가 양호하고, 관련된 누정문학작품들도 매우 많다는 특징이 있다.

'집단 소유'형 누정은 여러 사람들이 모여서 건립한 누정을 말한다. 마을 사람들이 모여서 만든 계(契)가 중심이 되어 누정을 세운다든가, 학문이나 이념이 같은 사람들이 모여서 하나의 단체를 결성하고 그 모임을 선양(宣揚)하기 위해서 누정을 세웠다. 순창 십노사, 정읍 청계정, 임실 육우정 등이 대표적인 누정이다. 집단 소유형 누정의 경우, 누정과 관련된 작품의 경우는 대부분 집단 내부인물들, 혹은 그의 후손들로 한정되는 경우가 많았다. 작품내용은 처음 누정을 건립한 집단이 어떤 성격을 지니고 있었는가에 따라 좌우된다. 누정의 성격이 변화되면, 누정을 기반으로 생산되는 누정문학작품의 성격도 변하게 된다.

전북지역 대부분의 누정은 개인소유인 경우가 많으며, 새로 건립이 되거나 퇴락하여 사라진 경우도 가장 많다. 조선후기 특히 18~19세기에, 문중의식이 발달하면서 각 문중은 그들의 선조나 입향조를 현창하기 위한 여러 가지의 활동의 하나로 건립된 경우가 많았다. 이러한 누정은 건립한 개인의 특성과 후손들에 의해서 하나의 상징성을 가지는 경우가 많았다. 귀래정의 경우, 신말주가 살아있을 때에는 신말주에게 '은자'라는 이미지를 부여하였고, 신말주 사후에는 고령신씨 중시조로서 신말주를 추모하고 그의 절의정신을 되새기는 공간이 되었다. 또한 가문의 중요한 상징물로서, 가문의 구성원들을 집결시키는 상징적인 기능을 하였다.

이상으로 살펴본 것처럼, 누정과 누정문학작품은 누가 어떤 목적을 가지고 세웠으며, 누가 소유하고 관리하느냐에 따라서 매우 다양한 양상을 보이고 있다.

참고문헌

김종직, ≪점필재집≫
서거정, ≪사가문집≫
신광수, ≪석북집≫
임　제, ≪임백호집≫

임실문화원, ≪임실의 누정≫, 2014.
전남대 호남학 연구소, ≪전북지방 누정조사보고≫, 1995.
전라북도 향교재단, ≪전북향교원우대관≫, 1994.
전북향토문화연구원, ≪전북의 누정≫, 2000.

곽성기, <선비사상과 누정문학의 교육적 의미>, ≪교육종합연구≫ 10권2호, 2012, 125-142쪽.
권수용, <광주전남의 근대누정연구>, ≪민족문화논총≫ 45집, 2010, 217-250쪽
_____, <호남의 근대 누정 작가작품연구>, ≪동방학≫ 19집, 한서대 동양고전 연구소, 2010, 147-180쪽.
김학수, <선유를 통해 본 낙강 연안지역 선비들의 집단의식>, ≪영남학≫ 18호, 2010. 41-98쪽
민주식, <누정문학의 미의식에 관한 고찰>, ≪동양예술≫ 17호, 한국동양예술 학회, 2011. 75-110쪽
박명희, <지역전통의 형성과 누정문학의 전개>, ≪한국언어문학≫ 51집, 361-384쪽
박준규, <조선전기 전북의 누정제영고>, ≪국어국문학연구≫ 19집, 원광대 국 어국문학과, 1997. 299-328쪽
_____, ≪호남시단의 연구≫, 전남대학교 출판부, 2007.

신상구, 이창업, <누정건축 공간과 누정시 연구 방법론 모색>, ≪어문연구≫ 58
　　집, 2008. 12.

오용원, <영남지방 누정문학 연구(1)>, ≪대동한문학≫ 22집, 2005. 439-472쪽.

＿＿＿, <누정을 매개로 한 향촌 사족들의 결계와 운영>, ≪영남학≫ 20호,
　　2011.

이남일, ≪옛 누정의 시와 풍류≫, 재전운봉향우회, 2003.

이상식, 천득염, 손형부, 김신중, 이창환, <전북지방 누정 조사보고>, ≪호남문
　　화연구≫ 23집, 전남대 호남학연구원, 1995, 115-134쪽

＿＿＿, <전북지방 누정의 역사적 의미>, ≪호남문화연구≫ 25집, 전남대 호남
　　문화연구소, 1997, 285-307쪽

임영배 외, <누정의 건축적 특성에 관한 의미론적 고찰>, ≪호남문화연구≫ 24
　　집, 1996.

정청주, <조선후기 전남지역 사족의 누정건립>, ≪호남문화연구≫ 24집,
　　111-144쪽.

정 훈, <한벽당제영시 연구>, ≪우리어문연구≫ 27집, 우리어문학회, 2006,
　　205-228쪽

＿＿＿, <남원 광한루의 누정제영시 연구>, ≪한국언어문학≫ 67집, 한국언어
　　문학회, 2008, 319-342쪽.

＿＿＿, <정읍 피향정 제영시 연구>, ≪국어문학≫ 52집, 국어문학회, 2012.
　　85-111쪽

＿＿＿, <귀래정 신말주 연구>, ≪한국언어문학≫ 92집, 한국언어문학회, 2015,
　　131-158쪽

최경완, <누정집경시의 장르상의 특성과 작시원리>, ≪동양한문학연구≫ 16집,
　　2002. 285-326쪽.

＿＿＿, <누정집경시의 창작 동기와 누정의 공간적 특성>, ≪동양한문학연구≫
　　22집, 2006. 375-416쪽

최재율, <전북지방 누정, 그 실태와 전망>, ≪호남문화연구≫ 25집, 전남대 호
　　남학연구소, 1997, 117-134쪽

■ 편집자 주석

1) 누정: 가족과 함께 살아가는 마을 속의 살림집과 달리, 자연을 배경으로 한 남성위주의 유람이나 휴식공간으로 가옥 외에 특별히 지은 건물이라고 할 수 있다. 원래, 방이 없이 마루만 있고 사방이 두루 보이도록 막힘이 없이 탁 트였으며, 아름다운 경관을 조망할 수 있도록 높은 곳에 건립한 것이 특색이다.

2) 누정문학: 누정에서의 교유와 그 서정이 문학에 끼친 영향은 이처럼 커서, 유명인사나 유림들이 경영하던 누정에서는 누정시단이 형성되었고 거기에서 많은 시회가 이루어졌다. 누정은 수많은 시인묵객들이 소요하며 출입하던 곳이므로 누정제영으로서의 한시는 물론, 가사와 시조 등 국문시가까지 지은 곳으로, 시가문학의 산실이 되었을 뿐 아니라 우리 문학을 발전시키는 데에 한몫을 하였다. 또한 누정은 전근대적 사회에 있어 교양인들이 지적 활동을 폈던 곳이다. 이 시대의 교양인은 상류의 문화계층에 속한 사람들로서, 이들이 모여 풍류를 즐기며 시정을 나누고, 당면한 정론을 펴며 경세문제(經世問題)를 술회하기도 하고, 학문을 닦고 향리의 자제들을 가르치던 곳이다.

3) 관아소유형 누정 : 관아에서 세우고 관리하던 형태의 누정. 주로 그 지역에 부임했던 관리가 세워서 그 지역을 오가는 손님을 접대하고, 함께 시를 주고 받는 등, 휴식과 접객 기능을 했던 누정을 말한다. 남원 광한루, 정읍 피향정 등이 있다.

4) 집단소유형 누정 : 계원, 시회, 마을집단 등 여러 사람이 모여서 만든 누정이다. 모임 회원들의 결속을 다지고, 후손들에게까지 모임이 지속되도록 하는 구심점이 된다. 순창 십노사, 임실의 육우정 등이 있다.

5) 개인소유형 누정 : 처음 누각을 세운 사람이 개인인 경우를 말한다. 누정을 세운 입향조(入鄕祖), 혹은 높은 벼슬을 한 선조를 기리고 가문의 결속을 다지기 위한 기능을 한다. 이와 비슷한 것으로 재실이 있다. 전주 한벽루, 순창 귀래정 등이 있다.

※ 이 글은 『건지인문학』 제 14집에 실렸던 것을 새로 다듬은 것입니다.

방한림전의 '남장(男裝)'의 성격과 의미 연구
─ 방한림의 젠더(gender)와 동성혼의 의미를 중심으로 ─

오정미

[해 설]

◉ 목적 및 특성

조선시대 여성들은 '공적'인 영역에서 철저하게 배제되어 있었다. 남성만이 참여할 수 있는 공적 영역에서 여성영웅소설은 남성으로의 변신 장치인 남장을 통해 남성과 여성이 동등한 사회 구성원으로서 공존하는 질서를 보여주고자 했다.

고전소설에 나타난 여성영웅들은 사회적·공적 진출을 위해 모두 남장(男裝)을 하는데, 남장은 여성인물들이 사회적으로 진출하여 그 능력을 인정받는 일종의 통로였다. <방한림전>의 방한림 역시 남장을 통해 남성 세계로 입문한다. 여성영웅소설의 여성들은 뛰어난 재능을 갖고 있지만 사회적으로 인정받지 못했기 때문에, 그들은 '남장(男裝)'이라는 통과의례를 거쳐 즉, 남성으로 변신하여 남성들과 동등한 위치에서 경합을 겨루게 되는 것이다.

하지만 방한림은 경합 후에도 계속 남장을 하고 남성으로 살아가며, 영혜빙과 결혼하여 서로를 지기(知己)로 호칭하며 서로 존중하는 관계를 유지하고 입양을 통해 후손을 잇는다. 방한림은 동성혼을 유지하여, 남성 정체성을 유지한다는 점에서 기존의 여성영웅소설들과 변별된다. 이 점에 주목하여 <방한림전>이 갖는 문학사적 의미를 젠더적 시각에서 연구하고자 한다.

◉ 연구 대상 및 방법

<방한림전>의 여성영웅소설로서의 위상과 의미를 이해하기 위한 작업으로 기존의 여성 영웅소설들을 3가지 유형으로 구분하여 비교·고찰하였다. 남성의 조력자로서 사회적 성취의 열망을 간접적으로 드러내는 유형과 남장을 한 후 직접 공적인 영역에 진출하여 영웅적 능력을 발휘하지만 그 결과에 따른 사회적 지위가 남성으로 위장했던 시기에만 인정되는 유형, 그리고 남장을 한 후 영웅적 활약을 보인 주인공이 여성으로서의 정체가 탄로난 후에도 공적인 영역에서 능력을 인정받고 그동안 획득한 지위를 계속해서 유지해 나가는 유형을 비교·고찰하였다.

여러 유형의 여성 영웅소설들과 <방한림전>을 비교하여, <방한림전>에 나타난 남성 중심 사회체제에 대한 비판과 거부, 여성의 능력과 지위가 사회적으로 공인되는 모습을 보여줌으로써 남녀평등의 의식을 드러내고, 나아가 남성 중심의 가부장제 사회가 안고 있는 문제점을 보여주고자 하였다.

◉ 핵심 내용

여성영웅들의 변화는, 여성영웅소설이 당시 사회적으로 인정받지 못했던 여성의 잠재된 능력과 욕구를 남김없이 드러내면서 인물의 성격이 점층적으로 발달하고 있음을 반영하고 있다. 여성영웅소설들에서 여성 영웅인물은 남성의 영역에 귀속되어 조력자의 역할에 머무르기도 하고, 여성인물이 남성복장으로 전쟁에 참여하여 성공하지만 여성 주인공들의 영웅적인 행위와 그 결과에 따른 사회적 지위는 남성으로 위장했던 시기에만 인정되고 여성으로의 정체가 드러난 후에는 다시 사회가 요구하는 성역할을 받아들이는 경향을 보이기도 한다. 또한 여성 인물이 반복적으로 남성으로 변장하는 경우로, 여성인물은 반복적으로 성공하여 남성(남편)보다 높은 지위를 유지하며 마지막까지 여성영웅으로서의 성공을 확인시키지만 집안의 갈등은 지속되기도 한다.

<방한림전>은 동성혼을 선보이며, 기존의 여성 영웅소설들보다 더욱 진전된 젠더의식을 형상화하고 있다. <방한림전>은 기존의 여성 영웅 소설이 확보한 공적인 영역의 확대를 넘어 여성의 사적인 영역에서까지 우월성을 확보했다는 의의가 있다. 방한림전의 남장은 젠더의 성향에 따라 남장한 것으로 형상화했으며, 방한림과 영혜빙의 동성혼 역시 단순한 지기 관계를 표방한 것이 아닌 이성적인 관계에 근거한 여(女)-여(女)의 결합으로 판단할 수 있기 때문이다. 이들의 결혼은 생물학적으로는 동성의 결합이지만 사회학적 성으로는 이성의 결합으로 판별할 수 있다.

방한림과 영혜빙은 끊임없이 '지기(知己)'라는 단어로써 서로를 호칭한다. 물론 부부

사이의 성애적 표현이 서면에 드러나지 않지만 전쟁에 나가는 방한림을 염려하는 마음과, 지방의 관리직으로 선출되어 나서는 방한림에게 그 절절한 이별을 토로하는 대목에서는 이미 지기(知己)를 넘어선 연정이 엿보인다. <방한림전>은 여성들로만 인물을 구성하여 완벽한 이상적 관계들을 제시하면서 기존의 사회가 가지는 문제점을 꼬집고 있으며, 군신(君臣), 고부(姑婦), 남녀(男女), 부모(父母)라는 모든 관계의 이상형까지 제시한다는 데서 이상적인 젠더 상을 구현하고 있다고 할 수 있다. <방한림전>은 여(女)-여(女)의 동성혼을 통해, 이상적인 젠더 역할을 제시하고자 하며, 여성의 권익 신장을 위해 끊임없이 진일보하고 있었다.

◉ 연구 효과

조선 시대는 철저하게 남성 중심사회였다. 그럼에도 불구하고 뛰어난 능력과 자질을 갖춘 여성 영웅 인물들이 등장하는 다양한 여성 영웅 소설들이 창작되었다. 이러한 현상은 조선시대에도 이상적인 젠더 역할에 대한 열망이 존재했기 때문에 가능했다고 본다. 많은 여성 영웅소설들이 뛰어난 여성과 사회, 남성과의 관계와 가족관계 등을 고려하는 스토리를 전개시켰다면, <방한림전>은 독특하게도 동성혼을 다루기 때문에 남녀 갈등이 존재하지 않고 대신 이상적인 젠더 역할을 제시하고 있다는 점이 흥미롭다.

이 논문은 <방한림전>을 비롯한 조선시대 여성영웅소설의 계보와 서사구조를 이해할 수 있게 해준다. 고전소설에서 전개된 4가지 유형의 여성 영웅들은 서사 교육에 적용하여 남녀 캐릭터를 설정하거나 스토리를 구성하는 모델로도 응용될 수 있다. 또한 현대 사회에서의 바람직한 젠더 역할을 이해하고, 현대 사회에서 쟁점화되고 있는 현대 여성들이 처한 현실과 제도의 문제점에 대해 생각해 볼 수 있는 기회를 제공할 수 있다.

1. 머리말

조선 후기에는 남성 영웅의 일대기인 一群의 고소설이 유행했다.[1] 그런데 이와 유사한 구조를 띤 여성의 영웅적 일대기를 그린 고소설들 또한 존재한다. 여성 인물이 장군이 되어 전쟁에서 승리를 거두는 영웅적

---

[1] 박성미, <여장군 소설 주인공의 변신 연구: 서사적 기능과 문화적 의미를 중심으로>, 서강대학교 대학원, 2001.

활약상을 그린 고소설로, 이러한 부류를 '여성영웅소설'이라 통칭한다. 여성영웅소설은 여성영웅이 타고난 능력은 뛰어나나 사회적인 성차별을 겪고 남장을 통해 갈등을 극복한다는 특유의 투식을 가진다.

현재 여성영웅소설은 대개 세 가지 유형으로 가름되고 있다. 유형 분류는 다음과 같다.

> <유형 1>: 여성주인공의 남성을 대리인으로 내세워 자신의 능력을 드러내는 경우-박씨부인전, 금방울전, 신유복전, 황부인전
> <유형 2>: 여성주인공이 스스로의 의지에 따라 남장을 한 후 직접 공적인 영역에 진출하여 영웅적 능력을 발휘하나, 자신의 정체가 밝혀진 후에는 이전의 지위를 유지하지 못하고 다시 가정으로 돌아가는 경우-김희경전, 이대봉전, 옥주호연, 황장군전, 이봉빈전
> <유형 3>: 남장을 한 후 영웅적 활약을 보인 주인공이 여성으로서의 정체가 탄로 난 후에도 공적인 영역에서 자신의 능력을 인정받고 그동안 획득한 지위를 계속해서 유지하는 경우이다.
> -홍계월전, 정수정전, 방한림전, 이학사전

여성 영웅소설의 유형분류는 외형의 변신 유무와 변신 양태의 지속성 정도에 따라 외형의 변신, 일시적 남성 변신, 지속적 남성 변신, 반복적 남성 변신의 양상으로 분류된다. <유형 1>은 외형적 변신에 해당하며 <유형 2>는 일시적 남성 변신, <유형 3>은 반복적 남성 변신이 드러나는 경우이다.

<유형 1>과 <유형 2>의 차이는 여성의식의 '숨김'과 '드러남'에 있다. <유형 1>의 경우는 여성이 이인(異人)의 능력과 자질을 전면에서 드러내기보다는 남성의 영역에 귀속되어 조력자의 역할에 머무른다. 그리고 <유형 2>부터 '전쟁'이라는 극적화소가 삽입되면서 남성의 영역

이라 할 수 있는 공적 영역으로의 침투가 가능해진다. 여성은 남복이라
는 특별한 수단을 통해 남성으로 가장(假裝)하게 되고, 남성의 공적 영역
에 직접 참여한다. 그러나 결국은 성(性)의 한계를 극복하지 못하고 강제
적으로 사적인 영역으로 복귀하게 되며, 이미 진입했던 공적 영역의 참
여까지 제한받는다.

<유형 2>의 여성이 끝내는 성(性)의 장벽에 막혀 공적영역으로의 행보
가 좌절되었다면, <유형 3>의 여성은 성공리에 남성의 전유물이었던 영역
안으로 입성하게 된다. 특히 <유형 3>은 <유형 2>보다 여성의 확장된 의
식을 반영하고 있다고 볼 수 있다. 여성은 남성보다 높은 지위를 유지하며
마지막까지 여성영웅으로서의 성공을 확인시킨다. 이렇듯 <유형 1>에서
<유형 3>까지에서 드러나는 여성영웅들의 변화는, 여성영웅소설이 당시
사회적으로 인정받지 못했던 여성의 잠재된 능력과 욕구를 남김없이 드러
내면서 인물의 성격이 점층적으로 발달하고 있음을 반영하고 있다.

기존의 연구들은 <방한림전>을 세 번째 유형에 포함시키거나 성차
별에 대한 갈등양상과 여성의식에 초점을 맞춰 논의를 진행해왔다.[2] 그
러나 최근의 경향은 방한림의 젠더에 대한 정체성 규명과, 그에 따른 동
성혼에서 문학사적 의미를 찾고자 했다.[3] 특히 김경미의 경우, 방한림에
서 젠더위반의 표지를 찾고 이를 조선후기 사회에 은폐되어 있던 동성
애의 소설사적 표현이라고 규명했다.[4] 그러나 방한림의 성정체성은 인

---

2) 양혜란, <고소설에 나타난 조선조 후기사회의 性차별의식 고찰 : <方翰林傳>을 중심
   으로>, 한국고전연구학회, 1998.
   차옥덕, 《백년 전의 경고 : 방한림전과 여성주의》, 아세아문화사, 2000.
3) 장시광, 《조선시대 동성혼 이야기 방한림전》, 한국학술정보(주), 2006.
   김혜정, <方翰林專 연구 : 여성영웅소설의 변모 양상과 '女-女 결연'의 소설적 전통을 중
   심으로>, 東洋古典學會, 2004. 김혜정의 경우, 동성애의 결연에 치중하기 보다는 두 개
   성 있는 인물의 소설사적 등장에 집중했다.
4) 김경미, <젠더 위반에 대한 조선사회의 새로운 상상 : '방한림전'>, 한국고전연구학회,

정하면서, 영혜빙과의 관계를 같은 목적에 의한 거래라고 생각하는 부분에 이의를 제기하고 싶다. 특히 방한림에 대한 젠더의 특성과 더불어 여성영웅소설로서의 유형적 변화에 대한 연결이 뚜렷하지 않다는 점이 아쉬운 부분이다.

이 글에서는 여타의 여성영웅소설과 방한림전에 차별성을 두고 논의를 진행하고자 한다. <유형 3>의 경우 여성의 변신이 반복적으로 드러나는데 반해, <방한림전>은 지속적인 남성 변신이라는 차이가 있다. 이를 초점화하여 여성영웅소설과 <방한림전>의 서사에서 '변신(變身)'이 가지는 의미에 집중하고, <방한림전>만의 독자적인 특징과 더불어 기존의 여성영웅소설의 유형에 대해 재고할 것이다. 또한 왜 방한림의 성정체성에 대한 문제가 제기되었는가와, 그의 정체가 실제로 젠더위반을 표방한다면 이 소설의 구조 안에서 어떤 방식으로 형상화되었으며 유형변화에서는 어떤 영향을 미쳤는가를 중점으로 살펴볼 예정이다.

<방한림전>은 38장본의 한글 필사본 소설5)이다. 현재까지 발견된 <방한림전>의 이본은 세 종으로서 모두 한글 필사본이다. <방한림전>과 <낙성전>, <쌍완기봉>이 있다. 이 글에서는 <방한림전>을 원전으로 삼아 논하겠다.

2. 서사구조에 따른 남장의 기능

<방한림전>은 서사 구조상, 여성영웅소설의 투식을 그대로 답습한다는 의론이 강세였다. 그리고 이러한 유형 문제는 방한림의 인물상 및 서

2008, p.192.
5) 김기동, ≪한국고전소설연구≫, 교학연구사, 1983, pp.407-409.

사구조와 연관되어 있다. 다음 장에서 이와 관련하여 자세히 살펴보겠다.

2.1. 남장을 통한 입사식

우선 구조와 화소면에서 가장 유사한 <유형 3>과 <방한림전>의 서사구조를 비교하면 다음과 같다.

서사구조		
	〈유형 3〉	〈방한림전〉
남복의 동기 (제약하기)	1. 피치 못할 사정으로 남복을 하게 됨.	1. 어렸을 때부터 남복을 입고 남자 행세를 함 2. 조실부모함
남성사회의 입성 (남장)	2. 과거 시험을 보고 장원 급제 함. 같이 시험을 본 남성은 차석을 함.	3. 문장과 무예를 수련하여 과거시험을 봄 4. 과거에 장원 급제 함
혼사장애 발생 (제약하기)	3. 임금이 부마로 삼으려고 함. 4. 임금에게 자신이 여성임을 주달함. 5. 임금이 부원수와 혼례를 성사시킴 6. 남복을 벗게 됨 7. 집안에서 남성, 시부모와 갈등을 일으킴.	5. 동성인 승상의 딸 영혜빙과 결혼함 6. 양인이 동성부부로서 일생을 남성과의 성적접촉 없이 동정녀로 살아감 7. 양자를 입양하여 후사를 이음
영웅성의 발현 (남장)	8. 여성이 남복을 입고 전쟁터에 나가 승리함	8. 국난(國難)을 평정하여 공을 세우고 승상에 올라 가문을 暢達함
회구의 완성 (사회화의 완성)	9. 남성의 잘못을 꾸짖음	9. 병이 들자 왕에게 자신이 여성임을 주달함 10. 왕이 용서하고 남복으로 장례를 치르게 해줌 11. 영혜빙도 곧 따라 죽음

<유형 3>은 크게, '제약하기 → 남장 → 제약하기 → 남장 → 사회화'의 단계를 거친다. 여성영웅소설의 여성들은 사회적 거세6)를 당한 인물들이다. 여성들은 사회화의 과정으로 '남장(男裝)'이라는 입사의식을 치르게 된다. 그리고 이것은 남성의 영역으로 입문하기 위한 필수 과정이라 할 수 있다. 이 통과의례를 거쳐야만 여성은 남성으로 변신하여 기존의 남성들과 동등한 위치에서 경합을 겨루게 되는 것이다.

여성영웅소설은 이러한 변신 장치를 통해 남성과 여성이 동등한 사회 구성원으로서 공존하는 질서를 보여주고자 한다.7) <방한림전> 역시 남장을 통해 남성의 세계로 입문하는 구조를 가진다. 이렇듯 기존의 여성영웅소설과 <방한림전>에 등장하는 인물들은 남장이라는 동일한 수단을 통한다. 그렇지만 본질적으로 희구하는 욕망의 성질이 같지 않다는 차이점이 있다. 다음 장에서 이에 대해 살펴보겠다.

2.1.1. 남성의 공적 세계로 진입

남성 위주의 사회는 여성의 활동영역을 "안(內)"에만 국한시키고, 그 범위를 축소시켜 여성들의 교육과 기타의 정치, 경제, 문화, 종교적인 활동에 대하여 매우 부정적이었다.8) 여성들은 철저히 남성만이 참여할 수 있는 '공적'인 영역에서 배제되어 있었다. 이러한 환경적 요인은 특히 이인(異人)적 능력을 지닌 여성들이 사회적으로 활약할 수 있는 기회를 빼앗는 결과를 가져왔다.

여성 인물들은 비범한 능력을 소유하고 있지만 여성이라는 성(性)에

---

6) 샌드라 길버트와 수전 구버가 사용. 이 때 '거세'는 사회적 권력이 비록 결코 남성의 속성은 아닐지라도 남성의 소유물이라는 함의를 가진다.
7) 박성미, 앞의 책, p.9.
8) 김향란, <운영전에 나타난 여성의식 연구>, 배재대학교 대학원, 2005.

의해 뛰어난 능력이 부정된다. 그러나 남복을 통해 남성의 성(性)으로 변신한 후에는 그 능력이 인정되는 것이다. 이렇듯 여성영웅 소설의 인물들은 남복을 수단으로 하여 영웅적 자질을 발휘하고, 사회에서 시련을 극복하면서 욕망을 성취한다. 그리고 여성은 시련의 과정 이전에 반드시 '변복(變服)'을 통한 '변신(變身)'의 과정을 거친다.

변신은 어떤 원형이 다른 형태로 변하여 현실적 삶을 초월하게 하는 변형의 과정이며, 결핍된 욕망을 충족시켜 주는 기능을 한다.9) 여성영웅 소설에서 여성 인물들은 자신의 외형을 변화시키거나10) 남성의 옷을 입음으로써 남성으로 변화11)한다. 즉 옷의 사회적 역할 상징으로 인해 여성이 남성의 옷을 입는 순간 그 여성은 남성으로 인식된다.12) 여성의 남복으로 인한 변신은, 여성영웅들이 사회적 성차(社會的 性差)에 의해 겪게 되는 불평등을 극복하는 장치가 된다.

여성영웅들은 남성의 옷을 입고 있지만 그 자아까지 남성이라고 할 수는 없다. 남장은 여성들에게 정체성을 가리기 위한 좋은 수단일 뿐이다. 해당 영역에 자신의 생물학적 성(性)을 필요에 맞게 전환시키는 훌륭한 매체인 셈이다. 그리고 이러한 남장을 통해 남성과의 동등한 입장에서 대결이 성사된다. 여성과 남성의 대결은 총 세 차례 이루어진다.

1차 대결	2차 대결	3차 대결
과거시험 (밖, 공적인 영역)	집안 (안, 사적인 영역)	전쟁터 (밖, 공적인 영역)
여성의 승리	남성의 승리	여성의 승리

9) 박성미, 앞의 논문, p.7.
10) <유형 1> 해당.
11) <유형 2>, <유형 3> 해당.
12) 윤애리, <고소설의 남장 유형과 서사적 기능>, 서강대학교 교육대학원, 2007.

홍계월전은 <유형 3>에 해당하는 대표적인 여성영웅소설이다. 홍계월은 성(性)을 뛰어넘어 남편인 보국보다 뛰어난 능력을 가지고 있다. 따라서 홍계월이 남성으로 위장하였을 때는 홍계월과 보국의 갈등이 드러나지 않는다. 능력의 우위에 따라 홍계월이 대장군이 되고, 보국이 부장군이 되는 것도 자연스럽게 받아들여진다. 그러나 남성과의 1차적인 대결은 여성영웅이 '거짓' 남성으로서 남성과 벌였던 대결이다. 여성은 공적인 영역에서 대외적인 승리를 거두었으나, 그것은 불완전한 승리라 할 수 있다. '남성'이라는 가면으로 위장한 여성과 남성의 대결이었기 때문이다. 이러한 승리는 여성의 신분이 탄로 난 뒤에 충분히 전복될 수 있다. 실제로 이 때문에 여성들은 승리 후에도 늘 정체가 드러날까 불안해한다. 작품 속에서 드러나는 여성의 심리적 불안이, 그들이 완전한 승리를 이루었다고 말할 수 없는 부분이다.

임금이 홍계월을 부마로 삼으려 하자, 계월은 마지못해 임금에게 자신이 여자임을 주달(奏達)한다. 그리고 여성의 의지와는 상관없이 임금의 주도 아래 평범한 능력을 가진 보국과 혼인하게 된다. 그리고 여성은 자의가 아닌 혼사로 인해 강제로 안(內)의 영역으로 복귀하게 된다. 이러한 면에서 혼사는 분명 여성영웅에게 '장애'라 할 수 있다.

홍계월이 여성이라는 사실이 드러나자, 보국은 과거에 지녔던 태도를 바꿔 홍계월에게 여성으로서의 자세를 갖도록 요구한다. 보국의 이러한 태도는 계월의 정체가 탄로 나면서 그동안 쌓아놓은 남성으로서의 지위와 권위가 박탈되었음을 의미한다. 여기서 비로소 제2차 갈등이 시작된다. 여성은 남장을 통해 남성의 공적 영역을 침범하는 것은 성공하였으나, 여성으로 복귀한 사적인 영역에서는 남성과의 갈등을 해결하지 못한다. 그들은 남성의 영역에서 승리를 이루었던 것과는 반대로 자신들의 본래 영역인 안(內)에서 그 힘을 잃는다.

그러나 여성은 전란을 틈타 또다시 남장을 감행하고, 다시 한 번 남성의 공적인 영역으로 돌아간다. 그리고 사적인 영역에서 해결되지 못한 갈등을 공적인 영역에서 활약함으로써 해결하는 것이다. 여성은 남복을 한 남성의 입장이 아닌 이미 여성의 정체가 드러난 입장에서 승리를 쟁취한다. 여성은 이 대결을 통해서 다시 남성의 공적인 영역을 확보하게 된다. 그러나 사적인 영역에서 해결하지 못한 갈등을, 다시 공적인 영역에서 시도한 것은 성(性)대결의 승리가 온전하지 않았다는 점을 시사한다. 이것은 <유형 3>의 한계라고 할 수 있다.

여성영웅소설속 인물들은 개인의 욕망을 실현하기 위해 남성으로 변신하는 것 뿐, 남성이 되고 싶은 것은 아니다. 즉 여성은 공적 영역에서 자신의 장애가 될 수 있는 본연의 성(性)을 남성으로 가장(假裝)함으로써 억압되어 있던 욕망을 발현시키고, 다시금 자신의 성(性) 정체성을 공개함으로써 성(性)에 종속되었던 사회적 인식과 그에 대한 차별을 폭로하는 것이다. 이는 그동안 성별에 구애받았던 성(性)에 따른 능력 차별의 인식에 대한 의문과 문제의식을 제기하는 것이었으며 뛰어난 여성들이 사회적 영역에서 배제될 수밖에 없었던 사회적 분위기에 대한 항거이기도 했다.

즉 여성영웅소설 속에서 여성의 변신(變身)은 남성 지배 중심적이었던 사회적 분위기에 저항하기 위한 탈이데올로기 장치의 일환이자 여성의 목소리를 내기 위한 필수적인 수단이었다고 할 수 있다. 여성은 끊임없이 공적인 영역과 사적인 영역을 넘나들며 남성과 대립하였고, 그것이 서사의 주된 갈등이었다. 그러나 <유형 3>은 끝내 여성의 힘으로 사적인 영역에서 승리할 수 없었다는 점이 그 한계라고 할 수 있다.

2.1.2. 남성의 젠더 세계로 진입

여성영웅소설과 <방한림전>의 갈등양상은 다르게 전개된다. 여성영
웅소설의 경우 여성이 본래의 신분이 노출되면 더 이상 남성의 영역에
서 활동할 수 없음을 걱정한다. 그러나 방한림전은 신분이 노출된 후 자
신의 젠더(gender, 사회적 성)를 드러낼 수 없음을 두려워한다.

> 여아 쥬작셔의 풍용 모로 쇄락 고 기상니 쥰슈 야 규리독녀의 거동과
> 신앙니 날노 늠늠 야 넌갓튼 안 과 츄천갓튼 기운니며 진쥬갓튼 안광이며
> 아흐로 말을 이르 글 를 가라친니 아를 드러 열을 통 고 열을 드르면 쳔
> 을 친니 부모중 야 아달읍스믈 치 안니 고 홍금 의로 입피되 믄 소져 쳔
> 셩이 쇼탈 고금소 야 삼으로 졔긴 옷슬 입고 난지라 방공 외 녀아의 슬
> 밧들아 소원로 남복을 지여 입피고 아직 어린고로 여공을 가라치지 안고
> 오직 시셔를 가라친니 방소졔 나히 어리나 셔공니 날노 장진 야 시셔 가
> 어를 무불통지 야 니두를 모시니 용안풍 더욱 쇄락 야 츄월이 무광 고 츈
> 화 붓그럴지라 츄천갓튼 긔상과 만월갓튼 이마의 교교 진션진미 야 일월
> 졍기를 모도야는니 일홈이 원근의 진동 고 공열이 쳔츄의 유방할 줄 알너
> 라 방젹슈션을 권 즉 스스로 폐 니 부모 여아의 모 범인니 안니라 슬히
> 역이믈 굿 여 권치 안코 여복을 나오지아니 고 친쳑으로 야금 아달이라
> 던니[13]

방공부부가, 붉은 비단옷과 색깔 있는 옷을 입히려 하자 방한림은 삼
베로 얽은 옷을 입으려 한다. 천성이 소탈하고 검소해서 삼베옷을 입는
것과 남자 옷을 입는 것은 사실 아무런 연관이 없다. 작가는 붉은 비단
의 색감이 강한 옷과 삼베옷을 대비하면서, "천성이 소탈하고 검소해서"
라고 설명한다. 이것은 화려한 옷과 검소한 옷의 대비일 뿐이지 남자 옷

---

13) 김동욱 소장, ≪본방한림전≫, 나손본 필사본 고소설 자료총서 11, 보경문화사, 1991,
   pp.4-5.

과 여자 옷의 대비로 보기에는 무리가 있다. 그런데 거기에 덧붙여 "딸의 뜻에 맞추어 소원대로" 남자 옷을 지어 입힌다고 기술하면서 색상의 대비를 통해 남성과 여성의 기호를 가름한다.

즉, 방한림에서는 <유형 3>과 달리 성차별로 인한 갈등이 드러나지 않는다. 여타의 여성영웅소설의 주인공들이 여성으로서 제약을 받는 세계의 횡포나 갈등을 타개하는 방법으로 남장을 선택하였다면, 방한림은 단지 성장의 과정에서 자신의 젠더의 정체를 인식했고, 그에 대한 결과로 남복을 선택했다고 볼 수 있다.

방한림이 처음 남복을 입게 되는 계기는, 차단된 외부의 세계로 침입하기 위함이 아닌, 선택적인 사항이었다. 그녀는 "천성이 소탈하고 검소"하기 때문에 색감이 화려한 여성의 의복보다는 삼베로 만든 남성의 의복으로 남장하는 것이다. 이것은 그녀가 가부장적 중심의 세계에 대항하여 여복을 거부했다기보다, 선천적인 특질로 인한 자의적인 선택이라 할 수 있다. 방한림의 부모 역시 방한림에게 여공 대신 남자의 학문을 익히게 하는데 조력한다. 이러한 방한림의 성격과 부모의 교육은 어린 방한림으로 하여금 자신의 정체성을 확립하게 하는데 기여 하고 있으며, 사회적으로 남자의 성역할을 수행할 수 있는 동기가 된다.

<유형 3>과 <방한림전>에서 모두 남장(男裝)과 전쟁담이 공통 화소로 등장하고 있지만 여성영웅의 인물상에서는 여성의 젠더에 대한 인식의 차이가 있었다. 여기서 방한림이 자신의 성(性)을 무엇으로 인식하고 있는가는 중요하다. 앞서 여성영웅소설 속 여성들의 남장이 성별의 위장에 불과했다면, 방한림전의 남장은 젠더의 성향에 따라 남장한 것이라 할 수 있고, 방한림과 영혜빙의 동성혼 역시 단순한 지기 관계를 표방한 것이 아닌 이성적인 관계에 근거한 여(女)-여(女)의 결합으로 판단할 수 있기 때문이다. 이들의 결혼은 생물학적으로는 동성의 결합이지

만 사회학적 성으로는 이성의 결합으로 판별할 수 있다. 만약 방한림의 사회적인 성을 인정한다면 이들의 동성 결혼과 영혜빙과의 관계 또한 다시금 조명해야 할 것이다.

　방한림과 영혜빙은 끊임없이 '지기(知己)'라는 단어로써 서로를 호칭한다. 그러나 이러한 호칭이 비단 평등한 지기(知己) 관계만을 고집한다고 제한하는 것은 피상적인 관계해석에 불과하다. 분명 이러한 해석은 이성애적 인식의 장막이 개입한 것이라 볼 수 있다. 물론 부부 사이의 성애적 표현이 서면에 드러나지 않지만 전쟁에 나가는 방한림을 염려하는 마음과, 지방의 관리직으로 선출되어 나서는 방한림에게 그 절절한 이별을 토로하는 대목에서는 이미 지기(知己)를 넘어선 연정이 엿보인다. 글의 말미에 덧붙인 삼성과 상성이었던 전생의 부연설명은 이들이 단순히 우정으로서 관계를 넘어선 상태였음을 증명한다. 이러한 운명론적 관점은 또한, 동성애의 거부감에 대한 완충 장치로 보인다.

　방한림은 여성영웅소설 내부에서 부재의 영역이었다. <방한림전>의 방한림은 준 남성 상태에 있었다. 영혜빙의 미모와 재질을 높이 평가하면서 방한림은 자신이 남자 아님을 한탄한다. 방한림은 여성으로서의 탄압과 억압을 받는 사회적인 배경에 분노하는 것이 아닌, 여성과의 사적 관계를 앞두고 자신이 남성 아님을 한탄한다. 영혜빙이 자신과의 만남으로 인해 인륜을 져버리는 상황에 대해서도 염려하며 죄스러워 한다. 그리고 항상 내당에서 영혜빙과 함께하며 시간을 보내고, 내당의 여성으로서 최고의 대우와 대접을 받을 수 있도록 물심양면 노력한다. 물론 여느 부부의 관계처럼 갈등도 존재한다. 아래는 가부장적 사고방식을 가진 방한림전과 영혜빙이 갈등을 빚는 장면이다.

　　문 형은 웃지 우연한 일의 유모를 질타 신요 유모 불과 위쥬츙심이라

알음답지 아닌야 상셔 봉안을 흘여 영씨를 슉시 왈 부인이 여도을 알 라
웃지 가장의를 부르난요 오히여 모쥬라 알아난니 부인의 일니 가히 올흔
야 영부인이 낭낭이 웃더라14)

부인니 낭소 왈 군 상급 밧든 거슬 아 와 그 난 가지되 첩의게난 밋치
지 안이니 엇지요 승상니 소왈 이거슨 다 부인의게 당치 안이 라 가이 부
인을 쥬지 안컨이와 시방 부인 몸 우희 가진 위의 다 게셔 비로슨 라 흠
둑 거날 투정 신니 욕심이 지즁 도다 부인니 잠소 왈 의 당치 안닌 그 게
홀노 당할 잇스리요 맛참 져리 쾌 체 시난요15)

만약 그들의 관계가 기존의 논의처럼 목적을 위한 단순한 거래였다면
부부로서 겪는 갈등은 불필요할 수 있다. 여기서 방한림과 영혜빙이 부
부로서 겪는 불화의 부분이 드러났다는 것은 무엇보다 이들의 관계가
정상적인 부부관계임을 시사한다. 그리고 그 해결방법이 부부의 동등한
관계에서 해소된다는 것이 더욱 주목할 부분이다. 기존의 연구에서는
방한림 부부가 갈등하게 된 시발점에 주목하였을 뿐, 해소에는 주목하
지 않았다. 방한림이 가지는 젠더의 정체성을 인정하는 것에서 나아가
기존의 남성적 사고방식을 답습하는 인물로서 방한림을 규정하고 남성
의 대체물로 흡수시키는 오류를 범하고 있는 것이다. 만약 방한림이 남
성의 또 다른 형태라면 굳이 여성으로 설정한 이유는 무엇인가.

방한림전은 <유형 3>의 여성영웅들이 사적인 영역에서 해결하지 못
했던 난제를 여성이면서 가부장적 사고방식을 지닌 방한림을 통해 궁극
적인 해결책을 제시하고 있다. 방한림의 사회적 성이 남성이라는 부분
은 특히 주목할만한 부분이다. 방한림은 이러한 방식을 통해 여성이면

---

14) 방한림전, 앞의 책, p.39.
15) 방한림전, 위의 책, p.59.

서도 가장 이상적인 남편상을 구현하고 있다고 할 수 있다.

기존의 영웅소설은 여성이 사적인 영역에서 패배를 맛보았고, 더 이상 남성이라는 성별이 존속하는 이상, 여성이 공적인 영역에서의 승리가 사적인 영역에서 지속적으로 유지될 수 없음을 깨달았다. 그래서 가장 안전하고 자신들을 가장 잘 이해할 수 있는 인물을 탄생시킨다. 바로 생리학적 성(性)은 여성이지만 사회학적 성(性)은 남성인 방한림이라는 이상적인 인물상을 창조한 것이다.

기존의 여성영웅소설에서는 전쟁이라는 난국을 틈타 영웅성을 회복하는 여장군의 인물을 등장시켰다면 방한림전에 와서는 여성 주인공의 젠더의 변화가 생기면서 그에 대비되는 또 다른 여성을 등장시킨다. 바로 방한림의 부인인 영혜빙이다.

	방한림	영혜빙
사회적인 성 (gender)	남성	여성
생물학적인 성 (sex)	여성	여성

방한림과 영혜빙의 결합은 이중적이다. 방한림전에서 여성영웅은 사회적 성(gender)의 변화가 생긴다. 방한림은 여성이면서 여성이 아니다. 방한림은 그 사회적 성(性)만큼은 남성의 가부장적 가치관을 답습하고 있지만, 여성이라는 생리학적 성(性)을 무시할 수도 없다. 방한림은 남성과도 연결되어 있고 여성과도 연결되어 있는 양단의 역할을 동시에 수행한다. 이 때문에 방한림과 영혜빙은 젠더의 입장에서 남(男)-녀(女)의 결합이라는 안전한 합일을 표방한다.

그동안 <유형 3>에서는 여성이 남성의 공적 영역을 대체 혹은 보다 훌륭히 수행할 수 있는 여지를 보여 줬다. 이러한 맥락에서 <방한림전>의 방한림이 남성의 역할을 대신해서 수행하는 것 또한 여성이 남성의 사적인 영역까지 대체 할 수 있다는 것과, 남성보다 나은 수행으로 여성의 사적인 영역이 개선된 결과를 확인시켜줬다. 여성이면서 남성의 젠더를 가진 방한림과의 결합을 통해 영혜빙은 남성의 전유물로 전락하지 않았고, 자신이 원하던 여성의 사적인 영역에서 가장 성공적인 모습을 보여준다. 그리고 결과적으로 방한림 또한 남성의 공적인 영역에서 끝내 살아남았다. 방한림은 비록 생물학적 성은 여성이었지만 남복을 통해 영웅성을 발현하며 남성으로서 사회적 젠더를 인정받았다. 결국은 기존의 여성영웅들이 社會的 性差(gender difference)에 의해 겪게 되는 불평등을 극복한다는 맥락에서는 같은 양상이라고 볼 수 있다.

2.2. 방한림전이 가지는 여화위남(女化爲男)의 의미

기존의 여성영웅소설과 방한림전은 여화위남(女化爲男)이 의미하는 바가 다르다. 앞서 언급한 것처럼 남장의 동기에 따라 <방한림전>과 <유형 3>이 분류된 것처럼, '여화위남(女化爲男)'의 해석 또한 달라진다.

<유형 3>의 여성들은 타의적 계기에 의해 '위장'이 탄로 날 위기에 처하자, 자신의 감추었던 신분을 드러내고 본래의 정체성인 여성의 복식으로 개복하게 된다. 여성은 남복을 벗음으로써 남성이라는 변신의 효력이 사라진다. 본래의 정체성인 여성으로 돌아오는 것이다. 이로써 그들의 남복이 단지 남성 사회로 편입되기 위한 일시적인 위장 장치에 불과하다는 것을 알 수 있다. '위장'의 방편인 남복이 탄로 나면서 모든 것이 원래의 상태로 되돌아오는 것이다. 그러나 방한림은 여성영웅들이

흔히 겪는 혼사장애에 부딪혀서도 남성과 결합하지 않고 동성혼을 감행한다. 이것이 그의 사회적인 성(gender)의 표지가 되는 부분이다.

<방한림전>은 죽기 전 자신의 정체성을 본인의 의지 하에 임금에게 주달(奏達)한다. 기존의 여성영웅소설과 다르게 자의적인 고백이었고 그 결과 또한 다르다. 임금은 방한림의 고백을 적극적으로 수용하며, 방한림을 남복의 차림으로 장례할 것을 지시한다. 이 또한, 임금이 방한림을 남성으로서 인정한 사실을 증명하는 것이다. 방한림은 죽는 순간까지 남복을 입고 죽었다. 이것은 결국 그가 끝내 남성으로서 생을 마감했다는 것과 남성으로서의 사회적 성(性)을 인정받았다는 것을 의미한다.

<유형 3>의 남복의 기능은, 남성과의 동등한 위치를 희망하는 여성의 욕망을 실현시키는 것이다. 그들은 남자가 되기를 원하지 않는다. 다만 남성이 누릴 수 있는 권리와 지위를 희구할 뿐이다. 그들은 남성과 여성의 성(性)적인 차별에서 오는 불평등을 해소하기 위해서 남장이라는 일시적인 장치를 이용할 뿐이다. 그러나 <방한림전>의 남복의 의미는 이와 다르다. 방한림의 남복은, 진정한 남성으로서의 삶을 희구하는 데서 나온 결과이다. 여타의 여성영웅소설이 남성이 '하는' 모든 것들과 공적인 영역을 탐내어 남복 하였다면 방한림의 경우는 단지 남성이 '되기' 위해 남복을 하였다고 할 수 있다.

동성애는 어떤 지역 어떤 시대 어떤 사회에서라도 출현 가능한 일종의 현상이다. 동서고금을 막론하고 동성애 사례가 발생하지 않았다고 단언할 수 있는 문화는 아직 없다. 중국 역사상 정사까지 포함하는 대량의 문헌들은 모두 동성애와 관련된 문제를 기재하고 있으며, 제왕의 男寵에 대한 묘사가 주를 이루는 영행열전(佞倖列傳)은 중국 역대 정사 가운데 빠지지 않는 항목이었다. 서구에서도 마찬가지였다. 고대 희랍 사람들은 동성애를 고상하고 순결한 애정으로 간주했다.[16)]

동성애는 확실히 보편적인 사회 풍조를 이루긴 했지만 인류의 성 역사에서는 그래도 드물게 나타났다는 점은 반드시 주의해야 할 것이다. 물론 <방한림전> 한 작품으로 성애 풍조를 전면적으로 이해하는 데는 부족할 수 있지만, 이들의 관계를 동성애로 유추할 수 있는 여지는 분명 존재한다. 비록 동성애의 관계로 보기에는 방한림과 영혜빙 사이에 직접적인 성애가 드러나지 않았고, 그들 또한 대외적으로 지기의 관계를 표방하고 있지만, 앞서 젠더의 진입에서 언급한 것처럼 방한림 부부의 대화 및 행동은 지기(知己)가 아닌, 부부로서 행위되는 부분들이 많다.

이러한 맥락에서, <유형 3>의 '여화위남'을 '여자가 남복하여 남성을 (남성이 하는 것을)한다.' 라고 설명한다면 <방한림전>은 '여자가 남복하여 남성이 된다.' 라고 해석할 수 있다.

3. 방한림전의 의의 : 이상적 인간관계 제시

<방한림전>의 주요 인물로는 주인공 방한림과, 그와 동성혼인을 감행하는 영혜빙, 그리고 어릴 때부터 방한림을 키운 그녀의 유모 주유랑이다. 방한림과 주유랑은 방한림이 남복을 입는 것을 기점으로 잦은 충돌과 갈등을 일으킨다.

기존의 여성영웅소설이 남성 위주의 세계와 대립하는 것으로 갈등이 발생됐다면, <방한림전>에서는 남성 자체를 등장시키지 않는다. 그렇기 때문에 남성이 여성과 대립하거나 성차별로 억압하는 구체적 대목도 드러나지 않는다.

---

16) 우춘춘 저, 이월영 역, ≪남자, 남자를 사랑하다≫, 학고재, 2009

주유랑	방한림	영혜빙
기존의 여성의 가치관을 대변	이상적인 남성으로서의 가치관을 대변	기존의 가치관을 타파하는 여성으로서의 주체적 의식 발현

이들 세 명의 가치관의 대립은 혼사 문제가 불거지면서 서서히 대두되기 시작한다. 비록 여(女)-여(女)의 동성결합이긴 하지만, 이들의 결합은 가장 이상적인 세계를 재현하고 있다. 대부분의 이상적인 결혼은 남녀의 결합에 있다.[17] 그러나 여성은 억압하는 사회에서 자아를 실현하려는 의지가 뚜렷한 인물이다. 이 여성들에게 있어서 남녀의 결합은, 오히려 여성이 원하는 삶에서 장애요소가 된다. 자신보다 하수인 남성과 결합하여 그에게 종속되고, 끊임없이 사적인 영역과 공적인 영역에서 대립하여 대결한다. 이것은 여성영웅들에게 '삶의 장애'와 다름없는 것이었다.

기존의 여성영웅소설이, 여성영웅과 그와 대결하는 기존의 남성사회라는 두 가지의 관점에 서서 가부장적 인식에 기초한 남성의 횡포를 비판하는데 주력했다면, <방한림전>은 좀 더 다양한 관점이 포진해있다고 할 수 있다. 여성의 가치관과 기존의 가치관을 전복시키는 여성의 주체적 의식의 가치관, 그리고 독별한 가치관의 대두로 이름 부를 수 있는 방한림의 가치관이다.

<유형 3>의 여성이 공적 영역으로서의 확보를 위해 남장을 했다면, <방한림전>의 영혜빙은 사적 영역으로서의 지위 확보를 시도하고 있다. 방한림은 이러한 영혜빙의 사적인 영역에서의 여성의 지위를 만족

---

17) 중국의 봉건종법사상 영향 하에서 혼인제도는 모든 종법제도의 근간으로서 인류의 근본이며, 집이 여기서 시작되며, 나라가 여기서 시작되며, 사회의 모든 제도가 여기에서 시작하지 않는 것이 없다고 했다.

시켜주는 완벽한 남성상이라 할 수 있다. 방한림과 영혜빙의 대화에서 종종, 방한림은 남성의 가부장적 체제에 대한 발언을 한다. 그럴 때마다 영혜빙은 방한림을 꾸짖거나 냉소를 보낸다. 이는 앞서 <유형 3>이 실패한 사적인 영역을 충족시킨다고 할 수 있다.

그리고 방한림을 통해서는 공적인 영역에서의 완벽한 과업을 성공시키고 있는 것이다. 방한림은 주체적인 여성들이 바라는 가장 이상적인 남성상이라고 할 수 있다. 방한림은 여성과의 관계에서, 가부장적 체제에서 빈번하게 발생하는 재취나, 혼외정사, 부인의 유기 등과 남성들의 이기심, 일방적 독단, 무시 등을 반대로 행동하며 비판하고 있다. 더 이상 처를 들이지 않고, 여성과 지기의 관계를 유지하며 대부분의 시간을 부인과 소일하며 보내고, 부인의 냉소와 질책을 무시하지 않는다. 그리고 이외에도 모든 인간관계의 이상향을 보여준다. 임금의 눈을 속이고 평생을 남성의 신하로 산 군신의 관계에서도, 아들 낙성이 들인 며느리와의 고부간의 관계에서도, 절대적인 주종관계의 적장마저도 화평한 관계를 성사시킨다. 즉, 방한림전은 여성을 통해, 사적인 영역에서 그리고 공적인 영역에서 바라는 이상적인 이상형을 창조해냈다고 할 수 있다.

<방한림전>에 등장하는 세 명의 여성이 가지고 있는 각각의 세 시선은 누구하나 패배하지 않고 공존한다. 주유랑은 끊임없이 자신의 가치관을 피력하며 영혜빙과 방한림을 설득하려 들고, 영혜빙은 방한림과의 평등한 관계를 유지하기 위해 노력한다. 그리고 방한림 또한 이인(異人)의 면모를 드러내며 영웅성을 확인시켜 주면서, 영혜빙과의 관계가 원만할 수 있도록 노력한다. 기존 세계의 대립쌍인 영혜빙과 주유랑, 그들의 이상적 해결책인 방한림라는 캐릭터의 생성과 조합은 괄목할만하다.

그동안 방한림전의 연구 경향에 있어서 '이성애적 인식의 장막'이 있음을 지적하고 싶다. 방한림전을 단지 여성해방주의 시각으로 해석한

'고전적' 페미니즘은 레즈비어니즘을 회피하는 경향이 있었다. 레즈비언 페미니즘은 레즈비어니즘을 페미니즘의 핵심으로 삼는다. 왜냐하면 레즈비어니즘은 온갖 형태로 자행되고 있는 가부장적 착취와의 결탁을 일소하고 그 자리를 여성들 간의 관계들만으로 채우고 있는데, 이는 분명 기존의 사회관계에 대한 저항이자 혁명이기 때문이다.[18]

이렇듯 방한림전은 여성영웅소설의 경직된 유형의 틈새에서 실험적인 변화를 꾀하고 있다. '정체성의 범주'는 억압적 구조를 떠받치는 규범적 범주가 되었든, 혹은 그 억압을 무너뜨리는 쟁론들을 뿜어내는 해방구가 되었든 간에 지배제도의 도구가 되는 경향이 있다고 지적한다.[19] <방한림전>은 예속적인 여성의 삶을 유지케 하는 남성중심적 사회구조의 해체를 도모하는 사회구조적, 정치적 접근을 방한림의 정체성의 위반과 동성결혼을 통해 이러한 정체성의 범주를 무너뜨리고 있다.

또한 <방한림전>은 세 여성의 관계와 각각의 시선을 통해 남성위주의 이성애만을 절대시하던 고정관념에서 벗어나 결혼이라는 제도에서 발생할 수 있는 문제들을 수면으로 끌어올리고, 이상적인 세 인물관을 통해 이러한 문제들을 해결하려고 했다는 점에서 큰 의의가 있다고 할 수 있다.

4. 맺음말

그동안 여성영웅소설은 각각의 유형을 거쳐 진화해 왔다. 앞서 언급

---

18) 피터 베리 저, 한만수, 박오복, 배만호, 김봉광 역, 현대 문학이론 입문≫, 시유시, 2001.
19) 앞의 책과 동일.

한 <유형 1>에서 <유형 3>까지의 변화 양상을 넘어 <방한림전>에 이르기까지 진전된 의식과 첨가된 화소로써 확인할 수 있었다.

여성영웅소설은 남성의 조력자로 일관하던 <유형 1>에서, 공적인 영역의 확대를 넘어 승리하고, 결국은 여성의 사적인 영역까지 확보했다. 더불어 이상적인 남성상을 제시하기 위해 여(女)-여(女)의 동성혼까지 제시한 파격적인 <방한림전>까지, 여성의 주체적인 의식 발현과 여권신장을 위해 끊임없이 진일보하고 있었다.

<방한림전>은 여성영웅소설에서 새롭게 대두된 제4의 유형으로, 변천하고 있는 여성영웅소설의 형태를 표방하고 있으며 여타의 여성영웅소설들이 해결하지 못한 근본적인 해결책을 제시하고 있다는데서 그 의의를 찾을 수 있다. 방한림전은 여성들로만 인물을 구성하여 완벽한 이상적 관계들을 제시하면서 기존의 사회가 가지는 문제점을 꼬집고 있으며, 군신(君臣), 고부(姑婦), 남녀(男女), 부모(父母)라는 모든 관계의 이상향까지 제시한다는 데서 정점의 이상향을 구현하고 있다고 할 수 있다.

참고문헌

곽기숙, <여성영웅소설의 전개양상과 의식세계>, 전남대학교 대학원 석사논문, 2002.

김기동, ≪한국고전소설연구≫, 교학연구사, 1983.

김동욱 소장, <본방한림전>, ≪나손본 필사본 고소설 자료총서≫ 11, 보경문화사, 1991.

김경미, <젠더 위반에 대한 조선사회의 새로운 상상>, 한국고전연구, 2008.

김정녀, <방한림전의 두 여성이 선택한 삶과 작품의 지향>, 泮矯語文硏究, 2006.

김하라, <方翰林傳에 나타난 知己 관계 변모의 의미>, 冠嶽語文硏究, 2002.

박상란, <여성영웅소설의 갈래와 구조적 특징>, 東岳語文論集, 1992.

박혜숙, <여성영웅소설과 평등, 차이, 정체성의 문제>, 민족문학사연구, 2006.

양혜란, <고소설에 나타난 조선조 후기사회의 性차별의식 고찰>, 한국고전연구, 1998.

우춘춘 저, 이월영 역, ≪남자, 남자를 사랑하다≫, 학고재, 2009.

장시광, <방한림전에 나타난 동성결혼의 의미>, 국문학연구, 2001.

_____, ≪조선시대 동성혼 이야기≫, 한국학술정보(주), 2006.

정병헌, <방한림전의 비극성과 타자(他者) 인식>, 고전문학과 교육, 2009.

_____, 이유경 엮음, ≪한국의 여성영웅소설≫, 태학사, 2000.

조은희, <고전 여성영웅소설의 여성주의적 연구>, 대구대학교 대학원 박사논문, 2005.

차옥덕, <방한림전의 구조와 의미>, 古小說 硏究, 1998.

_____, <방한림전의 여성주의적 시각 연구>, 성신여자대학교 박사논문, 1999.

최길용, <한중 고소설 방한림전과 요화전에 나타난 여성 혼인기피담의 비교 연구>, 한국고전여성문학연구, 2008.

최혜선, <방한림전에 나타난 여성의식 연구>, 충북대학교 석사논문, 2009.

피터베리 저, 한만수, 박오복, 배만호, 김봉광 역, ≪현대 문학이론 입문≫, 시유시, 2001.

■ 편집자 주석

1) 크로스드레싱(cross-dressing): 특정 사회에서 일반적으로 반대 성별이 입는 것으로 인식 되는 옷을 입는 행위를 말한다. 여자가 남장을 하거나, 남자가 여장을 하는 행위를 크 로스드레싱이라 부른다. 크로스드레싱은 변장, 편안, 문학적 수사의 목적으로 역사 전 체와 현대를 아울러 행해져 왔다. 그러나 크로스드레싱이 반드시 트랜스젠더 정체성을 나타내는 것은 아니다. 크로스드레싱 중 남장(男裝)은 여자가 남성의 복장으로 꾸미는 행위를 말한다.

2) 동성혼: 생물학적, 사회적으로 동일한 성별을 가진 두 사람 사이에 법률상, 사회상으로 이루어지는 결혼을 말한다. 동성결혼을 지지하는 사람들에게는 평등결혼이라고도 불린 다. 2001년 네덜란드를 시작으로 전 세계 19개국에서 개인의 행복추구권과 평등권 등 인권과 시민권에 기초하여 동성결혼을 전면적으로 혼인의 형태로 포섭하고 이를 법적 으로 시행하고 있으며, 그 밖에 영국(북아일랜드 제외), 멕시코 등에서도 시행하고 있 다. 현재 동성의 동반자관계를 혼인관계와 유사하게 법적으로 보호하는 시민 결합(Civil union) 제도를 시행하고 있는 국가들을 포함하면 전 세계 35개 국가가 동성 커플의 법 적 지위를 보장하고 있다. 한국의 경우 이미 합법화되거나 합법화가 거론되고 있는 다 른 나라와는 다르게 전통적인 유교와 인구 비중이 큰 기독교 신자가 많아 지지율은 꽤 낮은 편이다.

3) 변신: 몸이나 마음 따위가 바뀌는 것. 이 글에서는 여성 인물들이 외모나 복장을 바꾸어 남성처럼 보이게 한다는 의미로 쓰이며, 남장(男裝)의 의미로 사용되었다. 여성영웅소설 에서 남장은 기존의 사회를 전복시키지 않고 체재내적 상태를 유지하면서도 의식적 각 성을 유도하는 방편이라고 할 수 있다. 여성이 남장을 통해 사회 진출을 할 수밖에 없 는 상황은 여성의 영웅적 활약과 그에 따른 사회 진출이 조선사회의 가부장적 질서와 남성중심적 사고에서 허구적인 꿈에 불과하다는 것을 역설적으로 드러내는 역할을 하 는 것이다.

4) 여성 영웅소설: 여성영웅소설은 기존 영웅소설과 유사한 서사 구조를 지니면서도, 당시 의 수용층인 여성 독자층들의 근대적인 의식과 요구를 반영하고 있다. 여성 주인공이 공적인 분야에서 자신의 능력을 발휘하기 위해 남장이나 변신과 같은 우회적인 방법을 사용하고, 여성과 남성의 능력 차이로 인한 대립과 갈등, 남성중심의 유교적인 사회에 서 살아가야 하는 여성으로서의 자의식이 강하게 나타나 있다.

※ 이 글은 『건지인문학』 제12집에 실렸던 것을 새로 다듬은 것입니다.

일상의 인문학
- 문학 편 -

초판 인쇄 2017년 2월 1일
초판 발행 2017년 2월 10일
엮은이 윤석민
　　　　윤영옥
　　　　고은미
　　　　한아름
펴낸이 이대현
편 집 홍혜정
디자인 최기윤
펴낸곳 도서출판 역락
　　　　서울시 서초구 동광로 46길 6-6 문창빌딩 2층
　　　　전화 02-3409-2058(영업부), 2060(편집부) 팩시밀리 02-3409-2059
　　　　이메일 youkrack@hanmail.net 역락 블로그 http://blog.naver.com/youkrack3888
　　　　등록 1999년 4월 19일 제303-2002-000014호

ISBN　979-11-5686-742-5 94810
　　　　979-11-5686-740-1 (전2권)